루스벨트 게임

루스벨트 게임

이케이도 준

이선희 옮김

INFLUENTIAL
인플루엔셜

차례

프롤로그

적갈색 흙이 묻은 스파이크로 타석을 평평하게 만든 순간, 기타오지 이누히코의 마음속에서는 긴장도 흥분도 찾아볼 수 없었다.

공식전 토너먼트의 1차전이다. 관중석에는 가뭄에 콩 나듯 드문드문 사람들이 앉아 있고, 1루 측 아군 벤치는 무덤처럼 고요했다. 벤치의 왼쪽 끝에 앉아 있는 무라노 사부로 감독은 분노가 머리끝까지 차오른 얼굴로 미동조차 없었다.

스코어는 7 대 0, 9회 말 투아웃에 주자 없음.

패색이 짙은 것을 뛰어넘어 패배 확정이라고 할 수 있는 상황에서 대타로 나온 이누히코는 이번 경기의 마지막 타자가 되기 직전이었다. 바깥쪽 낮은 직구가 아슬아슬하게 스트라이크존을 통과하면서 노 볼 투 스트라이크가 되었다.

투수 마운드에 우뚝 서 있는 사람은 미쓰와전기의 에이스인 기사라기 가즈마였다. 사회인야구 2년차인 기사라기는 프로야구 스카우터들도 눈여겨보고 있는 선수다.

너 같은 녀석은 내 상대가 아니야. 당장 내 눈앞에서 꺼져!

음침한 미소를 짓고 있는 기사라기의 눈은 그렇게 말하는 것처럼 보였다.

저놈이…….

전의를 상실했던 이누히코의 마음 한구석에서 숨어 있던 투지가 활활 불타올랐다. 그는 가죽장갑을 낀 오른손으로 헬멧을 꽉 누른 뒤, 배에 힘을 넣고 기사라기를 노려보았다. 그의 방망이가 머리의 오른쪽에서 천천히 돌아가며 타이밍을 재기 시작했다.

포수의 사인에 고개를 두 번 가로젓고는 기사라기가 마침내 와인드업 자세에 들어갔다. 세 번째 공은 이누히코의 가슴 쪽으로 날카롭게 파고들었다. 고속 슈트*였다.

힘껏 휘두른 방망이가 허무하게 허공을 갈랐다. 균형이 무너지면서 이누히코는 한쪽 무릎을 꿇었다.

"빌어먹을!"

자존심이 산산이 부서진 순간이었다. 이누히코는 분을 삭이지 못해 오른손에 있는 방망이로 땅을 내리치고는 하늘을 올려다보며 탄식했다.

"원래 패배자는 그렇게 울부짖는 법이지."

그를 힐끔 쳐다보며 조롱한 사람은 미쓰와전기의 포수였다.

"뭐가 어째? 이 자식, 지금 뭐랬어?"

상대 팀 포수에게 덤벼들려고 한 이누히코를 말린 사람은 선수석에서 재빨리 뛰어나온 주장인 이사카 고사쿠였다.

• 투수가 던진 공이 타자 바로 앞에서 휘거나 떨어지는 변화구.

"그만해! 꼴사납게 무슨 짓이야?"

이사카의 팔을 뿌리친 이누히코는 날카로운 눈으로 상대를 노려보았다. 그리고 줄을 서서 경기 종료 후의 인사를 마치고, 응원하는 사람이 거의 없는 1루 측 응원석을 향했다.

"야! 그걸 야구라고 하나? 빨리 회사로 돌아가서 일이나 해!"

야유가 쏟아지는 가운데 야구팀 선수들은 한 줄로 서서 모자를 벗고 고개를 숙였다.

"고맙습니다!"

"지금 고맙다는 말이 나와? 죄송하다고 말해야 하는 거 아니야?"

관중석에 사람이 없어서 그런지, 야유의 목소리가 유난히 잘 들렸다.

이렇게 함부로 말하는 사람은 누구일까. 그렇게 생각하며 바라본 이누히코의 시선 끝에, 그가 몸담고 있는 포장과 과장인 나가토 가즈유키의 술 취한 얼굴이 들어왔다. 다음 순간, 그 야유가 야구팀이 아니라 이누히코 자신에게 한 것처럼 여겨져서 견딜 수 없었다. 아니, 실제로도 그러했음이 틀림없다.

1장

작업복을 입은 남자

1

아오시마제작소 미카미 후미오 야구부장님께

안녕하십니까, 무라노 사부로입니다.

아오시마제작소 야구팀 감독으로 임명된 지 어느덧 3년. 그동안 야구팀 발전을 위해 최선을 다해왔습니다만 이번에 개인 사정으로 그만 두고자 합니다.

야구팀 재직 중에 보내주신 많은 분들의 뜨거운 성원과 지도 편달, 수많은 질책과 격려에 서면으로나마 깊은 감사의 인사를 드립니다. 저는 비록 떠나지만 앞으로 아오시마제작소와 야구팀이 더욱 눈부시게 활약하기를 바라겠습니다. 다시 한 번 감사드립니다.

굵게 물결치는 은발에 검은 테 노안경을 쓴 자야 이사오는 편지를 읽고 나서 조용히 탁자에 내려놓았다. 그는 안경을 머리 위로 올리고, 한심한 사람을 바라보는 시선으로 송구스럽다는 듯 앉아 있는 미카미 후미오를 쏘아보았다.

"이건 뭔가?"

"사표 같습니다."

미카미는 손수건으로 이마의 땀을 닦으면서 대답했다. 본인으로부터 그만두고 싶다는 말을 들은 적은 한 번도 없었다.

자야는 매우 당연하다는 듯 말했다.

"이건 사표가 아니라 편지잖나? 무라노는 무슨 생각으로 이런 걸 보낸 거지?"

그 말에는 무라노에 대한 분노와 동시에, 3년 전에 아오시마제작소 감독으로 무라노를 추천했던 자기 자신에 대한 분노도 배어 있었다. 한때 대학야구의 명감독으로 이름을 날렸던 자야는 현재 일본야구연맹 이사이자 아마추어 야구계에 막강한 영향력을 가지고 있는 사람이다. 체육계 인사치고 선이 가는 외모를 지녀 뒤에서 수군거리는 사람도 있지만, 차기 감독을 부탁하기에 자야 이외에 다른 사람은 떠오르지 않았다.

미카미가 변명처럼 말했다.

"작년 시즌의 마지막 경기에서 라이벌 기업에 크게 패하는 바람에……."

"라이벌 기업이라니, 거기가 어딘가?"

"미쓰와전기입니다."

말이 끝나기도 전에 자야는 의아한 눈길로 미카미를 뚫어지게 쳐다보았다. '미쓰와전기가 어떻게 너희 회사의 라이벌이냐?'라고 말하고 싶은 눈길이었다. 실력이 하늘과 땅 차이가 아니냐고…….

아오시마제작소가 사회인야구의 명문으로 이름을 날리던 황금 시절, 미쓰와전기는 아오시마와 패권을 다투던 곳이었다. 그 이후 아오시마는 쇠퇴의 내리막길을 걸어갔고, 지금 와서는 자본력이 막강한 미쓰와전기와 눈에 띄게 차이가 벌어졌다. 특히 지난 2년간 양 팀의 대전 성적은 5전 5패로, 완벽하게 박살이 났다고 해도 과언이 아니다.

"그래서?"

"그래서…… 경기 결과를 보고하는 자리에서 사장님이 무라노 감독에게, 당신은 대체 뭘 한 거냐고 화를 내고……."

피부를 스치는 공기가 제법 차가운 2월 초임에도 불구하고 미카미의 얼굴에는 연신 굵은 땀방울이 솟구쳤다.

그가 아오시마제작소의 총무부장이 된 것은 5년 전이다. 그와 동시에 당시 사장이었던 아오시마가 그를 야구부장으로 지명하면서 생각지도 않게 야구팀까지 떠맡게 되었다. 그는 야구를 본적은 있어도 한 적은 없을 정도로 실전 야구에 대해서는 문외한이었다. 운동장 안에서 벌어지는 이야기는 모두 베테랑 감독인 무라노에게 일임했던 만큼, 믿었던 밧줄이 끊어진 것에 대한 충격은 형용할 수 없을 정도였다.

"그래서 무라노가 폭발했나?"

"그 자리에서 치열한 말다툼이 벌어지고……."

그때의 상황을 떠올리면서 미카미는 다시 한 번 손수건으로 이마의 땀을 닦았다. 무라노는 지장(智將)으로 알려진 감독이고, 사장인 호소카와 미쓰루는 미국에서 경영학을 공부한 이론파다. 두 사람 모두 자존심이 강해서, 말다툼이 시작되면 한 치도 물러서지 않는다. 평소에는 둘 다 감정을 드러내지 않지만 한번 드러내면 그것으로 끝이다. 결국 신랄한 비난이 오고간 끝에 말다툼은 파국을 맞이했다.

"제가 중재하기는 했지만 그걸로 수습이 되지 않았습니다. 그러다 사장님과 화해의 자리를 마련하려던 찰나에 이게 날아와서⋯⋯."

미카미는 편지를 힐끔 쳐다보며, 다시 손수건으로 이마를 톡톡 두들겨 땀을 닦아냈다.

"그나저나 무라노는 무슨 생각으로 이런 일을 벌인 거지? 이런 식으로 싸우고 헤어지다니, 어디 갈 곳이라도 있나?"

자야의 말이 끝나기도 전에 미카미의 표정이 일그러졌다.

"문제는 그겁니다. 실은 며칠 전에 미쓰와전기의 안도 감독이 물러난다는 이야기를 들었는데, 그 후임이 무라노 감독이라고 합니다."

"뭐야?"

그때까지 시큰둥하게 대꾸하던 자야의 표정이 180도로 바뀌었다.

"그것만이라면 괜찮은데, 저희 야구팀의 이지마와 닛타가 최근에 회사를 그만두고 하필이면 미쓰와전기에 들어갔습니다. 분명히 무라노 감독이 빼간 겁니다."

이지마 겐타는 프로야구에서도 눈독을 들이는 아오시마제작소의 에이스 투수다. 4번 타자에 거포(巨砲)인 닛타 다쓰히코와 같이 아오시마의 간판선수였다.

"혹시 무라노 감독으로부터 무슨 말을 못 들으셨습니까?"

자야는 발끈한 표정으로 혀를 찼다.

"그런 말은 한마디도 못 들었어. 그런 이야기가 갑자기 정해질 리 없으니 오래전부터 미쓰와전기가 무라노에게 타진을 했겠지. 자기 회사로 오지 않겠냐고."

"그랬겠지요."

미쓰와전기는 이기기 위해서 수단과 방법을 가리지 않는 곳이다. 어떤 조건을 제시했는지 모르겠지만, 가능하면 이지마와 닛타를 데려와 달라고 요구했으리라.

미카미는 그제야 겨우 본론을 꺼냈다.

"그런데 이사님, 오늘은 한 가지 부탁이 있어서 왔습니다. 무라노 감독이 갑작스럽게 그만두는 바람에 현재 감독 자리가 비어 있습니다. 이사님 힘으로 좋은 사람을 소개해주실 수 없겠습니까? 이번 시즌에 감독도 없는 상태로 싸울 수는 없으니까요."

"어떤 사람이 좋겠나?"

자야의 질문을 받고 미카미는 어떻게 대답해야 좋을지 몰라서 막막했다. 자야의 자택은 고급 아파트의 7층으로, 창밖에서는 지금이라도 울음을 터트릴 것처럼 잔뜩 찌푸린 하늘이 보였다.

미카미는 나름대로 자신의 생각을 말했다.

"감독이 교체되면서 지도 방식이 너무 달라지면 부원들이 혼란스러울 겁니다. 전 감독의 방식을 그대로 따를 필요는 없지만, 가능하면 그 방식을 어느 정도 이해하고 이어받을 수 있는 감독이 좋지 않을까 합니다."

하지만 자야는 고개를 갸웃거렸다.

"과연 그럴까? 간판선수가 빠진 상태에서 무라노의 방식대로 한다면 아오시마는 작년보다 더 약해지지 않겠나?"

"그럴까요?"

손수건을 다시 이마에 대면서 미카미는 모호하게 말했다.

"아오시마 회장님께선 뭐라고 하셨지?"

창업자인 아오시마 다케시는 아오시마제작소를 매출 500억 엔의 당당한 기업으로 키워낸 사람이다. 야구팀을 만든 것은 물론이고, 젊었을 때는 스스로 야구부장을 역임한 적이 있을 만큼 야구광이다. 하지만 2년 전 건강이 안 좋아지면서 영업부장이었던 호소카와를 사장으로 발탁하고, 당신은 대표권이 있는 회장으로 물러났다. 지금은 마음이 내킬 때만 가끔 회사에 나올 뿐, 실제로는 은퇴했다고 할 수 있다.

"일단 야구팀의 최고책임자는 사장님으로 되어 있습니다. 회장님은 사장님과 의논해서 정하면 된다고 하셨고요."

전임 감독을 소개해준 자야에게 후임 감독을 소개해달라고 부탁하라는 것은 호소카와 사장의 지시였다.

"그래?"

자야는 팔걸이의자에 앉아 팔짱을 끼고 생각에 잠겼다. 그리고 실제로는 짧았을 수도 있지만 상당히 오래라고 느껴진 침묵 끝에 입을 열었다.

"감독 경험이라든지, 어디 출신이라든지, 그런 건 따지지 말고 전부 내게 일임해주겠나?"

"물론입니다. 생각나는 사람이 있습니까?"

"없지는 않네만, 계약 조건은 어떻게 되나?"

"계약 조건은 이렇습니다."

미카미는 만들어온 서류를 보여주었다. 연봉을 비롯해 대우와 근무조건이 쓰여 있는 서류였다. 신분은 계약 직원. 월급을 웬만큼 주는 대신 마음에 들지 않으면 이쪽에서 해고할 수 있다는 주의사항은 눈에 띄지 않도록 비고란에 적혀 있었다.

그것을 보고 자야는 얼굴을 찡그렸다.

"너무 적군. 더 줄 수 없겠나?"

"아시다시피 지금은 워낙 불경기라서요."

"그건 나도 알아. 하지만 아무리 그래도 그렇지, 감독의 인건비를 아껴서 어쩌자는 건가? 지금은 긴급 상황이 아닌가?"

총무부장으로서 평소에 인건비에 관해 신경을 쓰는 만큼, 미카미는 약간 발끈했다.

"이사님, 딱히 인건비를 아끼는 게 아닙니다. 계약 직원으로서는 파격적인 조건이지요."

비고란까지 꼼꼼히 읽고 나서 자야는 못마땅한 얼굴로 말했다.

"성적이 부진하면 해고할 수 있다고 되어 있군. 이건 너무하지 않나? 애초에 감독을 정하는 타이밍이 너무 늦었잖아! 스포니치 대회•는 눈앞으로 다가왔고, 괜찮은 인재는 이미 어딘가에서 데려간 다음이야."

"그건 저도 알고 있습니다. 하지만……."

• 일본야구연맹 관동 지구에서 주최하는 사회인야구 대회로, 매년 3월에 열린다.

미카미는 자야를 똑바로 바라보면서 덧붙였다.

"지금은 아오시마제작소 야구팀이 창단된 이후, 최악의 위기 상황입니다. 이사님께서 도와주십시오. 부탁합니다."

그는 그렇게 말한 뒤, 두 무릎에 손을 올려놓고 깊숙이 고개를 숙였다.

자야로부터 연락이 온 것은 일주일 후의 일이었다.

"소개할 만한 사람이 한 명 있네."

2

"감독 문제로 이렇게 어수선해서야 올 시즌도 거의 기대할 수 없겠군요."

사사이 고타로 전무는 야구팀을 무시하듯 말하며 호소카와에 게 의견을 구했다.

"사장님, 안 그렇습니까?"

호소카와는 대답을 하는 대신 쓴웃음을 지었다. 정기 임원회 의 자리다. 호소카와라고 야구에 깊은 애정이 있는 것은 아니지 만, 옆에 있는 아오시마 회장을 배려해 사사이의 말에 맞장구를 치지는 않았다.

야구팀을 향한 아오시마의 애착은 남들보다 몇 배 강하다. 오 랫동안 사장과 야구부장을 겸임하고, 젊은 시절에는 경기가 있 을 때마다 야구 유니폼을 입고 벤치에 앉아 있었을 정도였다.

한편 사사이의 말투가 어딘지 모르게 연극을 하듯 과장스러웠던 것은 평소에 야구팀을 눈엣가시처럼 여기고 있기 때문이다. 아오시마가 사장으로 있었던 무렵에는 불만을 간신히 억눌렀지만, 2년 전에 아오시마가 회장으로 물러나고 나서는 그런 조심성이 없어졌다.

"이제 우리 회사도 야구팀의 존속 문제를 진지하게 검토해야 합니다."

사사이의 말이 끝나기도 전에 임원들이 술렁거리기 시작했다.

야구팀을 해체해야 하지 않는가. 사사이가 그렇게 물밑 교섭을 하고 있다는 말은 미카미의 귀에도 들어왔다.

그 배경에는 급격한 실적 부진이 자리하고 있다. 작년 말에 파견 직원 700명 중 절반인 350명과 계약을 중단한 데에 이어서 파견 회사와의 계약을 해지하기로 결정한 지금, 느긋하게 야구를 할 때가 아니라는 주장은 충분히 이해할 수 있다. 야구팀을 유지하기 위해서는 선수와 스태프의 인건비까지 포함해 연간 약 3억 엔의 경비가 들기 때문이다. 사사이는 이러한 아오시마제작소의 살림살이를 누구보다 잘 알고 있다.

사사이가 목소리에 힘을 주어 강력하게 주장했다.

"지금처럼 불경기가 계속되면 언젠가 워크셰어링*도 생각하지 않으면 안 됩니다. 앞으로 정규 직원의 급여나 고용에 칼을 들이대려면, 그에 상응하는 비용 절감의 노력을 보여주어야 하겠

---

* 근로시간 단축을 통해 업무를 나눔으로써, 더 많은 근로자들이 일자리를 갖도록 하는 제도.

지요. 야구팀에 3억 엔을 사용하면서 직원들에게 월급을 줄이자고 말하면 씨도 먹히지 않을 겁니다."

다른 임원들이 힐끔거리며 호소카와의 안색을 살피기 시작했다.

미카미는 숨을 들이쉬면서 반론을 시도하려고 했으나 설득력 있는 말이 떠오르지 않았다. 감독 때문에 시끄러웠던 것은 사실이고, 그 이전에 야구팀 자체도 이런저런 문제를 껴안고 있었다. 회사 실적처럼 밑바닥을 헤매고 있는 전적(戰績)과 추락한 사내 인기도 사사이에게 그런 말을 할 수 있는 계기를 만들어주었으리라. 예전에 직원들의 자부심이자 회사의 상징이었던 야구팀은 바야흐로 회사의 골칫덩어리로 전락하기 직전이었다.

하지만…….

야구로 채용된 선수에게 야구팀의 해체는 해고나 마찬가지다. 어떻게 해서라도 그것만은 막아야 한다.

당황한 미카미는 이날 우연히 임원회의에 참석한 아오시마를 매달리는 눈길로 바라보았다. 회장으로 물러났다곤 하지만 예전에 신 같은 존재였던 아오시마의 말은 아직도 굉장한 영향력을 가지고 있다. 하지만 아오시마는 팔짱을 끼고 눈을 감은 채, 어금니를 깨물고 입을 열려고 하지 않았다.

"눈앞의 3억 엔이 아까운 건 이해하지만, 야구팀에는 그런 손익으로 따질 수 없는 이점이 있지 않습니까?"

그때 고맙게도 한마디 거들어준 사람은 영업부장인 도요오카 다이치였다. 술통처럼 배가 불룩한 체형에 트레이드마크인 턱수

염을 기른 도요오카는 온후한 얼굴로 원탁을 둘러보며 말을 이었다.

"영업을 하러 돌아다니다 보면 우리 같은 전자부품 제조업체는 이름도 모르는 경우가 허다합니다. 하지만 사회인야구를 하는 덕분에 '아하! 회사 이름을 들어본 적이 있습니다'라고 말하는 사람이 많지요. 이건 영업할 때 큰 도움이 되고 있습니다."

"그야 예전에는 성적이 좋았으니까 그렇지."

사사이가 비아냥거림으로 대꾸했다. 이야기가 꺼림칙한 방향으로 나아가고 있다고 생각한 순간, 다시 사사이의 목소리가 이어졌다.

"미카미 부장, 솔직히 말해서 야구팀은 어떤가? 강해질 전망이 있나?"

사사이의 입에서 배려라곤 털끝만큼도 없는 질문이 나왔다. 4월부터 시작되는 새 경영계획을 논의하는 임원회의 자리였다.

"작년 시즌은 눈 뜨고 볼 수 없는 지경이었잖나? 사람들에게 그렇게 한심한 모습을 보이면 곤란해. 이제 좀 강해지지 않으면 야구팀을 운영하는 보람이 없지 않겠나?"

"작년 전적에 대해선 드릴 말씀이 없습니다. 그래서 이번 기회에 감독을 바꿔서……."

괴로운 변명을 짜내려고 하자 사사이가 냉정하게 말했다.

"우리가 감독을 바꾸는 게 아니라 무라노 감독에게 버림받은 게 아닌가?"

미카미는 젖 먹던 힘까지 다해 이 자리를 수습하려고 했다.

"야구를 통해 회사 전체가 하나가 된 역사도 있지 않습니까? 새로운 감독 밑에서 심기일전해 열심히 할 테니까 계속 지켜봐 주십시오. 이렇게 부탁드립니다."

미카미가 일어서서 깊숙이 고개를 숙였다. 어색한 공기가 회의실을 감쌌다. 미묘한 분위기 속에서 박수 소리가 들린 것은 그때였다. 아오시마였다.

"열심히 하게. 기대하겠네."

아오시마가 원탁을 둘러보며 덧붙였다.

"아무튼 감독도 바뀌었으니까 이번 시즌을 기대해보지 않겠나? 분명히 좋은 경기를 보여줄 걸세."

아오시마의 옆에서 호소카와가 보일 듯 말 듯 얼굴을 찡그렸다. 자신에게 경영을 맡기고 회장으로 물러났으면서 이런 상황에서 방망이를 두들기듯 안건을 마무리하는 점이 마음에 들지 않는 것이다.

말허리를 잘린 사사이가 불쾌한 얼굴로 입을 다문 가운데, 호소카와는 일단 그 문제에 마침표를 찍었다.

"미카미 부장, 새 감독이 어떤 실력을 보여줄지 당분간 상황을 지켜보기로 하지. 그러면 되겠나?"

모든 사람의 마음속에 피로가 밀려드는 순간이었다. 미카미는 가슴을 쓸어내리며 마음속으로 아오시마에게 고개를 숙였다.

3

야구팀 매니저인 고가 데쓰는 이날 유난히 일진이 사나워 심기가 불편했다.

출근길에 용돈 문제로 아내와 한바탕 설전을 벌였고, 조금 전에는 경리과장이 부르더니 야구팀 예산에 관해 하나하나 짚어가며 트집을 잡았다. 게다가 갑자기 비가 쏟아지면서 무릎의 오래된 상처가 욱신거리는 등 날씨까지 그에게 심술을 부리는 듯한 기분이 들었다.

그가 속한 총무부 일을 마무리한 뒤, 겨우 가랑비로 변한 하늘 밑에서 초록색 네트가 둘러쳐진 운동장 옆을 빠른 걸음으로 가로질렀다. 군데군데 질척거리는 곳을 밟을 때마다 무릎의 통증을 느끼면서도 육상선수처럼 가볍게 뛰어넘어, 이윽고 홈베이스를 옆으로 세운 듯한 야구팀 건물의 현관에 도착해 슬리퍼로 갈아 신었다.

먼저 2층 식당으로 가자마자 배식구에서 하시즈메 사요에게 말을 걸었다.

"아주머니, 죄송하지만 늘 먹던 걸로 좀 부탁해요."

사요의 닭고기달걀덮밥은 천하일품이다. 바빠서 점심 먹을 시간이 없을 때, 여기에 와서 덮밥을 먹는 것이 고가의 커다란 즐거움이었다. 그런데 사요는 미안한 표정을 짓더니 두 손으로 허리를 짚었다.

"고가 씨, 미안해서 어쩌지? 재료가 다 떨어졌거든."

그리고 배식구까지 다가오더니 고가에게만 들리는 작은 목소리로 덧붙였다.

"혹시나 해서 1인분 남겨뒀는데, 조금 전에 저 사람이 와서 뭐라도 만들어달라기에……."

사요가 가리킨 곳으로 고개를 돌리자 아무도 없는 줄 알았던 식당 구석에 한 사내가 앉아 사요의 닭고기달걀덮밥을 맛있게 먹고 있는 게 아닌가. 덩치가 크고 얼굴에는 수염을 길렀으며 파란색 작업복을 입은 사내였다.

"누군데요?"

사요는 눈을 동그랗게 뜨고 고개를 가로저었다.

"글쎄, 나도 처음 보는 사람이야. 아무튼 회사의 허가를 받았다고 하던걸."

"회사의 허가를 받아요?"

아마 그제부터 시작된 도랑 공사의 인부이리라. 고가는 순간적으로 어이가 없었다. 외부인이 야구팀 식당에서 밥을 먹다니! 아침부터 이어진 조바심이 한계를 넘은 순간, 고가는 더는 참지 못하고 사내에게 따지듯 말했다.

"미안하지만 여기는 야구팀 식당이거든요! 공사 관계자는 다른 곳에서 식사하시겠습니까?"

사내는 음식을 뜨던 젓가락을 멈추더니 고가 쪽으로 시선을 돌렸다. 뺨에 밥알을 붙인 채 얼굴에 비해 작은 눈이 지금 겨우 알아차린 것처럼 고가와 사요를 바라보았다.

"그거 미안하군."

사내가 다시 젓가락을 움직였다.

'뭐야? 사람 말을 무시하다니……'

고가가 발끈해서 한마디 하려는 순간, 계단을 올라오는 발소리와 함께 이사카가 얼굴을 내밀었다. 포수다운 듬직한 체격의 남자로, 체중은 100킬로그램이 넘는다.

"미안 미안. 막 나오려는데 갑자기 일을 시키지 뭐야?"

같은 총무부라도 고가는 인사과 소속이고 이사카는 서무과 소속이다. 업무의 성격상 예상치 못한 잔일이 많다.

이사카는 재빨리 운동장이 보이는 창가 자리에 앉아 가져온 자료를 펼쳤다. 연습은 오후 3시부터 시작하지만 앞으로의 경기 일정을 의논하기 위해 둘만 한 시간 일찍 만나기로 한 것이다.

"나오기 전에 언뜻 들었는데, 조금 전의 임원회의에서 감독을 확정했다더군."

안 그래도 마음에 걸렸던 일이라서 고가는 황급히 물었다.

"그래? 누구래?"

미카미가 전 감독을 소개해준 자야를 찾아가 후임자를 구해달라고 부탁했다는 말까지는 고가도 들었다.

"그건 나도 몰라. 그저께 자야 이사로부터 전화가 걸려와 급하게 추천받은 모양이야. 미카미 부장이 어제 만나고 온 것 같아."

"이름은?"

"뭐라더라, 다이도 어쩌고 하던데……. 이름이 독특한데, 혹시 몰라?"

"들어본 적 없어."

이사카가 잘못 들은 게 아니라면 누구나 아는 유명한 감독은 아닌 듯하다. 물론 유명한 감독이 온다고 해서 강해진다는 보증은 어디에도 없다. 그 증거로 전 감독인 무라노도 사회인야구계에서는 모르는 사람이 없을 만큼 유명한 감독이지만 아오시마제작소에서 거둔 성적은 눈 뜨고 볼 수 없을 만큼 초라했다. 감독에 대한 야구팀 내부의 불신도 상당해서, 불만이 폭발하기 직전에 감독이 미리 사표를 낸 게 아닐까 하는 느낌마저 들었다.

고가가 이사카에게 물었다.

"언제 부임한대?"

"그것도 몰라."

할 수 없이 휴대폰으로 미카미에게 전화를 걸었지만 연결이 되지 않았다. 고가는 혀를 한 번 차고 테이블에 있는 서류 속에서 '상반기 일정표'를 들어올렸다. 6월까지 확정된 공식전이 이미 적혀 있었다. 앞으로 정해야 할 것은 시범경기 일정과 상대였다. 빨리 정하지 않으면 상대가 다른 일정을 잡을 수도 있다. 예년 같았으면 이미 정했을 텐데, 아직 아무것도 적혀 있지 않은 백지 상태였다. 감독 선임이 늦어진 영향이 이런 곳에도 미치고 있었다.

그로부터 한 시간에 걸쳐서 고가는 이사카와 머리를 맞대고, 대전 상대에 걸맞은 대학팀이나 클럽팀을 여백에 써넣었다. 시범경기를 할 만한 날짜를 달력에서 순서대로 확인하면서 3월 중순에 있을 첫 번째 공식전까지의 임시 일정을 완성한 것이다.

"이 정도면 되겠지? 미카미 부장에게 보여주고, 전화로라도 새 감독의 승낙을 구하자."

그런 다음에 상대 팀에게 타진하는 것은 매니저인 고가의 역할이다. 사회인야구의 매니저는 매스컴에 대응하거나 팀의 잔일을 하면서, 때로는 감독의 의논 상대가 되는 중요한 자리다. 두 시간쯤 회의를 했을까? 식당 창문으로 보이는 운동장에서는 이미 수비 연습이 끝나고 타격 연습으로 들어가려고 하고 있었다.

탈의실로 들어가는 이사카의 등을 바라본 뒤, 고가는 가랑비가 내리는 운동장으로 나왔다. 타격연습용 시설인 배팅 케이지가 설치되고, 이미 실전과 똑같은 타격 연습이 진행되고 있었다. 마운드에 있는 사람은 베테랑 투수인 사루타 요노스케였다.

고가가 1루 측 벤치 앞에 있는 외부인의 존재를 알아차린 것은 백네트* 뒤에서 사루타가 던진 공을 두세 개 지켜보았을 때였다. 조금 전에 식당에서 보았던 작업복 차림의 사내였다. 도랑 공사는 이미 끝났는데 왜 안 가고 여기에 있는 거지?

고가는 두 손으로 손나팔을 만들어 고함을 질렀다.

"이봐요! 위험하니까 나가주세요! 어서요!"

그런데 사내는 고가를 힐끔 쳐다보고 나서 고개를 돌리고 걸어가더니, 아무도 없는 더그아웃**에 털썩 앉는 게 아닌가.

"저 사람, 왜 저래? 사사건건 열 받게 만드네!"

사내를 끌어내기 위해 고가는 더그아웃을 향해 성큼성큼 걸어갔다. 운동장 너머에서 미카미 부장이 종종걸음으로 다가오는 것이 시야의 끝에 보였지만 그쪽은 일단 뒤로 미뤘다.

* 야구장에서 공을 막기 위해 본루 뒤쪽에 치는 그물.
** 경기가 진행되는 동안 감독과 선수, 코치들이 대기하는 장소.

"이봐요. 지금 연습 중이니까 나가주시겠습니까? 여기에 계시면 위험합니다."

고가는 더그아웃의 지붕을 잡고 들여다보며 최대한 정중하게 말했다. 하지만 사내는 그런 고가에게는 신경도 쓰지 않고, 한쪽 다리를 운동장에 내민 채 팔짱을 끼고 선수들의 움직임을 눈으로 좇았다. 귀가 나쁜 걸까?

고가가 다시 목소리를 높였다.

"이보세요! 지금은 연습 중입니다!"

그제야 겨우 작업복의 사내가 입을 열었다.

"그건 보면 알아."

이놈, 미친놈 아니야?

그렇게 생각한 순간, 뒤에서 부르는 소리가 들렸다.

"고가! 이봐, 고가!"

뒤를 돌아보자 미카미가 숨을 헐떡이며 벤치를 향해 달려오는 참이었다.

"다이도 감독님, 안 오셨나?"

"네?"

고가가 멍한 표정을 짓는 것을 보고 미카미가 다시 똑같은 말을 되풀이했다.

"새 감독님 안 오셨나? 이쪽으로 가셨다고 하던데……."

설마……. 고가가 새삼 벤치의 사내에게 시선을 향한 순간, 등 뒤에서 경쾌한 타격음이 들렸다. 그와 동시에 사내가 운동장이 떠나가라 소리를 질렀다.

"나이스 배팅!"

투수 마운드에서 사루타가 멍한 얼굴로 더그아웃 쪽을 보았다. 칭찬을 받은 이누히코도 방망이를 멈추고 이쪽을 보았다. 그와 동시에 운동장에 있는 모든 선수가 움직임을 멈추고 더그아웃으로 시선을 향했다.

"저기…… 그러니까……."

지금까지의 야구 인생에서 고가가 이렇게까지 놀란 적은 처음이었다. 머릿속이 새하얘진 고가를 제치고 미카미가 당황하며 운동장으로 내려갔다.

"감독님, 여기 계셨군요. 앞으로 잘 부탁드리겠습니다."

그렇게 말하고 미카미는 정중하게 고개를 숙였다.

"데쓰. 그 감독 말이야, 어떤 사람이야? 지금까지 어느 팀에 있었대?"

사루타가 고가의 어깨에 팔을 두르고 질문을 던지고 있는 곳은 곤타였다. 곤타는 회사 근처에 있는 싸구려 술집으로, 야구팀 선수들의 모임터였다. 다이도 감독과 회의가 끝난 뒤, "한잔하고 있으니까 잽싸게 달려와"라는 사루타의 연락을 받고 고가가 얼굴을 내민 것은 저녁 8시가 지난 시각이었다.

사루타의 입가에는 히죽거리는 웃음이 매달려 있었지만, 눈 안쪽에는 신임 감독에 대한 호기심이 잔뜩 배어 있었다.

"작년까지 사가미세이카 고등학교 감독이었답니다."

고참에다 에이스인 사루타가 황당한 표정을 지었다.

"사가미세이카? 고등학교 감독이었다고? 우리가 언제부터 고교야구부가 되었지?"

고가는 말문이 막혔다. 다른 부원에게서는 다른 각도의 질문이 나왔다.

"그건 그렇고 그 아저씨 말이야, 왜 작업복을 입고 있었어?"

그 질문에는 고가도 대답할 수 있었다.

"아버님이 요코하마에서 전기설비 공사 일을 하신대요. 그 일을 도와주러 근처에 왔다가 잠깐 들렀다고 합니다."

회의가 끝나자 다이도는 회사 차로 왔다고 하면서, 식사하자는 것도 거절하고 공사용 도구를 잔뜩 실은 밴을 끌고 돌아갔다.

"고교야구 감독 자리는 어떻게 했대? 그만뒀대?"

이쑤시개를 입에 물고 사루타가 물었다. 고가가 조심스럽게 대답했다.

"그런 얘기는 나오지 않았습니다. 처음 만나자마자 대놓고 물어볼 수도 없고요. 하지만 집안일을 도와줄 정도이니까 그만두지 않았을까요? 그래서 자야 이사가 우리 회사에 소개해준 게 아닌가 합니다."

"자야 영감탱이, 우리를 무시해도 유분수지. 고교야구 감독을 보내서 어쩌잔 거야?"

베테랑인 아라이가 거칠게 말했다. 첫날부터 연습 메뉴에 체력 훈련을 넣고, 고참과 신참을 똑같이 다루는 다이도의 방식이 마음에 들지 않는다는 것은 말투만 보아도 알 수 있었다. 전 감독인 무라노는 연습은 코치에게 맡기고, 주전급 베테랑 선수는 독

34

자적으로 연습하게 놔두었던 것이다.

"잠깐이긴 하지만 회의 때 이야기해본 느낌으로는 나쁘지 않은 것 같았습니다."

고가가 솔직한 느낌을 말하자 사루타를 비롯한 베테랑들의 표정이 머쓱해졌다.

"이미 정해졌으니까 일단 상황을 지켜보는 게 어떻겠습니까?"

"너 뭐야? 벌써 감독한테 딸랑거리는 거야?"

아라이가 심술궂게 말하자 고가는 얼굴 앞에서 손을 가로저었다.

"천만에요! 그런 거 아닙니다."

여기서 베테랑들과 입씨름을 해봐야 의미가 없다. 그때 같은 주전인 시마노가 옆에서 중재를 했다.

"진정해. 감독이 바뀌어도 상관없잖아? 야구를 하는 건 우리들이니까. 무명의 새내기 감독이 뭘 할 수 있겠어? 적어도 사회인야구계에서는 우리가 더 유명하잖아?"

사루타가 어깨를 흔들며 비아냥거리는 웃음으로 대꾸했다.

"그건 그래. 당분간 신임 감독의 솜씨 좀 구경할까?"

4

오후 1시. 총무부 일을 정리한 고가가 야구팀 건물로 가려고 했을 때, 미카미가 불러 세웠다.

"고가, 다이도 감독은 어때?"

다이도 마사오미가 부임한 지 3주쯤 지났을 때였다. 고가는 말을 고르며 입을 열었다.

"글쎄요. 부임한 지 아직 얼마 되지 않아서 아직 뭐라고 할 수는⋯⋯."

"베테랑들의 평판은 괜찮아?"

아픈 곳을 찔렸다. 다이도의 야구팀 운영이 사루타를 비롯한 베테랑의 반감을 살 우려가 있다고 생각한 모양이다.

"솔직히 말씀드려서 별로 좋지는 않습니다. 특별 대우가 없으니까요."

그렇다고 모든 부원을 평등하게 대하지도 않았다. 확실한 것은 잘 모르겠으나 다이도의 머릿속에서 서서히 선수들의 서열이 정해지고 있는 듯했다. 청백전*을 할 때 가끔 나타나지만 주전으로 정착한 선수를 후보로 돌리거나, 이누히코처럼 야구팀에 들어온 이후 계속 후보였던 선수를 주전으로 넣기도 한다. 그것은 평등하다는 말과 동떨어진 시행착오 같은 것이었다.

"우리끼리 하는 말인데, 무라노 감독에 비해 어떤가?"

미카미는 불안한 것이다. 회사 실적이 좋지 않은 가운데, 임원 회의에서 야구팀의 존재 자체를 문제 삼고 있다는 말은 고가도 들었다. 이렇게 중요한 시기에 지장으로 알려진 무라노에게 버림을 받고, 실력을 알 수 없는 새 감독을 맞이한 것은 여간 불안한 일이 아니다. 최근 들어 밑바닥을 헤매고 있긴 하지만 미카미

* 같은 구단 내에서 팀을 나누어 하는 연습경기.

의 말투에서는 명문 사회인야구팀을 맡은 중압감이 절실하게 전해졌다.

이제 와서 좋게 포장할 필요는 없다고 생각해 고가는 솔직한 심정을 말했다.

"실제로 경기를 해보지 않으면 뭐라고 말할 순 없겠지요. 다만 지금이라서 말씀드리지만, 무라노 감독이 있던 3년간은 아무런 결실이 없었다고 생각합니다."

"그건 무슨 뜻이지?"

관심이 가는 듯 미카미의 눈썹이 꿈틀거렸다.

"무라노 감독은 항상 선발 멤버를 고정했으니까요. 그러면 선수가 성장하지 않습니다. 그동안 새로운 스타는 한 명도 나오지 않았잖습니까?"

순간 지난 3년간을 돌아보았는지 미카미는 고개를 끄덕였다.

"그건 그래. 불행 중 다행이라고, 무라노 감독이 간판선수를 두 명 빼내감으로써 빈자리가 두 개 생긴 건가?"

"바로 그겁니다."

다이도가 그 빈자리를 어떻게 사용할지는 모르겠으나, 젊은 선수를 한 명이라도 기용하면 팀에는 활기가 생기리라.

"감독의 힘은 아직 미지수지만, 꼭 나쁜 일만 있는 건 아니라는 뜻입니다."

그러기 위해 지금 안간힘을 다해 재도약의 열쇠를 찾으려고 하고 있다.

"그렇게 믿고 싶군."

미카미는 무거운 한숨을 토해냈다.

고가가 운동장으로 나갔을 때 선수들은 어깨를 풀기 위해 캐치볼을 시작하고 있었다.

그가 맨 처음에 향한 곳은 야구팀 건물 2층에 있는 감독실이었다. 최근 며칠간 감독실에 들어갈 때마다 다이도는 커다란 감독용 책상 위에 오래된 스코어북을 잔뜩 펼쳐놓고 있었다. 지금도 그랬다. 옆에 켜놓은 노트북에 스코어북의 자료를 입력하는 것이다. 무슨 목적인지는 모르겠지만 감독으로 취임한 이후 틈만 있으면 이 '스코어북의 데이터베이스화' 작업에 몰두하는 것 같았다.

올해 마흔 살인 다이도가 대학에서 스포츠과학을 전공했다는 사실은 고가도 알고 있었다. 그 이후 대학에서 10년간 강사로 일한 뒤, 신설 고등학교에 감독으로 부임해 자신의 이론을 적용해보았다고 한다.

아직 깊은 이야기를 나누어보지는 않았으나, 지난 3주간 겪은 다이도는 큼지막한 덩치에 지저분한 수염을 기른 촌스러운 외모와 달리 매우 사색적인 사람이었다.

다이도와 말하고 있으면 이상하게도 야구인과 말하고 있다는 기분이 들지 않았다. 어렸을 때부터 야구를 중심으로 살아온 고가는 지금까지 수많은 감독이나 코치를 만나봤지만, 다이도는 그 누구와도 달랐다.

스코어북에서 얼굴을 든 다이도가 말없이 책상 앞의 의자를 권했다. 매일 연습하기 전에 감독실을 찾아와 짧은 회의를 하는 것이 매니저로서 고가의 일과였다.

"이제 슬슬 선발 멤버를 정하려고 하는데, 어떻게 생각하나?"

생각지도 못한 말을 듣고 고가는 적잖이 당황했다. 선발 멤버는 매니저인 자신이 아니라 코치인 마쓰자키와 의논하는 것이 보통이기 때문이다.

"글쎄요……."

고가는 어떻게 대답해야 할지 몰라서 잠시 망설였다. 왜 자신에게 그런 것을 묻는지 고개를 갸웃했을 때, 다이도가 종이 한 장을 내밀었다. 청백전의 팀 구분이었다.

"선발군과 후보군으로 나눠봤어."

말없이 종이를 바라본 고가는 한동안 그곳에 있는 이름에서 시선을 뗄 수 없었다. 선발 멤버가 크게 바뀐 것이다. 투수를 제외한 여덟 명 가운데 클린업 트리오°를 포함해 절반이 지금까지 후보 선수로 있던 사람들이었다. 전부 무라노 감독에게서 냉대를 받았던 선수들이다.

변화는 고가도 바라던 일이었다. 하지만 이렇게까지 격심한 변화를 바랐는가 하면, 역시 고개를 가로저을 수밖에 없었다. 더구나 솔직히 말해 다이도가 왜 이 선수들을 기용하는지 이해할 수 없었다. 실적 면에서도, 타율 면에서도 지금까지의 선발군이 더 좋지 않은가.

고가는 고개를 갸웃거렸다. 어쩌면 다이도는 '나는 무라노와 달라!'라고 강조하고 싶은 게 아닐까. 그렇다면 특별한 이유가

• 팀 내에서 장타율이 높은 3, 4, 5번 강타자를 가리키는 말.

없는 멤버 교체를 선수들이 납득할 리가 만무하다.

"어떻게 생각하는지 솔직하게 말해주게."

고가는 대답에 궁해서 잠시 머뭇거렸다.

"제가 의견을 말하기는 좀 그렇지만……."

그는 일단 그렇게 말하고, 선수 명단을 다이도에게 돌려주면서 덧붙였다.

"이것을 선수들이 납득할지……."

"베테랑 녀석들 말인가?"

다이도가 자신의 생각을 정확하게 찌르자 고가는 어정쩡하게 대답했다.

"네에, 뭐……."

젊은 선수들에게 선발 기회를 주는 것에는 찬성이다. 지금까지 아무리 열심히 연습해도, 아무리 체력을 단련해도, 부동의 멤버로 경기를 치렀던 전 감독의 방식에 일부 선수들은 의욕을 잃었다. 하지만 주전이 보장되었던 베테랑 선수가 이 명단을 그대로 받아들이기는 쉽지 않다. 반드시 여기저기서 불만이 터져 나올 것이다.

"이 팀에는 훌륭한 선수들이 많아. 그들의 힘이 백이라면, 지난 몇 년간은 50퍼센트밖에 사용하지 않았지. 그걸 백 퍼센트까지 끌어올리는 게 내 역할이야."

그것은 맞는 말이라고 생각한다. 하지만 맞는 말이라고 해서 베테랑 선수들이 받아들인다곤 할 수 없다.

고가는 불길한 예감에 휩싸이며 가볍게 입술을 깨물었다. 다이도는 그런 고가를 힐끔 쳐다보더니, 먼저 감독실을 나서며 한마디 했다.

"한번 해보지 뭐."

5

아오시마제작소의 임원회의는 항상 매주 수요일 오전에 열린다. 회의실에서는 아까부터 각 부문의 임원이 전달사항과 함께 실적과 예측을 잇달아 발표하고 있었다. 그것을 한 귀로 들으면서 사장인 호소카와는 어떻게 하면 지금의 위기에서 벗어날 수 있을지 생각했다.

미국발 금융위기가 전 세계를 휩쓸면서 일본에도 극심한 불경기의 한파가 몰아닥친 것은 작년 말이었다. 그 즉시 2년 전 사장 자리에 앉은 이후 순조롭게 나아가던 회사 실적에 급브레이크가 걸리고, 올해에 접어들어서는 2개월 연속 적자에 허덕이고 있다. 또한 주요 거래처의 생산 축소에 따른 매출 감소는 지금도 멈출 기미가 없고, 거칠게 휘몰아치는 소용돌이 속으로 서서히 빨려 들어가는 게 아닐까 하는 불안을 감출 수 없었다. 잠시 다른 곳을 방황하던 호소카와의 생각이 회의로 돌아온 것은 심각한 목소리가 들렸기 때문이다.

"도쿄모터스에서 가격을 인하해달라고 요구하고 있습니다. 어떻게 더 안 되겠냐고요."

고개를 들자 도요오카 영업부장이 긴장된 얼굴로 호소카와를 바라보고 있었다.

"좀 더? 얼마를 인하해달라는 건가?"

단도직입적으로 물으면서 호소카와는 들고 있는 자료로 시선을 떨어뜨렸다. 도쿄모터스에 판매하고 있는 것은 레이저 판별 센서의 최신 모델이다. 개발한 지 얼마 되지 않은 센서로, 도쿄모터스에 보낸 견적은 결코 과하게 책정된 금액이 아니었다.

"5퍼센트 인하해달랍니다."

"지금 제정신인가? 그러면 개발비를 회수할 수 없잖아? 자네도 그 정도는 알고 있겠지?"

거칠게 말한 사람은 사사이 전무였다. 도요오카를 노려보는 눈은 칼날처럼 날카로웠다.

"물론입니다. 다만 경쟁사의 공세도 강해지고 있고……."

더욱 심각해진 도요오카의 얼굴을 보면서 호소카와가 물었다.

"어디지?"

"미쓰와전기입니다."

도요오카의 대답을 듣자마자 호소카와는 무의식중에 혀를 찼다. 사사이도 팔짱을 낀 채 얼굴을 찡그렸다.

"우리보다 조금 싸게 견적을 낸 모양입니다. 가노 부장은 지금까지 계속 거래해왔으니까 가능하면 우리 회사에 발주하고 싶다더군요. 안 그래도 현재의 경제 상황에서는 수주 자체가 재검토될 수 있으니까 지금은 그쪽 요구를 들어줘야 하지 않나 합니다. 그래야 다음으로 이어질 수 있으니까요."

레이저 판별 센서는 적당한 타이밍을 노려서 투입한 하반기의 핵심 상품이지만, 시장 자체가 워낙 불황이라서 뜻밖에도 고전을 면치 못하고 있다. 그렇다고 해서 섣불리 가격을 인하해주면 자신의 목을 조르는 꼴이다.

"3퍼센트 정도론 안 되겠나?"

호소카와의 말을 듣고 사사이가 불만스러운 표정을 지었다. 어떻게든 버티라고 말해주기를 바란 것이다. 마음은 충분히 이해한다. 하지만 경쟁 상대가 미쓰와전기라면 그렇게 쉽게 버틸 수 없다는 것을 호소카와는 뼈저리게 알고 있다. 그 역시 영업부장 출신이기 때문이다.

미쓰와전기의 영업방식을 한마디로 말하면 야비하기 짝이 없다. 조금만 틈을 보이면 아오시마제작소보다 강력한 자본을 무기로 끊임없이 밀어붙인다. 실제로 지금쯤 아오시마를 배제하기 위해 한 단계 더 가격 인하를 검토하고 있을지도 모른다. 원래 그런 회사다.

도요오카는 심각한 얼굴로 입을 다물었다. 3퍼센트의 가격 인하로는 이번 사태를 극복할 수 있을 것 같지 않다는 표정이다.

"애초에 미쓰와보다 우리 회사 생산비가 높은가?"

사사이의 질문에 "그럴 리가 없습니다!"라고 황급히 부정한 사람은 아사히나 마코토 생산부장이었다.

"생산비는 줄일 수 있는 곳까지 최대한 줄였습니다. 미쓰와와 비교해도 손색이 없을 뿐만 아니라 생산 노하우에서 한 발 앞서 나가는 만큼 오히려 우리가 저렴할 겁니다."

"그렇다면 적자를 각오하고 판매 공세를 펼치는 건가? 역시 미쓰와답군."

호소카와는 그렇게 빈정댔지만 사태는 결코 녹록지 않다. 가격 인하 경쟁의 종착지는 기업의 체력 싸움이다. 그렇게 되면 사업 규모와 자본력에서 뒤떨어지는 아오시마제작소에는 승산이 없다. 경쟁 상대가 있는 이상 어느 정도 가격 인하는 어쩔 수 없어도, 미쓰와의 페이스에 휘말리면 패배는 불을 보듯 훤하다.

사사이가 혼잣말처럼 중얼거렸다.

"경영 환경이 계속 심각해지는군. 이런 상태에서는 다시 실적을 하향 수정해야 돼. 그러면 은행에도 할 말이 없어지고……."

불황으로 인한 수요 감소로, 얼마 안 되는 기회를 잡기 위해 모든 회사가 총력전을 펼치며 발버둥치고 있다.

"나카시마공업이 실적 부진으로 레이오프*를 검토하고 있다는 소문도 있습니다. 주력인 하마마쓰공장의 가동을 일시적으로 멈추면, 우리가 납품하는 부품에도 영향을 미치게 됩니다."

도요오카는 그렇게 말하면서 이마의 땀을 닦았다.

"그 공장의 가동이 중단되면 월 2천만 엔의 이익이 날아가게 될 거야."

사사이의 목소리에는 위기감이 배어 있었다. 아오시마제작소의 이익 규모에서 월 2천만 엔의 이익이 감소한다고 바로 심각한 타격을 입지는 않는다. 하지만 이런 움직임이 확대되면 권투에서 연타를 맞는 것처럼 언젠가 큰 타격을 입을 수밖에 없다.

• 기업이 경영 부진으로 일정 기간 동안 노동자를 휴직시키는 제도.

도요오카도 똑같은 생각을 했는지, 그 자리에서 수십 개 회사의 목록과 예상되는 생산 감소 자료를 새로 꺼냈다.

회의실 공기가 무겁게 가라앉았다. 이윽고 사사이가 험악한 표정으로 말했다.

"문제는 이 불경기가 언제까지 계속되느냐 하는 거군."

중견 제조업체인 아오시마제작소의 연매출은 500억 엔이고, 경상이익은 약 40억 엔이다. 불황이 길어지면 회사의 체력은 서서히 약해질 수밖에 없다. 하지만 공포나 초조함에 휩싸여 몸을 웅크린다고 해서 사태를 타개할 수 있는 것도 아니다.

"전사적으로 비용을 7퍼센트 절감할 수 없겠나?"

도요오카가 작성한 자료를 다시 들여다보면서 호소카와가 말했다. 미간에 세로 주름을 잡은 사사이로부터 감정이 실리지 않은 말이 돌아왔다.

"어쩔 수 없겠군요."

"아사히나, 자네 의견은?"

사사이의 옆에서 아사히나가 긴장된 표정을 짓고 있었다.

"그 비용 절감에는 인건비도 포함되나요?"

도전하듯 되물은 아사히나를 똑바로 바라보며 호소카와는 망설임 없이 내뱉었다.

"물론이지."

6

"감독님, 한 잔 따라드려도 되겠습니까?"

그때까지 젊은 선수들을 상대로 일장 연설을 늘어놓던 사루타의 눈은 이미 술에 취해 붉게 물들어 있었다.

"그래, 고마워."

"에이, 이러시면 안 되죠."

사루타는 다이도가 내민 작은 술잔을 큰 컵으로 바꾸더니 일본주를 콸콸 따랐다. 그리고 이어서 자신의 큰 컵에도 가득 따랐다.

"건배!"

다이도는 그 술을 단숨에 절반쯤 들이켰다. 아까부터 꽤 많이 마셨을 텐데 얼굴색 하나 바뀌지 않고 태연한 미소를 지었다. 술이 아깝다고 생각될 정도였다.

아오시마제작소 근처에 있는 야구팀의 단골 술집인 곤타의 2층이었다. 오랜만에 한잔하러 가자고 먼저 말을 꺼낸 사람은 다이도였다.

첫 공식전인 스포니치 대회를 2주 앞둔 오늘, 다이도는 연습이 끝나고 선발군과 후보군을 발표했다. 그 자리에서 반발하는 사람은 없었지만 예상한 대로 베테랑들은 폭발하기 일보직전이었다. 다이도는 공식전을 눈앞에 두고 가벼운 단합 대회를 하는 거라고 말했지만, 진짜 목적은 베테랑들의 가슴속에서 끓어오른 가스를 빼주려는 게 아닌가 하고 고가는 짐작했다.

처음의 분위기는 화기애애했다. 선발군에 뽑힌 젊은 선수를 중심으로 분위기가 달아올라서, 최근 들어 계속 침체되어 있던 야구팀에 오랜만에 활기가 돌아온 것 같았다.

참고로 다이도는 선발군 멤버를 발표하면서, 이걸로 멤버를 고정하는 것은 아니라고 덧붙였다. 이번에 제외된 베테랑을 포함해 전원이 주전에 들어갈 가능성이 있다고 말한 것이다.

사루타가 한 되짜리 술병을 들고 물었다.

"감독님, 예전부터 물어보고 싶었는데요. 감독님께서는 어디서 야구팀을 이끌었던 적이 있습니까?"

고가가 입으로 가져가던 술잔을 내려놓은 것은 사루타의 질문에서 위험한 느낌을 받아서였다. 아직 혀는 제대로 돌아갔지만 눈에는 도전적인 불꽃이 타오르고 있었다.

하지만 다이도는 태연하게 대답했다.

"있긴 있었지."

"어디였나요?"

"사가미세이카 고등학교. 야구부를 새로 만든 고등학교야."

사루타는 번들거리는 눈을 다이도에게 향하며 이죽거렸다.

"고교야구입니까? 와아, 대단하시네요! 저는 또 어느 리틀야구단이라도 이끌었던 게 아닌가 걱정했는데 말이죠."

소란스러움이 일제히 가라앉으면서, 자리는 찬물이라도 끼얹은 것처럼 조용해졌다. 웃는 사람은 아무도 없었다. 다들 술잔을 입으로 가져가던 손을 멈추고 사루타와 다이도를 은근히 관찰하고 있었다.

"그게 아니면 아무리 청백전이라 해도 그런 작전은 있을 수 없으니까요. 번트 지시도 없고, 도루 사인도 없다니."

"그럼 어떤 작전을 내렸다면 만족했겠나?"

사루타의 트집에 화를 내지도 않고 다이도는 천연덕스럽게 물었다.

"아오시마에는 아오시마의 야구가 있습니다. 더 구체적으로 말하면 야구에는 야구의 방식이 있지요. 그런 기본적인 사실을 알고 감독 일을 하는지, 갑자기 궁금해서요."

사루타의 눈 안쪽에서 분노가 이글이글 타올랐다. 사루타만이 아니다. 다른 베테랑들도 다이도를 얼음칼 같은 눈길로 차갑게 쏘아보고 있었다.

"더구나 오늘 발표한 선수 명단 말입니다, 그것도 도저히 이해가 되지 않습니다."

예상한 대로 사루타는 선발 선수에 대한 불만을 입에 담았다. 사루타의 뒤쪽 테이블에 선발군에서 떨어진 선수가 몇 명 있었다. 아무래도 사루타는 그들의 마음을 대변하고 있는 듯했다.

"예를 들면 왜 이누히코가 1번이고, 니카이도가 2번이죠? 이누히코보다 아라이가 발도 더 빠르고, 고시엔*이라는 큰 무대에 서본 경험도 있습니다. 오카다의 타율은 3할이 넘고요. 이누히코를 나쁘게 말할 생각은 없지만, 아라이만큼 발도 빠르지 않고 타율도 떨어지죠. 니카이도와 오카다를 비교해도 똑같은 말을 할 수 있고요. 그런 건 지금까지의 데이터를 보면 세 살 먹은 어린애

• 일본의 고교야구 전국대회.

라도 알 수 있지 않습니까?"

다이도는 태연하게 대꾸했다.

"데이터를 봤어."

"봤다면 어째서……."

"분명히 아라이의 발은 이누히코보다 빠르지. 그건 인정해. 그런데 아라이의 도루 성공률은 70퍼센트도 안 돼. 자세한 데이터를 알고 싶나?"

옆 테이블에서 이야기에 귀를 기울이던 아라이가 분연한 표정으로 고개를 끄덕였다. 다이도는 등 뒤의 가방을 끌어당겨 안에서 뭔가를 꺼냈다. 감독실에서 자료를 입력하던 노트북이었다. 다이도는 전원을 켜고 나서 말을 이었다.

"최근 5년간 아라이가 시도한 도루는 전부 173회야. 그중 성공이 110회, 실패가 63회. 도루 성공률은 약 64퍼센트지. 연간 평균을 내면 약 13타석에서 안타를 쳐놓고도 2루에서 아웃이 되었다고 할 수 있어. 아라이의 안타수에서 도루 실패수를 빼고 타율을 계산하면 2할 6푼 정도야. 그러면 타율이 이누히코보다 나쁘지."

"하지만 감독님은 도루를 하지 말라는 주의가 아닙니까? 그렇다면 도루 숫자는 빼고 생각해야 하지 않습니까? 앞뒤 말이 모순인 것처럼 여겨집니다만."

사루타의 지적은 당연하다.

"물론 난 도루는 계산에 넣지 않아. 앞으로 참고해야 하니까 아라이도 잘 들어. 아라이는 분명히 타율이 높아. 작년 타율은 3할

2리지. 한편 이누히코의 타율은 2할 9푼으로 아라이보다 조금 뒤지지만 출루율은 3할 8푼에 가까워. 이유는 말 안 해도 알겠지?"

선수 전원이 잠시 생각에 잠겼다. 대답은 즉시 나왔다.

"볼넷인가요?"

누군가가 한 말을 듣고 다이도는 고개를 끄덕였다.

"바로 그거야. 1루에 나가는데 꼭 안타를 쳐야 할 필요는 없어. 볼넷도 안타와 똑같아. 이누히코는 1번 타자로서 선구안이 뛰어나. 볼넷 고르는 확률은 우리 팀에서 가장 높아서, 출루율에서는 아라이보다 2푼이나 높지. 이게 내가 이누히코를 1번 타자로 기용한 이유야. 내 생각이 틀렸다면 말해주게. 합리적인 의견이라면 언제든지 들을 용의가 있으니까."

반론하는 사람은 아무도 없었다. 다이도의 말이 너무도 논리정연했기 때문이다.

"같은 이유로 2번에는 니카이도를 기용했어. 니카이도의 경우에 볼넷을 고르는 숫자는 이누히코보다 적지만, 2루타 이상의 장타가 나올 확률은 이누히코보다 높지. 한 가지 덧붙이자면 아라이의 장타율은 이누히코나 니카이도보다 높아. 그래서 아라이를 선발에 넣는다면 5번 이후나 지명타자로 기용하게 될 거야. 반대로······."

다이도는 아라이를 똑바로 쳐다보며 덧붙였다.

"어설픈 도루는 하지 않는 편이 좋아. 안타든 볼넷이든 출루하는 건 똑같아. 그렇게 하면 언제든 선발 1번 타자로 복귀할 수 있어. 내 말 알아듣겠나?"

아라이는 말없이 생각에 잠긴 표정을 지었다. 하지만 얼굴에는 부조리하다는 분노만 가득했던 조금 전과는 다른 감정이 깃들었다.

　"그럼 4번에는 왜 사기노미야를 넣었지요?"

　그렇게 물은 사람은 작년까지 부동의 5번 타자였던 고조였다. 닛타가 빠지고 자신이 4번 타자가 되리라고 생각했던 고조는 이날 발표한 선발 선수 명단에 지명타자로 들어가 있었다.

　"사기노미야는 선발 선수로 나간 경험이 없고, 지금까지 큰 무대에 출전한 경험도 많지 않습니다. 미안하지만 발도 빠르다곤 할 수 없고, 가장 불안한 건 좌익수 수비죠."

　다이도는 고개를 끄덕였다.

　"자네 말이 맞아. 그래서 무라노 감독은 늘 벤치에 앉혀두었겠지. 하지만 데이터를 보면 사기노미야의 출루율은 생각보다 높아. 무엇보다 선구안이 좋지. 볼넷을 고르는 확률은 이누히코에 이어서 두 번째이고, 장타율은 우리 팀에서 누구보다 높아. 참고로 말하자면 미쓰와전기로 이적한 닛타보다도 높고."

　닛타의 이름이 나온 순간, 주변의 공기가 흔들렸다.

　"그렇다면 대타나 지명타자가 제격이지 않습니까?"

　사루타의 말에 다이도는 고개를 옆으로 흔들었다.

　"천만에. 발이 느려도, 그로 인해 다른 사람이라면 쉽게 잡을 수 있는 뜬공을 못 잡아도, 우리 팀에 필요한 것은 사기노미야의 타격이야. 지명타자는 다른 사람과 수비 위치가 겹치는 아라이나 고조를 위해 비워두려고 해. 경기 도중에 수비를 잘하고 못하고가 점수로 이어지는 장면은 거의 없어. 하지만 타율이나 출루율, 장타율은 항상 모든 타석에 따라다니지. 사기노미야가 모든 경기에 출전할 경우, 내 계산이라면 어설픈 수비로 실점하는 일은 한 시즌에 3점이 될까 말까 할 거야. 반면에 타점은 가뿐하게 그 열 배는 벌어들이겠지. 닛타가 우리 팀에 남아 있었다고 해도 난 4번에 사기노미야를 기용했을 거야."

고가는 곤타의 구석에서 커다란 몸을 웅크린 채 이야기를 듣고 있는 사기노미야를 살며시 쳐다보았다. 손에 있는 술잔을 말없이 바라보면서 옆얼굴을 붉게 물들인 그에게, 이것은 사회인 야구팀에 들어와 처음 듣는 자신에 대한 평가가 아닐까. 그의 눈이 촉촉해진 것을 알아차리고 고가의 가슴도 먹먹해졌다. 지금까지 그가 얼마나 열심히 노력했는지 알고 있기 때문이다.

그런 식으로 다이도는 이날 발표한 선발 선수 명단에 관해 상대가 원하는 만큼 설명해주었다. 전원이 납득할 때까지 친절하고 정중하며 자세하게.

이야기를 마무리하면서 다이도는 덧붙였다.

"지금 우리 팀에서 가장 약한 건 투수야. 한 경기에 평균 3점은 빼앗기지 않나? 이기기 위해서는 그 이상을 빼앗을 수 있는 타선이 필요해. 이 선발 선수 명단은 말 그대로 점수를 얻기 위한 거야. 3점을 빼앗기면 4점을 얻으면 되고, 4점을 빼앗기면 5점을 얻으면 돼. 즉, 쳐서 점수를 얻는 타격전이 되는 거지."

고요함이 자리를 메운 가운데, 모든 선수들이 다이도의 말을 머릿속으로 곱씹었으리라.

"굉장히 독특한 방식이군요. 하지만 그런 이유라면 받아들일 수 있습니다."

이윽고 사루타가 그렇게 중얼거리더니, 다이도 앞에 한 되짜리 병을 쑥 내밀었다.

"감독님, 한 잔 더 드시지요."

그 술을 받는 다이도를 보고 고가는 남몰래 안도의 숨을 내쉬었다. 이것을 '다이도 방식'이라고 해야 할까?

어쨌든 지금 이 순간, 모두의 가슴속에 확실히 새겨진 것만은 틀림없다. 무라노의 머릿속에는 없는 야구 이론으로 다이도가 새로운 팀을 만들기 시작했음을……

7

인건비에 칼을 들이대라고 호소카와가 지시한 지 며칠이 지났다. 이날 임시 임원회의를 마치고 자신의 집무실로 돌아온 미카미의 입에서는 깊은 탄식이 새어 나왔다. 이렇게 되리라고 예상하기는 했지만 무거운 짐을 짊어졌다. 정규 직원 중에서 100명을 정리해야 하는 것이다.

호소카와 사장이 내건 비용 절감 계획에 이만한 인원 감축이 들어가리라곤 생각도 못했다. 이것 말고도 생산 부문의 파견 직원을 고용 중지함으로써 인건비를 대폭 절감한다는 이야기를 듣고 임원들은 모두 할 말을 잃었다. 아오시마 사장 시대에는 결코 발을 들여넣지 않았던 성역에 호소카와가 발을 들이민 것이다.

각 부문에서 만든 구조조정 대상자에게 해고를 통지하는 것이 미카미의 일이었다.

"끔찍한 역할이군."

의자 등받이에 기대어 미카미는 혼자 중얼거렸다. 총무부장은 말 그대로 악역을 떠맡아야 하는 자리다. 구조조정을 계획하는 쪽은 숫자만 적으면 끝나지만, 미카미가 상대해야 하는 것은 숫자가 아니라 사람이다.

이날 나온 계획안에 따르면 한 달 안에 해고 통지를 시작해 6월 말까지 인원 감축을 완료하기로 되어 있는데, 앞으로 회사 실적에 따라서 그 규모는 더욱 커질지도 모른다.

이번 구조조정 계획안이 허무한 것은 인원을 정리했다고 해서 실적 악화에 브레이크가 걸린다는 보증이 어디에도 없다는 것이다. 미국발 금융위기로 시작된 불황과 라이벌 기업과의 수주 전쟁이 더욱 치열해지면서, 어디까지 가야 실적이 회복될지 바닥이 보이지 않았다.

야구팀은 밝은 징조가 조금 보이기 시작했는데, 가장 중요한 회사 실적이 이래서는 야구팀의 앞날도 어떻게 될지 모른다. 납덩어리라도 들은 것처럼 가슴이 답답해짐을 느끼면서 미카미는 다시 무거운 한숨을 토해냈다.

그것으로 좋았을까? 조금 뜨뜻미지근하지 않았을까?

임시 임원회의가 끝나고 사장실로 돌아온 호소카와의 가슴속에서는 지금도 갈등이 소용돌이치고 있었다.

그가 지시하고 사사이와 경리부가 중심이 되어 만든 구조조정 계획안이다. 그것을 발표했을 때 회의실을 가득 메운 정적은 예상한 대로였다. 그가 걱정한 것은 아오시마의 반응이었다. 거의 임원회의에 참석하지 않던 아오시마가 무슨 바람이 불었는지 이날은 얼굴을 내밀었다. 불길한 예감이라도 있었던 것일까?

"회장님, 어떠십니까?"

호소카와의 질문에 아오시마는 냉정하게 대답했다.

"자네들이 이것밖에 방법이 없다고 하면, 그렇게 해야겠지."

이것은 호소카와의 결정을 허락하는 말로도, 반대하는 말로도 들렸다.

아오시마가 다시 말을 이었다.

"하지만 한 가지만 말하겠네. 회사의 숫자에는 사람의 숫자와 물건의 숫자가 있지. 매입 단가를 줄이는 물건의 숫자라면 아무리 줄여도 상관없어. 하지만 해고가 따르는 사람의 숫자를 줄일 때에는 경영자의 '이즘(ism)'이 필요하네."

경영자의 이즘이라……

그게 뭐지?

지금의 호소카와에게는 아무리 찾아봐도 그런 것은 보이지 않았다.

2장

계약직 야구선수

1

"인원 감축이라······. 먹고살기 힘든 세상이 됐군."

이사카는 마치 남의 일처럼 말했다. 임원회의에서 인원을 정리하기로 했다는 소문은 눈 깜짝할 사이에 사내에 퍼져나갔다.

"고사쿠, 지금 느긋하게 말할 때가 아니야! 우리 야구팀에도 영향이 있을지 몰라."

고가의 말을 듣고 이사카는 진지한 얼굴로 물었다.

"그게 무슨 뜻이야?"

타자의 예상을 뒤집는 절묘한 공의 배합으로 주전 포수로서는 뛰어나지만, 야구 이외에는 머리가 돌아가지 않는 기묘한 사람이다. 하지만 그 격차가 이사카의 매력이라고 할 수 있다.

"이렇게 많은 인원을 정리한다는 건 언젠가 야구팀의 존폐도 도마에 오를지 모른다는 뜻이야. 요즘 스포츠팀을 갖고 있는 기업은 어디나 곡소리가 나잖아? 우리도 예외일 수 없다는 거지."

"그런 얘기도 나왔어? 설마! 농담이지?"

이사카는 눈을 동그랗게 뜨고 놀란 표정을 지었다.

"내가 이런 것 가지고 농담하겠어? 사사이 전무나 아사히나 부장이 야구팀이라면 질색한다는 건 너도 알고 있잖아?"

연습하기 전의 회의 시간이다. 오후 1시가 조금 지난 시각, 운동장에는 오전 일을 마친 야구팀 선수들이 한두 명씩 모여서 캐치볼을 하고 있었다. 2층 창문에서 그 광경을 보고 있던 이사카의 얼굴에 희미한 동요가 깃들었다.

"야구팀이 없어질까?"

이사카는 불안에 사로잡힌 채 솔직하게 물었다.

"나한테 묻지 마. 나도 모르니까."

고가는 이사카의 눈을 피하면서 일단 손에 있는 자료로 시선을 떨어뜨렸다.

"하지만 작년 같은 성적이라면 없어질지도 모르지."

그 정도 성적이라면 야구팀을 해체한다고 해도 불평을 할 수 없다.

이사카가 한탄하듯 말했다.

"이제야 겨우 궤도에 오르고 있잖아?"

"지금 우리에게 필요한 건 결과야, 결과. 야구팀을 살리고 싶으면 결과를 내서, 임원들이 야구팀의 가치를 인정하도록 만드는 수밖에 없어."

"……그건 그렇지."

이윽고 이사카는 혼잣말처럼 중얼거렸다.

텅 빈 구멍처럼 알맹이가 없는 대답에, 장래에 대한 불안이 배어 있었다. 아마추어 스포츠가 대부분 그렇듯이 사회인야구 선수들의 대우 역시 결코 좋다고 할 수 없다.

아오시마제작소 야구팀 선수의 경우, 정규 직원은 극히 일부에 불과하고 이사카를 비롯한 대부분은 계약 직원이다. 야구팀이 없어졌을 때, 정규 직원이라면 회사에 남을 수 있지만 계약 직원은 그럴 수 없다. 더구나 그들 대부분은 프로야구로 갈 만한 실력이 없다. 아오시마제작소 야구팀 선수 중에서 프로야구 스카우터가 노릴 만한 선수는 안타깝게도 한 명도 없는 것이다.

아마추어 이상 프로 미만. 회사의 광고탑 역할을 하고 있다는 데 의의를 두고, 죽을힘을 다해 야구를 하고 있다. 가슴 아프지만 그것이 사회인야구의 현실이다.

"고사쿠, 다른 사람들에겐 비밀이야."

고가가 그렇게 못을 박자 이사카는 "그 정도는 나도 알아"라며 기계적으로 고개를 끄덕일 따름이었다. 고가는 들고 있는 클리어파일에서 다시 작성한 3월 일정표를 꺼내 이사카에게 내밀었다. 뒤처짐을 만회하기 위해 새로 만든 시범경기 일정표였다.

"과연 시범경기를 하는 동안, 팀을 정비해서 좋은 팀을 만들수 있을까?"

항상 기운이 넘치는 이사카가 웬일로 불안한 표정을 지었다. 이번 시즌의 개막전이 될 스포니치 대회까지는 시간이 얼마 남지 않았다. 지금 정해진 시범경기는 여섯 번. 마지막으로 선수들을 평가할 수 있는 중요한 경기다.

고가는 이사카의 감정에 파고들어가듯 목소리에 힘을 주었다.

"좋은 팀을 만들도록 해야지. 그리고 이겨야 돼, 무슨 수를 써서라도. 우리가 살아남을 수 있는 길은 그것밖에 없어."

"힘들군. 내 야구 인생에서 요즘처럼 괴로운 적은 처음이야."

"고사쿠, 부탁해. 너희들 싸움에 내 미래도 달려 있어. 난 싸우고 싶어도 운동장에 설 수 없잖아? 너희들이 내 몫까지 열심히 싸워주는 수밖에 없어. 우리는 운명공동체야."

왜냐하면…… 고가 또한 계약 직원이기 때문이다.

2

하쿠스이은행 후추지점장인 이소베가 아오시마제작소를 방문한 것은 임원회의에서 인원 감축을 정식으로 결정하고 며칠이 지났을 때였다.

"안녕하십니까!"

다른 일을 하다가 10분쯤 늦게 접견실에 들어간 호소카와를, 이소베는 만면에 웃음을 지으며 맞이했다. 그는 오랫동안 현장에서 경험을 쌓은 베테랑 지점장이다.

"지금 막 구조조정 계획안에 대해 들었습니다."

접견실에는 이미 사사이와 나카가와 아쓰시 경리부장이 있고, 중앙의 탁자에는 구조조정의 개요를 정리한 계획안이 펼쳐져 있었다.

"상당히 빡빡해졌군요."

이소베는 맞은편 팔걸이의자에 앉은 호소카와를 보면서 말했다. 얼굴에는 이미 웃음이 사라지고 은행원다운 진지한 표정이 자리하고 있었다.

호소카와가 대답했다.

"지금으로선 불황의 싹이 어디서 나올지, 전혀 예측이 안 됩니다. 미국발 금융위기도 어느 날 갑자기 고개를 내밀었으니까요. 거래처에서도 갑자기 생산을 축소하겠다고 하고, 사전에 대응할 수 있는 범위를 넘어섰습니다."

"하지만 대응하지 않으면 안 되죠."

"그렇습니다. 그래서 이번에 구조조정을 하는 겁니다."

이소베는 고개를 끄덕이면서 말했다.

"방금 전무님으로부터 들었습니다만 인원 감축을 단행하신다고 하시더군요."

"고심 끝에 내린 결단입니다. 이렇게 해서라도 실적이 회복된다면 좋겠지요."

인원 감축 규모를 어느 정도로 할지 망설인 만큼, 호소카와의 대답은 어딘지 모르게 미적지근했다.

"아직 바닥이 보이지 않습니까?"

이소베는 넌지시 물으면서 호소카와를 똑바로 쳐다보았다.

"솔직히 말씀드리면, 이걸로 완전히 회복된다는 보증은 없습니다."

"그렇겠죠. 경쟁사도 있으니까요."

이소베는 소파의 등받이에 기대더니, 아오시마제작소가 처한 심각한 상황을 말하고 나서 잠시 침묵했다.

그는 지금 우리 회사에 지원을 할지 말지 망설이고 있다. 갑자기 거기에 생각이 미친 호소카와는 사사이를 힐끔 보고 나서 이해가 되었다. 사사이의 얼굴에 심각한 표정이 드리우고 있었던 것이다.

아오시마제작소는 4월부터 시작할 새 회계연도의 운영자금으로, 하쿠스이은행에 50억 엔의 대출을 신청했다. 심사가 어떻게 되고 있는지 모르겠지만, 분위기를 보아하니 아무래도 순조롭다고 할 수 없는 모양이다.

이윽고 이소베가 몸을 앞으로 내밀면서 물었다.

"단도직입적으로 묻겠습니다만, 이번 분기는 적자입니까? 그렇다면 이번에 신청하신 대출금의 일부는 적자 메우기에 사용된다고 봐도 되겠습니까?"

이소베는 말하기 힘든 부분을 확실히 집어서 말했다.

"퇴직금 지급 등으로 인원 감축에도 비용이 많이 드니까 그렇게 되겠지요. 걱정되십니까?"

감정을 담지 않은 사무적인 말투로 사사이가 대답했다. 원래에둘러 말하지 않는 성격이다. 이소베는 얼굴 앞에서 오른손을 흔들었다.

"천만에요. 상대가 아오시마제작소라면 이 정도 지원을 망설일 이유는 없습니다, 지금으로선 말이죠."

'지금으로선'이라는 미묘한 말투에서 이미 태도를 바꾸려고 하는 이소베의 본심이 보일락 말락 했다.

지난 2년간, 식사나 골프를 통해 관계를 쌓으면서 지켜본 이소베란 남자는 섬세한 사람이었다. 툭하면 조직의 논리를 앞세우는 점은 마음에 들지 않지만, 그래도 혐오감이 들지 않는 것은 그의 마음속에 거래처를 응원한다는 중소기업 대출의 핵심이 자리하고 있다는 걸 알기 때문이다. 말은 냉정하게 하지만 뜨거운 가슴은 아직 사라지지 않았다.

이소베가 말을 이었다.

"다만 제가 보기에 아오시마제작소의 실적은 아직 바닥까지 보이지 않을 뿐만 아니라 원인도 명확하지 않은 것 같아서 말이죠."

"원인이라니, 그게 무슨 말씀이시죠?"

호소카와가 재빨리 물어보자 이소베는 말하기 곤란한 얼굴로 목 주변을 검지로 긁적였다.

"지금처럼 추락하는 실적이 단지 미국발 금융위기 때문인지, 아니면 경쟁력 자체에 문제가 있는지, 하는 겁니다."

"아오시마제작소의 기술력은 업계에서 높은 평가를 받고 있습니다!"

"그건 알고 있습니다."

이소베는 일단 대답했지만 진심으로 그렇게 여기는 것 같지는 않았다. 지금 이 사람은 대출 승인과 거절 사이에서 흔들리고 있다. 아오시마제작소가 처한 상황은 자금 면에서 결코 낙관할 수 있는 상태가 아니다. 비상장기업인 아오시마제작소에게 은행의 지원은 없어서는 안 될 중요한 부분이다.

"앞으로 상황에 따라서는 한 단계 강력한 구조조정을 단행할 수도 있다…… 그렇게 이해해도 되겠습니까?"

호소카와가 이소베를 똑바로 보면서 대답했다.

"만일의 사태에 부딪치면 그렇게 하지 않을 수 없겠지요. 다만 지금 단계에서는 일단 이 구조조정 계획안대로 한다…… 오직 그것만 생각하고 있습니다. 지원을 부탁드리겠습니다."

이소베로부터 확실한 대답은 돌아오지 않았다. 5년 전 아오시마제작소에 스카우트될 때까지 호소카와는 오랫동안 거대 컨설팅 회사에 몸담고 있었다. 그런 만큼 일개 지점장이 가볍게 지원을 약속할 수 없다는 것쯤은 알고 있다. 하지만 혹독한 경영 환경 속에서 은행의 확실한 지원 약속을 받아내지 못했다는 불안감은 누군가가 보이지 않는 끈으로 목을 조이는 것처럼 그를 숨 막히게 만들었다.

"사장님, 한 가지 여쭤봐도 될까요?"

그때 이소베 옆에 있던 남자가 보고 있던 계획안에서 얼굴을 들었다. 하야시다 융자과장이다.

"야구팀은 어떻게 하실 겁니까?"

"야구팀요?"

예상치 못한 질문을 받고 호소카와는 한순간 허를 찔린 표정을 지었다. 그때 냉철한 목소리와 당연하다는 표정으로 대답한 사람은 사사이였다.

"해체하는 방향으로 검토하고 있습니다. 인원까지 정리하는 마당에 느긋하게 야구 같은 걸 할 때가 아니니까요."

하야시다가 가슴을 쓸어내리며 안도한 표정을 지었다.

"그렇다면 다행입니다. 지원 자금으로 적자를 메우는 상황에서 가장 큰 문제는 구조조정의 진척 상황이나 진정성입니다. 인원 감축이다, 비용 절감이다, 라고 말하면서 한편으로 연간 수억 엔이 드는 야구팀을 그냥 내버려둔다면 설득력이 부족하니까요."

"지당하신 말씀입니다."

생각지도 못한 이야기를 듣고 호소카와는 곤혹스러운 표정을 지었다. 호소카와 자신은 야구팀에 애정이 있는 것도, 미련이 있는 것도 아니다. 다만 귀찮다고 생각할 뿐이다.

아오시마제작소 야구팀의 역사는 상당히 오래되었다. 예전에는 도쿄 대표로 항상 출전했고, 도시대항 야구대회에서 우승한 적도 있는 사회인야구의 명문이다.

그것뿐이라면 그래도 좋다. 야구팀을 없애려면 아오시마 회장을 설득하지 않으면 안 된다. 그때 아오시마가 뭐라고 할까. 그것을 생각하면 호소카와는 벌써부터 머리가 지끈거렸다.

"사사이 전무님, 그렇게 쉽게 야구팀을 해체한다고 말해도 괜찮겠습니까?"

두 은행원이 돌아간 뒤, 호소카와는 사사이에게 물었다. 그러자 사사이는 기백 있는 노인 같은 눈길로 호소카와를 바라보며 선언하듯 말했다.

"그런 건 아무짝에도 쓸모가 없습니다."

사사이는 언제부터 그렇게 생각했을까? 아무튼 아오시마가 사장 자리에 있었던 무렵에는 입도 벙긋하지 않았음은 틀림없다.

"하지만 회장님께서 뭐라고 하실지……."

사사이의 입에서 나온 것은 비아냥거림이 섞인 비웃음이었다.

"회장님을 설득하는 건 사장님의 역할이겠지요."

호소카와는 노회한 전무의 농간에 휘말렸음을 깨달았다.

이 사람…… 지금 나를 이용하려는 것인가.

3

승리투수의 자격 요건이 걸려 있는 5회, 만다 도모히코가 던진 직구가 좌중간으로 튕겨나갔다. 프로야구 스카우터가 주목하고 있는 도와 대학의 4번 타자인 하야세가 쳐낸 타구였다. 공을 방망이 중심에 정확히 맞추면 탁구공처럼 가볍게 뻗어나간다.

큰일이다.

눈으로 공을 좇은 고가의 시야에 중견수인 니시나 교스케가 뛰어 들어온 것은 그때였다. 니시나는 몸을 옆으로 날려 왼손에 낀 글러브로 새하얀 공을 잡더니, 재빨리 2루 베이스에서 기다리는 니카이도에게 송구했다. 좌중간을 빠지리라고 예상하고 달렸던 주자가 어이없는 얼굴로 삼루수와 유격수 사이에서 우두커니 서 있었다. 병살이다.

"굉장하군. 꼭 프로 같아."

벤치로 들어오는 선수들을 향해 농담처럼 말한 사람은 불펜 포수*인 미즈키 만사쿠였다. 위기에서 벗어난 만다가 마운드에서 내려왔다.

"나이스 피칭!"

고가는 그렇게 말하면서 다이도가 새로운 에이스로 지명한 남자의 등을 가볍게 두들겼다. 지금 한 방 얻어맞아서인지 표정은 조금 굳어 있었다.

만다는 대학을 졸업하고 야구팀에 들어와, 올해 세 번째 시즌을 맞이하는 투수다. 키가 크고 호리호리하며 얌전한 성격이다. 작년까지는 에이스인 이지마의 그늘에 있어서 눈에 띄지 않았는데, 이지마가 이적하면서 겨우 햇살이 비치는 곳에 서게 되었다.

불펜에서는 두 번째 투수인 구라하시 잇페이가 진지한 얼굴로 워밍업을 하고 있었다. 만다의 차례는 끝났다.

"후우, 큰일 날 뻔했군."

벤치로 뛰어와 고가의 옆에서 보호대를 벗은 이사카는 언더셔츠로 이마의 땀을 닦았다. 겨우 위기에서 벗어났을 뿐이지만 표정에 여유가 있는 것은 5점 차로 앞서나가는 덕분이다.

스포니치 대회를 앞두고 마지막 시범경기에서 다이도는 실전과 똑같은 선수를 내보냈다. 그 기대에 부응해 타선이 폭발하더니 초반에 대량 득점을 올리며 편하게 이기는 분위기다. 만다의 뒤를 이은 구라하시가 9회에 1점을 내주긴 했지만 팀으로서는 기분 좋게 경기를 마무리할 수 있었다.

"이제 할 수 있어! 스포니치 대회에서 우승을 노리자!"

돌아오는 버스 안에서 고가의 옆에 앉은 이사카가 들뜬 목소

• 구원투수가 경기 중에 준비 운동을 하는 장소인 불펜에서 투수의 공을 받아주는 포수.

리로 말했다.

"그래, 부탁해."

고가는 그렇게 대답한 뒤 통로의 반대편 자리에 앉은 만다를 보고 고개를 갸웃했다. 멍하니 차창을 바라보는 옆얼굴에 평소와 달리 그늘이 드리워 있었다. 그는 만다에게 시선을 고정한 채 팔꿈치로 이사카의 옆구리를 찔렀다.

"고사쿠, 요전에 한 얘기는 아무에게도 안 했지?"

이사카는 목소리를 죽이며 대답했다.

"당연하지. 그런 말을 어떻게 전해? 나도 속으로 벌벌 떨고 있는데."

떨고 있다……?

하긴 그렇다. 나도 그러니까. 자신의 인생을 좌우할 절체절명의 순간에 벌벌 떨지 않을 녀석이 어디 있을까? 만약 있다면 그 녀석은 바보임이 틀림없다. 만다도 대부분의 야구팀 선수와 똑같이 계약 직원이고, 더구나 가을에는 결혼해서 식구도 늘어난다.

단, 임원회의 정보가 어디선가 새어 나와 야구팀을 해체한다는 이야기가 만다의 귀에 들어갔을 가능성이 없다곤 할 수 없다. 특히 만다가 있는 생산부의 아사히나 부장은 안티 야구팀으로 유명하다. 누군가가 만다에게 쓸데없는 말을 했을 가능성은 충분하다.

그렇게 말하자 이사카는 포기하듯 말했다.

"그건 어쩔 수 없어. 아무리 숨기려고 해도 그렇게 뒤숭숭한 이야기는 새어 나오는 법이니까. 하필 만다의 귀에 들어갔다면 곤란하긴 하지만, 사람의 입에 자물쇠를 채울 수도 없는 노릇이고."

회사 사람들 중에 야구팀에 반감을 가지고 있는 사람은 한두 명이 아니다. 그런 사람들에게 임원회의 내용은 가장 좋은 이야깃거리가 되리라.

혀를 차는 고가를 향해 이사카는 대범하게 말했다.

"진정한 야구선수라면 그런 것도 이겨내야 하는 법이야. 그런 압력을 이겨내야만 진짜 스포츠인이라고 할 수 있잖아? 나도 그동안 많이 고민했는데, 그렇게 결론을 내렸어."

그럴지도 모른다. 그와 동시에 원래 긍정적인데다 볼 배합과 같은 포수의 역할 이외에는 관심이 없는 이사카다운 사고방식이라고 할 수도 있었다.

하지만 모든 야구팀 선수가 이사카처럼 대범하게 받아들인다곤 할 수 없다. 특히 만다는 어이가 없을 만큼 성실한 사람이다. 경기장을 떠나도 계속 2루 주자를 신경 쓸 만큼 예민한 면도 가지고 있다.

스포니치 대회를 눈앞에 두고 있는 지금, 고가는 앞으로 해결해야 할 문제가 산더미처럼 쌓여 있음을 새삼 깨달았다.

야구팀이 시범경기를 마치고 회사로 돌아가는 버스를 타려고 했을 때, 미카미는 자신의 집무실에서 머리를 감싸고 나지막한 신음 소리를 내고 있었다. 생산부에서 해고 후보자의 1차 리스트가 올라온 참이었다. 생산부는 두말할 필요도 없이 아오시마제작소의 중심 부서이고, 인원수도 가장 많다.

리스트에 오른 해고 후보자는 약 150명. 총무부가 해야 할 일은 이 가운데에서 최종적으로 퇴사를 권할 사람과 붙잡을 사람을 구분하는 것이다. 그는 지금 이 리스트를 부하직원에게 넘겨주기 전에 직접 인사 파일을 보면서, 과연 이 사람들을 정리 대상에 올려도 좋은지 검토하는 중이었다.

일단 리스트에서 무작위로 한 사람을 골랐다.

마나베 가즈타카

29세. 후추다이이치 고등학교 졸업. 파견 회사를 거쳐 3년 전부터 정규 직원으로 근무.

리스트의 위쪽에 있는 남자였다. 생산부 의견은 다음과 같았다.

근무 태도도 불성실하고, 사람들과의 커뮤니케이션에도 문제가 있다. 기술도 기대하는 수준과는 동떨어져서 회사에 필요한 인재라고는 보기 힘들다.

"커뮤니케이션에 문제가 있다……."

나지막하게 중얼거린 순간, 퍼뜩 생각이 났다. 그러고 보니 예전에 생산부에서 싸움이 있지 않았던가? 일하는 방식을 둘러싸고 생산 라인장과 젊은 직원이 맞붙은 사건이다. 그때 그 젊은 직원이 마나베가 아니었던가.

예상한 대로 마나베의 인사 파일에는 그때의 보고서가 들어 있어서 미카미의 기억이 옳았음을 말해주었다. 하지만 어이없게도 마나베에 대한 생산부의 평가는 그때의 보고서를 그대로 옮겨 쓴 것에 가까웠다. 보고서를 작성한 사람은 생산 라인장이자 싸움의 당사자인 이마니시였다.

싸움의 상대가 자기에게 유리하게 정리한 보고서를 과연 공정하다고 할 수 있을까? 제대로 검증하지도 않고 해고 사유를 적은 생산부의 평가 태도도 문제가 아닌가. 사람을 해고하느냐 마느냐 하는 중대한 결정을 이렇게 마구잡이로 해도 되는가.

"마나베에게도 가족이 있잖아!"

인사 파일에 따르면 재작년에 결혼해 올 1월에 아이가 태어났다.

땅이 꺼져라 한숨을 내쉰 순간, 미카미의 머릿속에 불쑥 예전에 들었던 말이 떠올랐다. 총무부장이 되었을 때 전임자에게 들었던 말이었다.

'미카미, 잘 들어. 만약 직원을 해고할 일이 생기면 회사 사정만을 생각해야 해. 개인 사정을 생각하면 해고할 수 없으니까.'

그 말이 맞을 수도 있다. 하지만 그 말에는 한 가지 전제 조건이 필요하다. 본인도 수긍할 수 있는 정당한 평가가 이루어져야 한다는 점이다.

미카미는 인사부에서 지금까지 실시한 연수나 기술 연수에서 마나베가 받은 성적을 확인했다.

"나쁘지 않잖아?"

나쁘기는커녕 오히려 우수한 편이다. 한편 마나베에게 나쁜 점수를 준 이마니시는 연수 결과가 나쁜 것은 물론이고 여러 가지 문제도 있었다. 개인적인 호불호로 해고자 리스트를 만들었다면 이것은 여간 심각한 문제가 아니다.

성실하면서도 뜨거운 가슴을 가지고 있는 미카미는 혀를 한 번 차고 '마나베 가즈타카'의 이름을 빨간 볼펜으로 지워서 가장 먼저 해고자 리스트에서 제외했다.

"회사 사정만을 생각하라고? 그렇게 할 수 있으면 이런 고생은 할 필요가 없지."

오랫동안 인사부에서 일해온 만큼, 인사 시스템이 어떤 것인지는 잘 알고 있다. 자신의 감정에 뚜껑을 덮고 해고만 통지할 수 있다면 그보다 간단한 일은 없으리라. 하지만 미카미는 타고난 성격상, 간단히 결론을 내릴 수 없었다. 원래부터 사람을 자르는 재주가 없을지도 모른다.

깊이 검토하지 않고 '고작해야 생산부 직원'이라고 여기며 형식적으로 숫자만 맞춘 생산부 해고 후보자 리스트를 앞에 두고, 해고당하는 사람 쪽에 서서 생각해줄 수 있는 사람은 오직 자신밖에 없다.

인사 시스템을 운용하는 자신은 어차피 조직의 톱니바퀴에 불과하다는 사실을 잘 알고 있다. 하지만 기왕에 톱니바퀴가 될 바에야 조직을 위해 돌아가는 톱니바퀴임과 동시에 직원들의 처지를 이해해주는 톱니바퀴가 되고 싶다는 것이 그의 생각이다.

이 리스트를 그대로 받아들인다면 나중에 후회할 수도 있다.

직원을 해고하는 일은 이미 피할 수 없지만, 본의 아니게 회사를 떠날 수밖에 없는 사람에게 경의를 표하는 일이야말로 자신이 할 수 있는 최대한의 성의 표시가 아닌가.

그는 내선전화로 인사과장인 히로노를 불러서, 생산부 해고자 리스트를 전면 재검토하라고 지시했다.

4

화려한 파티에 녹아들지 못한 채, 벌써 한 시간 가까이 흘렀다.

같은 업계 사람들이 모이는 파티라고 해서 얼굴을 내밀었지만, 호소카와의 머릿속은 거래처의 생산 축소나 회사 내부의 구조조정으로 가득해서 딴 생각할 겨를이 없었다. 얼굴을 아는 사장들과 술잔을 한 손에 들고 담소를 나누고 있지만, 상대의 이야기는 오른쪽 귀로 들어와 왼쪽 귀로 빠져나가며 무슨 소리를 하는지 하나도 기억나지 않았다.

사람을 자르려면 이즘이 필요하다…….

아오시마의 말이 계속 마음 한구석에 걸려서 떠나지 않았다.

컨설턴트 시절, 갑자기 실적이 나빠진 기업을 수도 없이 보았다. 그때 자신은 어떻게 구조조정을 하면 기업이 다시 일어설 수 있을지, 잉여 자산을 매각하거나 채산이 맞지 않는 사업을 접는 것과 똑같은 수준으로 직원도 줄이는 편이 좋다고 당연하게 조언했다.

그것은 영업부장 시절도 마찬가지로, 그에게 사람…… 즉, 직원은 인건비라는 숫자에 불과했다. 그 숫자의 뒤에 피가 흐르는 사람의 인생이 있다는 점까지 깊이 생각한 적은 없었다.

돈, 물건, 그리고 기술. 생각해보면 지금까지 그가 다룬 것은 전부 피가 흐르지 않는 것뿐이었다. 하지만 사장이 된 지금, 그가 마주하는 것은 살아 있는 사람이다.

아오시마제작소 직원은 약 1500명. 파견 직원은 약 200명. 자신은 그들의 인생을 떠맡고 있다. 그렇다고 이제 와서 어쩌란 말인가. 급격한 경기 악화, 거래처의 생산 축소, 수주 감소, 자금 사정 악화 등 경영 환경은 점점 더 가혹해질 따름이다. 이런 상황에서는 냉정하게 '성역'으로 한걸음 들어가는 수밖에 없지 않은가.

그건 그렇고…… 어떻게든 이 정도의 생산 축소에서 수습이 되면 좋겠는데.

"이게 누군가! 호소카와 사장 아니신가? 요즘은 어떤가?"

귀에 익은 목소리를 듣고, 그는 이리저리 방황하고 있던 생각에서 깨어났다. 목소리가 들린 쪽을 보고 나서 그는 정중하게 고개를 숙였다.

"안녕하십니까. 여러모로 신세를 지고 있습니다."

재패닉스 사장인 모로타 기요후미가 종이 냅킨을 감은 술잔을 들고 서 있었다. 재패닉스는 종합전자회사의 제왕인 동시에 아오시마제작소의 주요 거래처 중 하나다.

"덕분에 그럭저럭 헤쳐 나가고 있다고 말씀드리고 싶지만, 아시다시피 경기가 이래서 고전을 면치 못하고 있습니다."

"그러시겠지."

경단련● 의 부회장이기도 한 모로타는 고개를 끄덕이더니, "잠깐 시간 있나?"라고 말하면서 호소카와를 파티장의 한쪽으로 데려갔다.

"이건 비밀로 해줬으면 하는데, 이번 회기에 우리 회사 상황이 상당히 심각하다네."

"네?"

호소카와는 뒷말을 잇지 못한 채, 모로타의 얼굴을 똑바로 바라보았다. 자존심이 강한 모로타가 그렇게 말하는 것을 보면 여간 심각한 상황이 아닌 듯하다.

일본을 대표하는 세계적 기업이기도 한 재패닉스의 재무 상황은 누구나 부러워할 정도다. 물론 세계적인 불황으로 인해 매출은 줄어들었겠지만, 모로타의 입에서 '심각하다'는 말이 나올 줄이야.

"이유가 뭡니까?"

"문제는 반도체야. 특히 미국과 유럽 시장이 전부 무너지고 있어. 더구나 이런 불황에서는 최종 소비재가 받는 타격도 크고. 전자 부문에서만 1천억 엔이 넘는 손실이 발생할 거네."

호소카와는 멍하니 입을 벌린 채, 할 말을 잃고 모로타를 바라보았다. 반도체 사업은 재패닉스의 수익 실적을 떠받치는 기둥이다. 거기에서 엄청난 적자가 나면 본업에 커다란 타격이 미칠 것이다. 또한 소비재의 실적 악화는 돌고 돌아서 아오시마제작

● 경제단체연합회의 약칭으로, 일본의 경제 3단체 중 하나이다.

소의 실적에 직격탄을 날리게 된다.

"이번 회기의 손익계산서가 어떻게 될지, 지금으로선 짐작도 할 수 없네. 이런 일은 처음이야. 이번 회기 말까지 우리도 생산 축소가 불가피한 상황이지. 그래서 급히 거래처에 협조를 부탁하기로 했네. 그 전에 호소카와 사장에게는 미리 말해두는 게 좋을 것 같아서."

"배려해주셔서 감사합니다……."

숨을 들이마시면서 호소카와는 위 주변이 쥐어뜯기는 듯한 긴장감에 사로잡혔다. 모로타 사장이 직접 이야기할 정도이니까 분명히 생산 축소는 상당한 규모에 이를 것이다.

"혹시 조정의 여지가 있을까요?"

그렇게 물어본 순간, 모로타의 눈이 가늘어졌다. 온후했던 얼굴에 날카로운 표정이 가로질렀다.

"그런 건 없다고 생각하는 편이 좋을 걸세. 그럼 그렇게 알고 있으시게."

반박을 허용치 않겠다는 강력한 말투에 대기업의 오만함이 배어 있었다.

자리를 떠나려는 모로타에게 호소카와는 황급히 질문했다.

"모로타 사장님, 생산 축소는 언제까지 계속될 것 같습니까?"

모로타는 발길을 멈추고 잠시 생각하다가 차갑게 대답했다.

"미국과 유럽의 수요를 확인하지 않으면 지금으로선 대답할 수 없네. 생산 축소가 끝나도 다시 풀가동할 때까지는 어느 정도 시간이 걸릴 거야. 연내에 경기가 회복된다고 해도, 내 예상으론 고작해야 80퍼센트 정도가 아닐까 하네만."

연내……

호소카와의 귓가에서 파티의 소란스러움이 사라졌다. 지금은 아직 3월이고, 이번 회기의 결산조차 끝나지 않았다. 앞으로 9개월이 지나도 재패닉스의 주문이 80퍼센트까지밖에 회복되지 않는다면 아오시마제작소에게는 큰 타격이 아닐 수 없다.

"미리 말씀해주셔서 감사합니다."

호소카와는 창백한 얼굴로 그렇게 대꾸하는 것이 고작이었다.

모로타의 이야기를 뒷받침하듯 재패닉스에서 도요오카 영업부장을 호출한 것은 다음 날이었다.

"바쁠 텐데 오라고 해서 미안하군."

재패닉스의 구매부장인 미나카미는 그렇게 말하고, 굳은 얼굴로 서 있는 도요오카에게 의자를 권했다. 대기업의 본사가 즐비한 하마마쓰초에 있는 재패닉스 본사의 접견실이다. 전화를 걸었을 때 미나카미는 용건을 말하지 않았으나, 도요오카는 이미 어젯밤에 호소카와로부터 모로타 사장에게서 생산 축소 이야기가 있었다는 말을 들었다.

"되도록 영향을 최소한으로 막아주게."

이것이 호소카와가 도요오카에게 내린 지시였다.

"우리 사장님이 그쪽 사장님한테 말했다고 하던데, 들었나?"

예상한 대로 미나카미는 단도직입적으로 말을 꺼냈다.

"생산 축소 말씀입니까?"

"알고 있다면 얘기가 빠르겠군."

미나카미는 진지한 얼굴로 재패닉스가 처한 경영 환경을 간단히 언급한 뒤, 탁자 너머로 서류 한 장을 내밀었다. 발주계획서였다.

"아오시마에는 이미 올 상반기 발주계획서를 넘겼는데, 그걸 수정하게 됐어. 새 발주계획서는 이거야."

서류를 언뜻 본 도요오카의 안색이 달라졌다. 재패닉스의 기존 주문은 매달 약 6억 엔. 아오시마제작소의 수백 개 거래처 중에서 다섯 손가락 안에 들어가는 큰 거래처였다.

그런데 지금 내민 발주계획서에 따르면 6억 엔이 1억 2천만 엔까지 줄어들었다. 이 순간, 매달 5억 엔에 가까운 매출이 사라진 것이다.

무의식중에 얼굴을 찡그린 도요오카를 향해 미나카미는 새로운 서류를 내밀었다.

"한 가지 더 있어. 단가도 인하해주게."

서류를 대강 훑어본 도요오카는 당황하지 않을 수 없었다.

"부장님, 좀 봐주십시오. 발주 축소와 함께 가격까지 인하해드리면 저희 회사는 말라비틀어질 겁니다. 더구나 당장 이번 달부터라니……. 조금만 뒤로 미뤄주실 수 없겠습니까?"

"단 하루도 미뤄줄 수 없어. 우리도 사정이 있으니까. 만약 이 요구를 받아들일 수 없다면 그쪽 회사에 했던 발주 자체를 다시 생각하는 수밖에 없겠지."

미나카미의 말에는 위기감이 깊이 배어 있었다.

도요오카는 곤혹스러운 얼굴로 부탁했다.

"부장님, 제가 이렇게 부탁드리겠습니다. 애초에 이렇게 가격을 인하해드리면 저희는 엄청난 적자에 시달려야 합니다. 물론 지금은 전 세계적으로 불황이니까 재패닉스도 힘들 거라는 건 충분히 이해합니다. 하지만 그건 저희도 마찬가지입니다. 이건 너무 심하지 않습니까?"

그러나 미나카미는 자세를 바로 하더니, 반박할 수 없을 만큼 강력하게 말했다.

"도요오카 부장, 이건 할 수 있느냐 없느냐의 문제가 아니야. 하지 않으면 안 되는 문제지. 이렇게 해주지 않으면 곤란해."

"하지만 이건……."

"미쓰와는 받아들였어."

다음 순간, 도요오카는 입을 다물 수밖에 없었다.

미나카미가 다시 말을 반복했다.

"미쓰와는 이 단가를 받아들였지. 만약 아오시마가 할 수 없다면 그쪽에 발주 예정인 부품을 전부 미쓰와로 돌릴 수밖에 없어. 그럼 이건 없었던 걸로 하고……."

도요오카는 미나카미가 집어넣으려던 발주계획서를 황급히 잡았다.

"잠시만 기다리십시오! 하지 않겠다고는 하지 않았습니다. 저희가 한두 해 거래해온 관계도 아니잖습니까? 그걸 잘 아시면서 왜 이러십니까?"

도요오카는 당장이라도 울음을 터트릴 듯한 얼굴로 미나카미의 얼굴을 훔쳐보았다.

"일단 회사로 가져가겠습니다. 이 정도의 가격 인하는 제가 결정할 수 있는 문제가 아니니까요. 회사 내부에서 신중하게 검토해볼 테니까 잠시만 시간을 주시겠습니까? 부탁드립니다."

"그럼 다음 주 초까지 대답해줘."

미나카미의 요구는 인정사정이 없었다. 그때까지는 가격 인하의 영향을 정확히 파악하기조차 어려우리라. 하지만 계속 매달린다고 해서 기한을 연기해줄 것 같지도 않았다.

"그럼 다시 오겠습니다."

그 말을 남기고 도요오카는 미나카미의 앞에서 물러설 수밖에 없었다.

"무슨 방법이 없겠나?"

회사로 돌아와서 보고하자 호소카와는 커다란 한숨을 토해내며 묻더니, 의자 등받이에 기대어 공허한 눈길로 창밖을 바라보았다. 창틀 안쪽으로 기하학적인 형태의 공장 건물과 푸른 하늘이 보였다. 초봄의 화창한 날이지만 사장실에는 한겨울의 된바람이 휘몰아치는 것 같았다.

"저도 조정할 수 있다면 했겠지만, 발주 취소까지 들먹이면서 하도 강경하게 나와서요. 말 붙일 엄두도 나지 않았습니다."

상대의 사정은 들으려고 하지 않고 자신들의 주장만 강조하는 것이 재패닉스의 전형적인 방식이다. 모로타는 부드러운 말투와 달리, 비즈니스에서는 바늘로 찔러도 피 한 방울 안 나올 것처럼 행동한다.

"받아들일 수밖에 없나……."

두 손을 깍지 끼고 잠시 생각에 잠긴 호소카와의 입에서 체념 어린 말이 흘러나왔다. 도요오카는 굴욕감이 깃든 눈길로 그런 호소카와를 바라보았다.

지금 이 순간, 호소카와의 내부에서 무엇인가가 삐걱거리며 소리를 냈다. 마음이 지르는 비명 같기도 하고, 아오시마제작소의 뼈대가 흔들리는 소리 같기도 했다. 그런 호소카와의 머릿속에 불쑥 2년 전의 일이 떠올랐다.

"잠깐 사장실로 와주겠나?"

심장 수술을 받고 복귀한 지 얼마 되지 않은 아오시마가 당시 영업부장이던 호소카와를 부른 것은, 그해 겨울 가장 큰 추위가 관동 지역을 뒤덮은 2월의 어느 오후였다.

마침 거래처에 갔다가 돌아온 호소카와가 사장실로 들어가자 아오시마는 팔걸이의자에 앉아, 창문 밖으로 보이는 쓸쓸한 사옥을 바라보고 있었다. 심근경색으로 쓰러지기 전까지만 해도 체격이 좋았는데 두 달에 이르는 요양에서 돌아오자 20킬로그램쯤 살이 빠진 탓에, 예전의 당당했던 풍채는 찾아볼 수 없었다.

호소카와는 맞은편 소파에 앉아, 잠시 사색에 잠긴 아오시마가 입을 열 때까지 기다렸다. 그렇게 얼마나 있었을까? 창문을 바라보던 아오시마는 서서히 시선을 호소카와에게 향하더니, 충격적인 선언을 했다.

"자네가 사장을 맡아줘야겠네."

호소카와는 자신의 귀를 의심하면서 무의식중에 되물었다.

"네? 제가요?"

아오시마는 천천히 고개를 끄덕였다.

"그래. 나는 회장으로 물러나려고 해. 차기 사장은 자네 말고 는 없네."

호소카와는 혼란스러운 머리로 반론을 시도했다.

"사장님, 잠깐만요. 저는 이 회사에 온 지 아직 얼마 되지 않았 고, 사장이라면 사사이 전무가 적임이 아닐까 합니다."

포스트 아오시마는 오랫동안 실질적인 우두머리로 이 회사를 이끌어온 사사이다……. 이것이 많은 사람들의 일치된 의견이 었다. 하지만 아오시마는 천천히 고개를 가로저었다.

"사사이는 안 돼."

너무도 단호한 말을 듣고 호소카와는 잠시 어안이 벙벙해서 자신도 모르게 물었다.

"이유가 뭡니까?"

아오시마의 입에서 나온 말은 "그놈은 경리맨이야"라는 한마 디였다. 그 말이 무슨 뜻인지 호소카와는 이해할 수 없었다.

"그러면 저는 어떤가요? 저는 아직 이 회사에 온 지 얼마 되지 않았고, 저보다 나이 많은 선배들도 많습니다. 그들을 제쳐두고 사장이 된다는 건……."

"나이는 관계없네."

아오시마는 예전보다 야윈 얼굴을 호소카와에게 향하더니, 예 전과 변함없이 날카로운 눈길로 호소카와를 응시했다. 강력한 카리스마가 느껴지는 눈길이었다.

"자네는 우리 회사의 누구도 주목하지 않았던 이미지센서를 수익의 기둥으로 키워냈네. 지금까지 이렇게 사업 분야를 개척한 사람은 없어. 그 왕성한 생명력으로 이 회사를 이끌어주게."

호소카와는 결심이 서지 않았다.

아오시마제작소의 임원은 전부 열두 명인데, 그중에서 그의 나이는 밑에서 세 번째였다. 얼마 되지 않은 회사 경력은 사내의 발언력에도 영향이 있어서, 아무리 아오시마가 지명했다고 해도 사장이 되어서 사람들의 마음을 장악할 수 있을까?

"사장님 생각은 확실합니까?"

아오시마는 지금 병에 걸려 마음이 약해졌다. 순간적인 마음으로 호소카와에게 사장을 맡아달라고 말했지만 이삼 일 지나면 생각이 바뀔지도 모른다.

하지만 이때 아오시마로부터 돌아온 것은 확고한 말이었다.

"깊이 생각하고 내린 결론일세. 사내를 아무리 둘러보아도 사장 적임자는 자네밖에 없네."

언제 그렇게 생각을 굳힌 것일까? 어쨌든 호소카와는 잠시 생각할 시간을 달라고 하고 일단 아오시마의 앞을 떠났다.

아오시마제작소에 들어오기 5년 전, 그는 외국계 컨설팅 회사에 다니고 있었다. 전략 컨설턴트로 중간관리직에 있었던 그에게 어느 날 전화가 걸려왔다.

"어느 중견기업에서 영업 부대를 이끌 책임자를 구하고 있습니다."

헤드헌터였다. 그는 자신의 전문 분야인 전자 분야에서 높은 평가를 얻었지만, 당시 컨설턴트라는 직업에 조금 식상해하던 참이었다. 아오시마제작소의 제안을 받아들인 것은 컨설팅이라는 형태가 아니라 실제의 영업 현장에서 자신의 힘을 시험해볼 좋은 기회라고 여겨서였다.

그리하여 영업부장에 취임한 그는 처음에 회사에서 기대한 것보다 훨씬 좋은 실적을 올려서 주변 사람들을 놀라게 만들었다. 연매출을 50억 엔 가까이 올리면서 누구나 한 수 접어주는 존재가 되었지만, 사장 자리라면 이야기가 다르다.

아오시마가 갑작스럽게 사장 자리를 권한 이후, 그는 고민에 고민을 거듭했다.

받아들이기로 결심한 계기는 일주일 후에 열린 임원회의 때문이었다. 그 임원회의에서 이미지센서를 증산해야 한다는 그의 주장이 생산부의 내부적인 이유와 다른 임원의 잘못된 시장 예측으로 부결된 것이다. 그 결과 좋은 비즈니스 기회가 날아갔고, 6개월 만에 수억 엔의 수익 기회를 잃었다.

생산 라인을 조정해야 한다면 조정하면 되고, 인원을 충원해야 한다면 충원하면 된다. 하지만 그의 주장이 아무런 근거도 없이 반대하는 터줏대감들의 목소리에 눌리고, 증산했다가 실패하면 누가 책임지느냐는 소극적인 이야기로 바뀌면서 이래서는 안 된다고 생각했다. 이렇게 썩은 체재는 자신이 바꿔나가는 수밖에 없다고……

사장에 취임한 지 1년째에는 그가 만들어낸 수많은 개혁이 성공하면서, 순풍에 돛을 달고 실적도 좋아졌다. 임원도 몇 명 교체했다. 그런데…….

아닌 밤중의 홍두깨 격인 미국발 금융위기로 인해 불황으로 돌입한 것이 작년 가을이었다. 그 이후, 단기간에 이렇게까지 궁지에 몰리리라곤 미래 예측에 일가견이 있는 그도 미처 예상치 못했다. 지금 호소카와는 사장으로서 가장 큰 시련의 시기를 맞이하고 있었다.

5

오후 5시가 지나서 긴급 임원회의가 있다는 연락을 받았다.

미카미가 회의실에 도착했을 때는 대부분의 임원들이 이미 자리에 앉아 있었다. 평소처럼 미리 나눠주는 의제도 없고, 여느 때와 달리 호소카와가 굳은 표정으로 팔짱을 낀 채 말없이 윗자리에 앉아 있었다. 그 옆에는 역시 심각한 표정으로 사사이가 입을 다물고 있는 등 분위기는 숨도 쉴 수 없을 만큼 무거웠다.

전원이 모인 것을 본 호소카와가 입을 열었다.

"다들 바쁘실 텐데 오라고 해서 죄송합니다. 실은 어제 재패닉스의 모로타 사장이 생산을 축소할 거라는 이야기가 있었습니다. 그리고 오늘 영업부로 구체적인 내용을 통보해서, 그걸 여러분에게 알려두고자 합니다. 오늘부터 3개월간, 재패닉스가 발주한 물량은 지난달 대비 80퍼센트 감소했습니다."

호소카와의 입에서 말이 떨어진 순간, 임원들 사이에서 숨을 들이마시는 소리가 들렸다. 술렁거리는 회의실의 의자에 앉은 채, 미카미는 꼼짝도 할 수 없었다. 이번 생산 축소가 아오시마제 작소 실적에 얼마나 영향을 미칠지 상상도 되지 않았다.

호소카와가 다시 말을 이었다.

"지금까지 여러분에게 비용 절감을 부탁했는데, 앞으로 추가 구조조정안을 만들어야 합니다. 이번 회기 실적은 그렇다 치더라도, 이대로 가면 다음 회기도 상당히 힘들어질 겁니다. 조금이라도 회사의 숨통을 틔우기 위해, 각 부서에서는 최선을 다해주시기 바랍니다."

임원회의는 불과 몇 분 만에 끝났다. 하지만 호소카와가 폐회를 선언한 후에도 임원들 모두 자리에 앉은 채 한동안 움직이지 않았다. 그만큼 큰 충격을 받은 것이다. 어지간한 내용이라면 임원들에게 단체 메일을 보냈을 텐데, 그렇게 하지 못한 이유를 알 수 있었다.

미카미가 겨우 허리를 들었을 때, 호소카와가 그의 이름을 불렀다.

"미카미 부장."

호소카와가 천천히 다가오더니, 비어 있는 의자에 앉아서 작은 목소리로 물었다.

"생산부에서 해고 후보자 리스트를 받았지? 봤나?"

"봤습니다."

두 사람의 이야기가 들렸는지, 아사히나 생산부장이 일어서려고 하다가 그쪽을 보았다.

"어때? 할 수 있겠나?"

"안 그래도 말씀드리려고 했습니다만……."

아사히나의 시선을 느끼면서 미카미는 확실하게 말했다.

"지금 저희 부서에서 전면 재검토하고 있습니다. 그 리스트를 그대로 받아들여 직원을 해고하면 당치도 않은 일이 벌어질 겁니다."

테이블 반대편에서 아사히나가 못마땅한 얼굴로 쳐다보았다.

"이거 그냥 넘어갈 수 없군. 그게 무슨 말이지? 우리가 작성한 리스트에 무슨 문제라도 있다는 건가?"

미카미는 의연한 눈길로 아사히나를 쳐다보았다. 어제 느꼈던 분노가 뱃속에서 부글부글 끓어올랐다.

"정말로 세밀히 조사해서 리스트를 작성하신 겁니까? 인사고과의 기준이 모호하고, 정말로 남겨두어야 할 직원이 포함되어 있었습니다. 아사히나 부장님, 리스트에 있는 직원을 한 사람씩 제대로 검토하신 게 맞습니까?"

"그건 무라이가 했네."

무라이 슈고는 생산부 부부장이다. 생산 현장을 맡고 있는 만큼 우수하긴 하지만 일을 꼼꼼하게 하는 스타일은 아니다.

"무라이 부부장은 과장급이 올려준 인사고과를 제대로 확인하지도 않고 그대로 받아들였습니다. 부장님, 이번 일에는 직원들의 인생이 달려 있습니다. 좀 더 진지하게 리스트를 만들어주셔야 합니다."

스스로도 깜짝 놀랄 만큼 뜨거워져서 미카미는 선언하듯 말했다. 같은 임원이라고는 하지만 자기보다 나이가 적은 미카미의 비난을 받고, 아사히나의 얼굴은 순식간에 붉으락푸르락해졌다.

"그런 식으로 뒤에서 딴말을 할 거면 처음부터 총무부에서 리스트를 만들면 되잖나? 평가자에 따라 인사고과에 차이가 있는 건 어쩔 수 없는 노릇 아닌가? 그런데 우리가 엉터리로 일한 것처럼 말하다니! 어디서 주둥이를 함부로 놀리고 그래?"

"그 리스트는 중간관리자의 주관적인 생각으로 작성되었습니다. 눈을 씻고 찾아봐도 객관적인 검토가 이루어진 흔적이 없습니다!"

아사히나가 눈에 쌍심지를 켜고 달려들었다.

"계속 그렇게 허튼소리를 지껄일 건가? 무슨 근거가 있어서 그따위……."

호소카와가 재빨리 아사히나의 말을 가로막았다.

"그만하지. 그래서 생산부 리스트에 대해 총무부에서 검토하고 있나?"

"저희가 검토한 리스트를 반대로 생산부에게 주려고 합니다."

아사히나가 눈에 핏대를 세우며 미카미를 노려보았다.

미카미의 마음을 헤아릴 여유조차 없는 얼굴로 호소카와가 다급하게 말했다.

"어쨌든 급히 부탁하네. 지금은 스피드 승부야. 아마 바로 추가 구조조정 계획안에 착수해야 할 거야. 그 전에 일단 이번 인원 감축을 제대로 해주게. 시간이 없어."

"알겠습니다."

고개를 숙인 미카미의 목구멍까지 쓰디쓴 압박감이 치밀어 올라왔다. 도대체 어디까지 구조조정을 해야 앞이 보일까?

그는 정중하게 인사를 하고 회의실을 나왔다. 심각한 표정으로 총무부로 돌아가려고 하다가 복도 게시판 앞에서 걸음을 멈추었다. 야구와 관련된 포스터 두 장이 나란히 붙어 있었다.

한 장은 해마다 열리는 사내 야구대회인 '아오시마 배(杯)'의 안내 포스터였다. 각 부서와 공장 대항 친선 야구대회로, 그 대회에서 우승한 팀과 아오시마제작소 야구팀이 맞붙는 시범경기가 성황리에 열리는 커다란 이벤트이다. 하지만 회사 분위기가 좋지 않아서 개최가 불투명했다.

지금 미카미가 보는 것은 그 옆에 붙어 있는 'JABA 도쿄 스포니치 대회'의 포스터였다. 사흘 후에 시작되는 공식전이다.

많은 응원 부탁합니다!

포스터 위에 붙은 POP 안내문은 고가가 만들었다. 똑같은 안내문을 사내 여기저기에 붙여 직원들을 끌어모으려는 것이다.

불길한 예감이 미카미의 가슴을 가로질렀다. 상황이 이렇다면 야구팀을 없애자는 논쟁에 다시 불이 붙지 않을까? 모처럼 야구팀의 분위기가 좋아지고 있는데.

다음 경기에는 야구부장으로서 미카미도 벤치에 앉아 있을 생각이다. 지금은 아무튼 좋은 경기를 해서 두드러지는 결과를 내는 수밖에 없다.

'다들 최선을 다해줘.'

미카미는 마음속으로 중얼거린 뒤, 빠른 걸음으로 총무부로
돌아갔다.

6

사회인야구팀이 정복하고 싶어 하는 대회가 두 개 있다. 한여
름에 열리는 도시대항야구와 가을에 열리는 일본선수권이다.
양쪽 모두 치열한 예선전을 치러야 하고, 전국 차원에서 이루어
진다.

한편, 이 대회와 달리 관동 지역에서 주최하는 공식전이 있다.
보통 '스포니치 대회'라고 부르는 'JABA 도쿄 스포니치 대회'다.
60년이 넘는 역사와 전통을 자랑하는 공식전으로, 올해는 관동
지역 이외의 지역에서도 출전하는 팀이 있어서, 총 29개 팀이 우
승을 놓고 격돌하게 된다.

"반드시 우승해서 명문 야구팀이 부활했음을 보여주자!"

어젯밤에 열린 격려모임에서 아오시마 회장은 이렇게 말했다.

야구팀 건물의 식당에서 열린 격려모임에는 직원들도 많이 참
석했다.

"회사가 어려울 때일수록 다 같이 응원하는 거야! 자아, 내일
그라운드에서 하나가 되자!"

열혈 야구팬으로 알려진 아오시마의 열변은 많은 사람들의 가

슴을 뜨겁게 만들었다. 좁은 식당이 흔들릴 만큼 박수가 터져 나오면서 많은 사람들이 입을 모아 "파이팅!" 하고 외치는 순간, 언제나 그렇듯이 고가의 가슴은 먹먹해졌다.

우리는 이 사람들의 기대를 짊어지고 싸운다. 우리의 용맹한 모습을 잘 봐주기 바란다. 반드시 좋은 경기를 보여주겠다. 고가는 마음속으로 그렇게 맹세했다. 그런데⋯⋯.

시선을 그라운드에 향하고 있던 다이도가 "사루!"라고 외친 순간, 고가는 자신의 귀를 의심했다. 등판 준비를 하라고 지시받은 사루타도 눈을 동그랗게 떴지만, 불펜 포수인 미즈키를 데리고 재빨리 불펜으로 달려갔다.

아직 3회 말이다. 선발인 만다는 강호 도요석유를 상대로 1점만 헌상했을 뿐, 잘 버티고 있었다.

'너무 빠르지 않나요?'

그런 마음으로 다이도를 바라본 순간, 그의 옆얼굴에 떠오른 심각한 표정을 보고 고가는 숨을 멈추었다. 다이도는 뭔가 알아차린 것이다.

5회 말, 도요석유의 공격이었다. 선두타자가 좌타석으로 들어서자 만다는 팔을 휘두르며 크게 심호흡을 했다. 그리고 오른발로 흙을 걸어차고 이사카의 사인을 보았다. 초구는 타자 안쪽의 높은 곳으로 벗어났다.

구속은 130킬로미터. 고가의 옆에 있던 다이도가 고개를 떨구더니 재빨리 다시 들었다.

이 숨 막히는 분위기는 뭐지? 고가가 이유를 생각할 틈도 없이 만다는 잇달아 볼을 던지며 스스로를 궁지로 몰아넣었다.

그제야 겨우 고가도 알아차렸다. 평소의 만다가 아니다. 공에서 날카로움이 보이지 않았다.

공이 아슬아슬하게 스트라이크존을 벗어나면서 상대 응원단에서 환호성이 솟구쳤다. 연속 볼넷이다. 코치인 마쓰자키가 마운드로 올라가 만다에게 몇 마디 말을 하고 돌아왔다.

경기가 재개되고 만다가 글러브를 낀 팔로 이마에 흐르는 땀을 닦았다.

분위기가 가라앉았다. 온몸에 소름이 돋는 듯 섬뜩한 느낌에 고가의 표정이 굳어졌다. 아까부터 미카미 부장의 덜덜 떠는 다리가 멈추지 않았다.

만다, 버텨라! 하지만……

상대가 만다의 초구를 노렸다. 일직선으로 날아간 타구가 황급히 쫓아간 좌익수 사기노미야를 비웃듯이 외야에서 데굴데굴 굴렀다. 추가점을 허용하는 3루타였다.

무엇인가가 어긋나기 시작했다. 다음 타자에게 다시 볼넷. 다시 4번 타자에게 통한의 안타를 맞자 상대팀 응원단에서 축제의 함성이 울려 퍼졌다. 눈 깜짝할 사이 맞이한 연속 안타다.

만다, 어떻게 된 거지? 평소의 기분 좋은 리듬은 어디로 갔어?

고가는 벤치에서 두 주먹을 불끈 쥐었다. 이번 회에서 만다의 투구는 약동감이 없는 음악처럼 너무나 단조로웠다. 마운드에서 뿌리는 음표 하나하나가 무의미하고 안정감이 없으며, 멜로디를 연주하기도 전에 공중으로 산산이 흩어졌다.

3 대 0.

계속해서 무사에 주자는 1, 3루. 프로에서 탐낸다는 소문이 있는 상대 투수에게 3점 이상을 빼앗는 것은 매우 어려운 일이다. 더는 한 점도 내주면 안 된다.

다이도가 그라운드로 뛰어나갔다. 투수 교체다.

불펜에서 마운드로 올라간 사루타에게 공을 넘겨주고 만다가 고개를 숙인 채 뛰어 들어왔다. 아오시마제작소 응원석에서는 박수가 들리는 둥 마는 둥 했다.

도요석유 응원단의 성원을 받으며 등장한 사람은 가냘픈 체격의 타자였다. 수비는 유격수. 방망이를 짧게 잡는 크라우칭 스타일*이다.

환호성이 거대한 풍선처럼 부풀어 올랐다. 그라운드가 떠나갈 듯 뜨거운 열기와 환호성이 울려 퍼진 가운데, 사루타가 어깨를 흔들며 숨을 한 번 토해냈다.

사루타 선배, 제발 막아줘!

초구는 슬라이더로 헛스윙. 다음 순간, 세트포지션**에서 던진 2구가 날카로운 소리와 함께 튕겨 나왔다. 외야에서 데굴데굴 굴러가는 하얀 공을 고가는 망연히 바라보는 수밖에 없었다.

---

* 상체를 앞으로 웅크린 자세.
** 주자가 루상에 있을 때, 투수가 투수판 위에서 주자를 견제할 수도 있고 타자에게 공을 던질 수도 있는 자세.

그 후에도 추가점을 허용하고, 반대로 상대 투수에게 완벽하게 제압당한 아오시마제작소의 첫 경기는 7 대 0의 완봉패로 끝났다.

경기가 끝난 후에 올려다본 응원석은 이미 텅 비어 있었다.

"이 한심한 놈들! 응원하는 사람이 아직도 있을 줄 알았냐? 전부 가버렸어!"

맨 앞줄에 남아서 욕설을 퍼부은 사람은 포장과장인 나가토였다. 입은 거칠지만 열혈 야구팬인 나가토는 아오시마제작소에 응원단이 있었을 무렵에는 응원단장이었다. 50세에 가까운 지금은 당시의 흔적을 찾아볼 수 없고, 배가 불룩 튀어나온 주정뱅이일 뿐이다.

"정말 한심해서 눈 뜨고 볼 수가 없더군. 너희들, 뭐 때문에 야구를 하는 거지?"

3장

야구의 신

1

"마음에 안 들어."

구라하시가 혼잣말처럼 중얼거리는 소리를 듣고 고가는 마시고 있던 맥주잔을 내려놓았다.

스포니치 대회의 탈락이 정해진 날 밤이었다. 이사카가 야구팀 선수들에게 한잔하러 가자고 말해서 곤타에서 술을 마시고 있었다.

구라하시는 예전에 고교야구에서 활약한 좌완의 기교파 투수로, 올해 29세였다. 프로야구 드래프트*에서는 선발되지 않았지만 사회인 야구선수로서는 톱클래스였다.

"뭐가 말입니까?"

구라하시의 표정에서 심상치 않은 기운을 느끼고 고가가 물었다.

구라하시가 내뱉듯 말했다.

"도요석유전의 선수 기용 말이야. 열 받아 돌아가시겠어. 만다

• 신인 선수를 선발하는 일.

99

를 선발로 내보냈으면 적어도 5회까지는 잠자코 지켜봐야 하잖아. 그런데 뭐야? 3회에 이미 사루타에게 워밍업을 하라고 했잖아? 그런 상황에서 만다가 계속 던지고 싶겠냐? 만다, 안 그래?"

만다에게서는 대답이 돌아오지 않았다. 조금 떨어진 곳에서 말없이 맥주잔을 노려보고 있을 따름이었다.

첫 경기에서 대패한 아오시마제작소는 결국 흐름을 타지 못한 채 1승 2패로 리그전에서 탈락했다. 선수진 교체 후 치른 첫 대회는 쓰디쓴 결과로 끝나고 말았다.

사루타가 물었다.

"데쓰, 감독은 뭐래? 아까 위에 보고했잖아?"

대회가 끝날 때마다 부장과 감독. 그리고 매니저가 사장에게 경기 결과를 보고하는 것이 아오시마제작소 야구팀의 관례다.

"……선수들은 최선을 다했습니다만 제 힘이 미치지 못했습니다, 라고 했습니다."

고가는 다이도의 말을 그대로 전했다.

"흐음……."

사루타는 콧소리만 내고는 말없이 술잔을 입으로 가져갔다. 전 감독인 무라노가 입만 떨어지면 변명을 했다는 사실은 모두 알고 있다. 패전의 책임은 전부 선수들에게 떠넘기고, 입이 찢어져도 자신이 잘못했다고 말하지 않았던 것이다.

어색한 침묵을 깨뜨리고 구라하시가 말했다.

"감독의 힘이 미치지 못했던 것은 사실이니까. 젊은 선수를 기용하는 것도 좋지만 지금 필요한 건 성과야. 회사 실적이 바닥을 치고 있는 마당에 이러면 우리만 곤란해질 뿐이라고!"

고가는 화들짝 놀라며 구라하시를 쳐다보았다. 구라하시는 야구팀의 존폐에 관한 이야기가 나왔다는 사실을 알고 있다.

"다들 알고 있겠지? 야구팀이 없어질 수도 있다는 것 말이야."

고가가 예상한 대로 사루타가 그렇게 말하자 모두가 무거운 표정으로 입을 다물었다.

"데쓰, 그렇지? 넌 들었을 거 아냐?"

사루타의 예리한 시선을 받고 고가는 순간적으로 당황했다.

"제가 들은 건 야구팀을 해체하는 게 어떻겠냐고 말한 임원이 있다는 것뿐입니다. 아직 진지하게 검토한 것도 아니고……."

"사사이 전무는 옛날부터 없애자고 주장했잖아? 사장도 본심은 똑같을 거고."

사루타의 말에 고가는 입을 다물었다. 누구에게서 들었는지 모르겠지만, 사루타의 지적은 날카로운 칼날이 되어 모두의 가슴에 깊숙이 꽂혔다.

"지금 같은 상황이 계속되면 전무가 잠자코 있지 않을 거야. 그래서 어떻게든 성과가 필요한 거라고!"

울분을 터트린 사루타를 향해 만다가 목소리를 짜냈다.

"죄송합니다. 전부 제 책임입니다."

분위기가 더욱 무거워지자 사루타가 한숨을 섞어서 말했다.

"너 때문이 아니야. 누구나 컨디션이 좋을 때도 있고 나쁠 때도 있는 법이니까."

그렇게 말한 사루타도 2차전에 선발로 나가서, 4회까지 5점을 헌상하고 마운드에서 내려왔다.

스포니치 대회는 6일간 계속된다. 3차전에서는 다시 만다를 마운드에 내보낼 수 있었을 텐데, 다이도가 선택한 투수는 만다가 아니라 구라하시였다. 그 경기를 접전 끝에 제압한 것이 이번 대회의 유일한 승리였다.

구라하시가 말했다.

"감독의 말은 앞뒤가 안 맞아. 팀이 젊어지기를 바란다면 만다를 선발로 내보내야 하잖아? 1차전에서 실패했다고 완전히 빼면 어떡해? 선수에 대한 신뢰가 겨우 그 정도밖에 안 돼?"

그건…….

실은 고가도 그렇게 생각했다. 고가만이 아니라 여기에 있는 모든 선수들이 그렇게 생각했으리라. 젊은 선수들 위주로 싸운다면, 만다에게 에이스 칭호를 주었다면, 그것을 끝까지 밀고 나가야 하지 않는가.

패배를 기점으로 팀이 흔들리고 있다. 이것은 단순한 승패가 아니다. 마음에 골이 생기고 있다. 그것을 어떻게 메워야 할까? 아니, 과연 메워지기나 할까?

고가는 이해할 수 없었다. 다이도는 과연 무슨 생각을 하고 있을까?

2

"급히 의논드릴 게 있는데, 잠시 시간을 내주시겠습니까? 도요카메라 건입니다."

도요오카 영업부장이 절박한 목소리로, 회사 밖에 있던 호소카와에게 전화를 걸었다.

마침 거래처를 나와서 가까운 곳을 한 군데 더 들르려고 했는데 호소카와는 예정을 바꾸었다. 아오시마제작소의 주요 거래처인 도요카메라는 일본 최대의 카메라 제조업체였다.

서둘러 회사로 돌아오자 도요오카가 즉시 창백한 얼굴을 하고 사장실로 뛰어들었다. 뒤이어 사사이도 들어왔다.

"도요카메라가 내년도 신제품 출시시기를 7월 초에서 4월 말로 변경한다고 하면서, 신제품에 탑재할 이미지센서를 이번 6월 말까지 제안해달라고 합니다. 출시시기를 앞당겨서 내년도 매출에 기여하게 하려는 것 같습니다."

다시 2월로 돌아간 듯한 쌀쌀한 날씨임에도 불구하고 도요오카는 얼굴을 시뻘겋게 물들인 채 이마에는 땀까지 흘리고 있었다. 그 옆에서 사사이가 미간에 주름을 잡았다.

"뭐라고? 그럼 우리 개발 일정과 안 맞잖아? 가미야마 부장은 뭐래?"

호소카와가 당황한 얼굴로 묻자 도요오카는 입술을 깨물고 고개를 가로저었다.

"조금 전에 물어봤는데, 어렵다고 합니다."

기술개발부장인 가미야마 겐이치는 일단 정한 일정을 엄격하게 지키는 것으로 유명한 사람으로, 경영 판단에 따른 일정 변경을 순순히 받아들이는 사람이 아니었다. 새 이미지센서의 개발 일정에 따르면 시제품의 완성은 8월 말로 되어 있다. 6월까지 두 달이나 앞당기는 것은 보통 어려운 일이 아니다.

하필 이런 때에……. 호소카와는 마음속으로 혀를 찼다.

도요카메라가 판매하는 1안 리플렉스 카메라 시리즈는 주부나 젊은 여성에게 폭발적인 인기가 있고 판매대수도 상당하다. 그 모델에 들어가는 이미지센서는 당시 영업부장이었던 호소카와가 아오시마제작소를 지탱하는 수익의 기둥으로 만든 주력 제품이었다. 이제 와서 도요카메라의 개발 일정에 맞추지 못하는 것은 이번 회기뿐만 아니라 다음 회기의 수익에 큰 구멍이 뚫린다는 것을 의미한다.

"하지만 우리 이미지센서를 탑재하지 못한다면 도요카메라도 곤란하지 않나?"

사사이의 당연한 질문을 받고 도요오카는 힘없이 대답했다.

"미쓰와전기입니다. 미쓰와가 뛰어들었습니다."

사사이의 눈이 크게 벌어졌다. 깜짝 놀란 것은 호소카와도 마찬가지였다. 미쓰와전기가 이미지센서에 뛰어든다는 이야기는 예전부터 몇 번 들었다. 그런데 하필 이 타이밍에, 더구나 아오시마제작소의 주요 거래처인 도요카메라에서 경쟁하게 될 줄이야.

"현재 우리 제품보다 20퍼센트쯤 싸다고 합니다. 그러면서 성능도 더 뛰어나다고……."

"구체적인 규격은?"

호소카와의 질문에 도요오카는 고개를 한 번 가로저었다.

"그것까진 잘 모르겠습니다만, 미쓰와전기에서 상당히 강력한 판매 공세를 펼치고 있는 것 같습니다."

도요오카는 이마에 맺힌 땀을 손수건으로 닦아냈다.

"며칠 전에도 비토 사장을 만났는데, 그런 이야기는 한마디도 없었어."

호소카와는 도저히 믿을 수 없다는 얼굴로 말했다. 업계 모임에서 만나서 10분쯤 담소를 나누었는데, 뒤에서 그런 이야기가 진행되고 있는 줄은 꿈에도 몰랐다.

사사이가 예리한 눈길로 호소카와를 쳐다보았다.

"일부러 잠자코 있었던 게 아닙니까? 가격 인하 요구를 하든 뭐를 하든, 말을 하는 동안은 그래도 괜찮습니다. 말을 하지 않은 것은 관계를 끊으려고 했기 때문일지도 모르지요."

"지금 내 커뮤니케이션에 문제가 있다는 겁니까?"

호소카와는 발끈해서 목소리를 높였다. 사사이의 말이 마치 호소카와의 영업 능력에 문제가 있다고 지적하는 것처럼 들렸던 것이다.

그런 호소카와를 감싼 사람은 도요오카였다.

"비토 사장은 신중한 사람이니까요. 회사 안에서도 본심을 말하지 않는 것으로 유명하다고 합니다."

사사이는 도요오카의 말을 잘라버리며 거칠게 되받아쳤다.

"그럼 자네가 좀 더 일찍 정보를 수집했다면 좋았잖아? 생산을 앞당기는 일을 갑자기 정했을 리가 있겠어? 사전에 움직임이 있었을 테고, 영업부가 그걸 알아차렸다면 미리 대응책을 강구할 수도 있었어!"

"죄송합니다. 도요카메라에서도 워낙 갑자기 정해진 일이라고 합니다. 실적을 보완하기 위해서는 되도록 일찍 신제품을 투입해야 한다고 말이지요."

"이미지센서는 카메라의 핵심 부품이 아닌가? 우리와 친밀한 거래처인데, 왜 한마디 의논이 없었지?"

도요오카는 대답하지 않았지만, 호소카와는 사정을 짐작할 수 있었다.

미쓰와전기가 설득한 게 아닐까?

호소카와가 재빨리 대체 방안을 내놓았다.

"현 제품의 업그레이드 버전을 내놓는다면 가능성이 있지 않겠나? 미쓰와전기보다 낮은 가격으로 계산해보게."

"한번 해보겠습니다."

도요오카는 그렇게 대답했지만 안색은 좋지 않았다.

미쓰와전기에 맞춰 20퍼센트나 가격을 인하하면 이익이 있을까 말까 한 수준까지 내려간다. 적자가 되면 이 거래를 계속하는 의미가 없고, 흑자가 난다고 해도 수익은 극단적으로 줄어든다. 지금의 경기가 회복된다고 해도 실적 회복의 출구가 보이지 않는다는 의미이다. 이 사태를 근본적으로 해결하기 위한 방법은 한 가지밖에 없다.

호소카와의 생각을 도요오카가 입에 담았다.

"신형 이미지센서를 앞당겨 투입할 수 있으면……."

고성능 신형 이미지센서라면 부가가치가 높다. 현 제품보다 높은 가격으로 판매해 고수익을 얻을 수 있다면……. 지금으로 선 그 방법밖에 없다.

"절체절명의 위기군요."

나지막하게 중얼거린 사사이의 말을 듣고 호소카와는 말없이 고개를 끄덕였다.

거래처의 생산 축소에 이은 생산 축소로 이번 회기의 적자는 피할 수 없다. 그것에 이어서 다음 회기의 주력 제품까지 밀린다 면 연속 적자의 늪에 빠지게 된다. 어떻게 해서라도 지금의 위기 를 극복하지 않으면 아오시마제작소에 내일은 없다.

"가미야마 부장에게 시간 있을 때 와달라고 말해주겠나?"

비서에게 전화로 지시를 내린 뒤, 호소카와는 심각한 얼굴로 소파에 몸을 묻었다.

그로부터 한 시간 뒤, 가미야마 기술개발부장은 불쾌한 얼굴 로 팔짱을 낀 채 입을 꾹 다물고 있었다. 이윽고 그의 무거운 입 이 벌어졌다.

"사정은 아까 도요오카 부장에게서 들었습니다. 하지만 개발 일정을 당기기는 어렵습니다. 약속할 수 없습니다."

도요오카가 다급한 얼굴로 달려들었다.

"지금 그런 말을 할 때가 아니야! 만약 우리가 신제품을 내놓 지 않으면 미쓰와에게 당하고 말 거야!"

가미야마는 은빛 안경테를 오른손으로 올리면서 물었다.

"그래서? 그래서 성능을 희생하라는 건가? 신형 이미지센서는 아직 개발 중이고, 우리가 원하는 규격을 안정적으로 내기 위해 동작 테스트와 조정을 반복하는 중이야. 우리는 이 부품을 보증해야 돼! 지금까지 주요 거래처에서 우리 센서를 사용해온 건 기술력에 대한 믿음이 있어서가 아닌가? 그걸 배신하는 일은 절대로 하고 싶지 않아."

도요오카와 가미야마는 나이도 같고 친한 사이다. 그런 만큼 말투에 조심성이 없었다.

"지금 배신하라는 게 아니잖아! 어떻게든 두 달만 앞당길 수 없겠냐고 사정하는 거야. 총도 없이 전쟁터에 나가봐야 이길 수 있을 리가 없잖아!"

가미야마가 물러서지 않고 완고하게 대답했다.

"개발 일정은 절대적이야. 일정을 지키는 게 품질을 지키는 걸로 이어지지. 그건 자네가 이해해줬으면 좋겠어."

무심코 천장을 올려다본 도요오카를 대신해 호소카와가 새로운 아이디어를 제시했다.

"그때까지 시제품이 나오지 않는다면, 예상하는 규격이라도 말해줄 수 없겠나? 그것만 확실하면 도요카메라에 뭐라도 제안할 수 있어."

"규격은 드릴 수 있어도 가격은 드릴 수 없습니다. 가격이 없는 상황에서 비즈니스를 할 수 있겠습니까?"

가미야마의 대답은 쌀쌀맞기 이를 데 없었다. 공무원도 아닌데, 창업 이후의 최대 위기 상황에서 어떻게 이토록 고지식하게 나올 수 있을까?

"가격을 계산하기 위해서는 공정을 확인한 뒤 원가를 계산해야 합니다. 그런 과정에서 규격이 바뀌는 일도 있고요."

호소카와의 속마음은 아랑곳하지 않고 가미야마는 냉정하게 자신의 주장을 펼쳤다. 회사가 직면한 위기 상황에 신경도 쓰지 않는 모습을 보고 호소카와는 조바심을 감출 수 없었다. 마치 기술개발부만 다른 회사 같았다. 일체감이라곤 티끌만큼도 보이지 않았다.

"가미야마 부장, 우리 회사는 지금 창업 이래 최대 위기에 빠져 있어! 전사적으로 구조조정을 해서 어떻게든 이 위기에서 벗어나려고 노력하고 있다고! 당신에게는 거기에 협조하려는 마음이 조금도 없나?"

사장실에 비치는 가냘픈 봄 햇살이 가미야마의 안경에 반사하면서 눈동자에 감돌고 있는 빛을 감추었다.

가미야마는 의연하게 대답했다.

"이건 그런 문제가 아닙니다. 저는 엔지니어입니다. 제 일은 아오시마제작소의 기술 수준을 유지하고, 고객의 믿음에 부응하는 것이죠. 거기에 역행하는 일은 결코 받아들일 수 없습니다."

가미야마의 주장을 듣고 마침내 호소카와의 분노가 폭발했다.

"당신은 임원이잖아! 지난달부터 계속되는 구조조정을 당신 눈으로 똑똑히 보지 않았나. 지금은 그런 명분론을 말할 때가 아니야!"

하지만 가미야마는 한 발짝도 물러서지 않았다.

"이건 명분론이 아니라 제 신념입니다. 꼭 그렇게 하셔야 한다면 저를 경질해주십시오. 기술보다 영업을 우선하는 게 사장님 방식이라면 잠시도 주저하지 말고 그렇게 하시기 바랍니다."

내 방식? 과연 이것이 내 방식인가? 그게 아니라면 내 방식은 무엇인가?

호소카와의 머릿속은 너무도 혼란스러웠다.

3

"가미야마와는 말이 안 통합니다."

똑같은 대화가 끝없이 이어진 끝에, 가미야마는 호소카와에게 고개를 숙이고 서둘러 사장실에서 나갔다. 그러자 도요오카가 울분을 풀 길 없는 얼굴로 내뱉듯이 말했다.

"고집불통 같으니! 애당초 누구 덕분에 기술개발부장이 되었는데, 그 은혜도 모르고!"

"과거의 실수에서 벗어날 수 없나 보군."

호소카와가 혼잣말처럼 중얼거렸다.

가미야마가 작업한 이미지센서를 리콜했던 일은 호소카와가 아오시마제작소로 오기 3년쯤 전의 일이다. 영업부의 재촉을 받고 아직 테스트가 끝나지 않은 센서를 당시 거래하던 카메라 업체에 보냈다. 그런데 나중에 그 센서에 문제가 발생하는 바람에

10억 엔 정도의 손실이 발생한 것이다.

뛰어난 기술을 가지고 있으면서 호소카와가 발견할 때까지 가미야마가 기술개발부의 구석에서 움츠리고 있었던 것은 그때의 실패 때문이었다. 그 이후 가미야마는 자신이 정한 개발 일정을 끝까지 지키게 되었는데, 그것은 사장으로 취임한 호소카와가 가미야마를 기술개발부에서 가장 높은 부장 자리에 앉혀도 변함이 없었다.

"도대체 언제까지 과거에 집착할 거야?"

깊은 한숨을 토해낸 호소카와는 가슴속 깊은 곳에서 소용돌이치는 분노와, 타개책이 보이지 않는 사태를 눈앞에 두고 고뇌를 주체할 수 없었다.

"영업부에서 뛰어다녀서 해결된다면 그렇게 하겠지만, 아무튼 상대가 상대라서……."

도요오카는 그렇게 말하며 얼굴을 찡그렸다. 도요카메라는 '입발림 영업'이 통하는 상대가 아니다. 가격도 중요하지만 무엇보다 품질을 중요하게 생각하는 회사다. 규격에서 뒤떨어지는 제품을 내놓으면 아무리 가격을 인하해준다고 해도 채택해주지 않는다.

"어쨌든 일단 할 수 있는 데까지 해보겠습니다."

그 말을 남기고 도요오카는 사장실에서 조용히 사라졌다.

어떻게 해야 하나?

호소카와는 스스로에게 물어보았다. 지금 그의 눈에는 자신이 나아가야 할 길이 보이지 않았다. 짙은 안개로 둘러싸인 미로에서 보이지 않는 출구를 찾아 방황하고 있을 뿐이다.

너무 가까이 있어서 보이지 않는 것일까? 애초에 해결책이 있긴 있는 것일까?

생각에 잠길 때는 언제나 그렇듯이, 그는 손가락으로 이마를 누르며 깊은 사색에 잠겼다. 그렇게 얼마나 있었을까? 그를 사색에서 돌아오게 만든 것은 노크 소리였다.

"실례하겠습니다."

얼굴을 내민 사람은 비서인 나카모토 아리사였다.

"사장님, 재패닉스의 모로타 사장 쪽에서 전화가 왔습니다. 조만간 같이 식사하자고 하는데, 어떻게 할까요?"

"재패닉스의 모로타 사장이?"

호소카와는 깜짝 놀라서 고개를 들었다. 지난번 생산 축소에 이어서 이번에는 어떤 용건일까?

"즉시 일정을 잡아줘. ……모든 게 어중간하군."

그의 뒷말을 듣고 아리사는 눈을 동그랗게 떴다.

"무슨 말씀이세요?"

"우리 회사 말이야, 이 아오시마제작소."

호소카와는 창문 밖으로 보이는 맞은편 사옥을 바라보며 한탄했다.

"그렇게 큰 규모도 아닌데, 대기업만큼 부서별로 팽팽하게 대립하고 있어. 다들 하나같이 자기 멋대로 일하고 있지. 옛날부터 이랬나?"

갑자기 지긋지긋한 생각이 들어서 호소카와는 자기도 모르게 불평했다. 대답을 기대한 게 아니라 단지 하소연을 하고 싶었을 뿐이지만, 아리사는 진지한 얼굴로 대답했다.

"다들 자기 분야에서 열심히 일해서 그래요."

긍정적인 의견이다.

"그렇다면 좋겠는데."

"사장님, 제 말을 믿으세요. 고집불통처럼 보이는 가미야마 부장님만 해도, 막상 말해보면 얼마나 좋은 사람인지 몰라요. 요전에 식당에서 잔돈이 없었을 때, 주머니를 탈탈 털어서 주스를 사주시더라고요."

"자네는 원래 먹을 거에 약하잖아?"

하지만 아리사는 진지한 얼굴로 고개를 가로저었다.

"그런 거 아니에요. 먹을 게 얽히면 그 사람의 인품과 됨됨이를 알 수 있는 법이거든요."

"과연 그럴까?"

호소카와가 건성으로 대답하자 "네, 그래요!"라고 뜻밖에 단호한 대답이 돌아왔다. 그는 아리사를 보면서 쓴웃음을 짓는 수밖에 없었다. 사내에서 '비타민'이라는 별명으로 통하는 아리사와는 무슨 말을 해도 이런 식으로 끝난다.

"자네는 마음이 편해서 참 좋겠군."

그러자 아리사는 눈을 휘둥그레 뜨면서 말했다.

"그렇지도 않아요. 이래 봬도 얼마나 고민이 많은 줄 아세요? 그걸 밖으로 드러내지 않을 뿐이죠."

"그래? 그렇다면 미안하군. 그 고민이 해결되기를 바랄게."

호소카와는 그렇게 말하고 고개를 가로저으며 깊은 탄식을 내뱉었다.

생산 축소 문제로 재패닉스와 껄끄러운 관계가 되었지만, 어쩌면 새로운 비즈니스 건으로 만나자고 하는 것일지도 모른다. 그게 아니더라도 앞으로의 거래를 포함해 정식으로 이야기하고 싶던 참이었다.

좋은 이야기라면 좋겠는데.

일단 물러난 아리사로부터 "다음 주 화요일로 정했습니다"라는 보고를 받은 것은 그로부터 5분 후였다.

그날 저녁. 할 말이 있다고 찾아온 아사히나를 회사 근처의 술집으로 데려간 사사이는 종업원이 안내해준 개별실에서 심각한 표정을 지었다.

"재패닉스에다 도요카메라까지. 사태가 심상치 않군."

사사이가 그렇게 말하자 숨을 쉴 수 없을 만큼 무거운 침묵이 개별실을 뒤덮었다.

"호소카와 사장이 지금의 난국을 극복할 수 있겠습니까?"

이윽고 아사히나의 입에서 평소에는 입에 담지 않는 호소카와에 대한 불신이 흘러나왔다. 술기운이 몸속으로 흘러들어간 탓도 있었다.

호소카와가 임원 겸 영업부장으로 아오시마제작소에 들어온 것은 약 5년 전의 일이다. 자유로운 발상으로 기술 분야를 개척해온 아오시마는 툭하면 새로운 일을 벌이곤 했다. 임원들도 많이 익숙해져서 웬만한 일에는 끄떡도 하지 않았지만 회사의 중심인 영업부장을 사외에서, 더구나 헤드헌팅으로 데려왔다고 했을 때는 입을 다물 수 없었다.

호소카와가 처음에 부임했을 때는 다들 차가운 눈길로 바라보았다. 훌륭한 컨설턴트라는 소문은 들었지만 이론과 현실은 다르다. 헤드헌팅으로 왔다고 하는데, 어차피 대단한 실적을 올릴리가 없다……. 다들 우습게 생각한 것도 잠시, 호소카와는 도요카메라와 대형 거래를 성사시켜서 사내의 모든 직원들을 놀라게 만들었다.

호소카와의 가장 큰 무기는 회사 사람들은 상상도 못 하는 객관적인 시선이다. 그 덕분에 이미지센서의 기술적 우위성을 재빨리 간파해 모두의 예상을 뒤덮고 놀라운 성과를 이룬 것이다.

영업부장으로서 직원들을 관리하는 호소카와의 방식은 할당량을 부과해 나사를 조이는 방식과 거리가 멀었다. 경쟁사에 비해 뛰어난 점을 순식간에 간파해, 경쟁력 있는 분야로 영업을 전개하는 것이다.

호소카와가 잇달아 계약을 성사시키면서 차갑게 지켜보던 사람들은 어느새 입을 다물고, 사내의 인기는 하늘을 찌를 듯 급상승했다. 450억 엔 전후였던 연간 매출을, 지난 5년 사이에 500억엔이 넘게 끌어올린 것은 오로지 그의 공적이었다.

한편 아사히나 같은 터줏대감의 눈에 호소카와의 활약이 탐탁할 리가 만무했다. 우연히 영업에 성공해서 아오시마를 흐뭇하게 만든 것은 좋지만 과연 사장 자리를 맡길 만한 그릇인가. 그런

질투가 섞인 시선은 예상 밖으로 뿌리가 깊었다.

말은 하지 않았지만 호소카와의 등장으로 사장 자리에서 미끄러진 사사이도 똑같이 생각하고 있으리라. 원래 선망과 질투는 종이 한 장 차이다.

숨을 들이마신 사사이의 입에서 이윽고 냉정한 말이 흘러나왔다.

"극복해주지 않으면 곤란하지."

아사히나가 심술궂은 말투로 이죽거렸다.

"물론입니다. 하지만 실제로는 회장님 눈치를 보느라 야구팀 하나도 없애지 못하잖습니까? 전무님, 지금은 사장을 대신해 전무님께서 나서야 하지 않겠습니까?"

사사이의 불만 섞인 표정을 살피며 아사히나는 말을 이었다.

"이런 난관을 타개할 수 있는 분은 전무님 말고는 없습니다."

대답은 돌아오지 않았다.

"전무님, 부탁합니다."

아사히나의 목소리에 비통함이 깃들었을 때, 사사이가 겨우 무거운 입을 열었다.

"회장님은…… 회장님은 회사의 키를 내가 아니라 호소카와에게 맡겼어. 거기에는 그럴 만한 이유가 있겠지. 지금은 내가 나설 때가 아니야."

오랫동안 경리부를 이끌어온 사람답게, 사사이는 굳은 얼굴로 고지식하게 정론을 말했다.

4

"감독님, 아직 계셨습니까?"

총무부 일을 마치고 밖으로 나오자 운동장 옆에 있는 야구팀 건물에 불이 켜져 있었다. 2층의 감독실이었다. 시곗바늘은 이미 밤 10시가 지났음을 가리키고 있었다.

"그래, 자네도 안 갔나?"

다이도는 의자 등받이에 기댄 채, 컴퓨터에 입력한 경기 자료를 보면서 생각에 잠겨 있었다.

"이미 퇴근하신 줄 알았습니다."

다이도는 자료에서 시선을 떼지 않고 대답했다.

"마음에 걸리는 게 있어서 확인하려고."

"제가 도울 수 있는 일이라면 뭐든 말씀해주십시오."

그러자 다이도는 겨우 고개를 돌리고 기묘한 질문을 했다.

"데쓰. 만다 녀석, 무슨 말 안 하던가?"

"만다요?"

스포니치 대회가 끝나고 곤타의 한쪽 구석에서 몸을 웅크린 채, 미안한 얼굴로 다른 부원들의 이야기를 듣고 있던 만다의 모습이 고가의 머릿속에 떠올랐다.

"아뇨, 딱히 없었습니다."

"그래……."

감독실에는 역대 감독이 사용했던, 양쪽에 서랍이 있는 커다란 책상이 있다. 그 위에 스탠드를 켜놓고 팔짱을 낀 채 다이도는 잠시 생각에 잠겼다.

"만다의 투구를 어떻게 생각하나?"

"첫 경기 말씀인가요? 솔직히 말씀드리면 그렇게까지 어이없이 무너지리라곤 생각도 못 했습니다. 에이스로서 부담감 때문일지도 모르겠습니다."

그러자 다이도는 뜻밖의 의문을 입에 담았다.

"과연 그것뿐일까?"

"그렇다면……."

다이도는 의자 등받이에서 몸을 일으켜 책상 위에 팔꿈치를 대더니, 두 손을 깍지 끼고 진지한 얼굴로 물었다.

"그 녀석, 어디 다치지 않았나?"

"다쳤다고요?"

눈 깜짝할 사이에 고가의 표정이 달라졌다.

"지금 스코어북을 보았는데, 변화구 비율이 극단적으로 줄었더군."

고가도 알아차리지 못했던 공 배합의 변화를 다이도는 알아차린 것이다.

"녀석의 결정구는 슈트잖아? 그런데 슈트를 거의 던지지 않았더군. 혹시 팔꿈치가 고장 난 거 아닌가? 도와 대학과의 경기에서도 4회부터 컨디션이 급격히 떨어졌더군."

"분명히 수비수들의 파인 플레이 덕분에 위기를 넘기긴 했지만……."

그렇게 대꾸하다가 고가는 말을 집어삼켰다. 돌아오는 차 안에서 허탈한 표정으로 창밖을 바라보던 만다의 옆얼굴이 떠올랐던 것이다.

그 허탈한 표정은 자신의 몸 상태를 알고 있어서가 아닐까?

그렇게 생각하자 다이도의 말이 급격히 현실로 다가왔다.

"본인에게 확인하신 건 아니죠?"

"확인은 아직 안 했어. 나도 멍청하게 스포니치 대회의 투구를 보고 알아차릴 때까지 상상도 못 했지. 믿고 싶지 않지만 지금 스코어북을 보고 확인하니까 부정할 수 없다는 생각이 들더군."

"감독님, 그 경기에서 3회부터 사루타 선배에게 몸을 풀라고 하셨잖습니까? 혹시 그때 알아차리셨나요?"

"솔직히 말해서 그때까지만 해도 확신은 없었어. 하지만 만약에 그렇다면 무리하게 만들 수 없으니까."

고가는 심장이 조여드는 듯했다.

"감독님, 죄송합니다. 제가 맨 먼저 알아차렸어야 했는데."

"그보다 만다를 만나서 얘기를 들어보지 않겠나? 나보다 자네에게 말하기가 더 편할 거야. 녀석의 몸은 결국 녀석밖에 모를 테니까. 부탁해."

고가는 잠시 할 말을 잃었다.

고가가 감독실에서 나와서 가장 먼저 한 일은 이사카에게 연락하는 것이었다.

"고사쿠, 지금 어디 있어?"

이사카의 휴대폰 뒤쪽에서 시끌벅적한 소리가 들렸다.

"곤타야. 올래?"

회사를 나와 성큼성큼 걸어가면서 고가는 가슴속에서 솟구치는 불길한 예감에 얼굴을 찡그렸다.

만다는 야구로 채용된 1년 계약 직원이다. 야구로 채용된 계약 직원이 경기를 할 수 없게 되었을 때, 이 회사에 있을 곳은 없다. 그들에게 사회인야구는 형태를 바꾼 프로야구나 마찬가지다.

고가의 조바심이 머리끝까지 솟구친 이유는 예전에 무릎을 다쳐서 선수 생명이 끊어진 자신의 모습이 만다의 모습과 겹쳐졌기 때문이다. 그때 고가는 정처 없이 길거리를 헤매었다. 다행히 그때까지 매니저를 맡았던 사람이 회사를 그만두는 바람에 매니저 자리가 공석이 되었다.

"매니저를 맡아주지 않겠나?"

부상으로 인해 먹고살 길이 막막했던 고가를 구해준 사람은 미카미 부장이었다. 그런 의미에서 볼 때 미카미는 그를 좌절의 늪에서 끌어올려준 고마운 은인이었다. 하지만 만약 만다가 팔꿈치 부상으로 은퇴해야 한다면, 고가처럼 잘 풀리지는 않으리라.

곤타 안으로 들어간 고가는 일단 안을 둘러보고 만다의 모습이 보이지 않는 것을 확인했다. 그리고 휘둥그레 눈을 뜬 이사카를 끌고 밖으로 나왔다.

"무슨 일인데 그래? 사람 잡아먹을 것 같은 표정으로……."

"고사쿠, 요전에 만다의 공이 어땠어?"

갑작스럽게 질문을 받고 무슨 뜻인지 몰라서 이사카는 눈을 크게 떴다. 직접 공을 받는 포수인 이사카라면 만다의 상태를 꿰뚫고 있을 것이다.

"달라진 점은 없었어?"

"달라진 점? 그게 무슨 말이야?"

이사카는 영문을 모르겠다는 표정을 지었다.

"고사쿠, 잘 생각해봐. 그 녀석, 혹시 팔꿈치가 고장 나지 않았어?"

이사카는 고가를 똑바로 쳐다보았다. 그 눈 안쪽에서 떠올린 것은 최근 몇 경기에서 받은 만다의 투구이리라.

"무슨 증거라도 있어?"

이사카는 웃음기를 거두고 진지한 얼굴로 물었다. 고가는 고개를 한 번 가로저었다.

"아니, 최근의 투구를 보고 감독이 물어보더군. 혹시 공의 배합이 달라지지 않았어?"

이사카는 미간에 세로 주름을 잡았다. 짐작되는 부분이 있는 것이다.

"분명히 공이 사인대로 오지 않았어. 구위도 떨어지고. 슈트 사인에 고개를 가로젓는 일도 꽤 있었고. 하지만……."

이사카는 상점가의 네온사인에 물든 얼굴을 고가에게 향했다.

"정말로 그럴까?"

"알았어."

고가는 그 말을 끝으로 이사카에게 등을 돌리고 걸음을 내딛었다.

"데쓰, 어디 가려고?"

이사카가 당황한 얼굴로 소리쳤다. 잠시 걸음을 멈춘 고가는 "만다와 직접 얘기해보려고"라고 말한 뒤, 다시 걸음을 옮겼다.

"나도 같이 갈게."

그러자 고가가 재빨리 제지했다.

"이건 나한테 맡겨줘. 혼자 다녀올게. 너무 소란피우고 싶지 않아서 그래. 몸이 고장 난 녀석의 심정은 내가 제일 잘 아니까."

무슨 말인가 하고 싶은 얼굴로 멍하니 서 있는 이사카로부터 시선을 돌리고, 고가는 방금 왔던 길을 빠른 걸음으로 돌아가기 시작했다.

운동장을 가로질러 고가가 향한 곳은 맞은편에 있는 기숙사였다. 낡은 철근 콘크리트로 된 L자 모양의 건물로, 일부는 직원연수용 시설로도 사용하고 있었다.

연수실 창문에는 가로등 불빛과 함께 아직 쌀쌀한 3월의 밤하늘에 걸린 달빛이 쏟아지고 있었다. 고가는 현관문을 지나 슬리퍼로 갈아 신고 2층 계단을 올라갔다. 오른쪽 두 번째 방문 앞에 '만다'라는 어설픈 글씨의 문패가 걸려 있었다. 안에서 TV 소리가 희미하게 새어 나오고 있었다.

노크를 하자 말처럼 길쭉한 얼굴에 키가 큰 만다가 고개를 내밀더니, 갑작스러운 방문에 깜짝 놀란 표정을 지었다.

"어? 데쓰 선배, 무슨 일이세요?"

"잠깐 들어가도 돼?"

"드, 들어오세요."

만다가 당황한 얼굴로 말을 더듬으며 몸을 옆으로 비켰다. 세 평짜리 방 하나에 벽장밖에 없는 쓸쓸한 방이었다. 칙칙한 초록색 카펫에 앉은 고가는 단도직입적으로 물었다.

"팔꿈치는 어때?"

허를 찔린 만다의 시선이 공허하게 흔들렸다.

역시…….

만다의 창백한 옆얼굴이 딱딱하게 굳었다. 그 옆얼굴을 향해 고가는 다시 물었다.

"만다, 말해줘. 팔꿈치는 어때?"

"느낌이 조금 이상해요……. 하지만 대단하지는 않아요. 그나저나 선배, 표정이 왜 그래요?"

억지로 미소를 지은 만다의 시선이 허공에서 방황했다. 고가는 미소도 짓지 않고 다짜고짜 말했다.

"내일 미쿠모 선생님에게 가서 진찰받자. 네가 싫다고 해도 내가 데려갈 거야."

만다는 눈썹을 여덟 팔(八) 자로 만들며 애원했다.

"그럴 필요 없어요. 그렇게 대단하지도 않고, 그냥 내버려두면 나을 거예요."

고가가 버럭 고함을 질렀다.

"네 멋대로 판단하지 마! 정말로 문제가 있으면 어쩌려고 그래? 그러면 되돌릴 수 없게 된다고! 나처럼 돼도 좋아?"

대답은 돌아오지 않았다.

"이건 너 혼자만의 문제가 아니야. 야구팀 전체의 일이라고! 자칫하면 야구팀에 커다란 피해를 끼칠 수도 있어. 어쨌든 내일 병원에 가자. 알았지?"

주저하는 만다의 고개를 겨우 끄덕이게 만들고, 고가는 기숙사를 나왔다.

"멍청한 녀석!"

팔꿈치가 이상하다는 걸 알면서 그동안 혼자 고민했을 만다의 속마음을 헤아리며, 고가는 자기도 모르게 투덜거렸다.

야구로 먹고사는 사람에게 몸의 부상만큼 무서운 일은 없다. 더구나 만다의 선수 생활은 지금부터 시작이다. 아직은 무명이지만 사회인야구에서 뛰어난 활약을 보이면 프로야구에서 주목할 가능성도 있다. 만다에게도, 팀에게도 지금은 중요한 시기인 것이다.

"별다른 문제가 없으면 좋겠는데."

다이도와 이사카에게 보고한 뒤, 고가는 구름이 없는 밤하늘을 바라보며 기도했다.

5

미쿠모 야스타로는 촬영한 엑스레이 사진을 백라이트가 달린 보드에 끼우고 한동안 바라보았다. 입을 열 때까지의 시간이 당치도 않게 길게 느껴졌다. 만다는 창백한 얼굴로 둥근 의자에 앉아 있고, 고가는 그 뒤에서 봐도 모르는 엑스레이 사진을 뚫어지게 노려보았다.

미쿠모는 아오시마제작소 야구팀의 팀 닥터를 오랫동안 역임하고 있는 사람이다. 원래 밝은 성격이라서 평소 같으면 농담이라도 했겠지만, 지금은 진지한 얼굴로 엑스레이 사진에서 만다에게 시선을 옮겼다.

"언제부터 아팠나?"

만다는 고가를 슬쩍 쳐다보면서 대답했다.

"6개월쯤 전부터 이상한 느낌이 들었고……."

고가는 눈을 크게 떴다. 그렇게 오래전부터 고장이 났던가?

"선생님, 어떤가요?"

고가의 질문에 대답하기 전에 미쿠모는 의자에 앉아 안절부절못하고 있는 만다를 보았다.

"상완골내측상과염, 흔히 야구 엘보라고 부르는 팔꿈치 장애야. 낫지 않는 건 아니지만 시간이 걸려. 당분간 공을 던지면 안 돼."

고가가 황급히 물었다.

"당분간이라면……?"

"이 상태라면 최소한 반년. 완벽하게 나으려면 1년 정도는 안정하는 편이 좋겠지."

"1년……."

예상 밖으로 오래 걸린다는 사실을 알고 고가는 경악했다.

"선생님, 그렇게 오래 걸리나요?"

"그것만이 아니야. 폼을 바꾸지 않으면 안 돼. 지금의 폼으로는 또 이렇게 될 거야."

"선생님…… 폼만 바꾸면 다시 지금처럼 슈트를 던질 수 있게 되나요?"

얼굴이 창백해진 만다는 당장이라도 울음을 터트릴 듯한 얼굴로 미쿠모를 보았다.

"지금으로선 뭐라고 말할 수 없어."

미쿠모의 대답이 끝나기도 전에 만다는 두 손에 얼굴을 묻었다.

미쿠모는 팀 닥터답게 만다의 어깨에 손을 올리고 위로했다.

"만다, 자네는 아직 젊어. 무리하지 마. 이건 신이 준 좋은 기회라고 생각해. 지금 같은 폼으로 계속 던졌다간 언젠가 탈이 났을 테니까. 지금이라면 아직 안 늦었어. 이번 기회에 폼을 뜯어고쳐."

숨을 들이마신 만다의 몸이 가늘게 떨렸다.

"……네."

만다의 입에서 이 말이 새어 나온 순간, 고가는 입술을 깨물고 천장을 올려다보았다.

왜 이런 일이…….

야구의 신은 왜 이렇게 잔혹한 짓을 하는 걸까. 만다처럼 장래가 유망한 투수가 이런 비극에 휘말려야 하다니.

보고를 들은 다이도는 한동안 아무 말도 하지 않았다. 감독실 창문에서 보이는 운동장에는 연습 전이라서인지 아무도 없었다. 초봄의 운동장은 짙은 갈색이었다.

이윽고 다이도가 입을 열었다.

"만다는 어쩌고 있나?"

"일단 연습하러 오긴 왔지만 상당히 충격을 받은 것 같습니다."

1년간의 절대 안정. 더구나 1년 후에도 원래대로 돌아온다는 보장은 없다. 아니, 미쿠모는 확실히 말하지 않았지만 만다가 다시 예리한 슈트를 던지는 일은 없으리라.

고가는 만다가 지금 얼마나 불안할지 이해할 수 있었다. 야구로 채용된 계약 직원이 야구를 할 수 없는 채로 1년간 허송세월을 보내야 하다니. 그것은 만다에게 고통과 공포의 시간일 뿐이다.

만약 야구팀을 그만두어야 한다면…… 그런 생각을 하면서 먼동이 터오를 때까지 잠들지 못하는 날들이 이어지리라.

야구팀 선수들은 보통 오전에만 일하고 오후에는 훈련에 참가하도록 되어 있다. 그것은 회사의 광고탑이자 직원들의 상징이라는 존재 의의를 인정한다는 뜻이다. 하지만 지금처럼 회사의 앞날이 불투명한 시기에 야구를 할 수 없는 사람을 데리고 있을 만한 여유는 없다.

아오시마제작소뿐만 아니라 사회인야구팀은 어디나 마찬가지다. 아니, 야구만이 아니라 모든 기업 스포츠가 똑같다고 할 수 있다.

"미쿠모 선생님은 격려해주었습니다만, 녀석은 야구를 그만둘지도 모릅니다."

그것은 오늘 만다의 태도를 보고 든 생각이었다. 만다는 지금 깊은 좌절의 늪에 빠져 있다.

"그건 녀석이 결정할 일이야. 우리가 이래라저래라 말할 게 아니지. 다만……."

다이도는 조용하게 말을 이었다.

"녀석이 좌절의 늪에서 기어올라올 마음이 있다면 그때까지 기다려주겠어."

고가는 가슴에서 뜨거운 덩어리가 솟구치는 것을 느끼며 다이도를 바라보았다.

"사람은 누구나 좌절할 수 있어. 좌절은 인생의 끝이 아니야. 나도 만다에게 말을 해볼게. 부장에게도 야구를 계속할 수 있도록 선처해달라고 부탁할 생각이야."

"부탁합니다."

고개를 숙이면서 고가는 문득 생각했다. 다이도도 예전에 좌절을 경험한 게 아닐까. 그래서 이렇게 다정하게 대해주는 게 아닐까…….

"그건 그렇고 데쓰, 우리는 우리대로 만다가 없는 동안 어떻게 할지 생각해야 돼."

다이도는 그렇게 말하면서 종이를 한 장 내밀었다. 코앞으로 다가온 새로운 대회의 선발 멤버가 적힌 종이였다.

"지금 선수들로 싸울 수 없는 건 아니야. 하지만 투수진의 중심이 될 만한 녀석이 있었으면 좋겠어."

이럴 때 이지마가 있었다면 얼마나 좋을까…….

생각하지 않으려고 해도 가끔 그런 생각이 불쑥 솟구치곤 한다. 전 감독이 빼내간 에이스의 부재가 너무도 뼈아팠다. 더구나 이지마와 같이 스카우트된 닛타의 활약으로, 숙적이라고 할 수 있는 미쓰와전기는 며칠 전 스포니치 대회에서 우승을 차지했다.

고가는 분해서 어금니를 깨물었지만 지금으로선 어쩔 도리가 없었다.

"그리고 조금 전에 미카미 부장에게 전화가 왔는데, 야구대회의 시범경기를 잘 부탁한다고 하더군."

고가는 눈을 동그랗게 뜨고 다이도를 보았다.

"결국 아오시마 배를 하기로 했나요?"

구조조정 때문에 아오시마 배는 중지되리라고 생각했다.

"이런 때일수록 직원들을 즐겁게 해주고 싶다는 회장님의 뜻을 받아들인 모양이야. 그래서 회장님의 주머닛돈으로 진행한다고 하더군."

역시 회장님다운 배려다.

아오시마제작소의 야구대회는 각 부서의 토너먼트로, 거기에서 우승한 팀과 야구팀이 시범경기를 치르기로 되어 있다. 간식을 파는 노점도 나오는 등 많은 직원들과 가족들이 즐거운 시간을 보내는 커다란 이벤트다.

"마침 응원하는 관중들도 줄었으니까 인기를 회복할 수 있는 좋은 기회입니다."

안 그래도 요즘 들어 공밥을 먹고 있다는 비판에 귀가 따갑던 참이다. 최근 잇달아 패배하면서 사내의 인기는 장기 침체 국면에 접어들었다. 이런 이벤트를 통해 야구팀을 가깝게 느끼게 한다면 그보다 좋은 일은 없으리라.

"연습경기도 그렇고 시범경기도 그렇고, 힘을 뺄 수 있는 시합은 하나도 없군."

다이도는 무거운 한숨을 내쉬고, 운동장으로 가기 위해 자리에서 일어섰다.

업무 종료를 알리는 차임벨이 울리고, 움직이던 라인이 조용히 멈추었다.

가장 바쁜 시기에는 3교대로 일하면서 다음 팀에게 인계를 해주었지만, 불황으로 인해 감산 체제에 들어간 지금은 이것으로 끝이다.

남은 부품을 상자에 넣은 뒤, 오키하라 가즈야는 눈을 감고 머리를 빙글 돌렸다. 그때 뿌드득 소리가 난 사람은 오키하라가 아니라 옆에 있는 다가와였다. 다가와가 어깨를 크게 돌리면서 말했다.

"오키, 너 예전에 야구를 했었다면서? 생산부팀에 들어와."

사내야구대회 말이다. 중지된다는 이야기를 들었는데, 회장의 한마디로 개최하기로 한 모양이다.

"네? 생산부팀은 멤버가 완벽해서 우승은 우리 차지라고, 어제 큰소리치지 않았나요?"

오키하라가 웃으면서 말하자 다가와는 거북한 얼굴로 작게 헛기침을 했다. 다가와를 비롯한 생산부 직원들로 구성된 생산부팀이 일요일마다 하는 친선경기에서 계속 이기고 있다고 말한 뒤, "이번 대회의 우승은 우리 거다! 겸사겸사 시범경기에서 야구로 먹고사는 야구팀의 콧대를 꺾어놓는 거야!"라며 기세등등하게 소리쳤던 것이다.

"그게 말이야, 요시다가 급한 일이 생겨서 못 오게 됐다지 뭐야? 멤버가 열 명밖에 없어."

"열 명이라면 한 명 남잖아요?"

"남는 녀석은 투수야. 경기의 절반은 그 녀석이 던지거든. 인원수가 아슬아슬하면, 만에 하나 무슨 일이 생겼을 때 선수가 부족하잖아. 아무리 그래도 생초짜는 넣고 싶지 않아. 네가 예전에 야구를 했다고 누군가에게 들은 적이 있거든."

그렇군……. 이해가 되면서도 오키하라는 얼굴 앞에서 손을 흔들었다.

"전 됐습니다. 관심 없어요."

오키하라가 그렇게 말하고 자리를 떠나려고 한 순간, 다가와가 황급히 그의 어깨에 팔을 둘렀다.

"에이, 그러지 말고 같이하자. 선수로 뛰지 않아도 돼. 벤치에 앉아 있기만 하면 된다니까. 대신 누가 다쳤을 때만 운동장에 서줘. 응? 그건 괜찮지? 타도 야구팀! 재미있잖아?"

오키하라는 천장을 올려다보고 어떻게 해야 좋을지 잠시 생각했다. 하지만 고개까지 숙이며 부탁하는 다가와를 보고 계속 냉정하게 뿌리칠 수는 없었다.

"선배가 그렇게까지 말씀하시니까 거절할 수가 없네요. 그런데 정말로 앉아 있기만 할 겁니다."

다가와는 히쭉 웃으면서 오키하라의 등을 가볍게 두들겼다.

"오키, 고마워. 아아, 살았다! 이제야 좀 마음이 놓이네."

"그 대신 다음에 한턱 쏘세요."

"걱정 마. 우승하고 야구팀까지 쓰러뜨린 다음에 달콤한 승리의 술을 마시는 거야!"

작업장 전체에 울려 퍼질 만큼 커다란 웃음소리를 남기고, 다가와는 자신만만한 얼굴로 퇴근했다.

6

그 주 화요일, 고급 주택가인 덴겐지 부근의 일본식 레스토랑에 호소카와가 도착한 것은 약속 시간 10분 전이었다.

모로타는 아직 오지 않았으리라. 호소카와는 그렇게 생각했지만 "일행분이 오셨습니다"라고 주인이 개별실에 대고 말하는 것을 보고 자신의 예상이 빗나갔음을 알았다.

문이 열리자 일본식 방에 모로타가 혼자 단정히 앉아 있었다.

"사장님, 일찍 오셨군요. 아직 안 오셨는 줄 알았습니다."

"볼일이 생각보다 일찍 끝났거든. 나도 지금 막 도착했네."

태연하게 대답한 모로타를 향해 호소카와는 두 손으로 다다미를 짚고 인사했다.

"오늘은 초대해주셔서 감사합니다."

"이러지 마시게! 호소카와 사장, 오늘은 딱딱한 격식은 그만두고 편안히 마시지."

모로타는 부드럽고 다정하게 말하면서, 호소카와에게 족자를 등지는 윗자리를 권했다.

"아니, 거기는 좀⋯⋯. 사장님, 자리를 바꾸시죠."

아오시마제작소에게 재패닉스는 중요한 거래처다. 그 회사의 사장인 모로타와 저녁을 먹는 자리에서 그가 윗자리에 앉을 수는 없었다.

"자리는 아무래도 상관없어. 오늘은 내가 초대한 자리니까 그냥 앉으시게."

불편한 상태에서 의자에 앉은 호소카와는 모로타 옆에 상차림 1인분이 더 준비되어 있음을 알아차리고 마음속으로 고개를 갸웃했다. 모로타와 둘만 만나는 줄 알았는데, 아무래도 동석자가 있는 모양이다.

"또 누가 오십니까?"

재패닉스의 임원이 뒤늦게 오는 것일까? 하지만 "그래, 이제 곧 올 테니까 오면 소개해주겠네"라는 대답을 들으면 그렇지도 않은 것 같았다.

안내를 받은 한 남자가 불쑥 얼굴을 내민 것은 그로부터 얼마 되지 않았을 때였다.

"모로타 사장, 오늘은 초대해주셔서 고맙네."

호소카와보다 열 살쯤 많아 보이고 모로타와 동년배로 보이는 남자가 스스럼없이 말하면서 개별실로 들어왔다. 재빨리 모로타의 옆자리에 앉는 태도로 볼 때 두 사람이 상당히 친밀한 관계임을 짐작할 수 있었다.

호소카와는 당혹감을 감출 수 없었다. 직접적인 면식은 없지만 그도 아는 상대였던 것이다. 모로타가 만면에 웃음을 담고 말했다.

"두 사람은 서로 처음 보나? 소개하지. 이쪽은 아오시마제작소의 호소카와 사장, 이쪽은……."

모로타의 말에 이어서 사내가 자신의 이름을 말했다.

"반도입니다."

반도 마사히코…… 미쓰와전기 사장이다.

"같은 업종임에도 지금까지 인사한 적이 없었다는 게 이상할 정도군요."

머리칼 한 올 없는 대머리까지 햇볕에 검게 그을린 반도는 온몸에서 에너지가 뿜어 나오는 사람이었다. 미쓰와전기 영업부장 시절에 좋은 실적을 올려서 젊은 나이에 사장으로 발탁된 이후, 오랫동안 군림하고 있다는 이야기는 호소카와도 들은 적이 있다.

뒤떨어진 기술력을 영업력으로 만회하고 있다는 뒷이야기를 들을 만큼 미쓰와전기의 영업조직은 굳건한데, 그런 조직을 강력한 리더십으로 이끌고 있는 사람이 바로 반도였다.

"아닙니다. 사장이 된 지 얼마 안 돼서, 좀처럼 인사드릴 기회가 없었습니다. 아직 풋내기에 불과하지만 잘 부탁드립니다."

호소카와는 그렇게 말하고 정중하게 고개를 숙였다.

"반도와 나는 대학 동창이라서 두 달에 한 번은 둘이 밥을 먹고 있지. 호소카와 사장은 오늘의 특별 게스트라고나 할까?"

"그렇군요. 불러주셔서 영광입니다."

호소카와의 입가에 미소가 끊이지 않았지만 마음속에서는 뿌연 안개가 모락모락 피어올랐다. 모로타와 반도가 정기적으로 식사를 하든 말든 자기와는 상관없는 일이다. 그런데 왜 이 자리에 반도의 라이벌인 자신을 불렀는지 이유를 알 수 없었다. 자신 말고도 두 사람과 이야기가 맞을 만한 경영자라면 얼마든지 있을 텐데. 나이도 열 살이나 차이 나지 않는가.

그런 위화감과 함께 저녁식사가 시작되었지만, 취지는 둘째치고 두 사람과의 대화는 너무나 흥미로웠다.

모로타는 재패닉스 사장임과 동시에 경단련 부회장을 맡고 있어서, 정계의 인맥도 탄탄하다. 그래서인지 신문에 보도되지 않는 뒷이야기나 정치 상황에 대한 식견에 감탄을 금할 수 없었다. 한편 반도는 라이벌이라곤 하지만 동종업계의 기업을 오랫동안 이끌어온 경험이 있다. 무의식중에 이야기에 빨려 들어가, 호소카와도 컨설턴트의 경험으로 자신의 의견을 말하는 등 이야기는 활기를 띠었다.

그런 호소카와에게 모로타가 갑자기 일 이야기를 꺼낸 것은 한 시간쯤 지나서 분위기가 많이 편해졌을 무렵이었다.

"그나저나 최근에 아오시마는 어떤가?"

막연한 질문이긴 하지만 모로타가 아오시마제작소의 실적이 악화됐음을 모를 리가 만무하다.

호소카와는 손에 든 젓가락을 내려놓고 솔직하게 대답했다.

"잘 아시리라고 생각하지만 상당히 힘든 상황입니다."

"그러시겠지. 경기가 갑자기 나빠지면 대책이 따라가지 못하는 경우도 있으니까."

거기에는 재패닉스의 생산 축소도 한몫하고 있지만, 모로타는 그에 관해서는 입도 벙긋하지 않았다.

"경영 악화 요인에는 여러 가지가 있지만, 가장 골치 아픈 것은 거기에 불황이 겹침으로써 정말로 해결해야 할 근본적인 문제점이 보이지 않는다는 게 아니겠나?"

"정말로 해결해야 할 근본적인 문제점이요?"

모로타가 무슨 말을 하는지 몰라서 호소카와는 적잖이 당황했다.

"경영자가 생각해야 할 유일하고도 절대적인 명제는 어떤 시대에서도, 어떤 상황에서도 회사를 존속시켜야 한다는 것이겠지. 더구나 존속시키는 것만이 아니라 성장시키지 않으면 안 되네. 그러기 위해선 앞을 내다보고 온갖 방법을 동원해야 하는데, 호소카와 사장도 알다시피 경영이라는 건 잇따라 트릭이 밝혀지는 추리소설과 마찬가지가 아닌가? 어떤 결말이 기다리고 있을지 미리 예상해 경영 전략을 세우는 것에 의미가 있을 뿐, 트릭이 밝혀진 다음에 세우는 전략은 아무런 가치도 없으니까 말이네. 그때는 '디 엔드(The End)', 모든 게 끝난 다음이니까. 뭐, 훌륭한 컨설턴트였던 호소카와 사장에게 이런 말을 하는 건 부처님 앞에서 설법하는 꼴이겠지만 말이야."

"아닙니다. 모로타 사장님 말씀이 맞는다고 생각합니다."

겸허하게 대답한 호소카와를 향해 모로타는 말을 이었다.

"생존을 건 전략이라고 말하면 듣기에는 좋지만, 한마디로 말해 목숨을 건 치열한 싸움이네. 그걸 죽을힘을 다해 모색하고 있는 건 나도, 그리고 반도도 마찬가지지."

자신의 이름이 나온 순간, 반도는 표정을 바꾸지 않고 입을 열었다.

"나도 지금까지 죽을힘을 다해 이런저런 방법을 모색해왔지요. 특히 최근에는 더 그렇습니다. 그런데 아무리 죽을힘을 다해 생각해도, 현실에서는 혼자 힘으로 해결할 수 없는 문제가 있더군요."

"어떤 문제인가요?"

호소카와는 반도의 말에 귀를 기울이며 물었다. 미쓰와전기의 문제는 곧 아오시마제작소의 문제와도 일맥상통할 것이다. 그런데 반도의 대답은 뜻밖이었다.

"경영 규모의 문제라고나 할까요? 솔직히 말하면 앞으로 우리 회사만으로 헤쳐나갈 수 있을까 하는 위기감을 도저히 떨쳐낼 수 없더군요."

"경영 규모요?"

반도체 부문까지 가지고 있는 미쓰와전기의 매출 규모는 아오시마제작소의 두 배에 가깝다.

"지금 규모로 앞으로 업계가 재편될 이 분야에서 살아남을 수 있을까…… 우리는 겉으로만 크게 보일 뿐 아직 한참 멀었지요. 그것이 미쓰와전기의 실태입니다."

반도는 그렇게 말하고는 무언가 묻는 듯한 시선으로 호소카와를 응시했다. 동의를 바란다기보다 호소카와의 내부에서 같은 문제의식을 찾아내려는 듯한 눈이었다.

호소카와가 어떻게 반응해야 할지 생각한 순간, 반도의 입에서 상상도 못 한 말이 흘러나왔다.

"호소카와 사장, 만약 나와 똑같은 문제의식을 가지고 있다면 우리와 합병을 전제로 검토해보지 않겠습니까?"

호소카와는 입을 다물지 못했다. 그와 동시에 비로소 이 자리에 자신을 부른 이유가 이해되었다.

여기는 호소카와에게 합병을 제안하기 위한 자리였던 것이다.

호소카와는 들고 있던 맥주잔을 소리 내어 테이블에 내려놓았다. 순식간에 취기가 날아가면서, 지금 자신에게 던져진 제안의 무게가 어깨 위에 묵직하게 쌓이는 것을 깨달았다.

반도가 말을 이었다.

"우리에게는 풍부한 제품 라인업과 뛰어난 영업력이 있습니다. 한편 아오시마에게는 참신한 제품을 개발해 시장을 선도해나가는 창조력이 있지요. 우리가 손을 잡으면 전자부품 관련 업계에서는 시장을 장악해 최고가 될 수 있습니다. 양쪽의 경영자원을 잘 활용하면 그 상승효과를 이용해 몇 단계 도약할 수 있겠지요."

반도의 제안에 귀를 기울이던 모로타가 말을 받았다.

"아오시마제작소와 미쓰와전기라……. 두 회사가 합병하면 시장 동향에 영향을 받지 않는 탄탄한 전자부품회사가 탄생하겠군. 합병의 이점은 상상도 할 수 없네. 만약 호소카와 사장이 찬성한다면, 재패닉스는 최대한 응원하기로 약속하지."

모로타의 말에는 합병에 대한 강한 기대감이 배어 있었다. 하지만 너무도 갑작스러운 제안에 호소카와는 어떻게 대답해야 좋을지 판단할 수 없었다.

"검토할 시간을 주시겠습니까?"

호소카와는 바싹 마른 목을 적시기 위해 단숨에 맥주를 들이켰다.

4장

아오시마 배 시범경기

1

그 주의 일요일, 아오시마제작소 운동장은 직원들과 그 가족들로 넘치고 있었다. 1루 측과 3루 측에 특별히 설치된 스탠드는 오전 9시가 지나면서 도시락을 싸온 직원들과 가족들로 채워지기 시작했다. 경기 시작 30분 전에는 빈자리를 거의 찾아볼 수 없을 정도였다.

"엄청 많이 왔네. 다들 이렇게 야구를 좋아했던가?"

이누히코는 신기한 표정으로 두리번거리며 남의 일처럼 말했다.

경기 전의 워밍업을 마치고 야구팀의 모든 선수들이 1루 측 벤치에 모였다. 운동장에서는 이날 대전 상대로 정해진 생산부팀이 수비 연습을 하면서, 펑고*를 칠 때마다 우레와 같은 박수갈채를 받고 있었다.

"생각보다 잘하는데?"

그 모습을 멀리서 바라보면서 니카이도가 여유 있게 말했다.

* 수비 연습을 하기 위해 공을 치는 일.

"지금 웃을 때가 아니야. 꽤 강적이야."

이사카가 야단치듯 말했다. 아오시마 배 야구대회가 있었던 것은 지난주 일요일이었다. 결승전을 포함해 모든 경기를 완봉승으로 마무리한 팀이 이날 야구팀의 대전 상대인 생산부팀이었다. 지난주에 심판을 맡아 고가도 경기를 지켜보았는데, 생산부팀의 전력은 보통이 아니었다.

결승전을 10 대 0의 콜드게임*으로 장식하는 등, 생산부팀과 대등하게 싸울 수 있는 상대는 사내에 없었다.

"연습 상대로는 그럭저럭 괜찮을 것 같군."

운동장을 바라보면서 가볍게 농담을 한 사람은 사루타였다.

"데쓰, 오늘 시합에서 콜드게임 있어?"

그렇게 물은 사람은 쉽게 이기리라고 예상한 엔도였다. 오늘은 5번 타자로 클린업 트리오의 한 축을 담당하고 있었다.

"일단 7회까지 5점 차가 났을 때는 그렇게 하기로 되어 있어."

고가가 대답한 순간, 귀를 찢는 환호성이 들렸다. 펑고를 하고 있던 생산부팀 주장인 다가와가 포수 플라이를 멋지게 쳐올린 것이다.

생산부팀의 연습 종료와 함께 야구팀 선수들이 운동장으로 뛰어나갔다. 선수들은 박수 소리를 들으며 평소의 연습 진형으로 흩어져 캐치볼을 시작했다. 처음에 짧은 거리에서 시작해 점점 먼 거리로 바뀌더니, 이윽고 수비 위치에 서서 펑고가 시작되었다. 그 조직적인 모습은 언제 보아도 아름다웠다.

* 점수 차이가 많이 나는 경우에 심판이 경기 종료를 선언하는 게임.

외야의 중계 플레이와 내야의 연계 플레이를 마치면 마지막에는 언제나 포수 플라이로 마무리한다. 시간은 정확히 7분. 스코어북을 들고 운동장 끝에서 그 모습을 지켜보는 고가의 시야에 미카미의 모습이 들어왔다.

"수고했어."

미카미는 그렇게 말하더니 언제나 앉는 벤치의 왼쪽 끝에 앉았다.

양 팀 선수가 홈베이스를 사이에 두고 줄을 서서 인사를 나눈 뒤, 드디어 경기가 시작되었다. 수비로 흩어지는 사람들을 남기고 나머지 선수가 벤치로 돌아왔다.

시범경기라고는 하지만 회사 사람들이 야구팀 경기를 직접 볼 수 있는 좋은 기회인데다. 다이도가 선택한 선수들은 공식전 선발진과 다름없었다.

더그아웃 앞에서 이사카를 앉히고 투구 연습을 하던 구라하시가 느긋한 동작으로 마운드로 향했다. 심판이 플레이볼을 선언하고 나서 성대한 박수를 받으며 좌타석으로 향하는 늠름한 1번 타자는 고가도 잘 아는 생산부의 다카기였다.

"저 녀석, 우리를 우습게 보다니!"

고가의 옆에서 사루타가 분통을 터트린 것은 키가 크고 호리호리한 다카기가 이치로*의 폼을 흉내 낸 것이다. 관중석에서 웃음이 터지면서, 투수가 공을 던지기도 전부터 경기는 더욱 활기

• 미국 메이저리그에 진출한 일본 야구선수로. 미일 통산 4천 안타의 대기록을 달성했다.

를 띠었다.

"제법이군."

미카미가 감탄한 얼굴로 말하자 사루타가 핀잔을 주었다.

"부장님, 적을 칭찬하면 어떡해요!"

"칭찬이 아니야. 관중의 마음을 잘 사로잡는다는 뜻이야."

미카미의 말이 맞는다. 타석에 들어서자마자 어설픈 재주를 보여주는 것은 좀 그렇지만 그로 인해 관중을 완전히 자기편으로 만든 것은 사실이다. 다카기가 오른팔을 쭉 뻗어 방망이 끝을 투수에게 향하자 구라하시는 부루퉁한 얼굴로 이사카와 사인을 교환했다. 다카기가 오른발을 약간 들고 타이밍을 재기 시작했다.

"개그맨팀 아니야?"

불펜 포수인 미즈키가 얕잡아보며 말했다. 더그아웃에 있는 모두 무시하는 시선으로 다카기를 바라보았다.

"구라하시, 낙차 큰 거 하나 먹여줘!"

3루 수비 위치에서 스자키가 소리를 질렀을 때, 구라하시가 두 팔을 높이 들어 올렸다. 느긋한 와인드업 자세다. 구라하시가 던진 공은 타자의 무릎 밑으로 낮게 벗어나는 커브였다.

이사카로부터 돌아온 공을 구라하시가 만지작거리는 동안, 다시 다카기의 이치로 흉내가 시작되었다. 직원들은 모두 손뼉을 치며 웃음을 터트렸다. 다카기는 방망이를 크게 휘두르더니, 왼손으로 유니폼의 소맷자락을 만지며 방망이 끝을 구라하시의 얼굴에 고정했다. 마운드에서는 구라하시가 따분한 얼굴로 그 동작이 끝나기를 기다리고 있었다.

"지금 송년회의 장기자랑 시간이 아니거든!"

사루타가 야유를 날린 순간, 구라하시가 겨우 2구 동작에 들어갔다.

타이밍을 잡고 있던 다카기의 오른발 움직임이 멈추었다.

"말도 안 돼!"

사루타가 아연한 목소리로 말한 것과 동시에 공이 3루 선을 따라 굴러갔다. 번트였다.

3루수인 스자키가 맹렬하게 돌진하더니, 타구를 오른손으로 잡고 그대로 1루를 향해 옆으로 던졌다. 세이프.

1루를 지키는 엔도가 공을 잡는 것보다 한 발 빨리 다카기의 발이 1루 베이스 위를 통과했다. 함성이 솟구침과 동시에 피리에 큰북, 트럼펫의 응원가가 푸른 하늘에 울려 퍼졌다. 1루 베이스의 다카기가 주먹을 쳐올리자 그것에 호응하듯 환호성이 운동장을 가득 메웠다.

"이거 완전히 적지에서 싸우는 것 같군."

미카미는 그렇게 말하고 못마땅한 얼굴로 한숨을 쉬었다. 그 옆에서 사루타가 다시 혀를 차고는 더그아웃 앞의 운동장에 침을 뱉었다.

마운드 위에서는 갑자기 번트 안타를 당한 구라하시가 모자를 벗고, 오른발로 땅을 차고 있었다. 태연함을 가장하고는 있지만 상당히 열 받았음이 틀림없다.

"구라하시! 2, 3점은 줘도 돼. 핸디캡이야, 핸디캡!"

미즈키가 포기한 것처럼 그렇게 말리자 관중석에서 웃음이 터졌다. 2번 타자가 타석에 들어가서 보내기 번트 자세를 취했다. 완전히 힘이 빠진 타구가 3루 선을 따라 데굴데굴 굴러갔다. 절묘한 번트였다.

"이 녀석들, 여간내기가 아니군. 지금까지 계속 야구를 해온 녀석들이야."

팔짱을 끼고 그라운드를 보고 있던 다이도가 혼잣말처럼 중얼거렸다.

"설마 지지는 않겠지……."

걱정이 많은 미카미가 누구에게랄 것도 없이 연약한 소리를 입에 담았다.

"당연하죠! 괜히 초치지 마세요!"

지기 싫어하는 사루타가 그렇게 소리쳤지만, 생산부팀 3번 타자가 2루타를 날려서 선제점을 허락하자 입을 다무는 수밖에 없었다.

"빌어먹을!"

마운드에 있는 구라하시의 입 모양을 보자 그런 말을 중얼거렸음을 알 수 있었다. 이사카가 뛰어나가 두세 마디 나누고 엉덩이를 가볍게 두들겼다. 1사에 주자는 2루.

타석에 들어온 4번 타자는 생산부 주임인 무토였다. 대학 시절에 야구를 했다는 자칭 거포였다. 한층 큰 환호성을 받으며 타석에 들어선 무토는 구라하시가 던진 변화구를 두 개 연속 그대로 보냈다. 선구안이 좋다.

타자에게 유리한 볼 카운트가 되자 2루 주자가 조금씩 리드하기 시작했다. 마운드의 구라하시가 이사카의 사인에 고개를 가로저은 순간, 고가는 불길한 예감에 휩싸였다.

직구로 승부하려는 게 아닌가…….

구라하시는 고집이 세고 자존심이 강하다. 상대를 무시하는 거만한 마음이 좋은 결과로 나타날 때도 있지만 반대로 나타날 때도 있다.

예상한 대로 구라하시가 던진 공은 조금 높은 직구였다. 경쾌한 소리와 함께 높다랗게 솟구친 하얀 공은 마치 아무 일도 없었던 것처럼 두 손을 허리에 대고 공을 바라보는 좌익수 니시나의 머리 위를 가볍게 넘어갔다.

"정말로 3점을 내주는 바보가 어디 있어?"

옆에서 중얼거린 미즈키의 말은 관중석의 환호성에 파묻히며 허무하게 사라졌다.

야구팀과의 시범경기는 많은 사람들의 예상과 달리 손에 땀을 쥐게 만들었다.

1회 초. 상대 투수의 흐트러진 감정을 파고들어 3점을 얻은 이후에 이어진 투수전은 볼 만한 가치가 충분했다. 생산부팀 투수는 고교야구에서 그럭저럭 이름을 알린 적이 있는 우에키라는 선수였는데, 느린 공과 변화구로 승부하는 투구에 야구팀 타선은 1점에서 침묵하고 있었다.

3 대 1 상황에서 눈 깜짝할 사이에 9회 말을 맞이하여, 야구팀

의 마지막 공격이 시작되려고 하고 있었다. 생산부팀이 야구팀을 격파할지도 모르는 놀라운 상황에 관중들은 모두 일어섰다.

"좋은 경기네요."

벤치에서 보고 있던 오키하라는 수비하러 나가는 다가와에게 말했다.

"당연하지. 아마추어팀이라고 우습게 보면 큰코다치는 법이야. 더구나 우리는 쟤네들처럼 일을 내팽개치고 연습하는 게 아니잖아? 열심히 일하면서도 이만큼 할 수 있다는 걸 보여주는 거야!"

다가와의 눈은 매우 진지했다.

오키하라가 혼잣말처럼 중얼거렸다.

"부러워요. 다들 즐거워 보여서……."

오키하라의 말을 듣고 선발 투수인 우에키가 웃으면서 말했다.

"너도 하면 되잖아? 우리 팀에 들어와. 물론 후보 선수지만 말이야."

마지막 9회 말. 어깨에 힘이 들어갔는지 두 번째 투수인 아즈마가 야구팀의 1, 2번에게 연속 안타를 맞았다. 무사 1, 2루의 위기에서 연습용 배트를 내던지고 타석으로 향한 사람은 야구팀에서 3번 타자인 스자키였다.

"부탁해, 제발 막아줘."

기도하듯 말한 우에키의 표정은 더할 수 없이 진지했다.

그런데…….

간절한 기도도 소용없이, 과감하게 휘두른 스자키의 방망이가 튕겨낸 공은 옆으로 몸을 던진 유격수의 글러브를 스치고 좌중 간으로 굴러갔다. 2루타다.

1점이 들어왔다. 3 대 2. 하지만 그 이상은…….

아즈마의 얼굴에 한 명도 잡지 못할 듯한 조바심이 생생하게 떠올랐다. 무사에 주자는 2, 3루. 절체절명의 위기다.

오키하라는 형용할 수 없는 긴장감에 휩싸인 채 몸을 웅크리고 야구장을 둘러보았다. 좋은 경기다. 솔직히 말해 생산부팀이 이렇게까지 잘하리라곤 생각도 못 했다. 오키하라만이 아니라 스탠드를 가득 메운 직원들 중 누구도 그렇게 생각하지 않았으리라.

이어진 4번의 사기노미야를 맞이한 마운드의 아즈마가 벤치까지 들릴 만큼 한숨을 내쉬었다. 결과를 볼 것까지도 없이 이 대결의 행방은 불을 보듯 훤했다.

선발 투수인 우에키가 얼굴을 찡그리며 분통을 터트렸다.

"빌어먹을! 이번 회만 막으면 이길 수 있는데…… 어떻게 안 되나?"

생산부팀은 야구팀을 상대로 놀라운 힘을 발휘해 관중들을 기쁘게 했지만, 지금 그 연료가 거의 떨어지고 있었다.

오키하라가 천천히 일어나면서 말했다.

"우에키 선배, 제가 던지면 안 되겠습니까?"

우에키가 멍한 얼굴로 오키하라를 쳐다보았다.

"뭐? 네가 던진다고?"

"부탁합니다."

오키하라는 벤치에 있는 글러브를 왼손에 끼고, 그 감촉을 확인하듯 주먹으로 탁탁 두들기며 그라운드로 뛰어나갔다.

"심판! 타임, 타임!"

1루 수비 위치에 있던 다가와가 황급히 타임을 외치며 오키하라에게 뛰어왔다.

"오키, 뭐야? 네가 던지려고? 제정신이야?"

"네, 그래도 되죠? 계속 보고 있었더니 온몸이 근질거려서요."

"하필 이런 상황에서 말이야?"

어이없는 얼굴로 말하는 다가와의 옆을 지나서 오키하라는 천천히 마운드를 향했다.

"왜 갑자기 나서는지 모르겠군."

가볍게 공을 던져주면서 아즈마가 중얼거렸다. 하지만 얼굴에는 안도한 표정이 역력했다.

다가와가 물었다.

"오키, 투수를 해본 적은 있어?"

"옛날에 잠깐 해본 적 있어요."

아즈마로는 이 상황을 극복할 수 없다는 점은 알고 있으리라. 아마추어인 오키하라라면 한 방 얻어맞아 진다고 해도 팀의 체면이 깎이는 일은 없다. 잠시 오키하라의 얼굴을 바라본 다가와는 그의 침착한 모습을 보자 "그럼 부탁할게"라고 말하며 1루 수비 위치로 돌아갔다.

"오키, 캐치볼은 할 수 있나?"

관중석에서 날아온 농담에 사람들이 일제히 웃음을 터트렸다.

오키하라가 느린 공으로 가볍게 어깨를 풀자 포수가 마운드까지 뛰어와 간단히 사인을 가르쳐주었다. 포수가 자기 자리로 돌아가자 온몸에 관록을 두른 사기노미야가 타석으로 들어섰다.

예상 밖의 상황에 관중석이 소란스러워지면서 여기저기서 한탄하는 소리가 들렸다.

"이거 틀렸군."

"생산부팀의 패배야."

"아아, 마침내 생산부팀의 운이 다했네."

한편, 이제야 겨우 야구팀 응원단이 목청껏 소리치기 시작했다.

"홈런! 홈런!"

"사기노미야! 한 방 날려!"

세트포지션에서 공을 던진 오키하라의 초구는 직구였다.

팡!

포수 미트에서 메마른 소리가 울려 퍼진 순간, 운동장은 정적에 휩싸였다. 눈이 번쩍 뜨일 만한 쾌속구였다.

벤치에 있던 우에키는 입을 떡 벌린 채 다물지 못했고, 1루에서는 다가와가 두 손을 축 늘어뜨린 채 마운드를 바라보았다.

"스트라이크!"

푸른 하늘에 심판의 콜이 울려 퍼졌다.

2

호소카와가 반도의 합병 제안을 아오시마에게 말한 것은 다음 주 월요일 오후였다. 지난주에 제안을 받고 생각에 생각을 거듭했지만 아직 결론은 내리지 않았다. 그렇다고 사사이에게 의논할 수는 없었다. 그는 제대로 듣지도 않고 일언지하에 반대 의견을 내놓을 것이 뻔하다. 그러면 논리적인 해답을 이끌어낼 수 없다. 결국 지금 회사 내부에서 의논할 수 있는 상대는 아오시마밖에 없다고 판단했다.

"굉장하군. 그렇게 대담한 제안을 하다니……."

아오시마는 정원 손질을 하던 손을 멈춘 뒤, 오른팔로 이마의 땀을 닦고 눈이 부신 듯 하늘을 올려다보았다. 정원 손질은 그가 가장 좋아하는 일이다.

작업복에 밀짚모자, 목장갑 차림이 그에게 잘 어울렸다. 지금까지 새로운 제품을 만들어내는 생산 현장에서 활약해온 그의 꾸밈없고 인간미 넘치는 성격이 얼굴에 배어 있었다.

"우선 회장님께 보고드리는 게 좋을 것 같아서요."

툇마루에 앉은 호소카와는 일본식 정원을 바라보면서 말했다. 정원은 그것을 만든 사람을 나타낸다. 일본식으로 꾸며진 이 정원에서는 소박하면서도 통일된 아름다움이 느껴졌다.

아오시마는 대답하지 않고 툇마루에 앉더니 아내가 놓아둔 녹차를 한 모금 마셨다. 오늘은 아침부터 기온이 높아서, 아침 뉴스에서는 아직 3월인데도 5월 초순의 기온까지 올라간다고 했다.

양갱을 입에 넣고 오물거리면서 아오시마가 물었다.

"자네 생각은 어떤가?"

"아직 결론을 내리지 않았습니다."

호소카와는 속마음을 솔직하게 말했다.

"그래? 미쓰와와 합병을 하면 좋은 일이 있을지도 모르겠군."

생각한 대로 아오시마의 반응은 몹시 냉정했다. 그 태연한 모습을 보고 호소카와는 역으로 물었다.

"반대하지 않으십니까?"

대학을 졸업하고 전자제품 제조업체에 엔지니어로 들어간 아오시마가 자신의 성을 딴 아오시마제작소를 창업한 것은 비틀즈가 일본에 온 해이기도 한 1966년의 일이었다. 후추에 있는 자택의 창고에서 탄생한 작은 회사는 그해부터 시작된 호경기의 파도를 타고 순조롭게 성장하여 40여 년이 지난 지금, 직원 1500명, 연매출 500억 엔이 넘는 중견기업으로 성장했다. 결코 편안한 시기만 있었던 것은 아니었다. 오일쇼크를 비롯해 거품 경제 붕괴라는 경기 후퇴와 사회 변동의 파도에 휩쓸리면서 몇 번이나 위기를 맞기도 했다. 창업자 특유의 리더십과 카리스마를 겸비한 아오시마는 어느 시기에도 결코 포기하지 않고, 타고난 긍정적인 성격과 뛰어난 체력으로 치열하게 싸워온 용맹한 사람이었다. 아오시마제작소의 역사는 아오시마 자신의 인생과 똑같다고 할 수 있었다.

그 용맹한 사람이 지금 따뜻한 햇살을 받으며 눈을 가늘게 뜨고, 아직 꽃망울이 벌어지지 않은 봄의 정원을 바라보고 있었다.

"다른 회사와 하나가 되면 잘될 것 같은 생각도 드는군. 덩치가 크면 웬지 마음이 놓이니까 말일세."

아오시마는 남의 일처럼 느긋하게 말했다.

"하지만 우리 회사와 미쓰와의 문화는 너무나 다릅니다."

똑같이 전자부품을 취급하는 회사이지만, 아오시마제작소는 지금까지 항상 새로운 제품을 추구해왔다. 한편 미쓰와전기는 앞장서서 새로운 제품을 만들지 않고, 잘 팔리는 타사 제품을 모방한 유사품을 만드는 방법으로 성장해왔다.

세상 사람들이 받아들일지 말지 모르는 위험을 감수하면서까지 신제품을 개발하기보다, 다른 회사가 먼저 개발해 좋은 실적을 거둔 제품의 유사품을 만드는 편이 저렴한 비용으로 돈을 벌수 있기 때문이다. 미쓰와전기뿐만 아니라 세상에는 그런 회사들이 적지 않다.

하지만 선행 제품이 있는 시장에 뛰어드는 만큼 그곳에는 영업력이라는 무기가 필요하다. 미쓰와전기가 '영업 1류, 기술 2류'라는 야유를 받게 된 이유는 거기에 있다.

"재패닉스의 모로타 사장이, 두 회사가 합병하면 최대한 응원하겠다고 하더군요."

그러자 아오시마는 모로타 사장을 이렇게 평가했다.

"그자에게 있는 건 이익이냐 손해냐 하는 손익계산뿐이지. 붙임성도 좋고 말은 번드르르하게 잘하지만 그것뿐일세."

오랫동안 재패닉스와 거래해온 만큼, 재패닉스의 횡포에 울화통이 터진 적도 한두 번이 아니었으리라. 그것은 재패닉스에 대한 업계의 평가와도 정확히 일치한다. 재패닉스에게 중요한 것은 자기 회사의 이익뿐이다. 거래처에서 제시한 가격을 후려치거나 거래처를 적자로 만들더라도 자기 회사만은 사상 최고의 이익을 얻는 것이 재패닉스 방식이다. 약자에 대한 배려 따위는 손톱만큼도 없다.

"우리 회사와 미쓰와의 합병이 어떻게 되든, 모로타가 알 바가 아니지. 그자의 머릿속에 있는 건 그걸 통해 비용이 얼마나 내려가느냐 하는 걸세. 재패닉스는 상대가 누구든 물건만 싸게 살 수 있으면 되는 회사니까. 신뢰 관계 같은 건 엿과 바꿔 먹었을 걸세. 그런 사람이 경단련의 부회장이니까 웃기는 일이지."

"평소와 달리 평가가 혹독하시군요."

호소카와가 쓴웃음을 짓자 아오시마는 당연하다는 듯이 말했다.

"마음에 안 드는 녀석한테는 좋은 말을 해줄 수 없으니까. 하지만 그건 어디까지나 내 생각일세. 자네는 자네 나름대로 검토하면 되네."

"알겠습니다. 그런데 합병하는 편이 회사의 미래에 유리한 경우에는……."

호소카와는 아오시마의 옆얼굴을 보면서 덧붙였다.

"회장님 소유의 주식을 매각해야 될지도 모르겠습니다. 그때는 검토해주시겠습니까?"

"그러겠네. 다만……."

아오시마가 한층 진지한 얼굴로 말을 이었다.

"호소카와 사장, 우리 회사의 주주 구성은 알고 있겠지? 지금 단계에서 얘기할 필요는 없겠지만, 주식을 매각할 때가 되면 그들에게 동의를 구해야 할 걸세."

비상장기업인 아오시마제작소에는 창업 당시부터 아오시마를 응원해온 몇몇 사람이 대주주로 남아 있다. 그들은 회사 경영에 관여하지도 않고, 세월이 오래 흐른 만큼 지금은 단단한 끈이라고 할 수도 없다.

"그 전에 일단 자네 스스로 납득할 때까지 검토해보는 게 좋겠지. 이런 일은 컨설턴트 출신인 자네에게는 제격이니까 말일세."

"그렇게 할 생각입니다. 회장님 생각을 듣고 마음이 조금 편해졌습니다. 저 혼자 껴안기에는 짐이 너무 무거웠거든요. 그리고 쓸데없는 걱정이겠지만, 이 건에 관해서는 부디 비밀을 지켜주시기 바랍니다."

툇마루에서 일어나면서 아오시마가 가볍게 말했다.

"알고 있네. 빈틈없이 검토하는 점은 자네의 장점이지만, 너무 신중해지면 기회를 놓칠 수도 있으니까 조심하게. 물론 이런 말은 프로야구 선수한테 야구 이야기를 하는 격이겠지만."

"걱정 끼치지 않도록 하겠습니다."

일어서서 고개를 숙인 호소카와를 향해 아오시마는 오른손을 훌쩍 들어 올리더니, 다시 나무를 손질하기 위해 정원으로 내려갔다.

3

"잠깐 시간 있나? 할 말이 있어."

시범경기가 있었던 다음 날인 월요일. 업무가 끝나고 고가가 오키하라에게 말을 걸었다. 업무 종료를 알리는 차임벨이 울리자 생산 라인에 있던 직원들이 안도한 얼굴로 뒷정리를 시작하는 가운데, 부품 상자를 옆의 짐수레에 올리던 오키하라가 얼굴을 들었다.

고가는 정리를 도와주고 오키하라를 총무부 회의실로 데려갔다.

"자아. 이거 마셔."

자동판매기에서 산 캔 커피를 내민 뒤, 고가는 일단 사과와 칭찬을 동시에 했다.

"갑자기 데려와서 미안해. 그리고 어제 나이스 피칭이었어."

둘 다 진심이었다.

"별로 대단하지도 않았는데요 뭘. 마지막에는 폭투를 했고요."

별것 아닌 것처럼 말한 오키하라를 고가는 똑바로 바라보았다.

"그건 폭투가 아니었어."

캔 커피에 향해 있던 오키하라의 조심스러운 눈이 고가의 진지한 시선과 뒤얽혔다.

어제 시범경기에서 승부를 정한 것은 사기노미야의 타격이 아니라 포수의 패스볼•이었다. 오키하라가 던진 변화구를 받지 못

• 투수가 던진 공을 포수가 잡아내지 못하고 뒤나 옆으로 빠뜨린 공.

해 포수의 가랑이 사이로 빠진 공이 백네트 뒤쪽으로 굴러가는 바람에 2루 주자까지 홈베이스를 밟아서 4 대 3. 야구팀이 역전하면서 시범경기는 막을 내렸다.

고가는 다시 한 번 말했다.

"그건 폭투가 아니었어. 그런 고속 싱커볼˙을 쉽게 잡는 포수가 있다면 동네야구가 아니지. 다시 말해, 어제 네 투구는 동네야구 수준이 아니었다는 뜻이야. 허락도 받지 않고 알아봐서 미안하지만 네 경력을 조금 조사해봤어."

오키하라의 표정이 어두워지면서 시선을 딴 곳으로 돌렸다.

사이타마에 있는 후타바니시 공립고등학교가 오키하라의 출신 고등학교였다. 파견 회사에서 제출한 그의 이력서에는 야구부라는 세 글자만 있었을 뿐, 그것 말고 그와 야구를 연결할 수 있는 것은 아무것도 없었다.

"후타바니시 고등학교는 고교야구의 명문이야. 그런 사람이 왜 이런 곳에서 썩고 있지?"

"딱히 썩고 있는 건 아닙니다. 공장에서 성실하게 일하고 있지 않습니까? 지금은 비록 파견 직원이지만 열심히 일하면 정규 직원으로 채용해준다고 했습니다. 그 말을 듣고 아오시마제작소에 왔습니다."

오키하라의 목소리에 조바심이 섞였다.

고가는 순순히 사과했다.

"미안해, 내가 실수했어. 그럼 말을 바꿀게. 왜 야구를 그만두

• 타자 앞에서 급격히 떨어지도록 던진 공.

었지? 너무 아까워서 그래."

오키하라는 다시 시선을 피하며 제대로 대답하지 않았다.

"그건 회사 일과 상관없지 않습니까? 야구를 하든 말든 그건 제 마음이고, 다른 사람들에게 폐를 끼치는 일도 아니니까요."

"네 말이 맞을지도 모르지. 그런데 무슨 일이 있었어?"

반항적인 그의 태도를 의아하게 여기면서 고가가 물었다.

"그동안 이런저런 일이 있었습니다. 하지만 이제 와서 변명할 생각은 없습니다. 이미 지난 일이니까요."

오키하라는 말을 얼버무리며 자세한 말을 하려고 하지 않았다.

"하지만 계속 훈련하고 있잖아? 그렇지 않으면 그런 공은 던질 수 없어."

"몸을 움직이는 걸 워낙 좋아해서요."

고가는 고개를 끄덕인 뒤, 탁자 앞으로 몸을 내밀고 본론을 꺼냈다.

"솔직하게 말할게. 내가 하고 싶은 말은 다른 게 아니야. 우리 유니폼을 입어볼 생각 없어?"

오키하라는 한순간 움직임을 멈추더니, 곧바로 웃음을 터트렸다.

"지금 농담하시는 거죠?"

"내가 농담하는 것 같아? 야구팀에 들어와줘. 이렇게 부탁할게."

고개를 숙인 고가를 향해 오키하라는 차갑게 대답했다.

"전 이미 야구를 그만두었습니다."

"왜?"

"제가 야구를 하든 말든, 그건 그쪽과 상관없지 않습니까? 이야기는 끝났습니까?"

오키하라는 딱딱한 표정으로 말하더니, 자리에서 일어서서 아직 뜯지 않은 캔 커피를 돌려주었다.

"이건 마신 걸로 하겠습니다."

"오키하라, 잠깐만 기다려."

고가는 의자에서 소리가 날 만큼 벌떡 일어나서 오키하라를 따라갔다.

"만약 일이 걱정돼서 그렇다면 그건 우리 쪽에서 알아볼게. 그러니까 간단히 대답하지 말고 다시 생각해줘."

"그렇다면 정규 직원으로 계약해주실 수 있습니까?"

반대로 질문을 받고 고가는 말문이 막혔다.

"미안해. 내게는 그런 권한이 없어. 하지만 그게 조건이라면 미카미 부장님께서 도와주실 수 있을 거야."

"전 그런 말은 안 믿습니다."

오키하라의 말을 듣고 고가는 흠칫 놀랐다. 뭐지? 왜 이렇게 부정적이지? 화가 났다기보다 이상한 느낌이 들었다.

"그게 무슨 말이야?"

"말 그대로입니다. 무엇이든 하나만 잘하면 된다는 말을 믿고 야구를 했는데, 눈앞에 기다리는 건 부조리한 일뿐이고……."

"오키하라, 너……."

"그만 가보겠습니다."

오키하라는 그 말을 남기고 회의실 밖으로 사라졌다.

"안 믿는다……. 참 슬픈 말을 하는군."

고가의 보고를 들은 다이도는 깊은 한숨을 내쉬며 머리 뒤쪽에서 두 손을 깍지 끼었다. 창문으로 내던진 시선의 끝에는 비에 젖은 운동장이 자리했다. 벤치 앞에 생긴 물웅덩이에 어두운 하늘이 비치고 있었다. 3월도 이제 곧 끝이다.

"제 말을 들으려고 하지 않았습니다. 문전박대나 마찬가지였어요."

고가는 지금 막 오키하라와 나눈 말을 곱씹으면서 머리를 긁적였다. 아무래도 찜찜하다. 조금 전에 보여준 오키하라의 완고한 태도가 마음에 걸렸다.

"무슨 일이 있었나 보군."

다이도는 중얼거리듯 말했지만 무슨 일이 있었는지는 짐작되지 않았다.

"그만한 선수가 야구를 그만두다니……. 어떤 일이 있었는지 상상도 되지 않습니다."

오키하라의 투구를 본 것은 어제 있었던 경기, 그것도 9회 말의 한 회뿐이었다. 하지만 그의 실력을 알기에는 지나칠 만큼 충분했다.

다이도나 고가만이 아니다. 실제로 상대한 사기노미야는 경기가 끝나고 혼자 말없이 스윙 연습을 했다. 경기에서는 이겼지만 오키하라와의 승부에서는 졌다고 생각한 것이다.

사기노미야만이 아니다. 어제 경기가 끝나고 야구팀 선수 누구나 '그 투수' 이야기를 했다.

"녀석이 야구를 싫어하게 됐다면 어쩔 수 없지만, 그렇지 않다면 이보다 더 불행한 일은 없겠지."

다이도는 시선을 운동장에 향한 채 중얼거렸다. 그 목소리에 깃든 절실함을 느끼고 고가는 살며시 야구팀 지휘관의 옆얼굴을 훔쳐보았다. 그에게도 좋아하는 야구에서 물러서지 않을 수 없었던 경험이 있었던 게 아닐까?

"내가 한번 만나볼까……?"

다이도는 오랜 침묵 끝에 그렇게 중얼거렸다.

4

오키하라의 집은 회사에서 걸어서 15분 걸리는 주택가에 있었다.

목조 모르타르로 만든 연립주택은 장식이 거의 없는 깔끔한 건물로, 바깥 계단을 통해 2층에는 누구나 올라갈 수 있었다. 1층에 있는 우편함에서 오키하라의 집 호수를 확인한 다이도는 커다란 몸을 이끌고 천천히 계단을 오르기 시작했다.

전화를 걸어 미리 가겠다고 말해놓아서 그런지, 인터폰을 누르자 즉시 오키하라가 나왔다.

"갑자기 쳐들어와서 미안해."

"아닙니다, 들어오세요."

오키하라는 어색하게 말하고 다이도를 집 안으로 들어오게 했다. 소박한 집이었다. 침대와 소형 TV, 작은 탁자가 놓여 있고,

벽에는 신문과 잡지가 높다랗게 쌓여 있었다. 처음으로 가까이에서 본 오키하라는 키가 크고 호리호리하지만 연약하게 보이지는 않았다.

"방이 지저분해서 죄송합니다."

"내 방도 비슷한데 뭐."

오키하라는 다이도를 위해 커피를 내주었다. 인스턴트 커피였다. 벽을 등지고 나지막한 탁자 앞에 앉아 있노라니 다이도의 머릿속에 학창 시절의 자취방이 떠올랐다.

커피를 한 모금 마시고 나서 다이도는 말했다.

"피곤할 텐데 미안하군."

"아까 고가 씨와 이야기했는데, 그 건인가요?"

"그렇지 뭐."

오키하라는 작게 탄식하며 시선을 내리깔았다.

"난 자네에게 무슨 일이 있었는지 몰라. 하지만 만약 야구를 좋아한다면 같이하지 않겠나?"

"야구는 그렇게 아무 생각 없이 할 수 있는 겁니까?"

생각지도 못한 말이었다. 오키하라가 진지한 눈길로 다이도를 바라보았다.

"일도 하는 둥 마는 둥 하며 야구만 하다가, 경기에서 지거나 다치거나 하면 회사에도 있을 수 없잖습니까? 저는 미래를 생각해야 해서 그런 식으로 야구만 할 수는 없습니다. 어머니도 돌봐드려야 하고요."

"일은 지금처럼 하면 돼. 고가에게서 들었는데, 정규 직원을 목표로 하는 건 좋은 일이지. 하지만 그것만을 위해서 살면 인생이 너무 시시하잖아?"

"그럴 수도 있겠지요. 하지만 지금은 야구를 생각할 여유가 없습니다."

다이도는 오키하라를 뚫어지게 바라보면서 생각했다. 아직 스무 살도 되지 않은 그를 이렇게까지 궁지로 몰아넣은 것은 무엇일까?

그만한 소질을 가졌으면서 야구를 버리려고 하다니. 예전에 무슨 일이 있었던 것일까?

"오키⋯⋯."

오키. 다이도는 오키하라를 그렇게 불렀다.

"야구는 언제 시작했지?"

"초등학교 5학년 때요. 친구 아버지가 저희 동네 리틀야구단 감독이었는데, 저에게도 하라고 해서 시작했습니다."

어린 시절 이야기를 할 때, 오키하라의 표정이 조금 느슨해졌다. 그런데⋯⋯.

"프로야구 선수가 되고 싶었나?"

다이도가 그렇게 물은 순간, 즉시 표정이 흐려졌다.

"네, 그렇지요⋯⋯."

오키하라의 얼굴에 스스로를 비웃는 듯한 미소가 떠올랐다.

"레드삭스인가?"

그의 방에 보스턴 레드삭스의 달력이 걸려 있었던 것이다.

"어렸을 때는 메이저리그에 가는 것이 꿈이었습니다. 좋아하는 선수가 있었거나 특별한 이유가 있어서 레드삭스를 좋아했던 게 아니라, 그저 막연하게 동경했을 뿐이지요."

그리고 지금도……. 오키하라가 그 말을 집어삼킨 듯한 생각이 들었다.

"젊을 때의 꿈은 클수록 좋은 법이지. 그 싱커볼은 어디서 배웠나?"

"싱커볼이요?"

"어제 경기에서 마지막에 던진 공 말이야."

"그건…… 고등학교 때, 그냥 동영상을 보고 장난처럼 따라하는 사이에 던질 수 있게 됐습니다."

그 말을 할 때, 오키하라의 얼굴에서 감정이 빠져나갔다.

"나이스 피칭이었어."

대답은 없었다. 굳은 얼굴을 본 다이도는 다시 커피를 한 모금 마시고 나서 말했다.

"자네 얘기만 들으면 미안하니까 내 얘기를 해도 되겠나?"

대답은 없었지만 다이도는 멋대로 말을 이었다.

"나도 한때는 프로야구를 동경하고 고시엔을 목표로 한 야구 소년이었는데, 고등학교 때 3년간 야구를 하면서 깨달았지. 내게는 프로야구에 갈 만한 재능이 없다는 것을……. 그래서 야구 지도자가 되기로 결심하고 대학에서 스포츠과학을 공부했어. 그때 수많은 야구 이론을 배웠는데, 내 전공은 야구통계학이라고 할 수 있는 새로운 분야였지. 어렵게 들릴 수도 있지만 한마디로 말하면, 어떻게 하면 이길 수 있을까 하는 걸 학문적으로 연구하는 거야. 일본의 프로야구와 메이저리그를 연구 재료로 삼아 10년이나 공부했지. 그 이후 연구한 성과를 실제로 시험해보고 싶어서, 5년 전에 신설 고등학교의 감독이 되었어."

오키하라는 잠자코 있었지만 다이도의 말에 귀를 기울이고 있다는 것은 표정으로 알 수 있었다.

"감독 일은 비교적 잘 되었지. 3년차엔 고시엔에 한 걸음 앞까지 갔고, 4년차에는 결국 그토록 바라던 고시엔의 티켓을 손에 넣을 수 있었어. 고시엔에서는 안타깝게도 2차전에서 탈락하긴 했지만 결과에 만족했고. 그런데 이듬해에 새 팀의 주전을 정했더니, 학부모들이 불만을 제기하더군. 왜인지 아나?"

오키하라의 대답을 듣지 않고 다이도는 덧붙였다.

"고시엔이 손에 잡힐 듯이 다가오자 장차 프로야구를 목표로 하는 부원이 몇 명 들어왔는데, 내가 그런 부원을 절반 정도밖에 기용하지 않아서였지."

"왜 그들을 기용하지 않으셨습니까?"

오키하라가 관심을 가진 듯 눈을 반짝이며 물었다.

"더 좋은 선수가 있었으니까."

다이도의 대답을 듣고 오키하라는 맥이 빠진 표정을 지었다.

"야구에서 이기기 위해서는 가끔 커다란 홈런을 치는 거포만 있어서는 안 돼. 그런 녀석들보다는 확실하게 출루하는 선수들이 더 필요하지. 하지만 야구의 '야'자도 모르는 학부모와 그런 학부모들에 의해 움직이는 학교의 높은 사람들이 내 방식에 트집을 잡았어. 계속 무시했더니 어느 날 이사장실로 불러서 해고

하더군. 아오시마의 감독 제안이 들어온 것은, 이대로 놀 수는 없으니까 아버지가 하는 전기설비 일이라도 할까 생각하던 때였지. 난 아오시마가 아니라 어디라도 좋았어. 물론 감독으로서 고시엔에서 더 활약하고 싶었던 마음도 있었지. 하지만 내가 정말로 하고 싶었던 건 역시 야구였어. 그 야구에서 멀어져야 했을 때만큼 슬펐을 때는 없었지."

다시 커피를 한 모금 마신 다음, 다이도는 한마디 덧붙였다.

"시시한 이야기를 해서 미안하군."

오키하라는 대답하지 않았지만 다이도의 이야기를 듣고 표정이 부드러워진 것은 틀림없었다.

눌변이기는 했지만 진심이 담긴 야구 이야기를 하고 다이도가 자리에서 일어난 것은 한 시간쯤 지났을 무렵이었다.

그동안 과거에 대해 마음의 문을 닫아왔지만 오키하라와 야구 이야기를 하는 것은 즐거웠다. 야구 마니아에게는 야구 마니아의 분위기가 있고, 서로 통하는 언어가 있다. 다이도는 오키하라에게 그것을 느꼈고, 오키하라도 다이도에게 그것을 느꼈을 것이다.

하지만 한 번의 대화로 오키하라를 야구팀에 끌어들일 수 있다고 여기지는 않았다. 이만한 투수가 야구에서 멀어졌다면 분명히 그럴 만한 이유가 있으리라. 오키하라는 아직 그 이유를 말하지 않았다.

"커피 잘 마셨어. 또 올게."

밖으로 나온 다이도는 전철역을 향해 이미 어두워진 길을 터벅터벅 걷기 시작했다.

5

다이도가 오키하라의 집을 찾아갔을 무렵, 고가는 혼자 총무부의 컴퓨터 앞에 앉아 있었다. 오키하라가 후타바니시 고등학교라는 야구 명문고에 있었을 당시, 어떤 성적을 남겼는지 조사하기 위해서였다.

인터넷으로 검색해보자 2년 전 사이타마현 하계대회의 기사가 눈에 들어왔다. 지역 신문의 작은 기사였다. 3차전 결과를 전하는 기사 안에 후타바니시 고등학교의 이름이 있었다. 대전 상대는 가와고에에 있는 다이에이 고등학교로, 오랜 역사를 자랑하기는 하지만 최근에는 고시엔 출전에서 멀어진 팀이었다.

후타바니시는 그 고등학교와의 경기에서 패배했다.

"3차전 탈락인가?"

그것이 의외였다곤 생각하지 않는다. 단판 승부의 경기에서는 아무리 강호라도 한 수 아래의 팀에게 패배하는 일이 있기 때문이다. 마음에 걸린 것은 결과였다.

7 대 0.

"오키하라가 7점이나 빼앗겼단 말인가……."

지역 신문의 짧은 기사를 읽고 고가는 고개를 갸웃했다.

다이에이는 7회에 후타바니시를 공략해 단번에 5점을 선취해서 경기를 제압했다.

단번에 5점? 오키하라가 그렇게 얻어맞았다고? 하지만 짧은 기사에서는 투수에 관한 정보가 보이지 않았다.

후타바니시 고등학교, 오키하라. 이 두 가지 키워드로 다시 검색해보았다. 이번에는 기사가 세 가지 정도 나왔다. 전부 4년 전, 즉 오키하라가 1학년 때인 추계대회 기사였다.

후타바니시, 1학년 투수의 쾌투(快投)가 빛나다!

우선 이런 제목의 기사가 나왔다.

야구팬의 관심을 한몸에 받고 있는 후타바니시 고등학교 1학년 투수인 오키하라 가즈야. 그는 이번 경기에서 5회까지 노히트노런*의 쾌투로, 모교에 승리를 안겨주었다.

"당연히 이래야지."

고가는 자기도 모르게 중얼거리며 흐뭇한 미소를 지었다. 오키하라의 투구라면 이 정도는 당연하다.

검색한 기사와 자료에 따르면, 이 추계대회에서 후타바니시 고등학교는 준결승에 진출했는데, 결국 우승후보인 사이토 고등학교에 1 대 0으로 패배했다.

사이토 고등학교가 결승점을 얻은 것은 9회였다. 감독은 9회에 피로가 쌓인 오키하라를 빼고 2학년 투수를 마운드에 내보냈

• 무안타 무실점.

다. 1점은 그 투수가 얻어맞은 것으로, 오키하라에게는 자책점이 없었다.

그 이듬해의 춘계대회 기사도 있었다. 이 대회에서 후타바니 시는 3차전에 진출했는데, 거기에서 다시 사이토에 패배했다. 이 번 스코어는 2 대 0. 오키하라는 7회까지 던졌는데, 역시 무실점 상태에서 두 번째 투수에게 마운드를 넘겨주었다.

이해할 수 없는 것은 그해의 하계대회였다. 즉, 고시엔이 걸려 있는 지역 예선이다. 그 대회에서는 후타바니시의 이름을 찾을 수 없었다. 만일을 위해 대진표까지 찾아보았지만 역시 보이지 않았다.

"출전하지 않았나?"

설마……. 자신이 잘못 확인한 게 아닌가 생각했지만 그렇지 는 않았다.

예상할 수 있는 것은 그렇게 많지 않다. 불상사인가? 있을 수 있는 이야기다.

다시 컴퓨터를 향한 고가가 새로 입력한 검색어는 '후타바니 시 고등학교' '출전 포기'라는 두 단어였다. 고가가 원하는 정보 는 즉시 찾을 수 있었다.

"이건가……."

야구부원의 폭력 사건으로 후타바니시 고등학교 징계…….

그런 제목의 신문 기사가 눈에 띄었다.

고교야구연맹은 10일 폭력 사건을 일으킨 후타바니시 고등학교에 대해, 올해 말까지 대외경기의 출전을 금지하는 징계 처분을 발표했다. 이 고등학교에서는 지난 5월, 2학년 야구부원이 폭력을 휘둘러 3학년 야구부원이 골절상을 당하는 사건이 발생하면서 경찰이 수사에 나서기도 했다. 사건이 일어난 직후, 후타바니시 고등학교에서는 지역 예선의 출전을 포기하겠다는 신청서를 연맹에 제출했고, 그 즉시 연맹에서는 신청서를 수리했다.

신문 기사는 오키하라가 고등학교 2학년이던 해의 6월. 즉, 고시엔 예선의 직전이다.

"그래서 예선에 나오지 않았나?"

고가는 그제야 겨우 납득했는데, 마음에 걸리는 것이 한 가지 있었다.

"2학년생 야구부원, 폭력……."

그렇다. 당시 오키하라도 2학년이었다.

"그렇게 된 건가?"

다이도는 얼굴을 위로 향하고 크게 들이마셨던 숨을 내뱉었다. 곤타의 구석 자리였다. 술값이 워낙 저렴해서 그런지, 요즘 같은 불경기에도 테이블은 80퍼센트쯤 채워져 있었다.

"그것만이 아닙니다. 계속 조사해보니 대외경기 출전 금지 처분이 풀린 후에도 오키하라는 한 번도 던지지 않았습니다. 지금부터는 제 상상이지만……."

그렇게 운을 띄운 다음에 고가는 목소리를 낮추었다.

"혹시 오키하라가 이 사건과 관련이 있는 게 아닐까요?"

다이도는 심각한 얼굴로 대답했다.

"가능성이 있어. 결국 후타바니시에서 오키하라가 던진 건 1학년 가을과 2학년 봄뿐이라는 거군."

"그래도 그 정도 공이라면 스카우터의 눈에 띄었을 텐데, 야구를 그만두어서 어쩔 도리가 없었겠지요."

"아니면 우리한테 그랬던 것처럼 스카우트를 끝까지 거절했을지도 모르지. 아까 이야기를 해보고 이런 생각이 들었어. 오키하라는 한번 정하면 끝까지 밀고 나가는 타입이라고…… 물론 난 그런 사람이 싫진 않지만."

그때 곤타의 문이 열리고 한 남자가 들어왔다. 《월간 야구》라는 야구 잡지의 사이토 기자였다.

"여기야."

고가가 손짓을 하자 사이토는 가볍게 고개를 숙이더니, 친근한 미소를 지으며 다가왔다.

"바쁠 텐데 갑자기 만나자고 해서 미안해."

기자들 중에서 제법 친하게 지내는 사이토에게 '도시대항야구 특집'을 실으려고 하니까 취재하게 해달라는 연락이 온 것은 오늘 낮이었다.

"어차피 첫 시합에서 대패할 거라는 둥 콜드게임으로 패배할 거라는 둥 그렇게 쓸 생각이겠지?"

고가가 퉁명스럽게 말하자 사이토는 진지한 얼굴로 손을 저었다.

"말도 안 돼! 내가 왜 그렇게 쓰겠어?"

신문이나 잡지 기자가 종종 찾아오긴 하지만 고가와 사이토는 동갑이기도 해서 서로 편하게 농담을 주고받는 사이다. 그리고 가끔 이렇게 술잔도 주고받는다.

"분명히 스포니치 대회는 엉망이었고 기대했던 만다 투수의 팔꿈치에 문제가 생긴 건 아쉽지만, 아오시마는 아직 할 수 있다고 생각해. 이건 진심이야."

"하여간 입만 살았다니까."

고가가 떨떠름한 표정을 지었을 때, 생맥주가 도착했다.

"다른 팀도 취재했겠지? 어땠어?"

고가는 건배하고 나서 재빨리 물었다. 사이토에게는 아오시마 제작소를 마지막에 취재하러 와달라고 말해놓았다. 그러면 다른 회사의 정보를 알 수 있어서였다.

"역시 도요석유는 느낌이 좋더군. 팀이 완성된 느낌이야."

"미우라 말인가?"

다이도가 물어보자 사이토는 고개를 끄덕였다. 미우라는 도요석유의 에이스로, 지난번 스포니치 대회에서는 공에 손도 대보지 못한 채 완봉패를 당했다.

"미우라는 자이언츠와 닛폰햄이 벌써 수면 밑에서 서로 데려가려고 경쟁을 펼치고 있으니까 다음 드래프트에서 프로야구 입단은 확실할 겁니다. 도요석유의 고민은 포스트 미우라이지요. 그래서 올해 경기에서는 일부러 젊은 성장주에게 던지게 할 겁니다. 그만한 선수가 빠지면 구멍이 클 테니까요."

인재 부족은 사회인야구의 숙명이라고 할 수 있다. 재능 있는 스타 선수는 일찌감치 프로야구로 가버리고, 계속 남아 있는 선수는 프로야구에서 받아주지 않은 선수들이다. 이런저런 사정으로 프로야구에 가지 못하는 선수를 잘 활용하면서 라이벌 팀과 싸울 수 있는 전력을 유지하는 것이 감독이나 매니저에게 주어진 숙제이다.

사이토는 고가를 쳐다보며 말을 이었다.

"하지만 뭐니 뭐니 해도 올해 최강이란 소문이 자자한 곳은 미쓰와전기야. 고가 씨, 미안."

사이토가 사과한 이유는 고가가 불쾌한 표정을 지었기 때문이다.

"최강은 무슨! 형편없는 녀석들만 모여 있는데!"

토해내듯 말한 고가를 향해 사이토는 신경을 거스르는 한마디를 덧붙였다.

"아니야, 올해 미쓰와는 강해."

"지금 나한테 시비 거는 거야?"

사이토는 황급히 고개를 가로저었다.

"내가 왜 시비를 걸겠어? 난 저널리스트로서 취재한 사실을 말한 것뿐이야."

"저널리스트 좋아하시네. 그저 야구를 좋아하는 주정뱅이 주제에."

"그것이 훌륭한 저널리스트의 조건이지. 어쨌든 미쓰와는 지금 진심으로 도시대항전의 상위를 목표로 하고 있어."

"우리도 목표로는 하고 있어."

고가는 발끈해서 되받아쳤지만, 전력의 차이가 명백한 만큼 무슨 말을 해도 쓰디쓴 뒷맛만 남을 따름이었다.

"미쓰와는 이지마와 닛타가 들어가면서 선수층이 한층 두꺼워졌어. 팀의 전력으로 보면 그런 미쓰와를 도요석유가 따라가는 상황이 될 거야."

고가는 조바심을 내면서 팔짱을 끼었다.

"사이토, 도시대항 예선전은 토너먼트야. 단판 승부에선 무슨 일이 일어날지 몰라. 더구나 미쓰와는 가만둘 수 없어. 우리의 간판선수들을 빼내갔으니까. 기업 야구에서는 일반 상식이나 도덕에 비춰보아 문제가 있는 일을 해서는 안 돼. 기사에 꼭 그렇게 써줘."

"뭐, 그건 그렇다고 치고……."

사이토는 모호하게 말하고 화제를 바꾸었다.

"그나저나 올해 아오시마의 의욕은 어때?"

고가는 가슴을 펴고 당당하게 대답했다.

"물론 의욕은 굉장하지. 특히 미쓰와에게는 절대로 질 수 없다고 이를 갈고 있어."

"만약 맞붙게 되면 '운명의 대결'이군."

어느새 꺼낸 노트에 사이토는 '운명'이라고 크게 썼다.

"바로 그거야! 우리가 지는 날에는 이 세상에 정의 같은 건 없는 거야. 정의를 지키기 위해서라도 절대로 질 수 없어!"

"전력 면에서는 어때? 빠진 전력이 조금은 채워질 것 같아?"

고가는 사이토를 날카롭게 노려보았다. 사이토의 질문에는 아오시마제작소에 대한 배려가 눈곱만큼도 없었다.

고가는 오기로 들리지 않도록 단어를 선택하면서 말했다.

"전력 면에서 보면 지금부터 시작이야."

"하지만 에이스와 4번 타자가 없어졌잖아? 장기로 치면 차와 포가 빠졌는데 괜찮겠어? 더 정확히 말하면 왕도 이사 가버렸고."

"그 대신 다이도 감독님이 오셨잖아!"

그러자 사이토는 메모하던 손길을 멈추고 다이도를 보면서 살짝 고개를 숙였다.

"참, 그렇지요."

이 녀석…….

사이토가 무슨 생각을 하는지는 안다. 경험이 풍부하고 실적도 있는 무라노 전임 감독에 비해 사회인야구에서 다이도의 역량은 아직 미지수다.

무라노에게 버림을 받고 감독을 뽑지 못해 고민하던 아오시마제작소가 우선 '임시'로 다이도와 계약했다는 것이 업계의 소문이었다.

"감독님, 그렇게 가만히 계시지 말고 뭐라고 말씀 좀 하세요!"

하지만 다이도는 빙긋이 미소만 지을 따름이었다. 마음대로 말하게 놔두라는 것인가? 그런 소문은 다이도의 귀에도 들어갔겠지만, 그에 대해 다이도가 불평한 적은 한 번도 없었다.

"전력 보강은 전혀 없습니까?"

사이토의 질문에 다이도가 어떻게 대답할지 보기 위해, 고가는 그를 힐끔 쳐다보았다.

"지금부터 보강해 나갈 생각이야."

다이도의 말을 꼼꼼히 써나가던 사이토가 다시 물었다.

"이미 접촉하는 선수가 있습니까? 혹시 대학야구인가요?"

"아니, 대학야구 선수는 아직이야."

다이도의 미묘한 말투에 사이토는 관심을 가진 듯했다.

"그렇다면 다른 곳에서 보강하실 생각이신가요? 이지마가 빠지고 만다가 부상으로 출전할 수 없으니, 우선 투수부터 보강하시겠군요."

"그렇다고 생각해주게."

"감독님, 그러지 말고 말씀해주십시오. 기사로는 쓰지 않을 테니까요."

사이토는 그렇게 말하면서 볼펜을 가슴 안주머니에 넣었다.

"안 되네. 아직 말할 수 있는 단계가 아니거든."

고가는 불쑥 어떤 생각이 나서 제안했다.

"감독님, 교환 조건으로 말해주시는 게 어떻겠습니까? 그 건을 조사해주는 대가로 가르쳐주는 겁니다."

잠시 생각하다가 다이도도 고개를 끄덕였다.

"그래, 그게 좋겠군."

"조사하다니, 제가 뭘 조사해야 하는데요?"

의아한 표정을 짓는 사이토를 향해 고가는 목소리를 한층 낮추었다.

"실은 말이야……."

6

3월의 마지막 임원회의는 무겁고 답답한 분위기에서 진행되었다. 임원회의를 시작하자마자 사사이가 2차 구조조정 계획안을 내놓은 것이다. 재패닉스를 비롯해 주요 거래처의 생산 축소와 가장 중요한 거래처라고 할 수 있는 도요카메라의 수주 재검토 움직임을 예상하고, 한 단계 깊이 들어간 비용 절감과 인원 감축을 동반한 내용이었다.

구조조정 계획안에 있는 항목들을 살펴보던 미카미는 어느 항목을 발견하고 종이를 넘기려던 손을 멈추었다.

야구팀-해체하는 방향으로 검토.

눈을 크게 뜨고 고개를 든 순간, 사사이가 험악한 눈길로 임원들을 둘러보면서 계획안에 있는 항목을 설명하고 있었다.

이게 어떻게 된 일인가? 이런 이야기는 한마디도 못 들었다. 머리끝까지 피가 솟구치고 심장이 쿵쾅거리기 시작했다. 사사이의 설명이 야구팀에 이르는 동안, 미카미는 손가락 하나 까딱하지 않고 가만히 기다렸다.

"다음은 야구팀 말인데……."

사사이가 그렇게 말하고 미카미를 슬쩍 쳐다보았다.

"해체하는 방향으로 검토하고 싶네."

미카미가 안색을 바꾸고 소리쳤다.

"잠깐만요! 야구팀은 이번 회기까지 상황을 지켜보기로 하지 않았습니까? 역사가 있는 팀이고, 회사에서도 전 직원들이 응원하고 있습니다. 감독이 바뀌고 심기일전해서 다시 시작한 참이니까 조금만 더 지켜봐주시면 안 되겠습니까?"

그는 이마에 솟구친 비지땀을 손수건으로 닦아냈다. 아무리 사사이가 구조조정 계획안을 정리했다 할지라도, 이렇게 중요한 이야기를 야구팀의 책임자인 미카미를 무시한 채 진행하다니! 이건 말이 되지 않는다.

하지만 사사이는 내치듯 차갑게 말했다.

"자네는 현실을 너무 안이하게 생각하는 것 아닌가? 인원 감축도 계속 늦어지고 있잖나? 지금은 시간 싸움이야. 시간을 질질 끌면 의미가 없어. 그건 알고 있을 텐데?"

"네, 알고 있습니다."

미카미는 씁쓸하게 대답했다. 인원 감축 리스트를 일일이 확인한 뒤, 구체적으로 해고 통보를 시작한 것이 지난주 중반의 일이다. 인사 담당자가 책임을 분담해서 해고 대상자를 면담하고 있지만, 리스트의 재정비에 시간을 허비한 만큼 당초의 스케줄보다 늦어진 것은 사실이다.

하지만 사사이는 그런 사정을 봐주지 않았다.

"그렇다면 지금 우리 회사가 어떤 상황에 있는지 알고 있겠지? 지금은 야구팀을 특별 대우할 여력이 없어. 줄일 수 있는 비용은 최대한 줄여야 돼. 이건 회장님도 납득하셨을 거야."

이날 회의에서는 아오시마의 모습이 보이지 않았다. 불참을 예상하고 야구팀 해체 계획을 발표한 게 아니냐고 따지고 싶을 정도였다.

"일단 막을 내리면 다시는 부활할 수 없습니다. 전통 있는 야구팀입니다. 전무님, 다시 한 번……."

미카미는 간절하게 호소했다.

"지금 같은 상황에서 연간 3억 엔이나 되는 비용을 들일 만한 이유가 있겠나?"

아오시마제작소의 재정을 책임져온 사사이의 말인 만큼, 그 말은 몹시 무겁게 느껴졌다.

"미카미, 자네가 야구부장으로서 책임감이 있겠지만, 한 사람의 임원으로서 상식적으로 판단해줬으면 좋겠네."

"그건 알고 있습니다. 알고는 있지만……. 사장님 의견도 똑같습니까?"

지금의 사태를 타개할 수 있는 사람은 호소카와밖에 없다. 미카미는 매달리는 심정으로 호소카와를 바라보았다. 미카미가 호소카와의 얼굴에서 발견한 것은 희미한 망설임이었다. 추락하는 실적과 회장에 대한 배려. 호소카와는 그 사이에서 고민하고 있었다.

미카미만이 아니라 모두의 시선을 받고 호소카와는 입을 열었다.

"야구팀의 역사는 나도 충분히 알고 있어. 하지만 많은 직원들을 정리해야 할 지금의 상황은 결코 무시할 수 없어. 은행에 보여줘야 하기도 하고. 미카미 부장은 미리 결론을 정해놓지 말고, 야구팀이 계속 존재해야 할 의미를 진지하게 검토해주기 바라네."

은행에 보여줘야 한다고?

절망감이 온몸으로 파고들면서, 미카미는 호소카와에게 분노의 화살을 날렸다. 지금 은행에 잘 보이기 위해 야구팀을 없애려는 것인가? 야구팀과 자금 조달이 어떤 관계가 있다는 것인가?

하지만 대놓고 따질 수 없어서, 머릿속 한구석에서 죽을힘을 다해 반론할 말을 찾았다.

"그렇다면…… 야구팀을 존속시키는 경우의 수익과 비용을 검토할 때까지 야구팀 해체는 뒤로 미뤄주시겠습니까?"

말을 하고 나서 '아뿔싸!' 하고 한순간 숨을 멈추었다. 수익과 비용을 검토하면 오히려 야구팀에 불리하다는 사실을 누구보다 잘 알고 있지 않은가.

호소카와 옆에서 사사이가 얼굴을 일그러뜨리며 화난 표정으로 미카미를 쏘아보았다. 하지만 50명의 선수들을 위해서라도 여기서 물러설 수는 없다. 지금 그들을 위해 반론할 수 있는 사람은 야구부장인 자신 한 사람뿐이다.

이윽고 호소카와가 눈길을 돌리며 조용히 말했다.

"알았어. 그 대신 신속히 검토해주길 바라네. 알겠나?"

"알겠습니다."

사사이의 탁한 눈이 미카미를 노려보았다. 야단이라도 칠 줄 알았지만 더는 아무 말도 하지 않았다.

마침내 절체절명의 궁지에 몰렸다. 겨드랑이에 끈적한 땀이 솟구친 것을 느끼면서 미카미는 입술을 깨물었다.

뒷맛이 꺼림칙한 경기였다. 지금이라도 비가 쏟아질 것처럼 잔뜩 흐린 하늘 밑에서, 선발 투수인 사루타가 가까스로 5회까지 버텨주었다.

대전 상대인 다이니치철강은 도시대항야구의 강호로, 올해도 우승후보 중 하나라는 평가를 받는 팀이다. 그 점을 감안하면 5회까지 3점으로 막은 것은 잘했다고 할 수 있다.

비가 내리기 시작한 8회 초, 4번 사기노미야가 홈런을 쳐서 역전을 이루었다. 하지만 문제는 8회 말이었다. 두 번째 투수로 마운드에 올라간 구라하시가 어이없이 역전을 허용한 뒤, 마치 물폭탄처럼 쏟아지는 폭우로 경기가 중단되면서 우천에 의한 콜드게임이 되었다.

도쿄 춘계지부대회의 경기였다. 이 대회에서 상위에 들어가면 도시대항야구의 1차 예선이 면제되는 만큼 뼈아픈 패배라고 할 수 있었다. 라이벌 팀을 시찰하기 위해 계속 경기장에 있겠다고 한 다이도 감독을 놔두고, 야구팀은 돌아가는 버스에서 흔들리고 있었다.

이런 패배에서는 배워야 할 점도, 반성해야 할 점도 찾을 수 없다. 나오는 것은 오직 한숨뿐이다.

고가의 휴대폰이 울린 것은 회사에 거의 도착했을 무렵이었다.

"오늘 경기는 참 아쉽더군."

역시 《월간 야구》의 기자다. 사이토는 이미 경기 결과를 알고 있었다.

고가는 피곤하기도 해서 약간 자포자기하듯 말했다.

"아쉽다고 할 만한 경기는 아니었어. 지금 우리 실력은 이 정도가 고작이지."

"괜히 마음에 없는 말을 하는군. 그나저나 데쓰 씨, 지난번에 말한 오키하라에 관해 알아냈어. 전화로 말하긴 좀 그러니까 어디서 식사라도 하지 않겠어?"

두 사람은 신주쿠에서 만나서, 지하철역 근처의 빌딩 지하에 있는 술집으로 들어갔다.

"데쓰 씨, 일단 고맙다는 말부터 할게. 재미있는 기사거리를 말해줘서 고마워."

고가는 맥주를 벌컥벌컥 들이켜고 맥주잔을 테이블에 내려놓았다.

"그건 아니지. 나는 기사거리를 말해준 게 아니라 조사를 부탁한 것뿐이거든."

사이토는 싱긋 웃으면서 대꾸했다.

"엎어치나 메치나 마찬가지인데 뭘 그래? 오키하라는 사이타마 출신. 초등학생 때부터 리틀야구단에서 활약해 관계자들 사이에서는 꽤 잘 알려진 투수였지. 그 이후 후타바니시 고등학교에 진학해 1학년 가을에 에이스 번호를 받은 야구 천재였어. 그런데 2학년 봄에 불상사가 있었지."

2학년생이 3학년생을 때려 골절상을 입힌 폭력 사건이다. 그것까지는 고가도 인터넷에서 조사해서 알고 있다.

"오키하라가 때렸다는 3학년생은 오키하라로 인해 출전 기회를 얻지 못한 투수야. 프로선수가 되고 싶었던 그 학생 쪽에서 보면 오키하라에게 선발 투수 자리를 빼앗기는 바람에 심사가 뒤틀렸겠지. 그래서 끈질기게 오키하라를 괴롭혔던 모양이야."

기자라서 그런지 사이토는 철저하게 취재했다.

예전 에이스를 중심으로 3학년생 몇몇이 오키하라를 집요하고 끈질기게 괴롭혔다고 한다. 야구부실에 놓아둔 그의 소지품을 감추거나 선배임을 내세워 그에게만 가혹한 연습을 시키거나, 배팅 볼 투수*로 그를 지명해 하루에 2백 개 넘는 공을 던지게 한 적도 있었다고 한다.

고가가 깜짝 놀라며 눈을 부릅떴다.

"그러면 어깨가 망가지잖아! 그러는 동안 감독은 뭐 했어?"

사이토가 몸을 앞으로 내밀었다.

"문제는 그거야. 처음엔 선배들의 괴롭힘을 참았던 모양이지만, 나중에는 도저히 견딜 수 없어서 결국 감독에게 의논했나 봐."

"그래서 어떻게 됐는데?"

"자신이 알아서 할 테니까 일임해달라고 했나 보더군. 그런데 감독이 상황을 너무 가볍게 본 것 같아. 결국 괴롭힘이 사라지기는커녕 감독에게 고자질한 것까지 추가해서 옆에서 보기 딱할 정도로 괴롭혔다고 하더군. 그때 오키하라와 같은 야구부원이었던 선수가 지금 다이토 파이터즈의 2군에 있어. 가와니시라는 선수인데, 알아?"

• 타자들이 타격 연습을 할 때 공을 던져주는 투수.

고가는 고개를 가로저었다. 다이토 파이터즈는 지바를 연고지로 하는 프로야구팀이다. 인기 있는 구단이지만, 아무리 고가라고 해도 2군 선수까지는 알 수 없다.

"실은 지금 한 얘기도 가와니시에게 알아냈는데, 사건이 있었을 당시 3학년생들이 오키하라의 집안에 대해서 놀렸나 봐."

"집안?"

"오키하라는 아버지가 없고, 어머니 혼자 온갖 고생을 하면서 힘들게 키웠다더군. 그러다 보니 빚이 좀 있었는데, 3학년생들이 그런 어머니를 안 좋게 얘기했다지 뭐야? 오키하라의 주먹이 작렬한 건 그때였대. 그런 상황이라면 누구라도 주먹이 나갔겠지만, 아무튼 얻어맞은 3학년생 부모가 그걸 문제 삼는 바람에 학교로서도 고교야구연맹에 보고하지 않을 수 없게 됐나 봐."

"어떻게 그럴 수가 있지?"

고가는 술집 천장을 올려다보며 혀를 찼다.

"그 3학년생 아버지라는 사람이 아들을 프로야구 선수로 만들기 위해 모든 걸 바친 사람이라더군. 아마 2학년생 투수를 자르면 자기 아들이 에이스가 될 수 있다……. 그런 식으로 단순하게 생각한 게 아닌가 싶어."

고가는 무거운 숨을 내쉬었다. 실제로 오키하라는 없어졌지만 그 사건으로 인해 후타바니시는 그해 여름의 지역 예선에 출전할 수 없게 되었다. 그것은 3학년생 아버지도 예상치 못한 일이었으리라.

"3학년생 아버지도 사건이 그렇게까지 커질 줄은 몰랐겠지.

감독이 적당히 무마해줄 거라고 생각했을 거야. 덕분에 당사자인 3학년생은 여름 고시엔을 포기할 수밖에 없게 됐어. 그런데 오키하라에게 최악이었던 것은 고교야구연맹의 처분이 나온 다음이었지."

사이토가 맥주로 목을 적시고 나서 다시 말을 이었다.

"학교 측에서 실시한 조사에서 감독은, 오키하라가 그 문제로 미리 의논을 했다는 말을 끝까지 하지 않았다더군."

고가는 아연해서 물었다.

"다른 사람도 말해주지 않았단 말이야?"

"사정을 알고 있었던 다른 야구부원에게는 그 일에 관해 입도 뻥긋하지 말라고 함구령을 내렸대. 괴롭힘을 알면서도 방치했다는 사실이 알려지면 감독의 관리 책임 문제가 드러나면서 사건이 더 커질 테니까. 결국 폭력을 휘두른 오키하라가 스스로 야구부를 그만두면서 사건을 매듭짓는 것으로……."

"말도 안 돼! 어떻게 그럴 수가 있지?"

고가의 말투가 거칠어졌다. 안 믿는다 —오키하라가 그렇게 말한 배경이 겨우 이해가 되었다.

"물론 오키하라가 상대에게 주먹을 날린 건 사실이겠지. 하지만 옴짝달싹 못 할 만큼 괴롭힘을 당한 데다가 숨기고 싶은 집안 사정까지 들먹이며 어머니를 무시해봐. 나라도 상대의 얼굴에 주먹을 날렸을 거야. 당시 후타바니시 감독이란 작자는 누구였는데?"

"가네시마 고조 감독이야."

고가는 작게 혀를 찼다. 고교야구계에서 그럭저럭 이름이 알려진 감독이다.

"후타바니시를 고교야구의 강호로 만든 사람이 가네시마 감독이거든. 학교 쪽에서 보면 그런 일로 능력 있는 베테랑 감독을 잃고 싶지 않다는 속셈이 있었던 게 아닐까?"

"어른들끼리 뒤에서 손잡은 건가? 쳇, 구린내가 풀풀 나는군."

고가는 내뱉듯이 말했다. 가네시마는 오키하라의 간절한 요청을 한 귀로 흘려보낸 것도 모자라 괴롭힘을 보고도 못 본 체한 것이다.

"거기에는 또 다른 사정도 얽혀 있어."

"또 뭐가 있어?"

고가가 노려보자 사이토는 말하기 힘든 표정을 지었다.

"실은 3학년생 부모라는 사람이 가네시마 감독과 오랜 친구 사이였나 봐. 아마 감독으로서는 친구 아들인 3학년생을 챙겨주고 싶은 마음도 있지 않았을까? 하지만 정말로 놀랄 만한 사실은 지금부터야."

사이토는 그렇게 말하더니 고가를 향해 의미심장한 시선을 보냈다.

"데쓰 씨도 그 3학년생을 알고 있어."

고가는 입으로 가져가던 맥주잔을 내려놓고 사이토를 뚫어지게 바라보았다.

"무슨 말이야?"

"다른 3학년생까지 여름의 고시엔에 못 나가게 만든 그 학생은 결국 프로야구가 아니라 사회인야구로 진출했지. 오키하라에게 뒤진다고는 해도 원래 후타바니시의 에이스였던 만큼 실력은 있으니까. 지금은 어느 팀에서 에이스 번호를 달고 있어."

"누군데?"

고가가 다급하게 물었다.

"미쓰와전기의 기사라기야. 기사라기 가즈마."

"그게 정말이야……?"

고가는 할 말을 잃고 사이토를 뚫어지게 바라보았다.

기사라기 가즈마는 2년 전에 미쓰와전기에 입단한 우완 투수다. 작년에 맞붙었을 때는 아오시마 타선을 농락해서 7 대 0으로 무릎을 꿇어야 했다.

"그나저나 오키하라가 아오시마에 있다니, 놀라운 일이 아닐 수 없군."

기자 정신에 불이 붙었는지, 사이토는 한층 목소리를 낮추며 은밀하게 물었다.

"오키하라는 언제부터 던질 건데?"

"아직은 몰라. 야구팀에 들어올지 말지도 아직 안 정했고."

"공백은 어때?"

공백에 큰 문제가 없다는 것은 오키하라의 투구를 보면 알 수 있다.

"그건 문제없는 것 같아. 나머지는 본인의 의지에 달렸어."

사이토가 눈을 반짝이며 말했다.

"만약 야구팀에 들어오면 재미있는 일이 벌어지겠군. 미쓰와전기의 기사라기와는 악연이니까 이걸로 아오시마는 점점 더 미쓰와에게 질 수 없는 이유가 생기는 거지. 그것만이 아니야. 앞으로 프로야구에서 활약할 기사라기 대 일단 고교야구계를 떠났지만 기적처럼 부활한 천재 투수…… 이건 분명히 화제를 불러일으킬 거야! 독자들의 시선을 끌 거라고!"

사이토는 눈을 가늘게 뜨고 입맛을 다셨다. 눈동자에서 기이한 빛이 뿜어 나왔다.

"미안하지만 독자들의 시선을 끌지 말지는 우리하곤 관계가 없어. 그리고 이건 아직 쓰지 마."

고가가 무서운 얼굴로 못을 박자 사이토는 히죽거리는 웃음을 거두었다.

"그 정도는 나도 알아. 하지만 써도 좋은 타이밍이 오면 맨 먼저 쓰는 건 반드시 우리여야 해. 다른 매체에는 절대 말하면 안 돼. 알았지? 이 기사는 우리가 독점으로 하고 싶어."

사이토는 입 앞에 검지를 세우더니, 오키하라가 얼마나 굉장한 투수인지 취재에서 들은 이야기를 늘어놓기 시작했다.

그것은 말하지 않아도 안다. 오키하라 가즈야는 굉장한 투수다. 더구나 야구계를 떠났으면서 지금도 그런 공을 던질 만큼 철저하게 자기 관리를 하는 성실한 사람이다.

이 일을 통해 고가는 한 가지를 확신했다. 오키하라는 야구를 떠날 수 없다. 아무리 환경이 어렵고 옆에서 괴롭힐지라도, 세상에 나가야 할 재능은 반드시 사람들의 눈에 띄어 세상에 나간다. 인생은 그런 법이다. 오랫동안 야구를 해온 고가는 그런 사실을 뼈저리게 알고 있다.

오키하라를 다시 세상으로 내보내주고 싶다. 고가는 그러기 위해 조용히 작전을 짜기 시작했다.

8

"정말로 올까?"

고가의 옆에서 이사카는 아까부터 안절부절못한 모습으로 연신 뒤쪽의 관중석을 돌아보았다.

"올 거야."

사이토의 이야기를 들은 다음 날, 고가는 생산부 라인으로 가서 오키하라에게 이날의 경기 티켓을 주고 기사라기가 선발로 나온다는 사실을 전했다.

이사카는 어이없는 표정을 지었다.

"왜 이렇게 느긋해? 이런 방법으로 괜찮겠어? 목에 밧줄을 묶어서라도 끌고 와야 하는 거 아니야?"

"그렇게 한다고 따라올 사람이 아니야."

고가는 그렇게 말하고, 경기 전의 평고가 시작되려는 그라운드를 바라보았다. 요코하마에서 열리는 공식전이다.

"녀석은 지금 과거에 얽매여 있어. 그래서 말해주었지. 과거를 외면해버리면 아무것도 해결되지 않는다고. 앞으로 나아가고 싶다면 과거와 똑바로 마주하는 수밖에 없다고."

"오키하라는 뭐라고 했는데?"

"그냥 입을 꾹 다물고 있더군."

황당한 얼굴로 고개를 푹 떨어뜨린 이사카를 향해 고가는 덧붙였다.

"하지만 난 알아. 앞을 향하기 위해서는 과거와 마주하지 않으면 안 돼. 괴로운 과거라면 더욱 그렇고. 나도 그랬으니까."

고가는 아픈 과거를 가지고 있다. 경기 도중에 큰 부상을 입어서 선수 생명이 끊긴 것이다.

"미안해……."

이사카가 사과했을 때, 검붉은 색 유니폼을 입은 미쓰와전기 선수들이 그라운드로 흩어졌다. 3루 측 내야 스탠드를 가득 메운 응원석에서 일제히 환호성이 솟구쳤다.

대전 상대는 가나가와현의 강호인 게이힌정밀철강이라는 좋은 팀이다.

미쓰와전기의 수비 연습으로 시선을 옮긴 고가는 홈베이스에서 평고 배트를 휘두르고 있는 무라노 사부로 감독의 땅딸막한 몸을 바라보았다.

옆에서 이사카가 지긋지긋하다는 얼굴로 말했다.

"하여간 얼굴에 철판을 깔았다니까. 아까 벤치 뒤에서 딱 마주쳤지 뭐야? 내 얼굴을 보고도 고개를 빳빳이 들고 태연히 지나가더군. 저 감독 녀석, 우리를 버리고 라이벌 회사로 갈아탄 게 아무렇지도 않나 봐. 저쪽에 갈 때 선물로 에이스 투수와 4번 타자를 빼내가고 말이야. 저 정도 선수라면 내가 감독을 해도 여유 있게 이길 수 있어."

짧은 수비 연습은 한 치의 흐트러짐도 없이 완벽하게 끝나고, 교대로 대전 상대인 게이힌정밀철강 선수들이 그라운드로 흩어졌다.

화창한 4월의 첫 번째 주말은 가만히 있어도 땀이 날 정도였다. 야구를 하기에는 최고의 날씨라고 할 수 있다. 고가와 이사카 옆에서는 다이도가 아까부터 그라운드에 눈을 고정한 채 경기가 시작되기를 기다리고 있었다.

규정 연습을 마친 게이힌정밀철강 선수들이 철수하고, 경기장 정비원이 뛰어나갔다 돌아오자 양쪽 응원단의 악기 소리가 커졌다. 야구장이 결승전에 어울리는 긴장감으로 가득 찬 순간, 드디어 선발 멤버가 발표되었다.

이름이 나올 때마다 귀를 찢는 환호성이 들렸다.

미쓰와전기의 선발 투수는 고가가 예상한 대로 기사라기였고, 4번 타자는 아오시마제작소에서 이적한 닛타였다. 작년에 미쓰와전기에서 4번을 쳤던 선수가 5번으로 가면서, 타선의 중량감은 절정에 달했다.

한편 게이힌정밀철강은 미쓰와전기만큼 화려하지는 않지만 올해 드래프트 핵심의 한 사람인 도다가 선발 투수로 나섰다.

"결승전인데 이지마를 쉬게 하고 기사라기를 내보내다니. 간판 투수를 둘이나 가지고 있는 팀은 참 좋겠군."

선발 멤버를 들은 이사카가 비아냥거리며 머리 뒤로 두 손을 깍지 꼈다.

고가가 경기장에 시선을 고정한 채 대답했다.

"무라노 감독은 결국 자기 생각밖에 안 한 거야. 자신의 이익을 위해, 우리 회사에서 에이스와 4번을 빼내간 거지. 그 사람에게 가장 중요한 건 팀이 아니라 자기 자신이었어."

그런 의미에서 보면 그들도 오키하라나 마찬가지다. 버림을 받고 가슴에 분노를 껴안은 채, 어떻게든 일어서려고 발버둥치고 있다. 자신을 배신한 상대에게 멋지게 한 방 먹여줄 기회를 노리고 있는 것이다.

오키하라도 자신을 배신한 감독이나 부원들에게 복수하고 싶지 않을까? 그래서 이 경기의 티켓을 주었다. 오키하라에게는 숙적의 투구를 보는 것이 싸움의 첫 걸음일 테니까.

경기가 시작되었다. 심판의 "플레이볼!"이라는 소리가 끝나기도 전에 도다는 크게 와인드업을 하면서 이날의 초구를 던지려고 했다.

속구가 타자의 무릎 옆을 지나갔다. 좋은 공이다. 눈 깜짝할 사이에 세 명이 아웃되고 공수가 교대되었다.

"이거 투수전이 되겠군."

이사카의 말대로 긴박한 투수전이 이어지면서 전광판에 '0'이란 숫자가 나란히 늘어섰다.

팽팽한 균형이 깨진 것은 6회였다. 도다의 커브를 강타한 닛타의 타구가 좌중간 펜스를 넘어갔다. 홈런이다. 가슴 앞에서 주먹을 움켜쥐고 천천히 다이아몬드를 도는 닛타를 맞이하기 위해 3루 측의 응원단이 모두 일어섰다.

그때 등 뒤의 관중석을 돌아본 고가는 출입구 옆에 서 있는 남자를 발견하고 시선을 멈추었다.

"고사쿠."

고가가 턱으로 가리킨 곳을 보고 이사카가 눈을 크게 떴다. 오키하라였다.

"데쓰, 이쪽으로 오라고 하는 게 어때?"

"오고 싶으면 오겠지. 지금은 그냥 놔두는 편이 좋겠어."

다시 시선을 옮긴 그라운드에서는 도다가 다음 타자를 간단하게 잡은 참이었다. 오키하라가 지켜보는 가운데 기사라기가 마운드를 향해 천천히 걸어갔다.

다시 뒤를 돌아본 순간, 고가는 숨을 들이마셨다. 표정 없는 얼굴, 한 번도 본적이 없는 어두운 눈동자. 오키하라가 있는 곳만 시간이 멈춘 것처럼 보였다.

심판의 스트라이크 콜이 들리지 않을 만큼 응원단의 환호성이 뜨거웠다.

"저 녀석, 정말 좋은 투수군. 작년보다 공이 더 예리해졌어."

이사카는 마치 자신이 타자로서 대치하고 있는 것처럼 진지한 눈길을 보내며 말했다. 오키하라가 지켜보는 가운데 기사라기는 세 명 모두 삼진으로 격파하고 8회까지 무실점으로 막은 뒤, 마무리투수에게 마운드를 넘겨주었다.

1 대 0. 당당하게 승리투수의 조건을 손에 쥐고……

9회 말. 게이힌정밀철강의 마지막 타자가 쳐올린 평범한 뜬공이 2루수의 글러브로 빨려 들어간 순간, 손에 땀을 쥐게 한 투수

전에 마침표가 찍혔다. 고막이 터질 듯한 응원단의 환호성과 무질서하게 떨어지는 종이테이프의 어지러운 춤을 보면서, 고가는 천천히 스탠드 계단을 올라가는 다이도를 따라갔다.

출입구 옆에는 영혼을 빼앗긴 사람처럼 허탈하게 서 있는 남자의 모습이 있었다. 그의 시선은 그라운드에서 많은 사람들에게 둘러싸여 환희를 만끽하는 기사라기에게 꽂혀 있었다.

다이도가 오키하라의 옆에 서서, 그의 어깨에 오른손을 올렸다. 소스라치게 놀란 오키하라의 눈은 마치 무엇인가에 겁을 먹은 것처럼 보였다.

"자네에겐 아직 할 일이 있을 거야."

그 소리는 다이도의 뒤에서 숨을 죽인 채 지켜보고 있는 고가의 귀에도 똑똑히 들렸다.

"이대로 야구를 그만둔다면 아무것도 해결되지 않아. 자네를 구할 수 있는 건 자네밖에 없어. 기다리고 있겠네."

그 말을 남기고 다이도는 출입구 계단을 천천히 내려갔다. 오키하라는 손가락 하나 꼼짝하지 않고 계속 그라운드를 바라보았다.

시간이 얼마나 흘렀을까. 이윽고 오키하라의 얼굴이 천천히 고가를 향하는가 싶더니 겨우 말을 떠올린 것처럼 바싹 마른 입술이 움직였다.

"……분합니다. 정말로 분합니다!"

오키하라의 눈에 눈물이 고이는 것을 고가는 도저히 지켜볼 수 없었다.

"더는 말 안 해도 돼."

고가는 그렇게 말한 뒤, 오키하라의 어깨를 잡고 거칠게 흔들었다.

　"네가 무슨 말을 하고 싶어 하는지 알아. 우리도 네 마음과 똑같으니까. 고사쿠, 안 그래?"

　"그래, 그렇고말고!"

　고가의 뒤에 있던 이사카가 맞장구를 치며 오키하라에게 오른손을 내밀었다.

　"오키하라, 우리와 같이 싸우자!"

5장

해고자 리스트

1

"다케모토 씨, 잠깐 나 좀 볼까?"

창고의 작업 공간에 있는 다케모토 마사오미를 총무부와 가까운 회의실로 데려간 미카미는 빼빼 마른 서른두 살의 남자와 정식으로 마주했다.

다케모토는 이 지역의 고등학교를 졸업하고 회사를 두 번 옮긴 뒤, 7년 전에 아오시마제작소에 입사한 정규 직원이다. 월급은 27만 엔. 생산부에서는 반장이라는 직책에 있지만 일처리 능력은 말단직원보다 못하다. 두 명 있는 아랫사람은 전혀 돌보지 않고, 아무리 바쁜 시기에도 당당하게 휴가를 내며 툭하면 지각을 한다. 아랫사람의 신뢰는 거의 없고 연계해야 할 다른 부문장에게서도 불만이 끊이지 않지만, 그에 대해 반성하는 모습은 털끝만큼도 찾아볼 수 없다.

"지금 회사가 굉장히 힘들다는 건 자네도 알 거야. 회사로서는 줄일 수 있는 만큼 비용을 최대한 줄여 어떻게든 이 위기에서 벗어나려고 하지만, 이제 인건비에 칼을 대야 할 상황까지 몰려 있어."

미카미가 그렇게 말하자 다케모토는 용건을 알아차린 듯 헛기침을 하고 몸을 꿈틀거리기 시작했다. 기름이 번들거리는 콧마루를 검지로 문지르면서, 시선은 탁자에 떨어뜨린 채 고개를 들려고 하지 않았다.

다케모토의 해고에 망설임이 없는 것은 아니었다. 그는 아내와 올해 초등학교 2학년인 딸에 늙은 부모님까지 모시고 살며, 집을 살 때 빌린 주택 대출금도 남아 있었다.

"서론은 그만하고 본론으로 들어가지. 자네의 근무 태도를 살펴봤는데, 작년에만 무단 지각이 일곱 번이나 있더군. 이건 우리 회사 직원 중에 가장 많은 수치야. 아랫사람들도 제대로 지도하지 않고 말이야. 그뿐만 아니라 가장 바쁜 시기에 휴가를 내고, 다른 부문과의 마찰도 끊이지 않지. 그런 점을 개선하라고 상사가 지시한 적도 있었고."

말을 하면서 미카미는 자기혐오를 느꼈다. 무방비한 상대를 일방적으로 협박하는 기분이 든 것이다.

"……그런 이유로 더는 자네의 근무 태도를 봐줄 수 없다는 결론에 이르렀어. 미안하지만 그만둬줘야겠네."

대답은 돌아오지 않았다. 다케모토는 석고상이 된 것처럼 움직이지 않은 채, 고개를 숙이고 탁자의 한곳을 물끄러미 보고 있을 따름이다.

이윽고 그 어깨가 파르르 떨리기 시작하더니, 입에서 말이 흘러나왔다.

"그건 곤란합니다. 아내가 아르바이트로 버는 돈은 얼마 되지 않아서, 저희 집에선 제 월급만 믿고 있습니다. 회사에서 잘리면 대출금도 낼 수 없고, 최근에는 아버지 건강도 좋지 않아서 병원비도 많이 들고……. 어떻게 안 되겠습니까?"

"미안해. 이건 이미 정해진 일이야."

이제 와서 후회할 바에야 왜 좀 더 일찍 성실하게 일하지 않았지? 그런 말이 머릿속에 떠올랐지만 이제 와서 말해봐야 소용없는 일이다.

그러는 사이에 다케모토의 눈에서 눈물이 뚝뚝 떨어졌다.

얼마나 불안할지 충분히 이해한다. 특별한 기술이 있는 것도, 남들에게 내세울 만한 실적이 있는 것도 아니다. 아무런 재주 없는 생산직원일 뿐이다. 세상이 온통 불경기에 빠진 지금, 이 회사만 한 조건의 직장을 발견하는 것은 불가능에 가깝다.

"저는 이제 어떻게 하면 좋겠습니까?"

눈물을 흘리며 호소하는 다케모토를 향해 미카미는 이를 악물고 말했다.

"그건 자네가 결정할 일이야."

그것 말고 다른 말은 할 수 없었다.

어깨를 떨구고 회의실에서 나가는 그의 뒷모습을 바라보면서 미카미는 땅이 꺼져라 한숨을 내쉬었다. 괴로운 일이다. 이렇게 구조조정을 한다고 회사가 다시 일어설 수 있을까? 머릿속에 그런 의문마저 떠올랐다.

아니다. 다른 사람은 몰라도 나는 그런 생각을 하면 안 된다.

미카미는 다시 마음을 추슬렀다. 머릿속에 떠오른 의문을 억지로 봉인한 그는 탁자에 있는 해고자 목록을 펼치고, 다케모토의 이름 앞에 표시를 했다.

다음 해고자는······.

노크 소리가 들린 것은 그가 다시 해고자 목록을 들여다보았을 때였다. 얼굴을 내민 사람은 뜻밖의 인물이었다.

"만다, 무슨 일이야?"

"잠깐 들어가도 되겠습니까?"

"그래, 거기 앉아."

소파를 권하자 만다는 긴장한 얼굴로 앉았다. 키도 크고 체격도 좋은 남자가 생산부 직원에게 지급하는 유니폼을 입고 두 손으로 모자를 꽉 쥐고 있는 모습은 어딘지 모르게 귀엽게 보였다.

"지난번에는 팔꿈치 건으로 신경을 쓰게 해서 죄송합니다."

고개를 숙이는 만다를 보고 미카미가 웃으면서 대꾸했다.

"난 또 뭐라고. 그것 때문에 일부러 온 건가? 얘기는 다이도 감독에게서 들었어. 부상을 입었으니 어쩔 수 없지 뭐. 지금은 푹 쉬면서 확실히 낫도록 신경 써."

"감사합니다."

이야기가 끝나도 만다는 밖으로 나가지 않고, 잠시 고개를 숙인 채 우물쭈물했다.

"만다, 무슨 일······."

다음 순간, 미카미는 흠칫 놀라며 뒷말을 집어삼켰다. 만다의 눈에서 커다란 눈물방울이 흘러내린 것이다. 뚝뚝 떨어지는 눈물을 오른팔로 닦으면서 만다는 떨리는 목소리로 말했다.

"부장님, 회사를…… 그만두고 싶습니다. 지금까지 정말로 신세 많이 졌습니다. 그동안 감사했습니다."

"뭐?"

생각지도 못한 상황에 미카미는 할 말을 잃어버리고 멍한 표정을 지었다.

"잠깐만 기다려."

미카미는 겨우 그렇게 말하고, 눈물로 뒤범벅이 된 만다의 얼굴을 똑바로 바라보았다.

"다이도 감독은 팔꿈치가 나을 때까지 기다려주겠다고 했어. 섣불리 결정할 필요는 없잖아?"

"그럴지도 모릅니다. 하지만…… 여자친구와 이야기해봤습니다. 1년이나 기다려주셨는데, 만약 팔꿈치가 낫지 않으면 어떻게 되냐고. 그러면 그때까지 기다려준 감독님이나 야구팀 동료들, 회사에 더 큰 폐를 끼치게 됩니다. 더구나 낫는다고 해도 예전처럼 공을 던질 수 있을지 없을지 모릅니다. 지금까지 계속 야구를 해온 것은 어쩌면 프로야구 선수가 될 수 있을지도 모른다는 희망이 있어서였지요. 하지만 이번 일을 통해서 그것은 불가능하다는 걸 똑똑히 알았습니다."

콧물을 훌쩍인 만다는 미카미를 보더니 억지로 미소를 지으며 말을 이었다.

"이제 물러날 때라고 생각합니다. 그렇다면 당장이라도 새로운 인생을 살아야 하지 않겠습니까? 저는 야구의 꿈을 포기하겠습니다. 지금까지 따뜻하게 대해주셔서 감사합니다!"

소파에서 일어선 만다는 차려 자세를 하더니 깊숙이 고개를
숙인 채 한동안 움직이지 않았다.

"만다, 왜 그래? 야구를 계속하고 싶은 거 아니야?"
고가의 목소리가 감독실에 허무하게 메아리쳤다. 대답은 돌아
오지 않았다.
오후 1시가 지난 시각. 창문 너머에 있는 운동장에서는 야구팀
선수들이 모여서 외야를 뛰기 시작한 참이었다. 본래 그 안에 있
어야 할 만다는 지금 다이도의 책상 앞에 서서 고개를 숙인 채 입
술을 깨물고 있었다.
"감독님도 뭐라고 말씀 좀 하세요!"
다이도는 의자 등받이에 기댄 채 말없이 만다를 바라보았다.
이윽고 뺨을 부풀리며 커다란 한숨을 토해내더니 천천히 몸을
일으킨 뒤, 책상에 두 팔꿈치를 대고 만다를 올려다보았다.
"다시 생각할 수 없겠나?"
"조금 전에 미카미 부장님에게도 그만두겠다고 말씀드렸습니
다. 더는 회사나 야구팀에 폐를 끼치고 싶지 않습니다."
다이도는 눈을 감고 오랫동안 생각에 잠겼다. 그리고 눈을 떠
만다가 가져온 탈퇴서를 들더니, 그곳에 적힌 간단한 내용을 다
시 읽어보았다.
상당히 오랫동안 침묵한 끝에 다이도가 입을 열었다.
"알았어."
"감독님······!"

무슨 말인가 하려고 한 고가를 손으로 제지하고 다이도는 물었다.

"어떻게 할지는 정했나?"

"아니요……."

만다는 입술을 깨물었다. 얼빠진 녀석……. 만다의 옆얼굴을 향해 고가는 마음속으로 욕설을 퍼부었다. 좀 더 계산적으로 생각해! 그렇게 말해주고 싶었다. 팔꿈치가 나을 때까지 시간이 있으니까 그동안 재취직 자리를 찾으면 되잖아. 바보 아니야? 멍청해도 정도가 있지.

다이도가 물었다.

"야구를 그만두고 하고 싶은 일이 있나?"

"저는 라면을 좋아하니까 라면가게에 취직하려고 합니다. 나중에 여자친구와 둘이 라면가게를 하면 좋지 않을까 해서요."

다이도는 고개를 끄덕였다.

"하고 싶은 일이 있다는 건 좋은 일이지. 자네 인생이니까 어떻게 살지는 자네가 결정해. 하지만 이 말만은 해둘게. 야구를 그만둔 걸 종점이라고 생각하지 마. 이건 어디까지나 통과점에 불과해. 지금까지 해온 경험은 앞으로 남은 인생에서 얼마든지 살릴 수 있어. 인생에 쓸데없는 경험은 없으니까. 그렇게 믿고 살아가게."

다이도는 일어서서 오른손을 내밀었다.

"지금까지 수고 많았어. 고마워."

2

"앞으로도 최선을 다할 테니까 계속해서 잘 부탁합니다."

호소카와는 깊숙이 고개를 숙였지만, 도요카메라의 구매부장인 오쓰키 마사유키의 반응은 냉랭하기 이를 데 없었다.

"호소카와 사장님, 최선을 다하겠다니! 그런 말로 때우시려고요? 우리가 원하는 건 그런 말이 아니라 구체적인 제안입니다!"

"알고 있습니다. 이 정도면 되겠습니까?"

호소카와는 옆에 있던 도요오카가 건네준 새로운 제품의 규격 일람표와 견적을 재빨리 탁자 너머로 내밀었다.

"지금 도요카메라에 제공하고 있는 이미지센서를 개선한 제품입니다. 단가는 저희 회사에서 할 수 있는 한 최대한 낮췄습니다. 한번 검토해주시겠습니까?"

오쓰키는 서류를 들고 힐끔 쳐다보더니, 옆에 내려놓고 여봐란 듯이 한숨을 쉬었다.

"지금 이걸로 된다고 생각하십니까? 이 규격은 기존 제품과 별 차이가 없잖습니까? 아무리 저렴해도 이걸 신제품에 채택할 수는 없습니다."

결국 아오시마제작소에서 신형 이미지센서가 나오지 않는 한, 아무리 가격이 저렴해도 안 된다는 뜻이다.

도요오카가 말했다.

"오쓰키 부장님, 한두 해 거래해온 관계가 아니잖습니까? 카메라 입문자 모델이라면 이 규격으로도 충분하지 않을까요? 가격적인 메리트도 있고요."

하지만 오쓰키로부터 돌아온 것은 날카로운 질책이었다.

"그쪽 회사는 최선이 아닌 제품을 파나? 사운을 건 신제품에 이렇게 어정쩡한 부품을 탑재하란 말이냐고! 지금 장난해? 우리는 살아남기 위해 안간힘을 다하고 있어. 필요한 타이밍에 필요한 제품을 내놓아야 진정한 기술력이 있다고 할 수 있지 않겠나?"

대꾸할 말이 없어 무거운 침묵이 이어졌다.

본래라면 이번 가을부터 신제품에 탑재할 이미지센서를 생산 라인에 올릴 계획이었다. 그러기 위한 인원과 생산 라인은 이미 확보해놓았다. 그곳에 구멍이 뚫리면 아오시마제작소가 입을 상처는 상상도 할 수 없다. 공장 폐쇄, 종업원의 대량 해고, 기술개발 의욕 저하……

위가 뒤틀리는 고통을 느끼고 호소카와는 얼굴을 찡그렸다.

미쓰와전기와의 합병…… 반도의 제안이 아오시마제작소를 위한 구원의 손길처럼 여겨졌다.

도요오카가 다시 오쓰키에게 매달리며 사정했다.

"오쓰키 부장님, 미쓰와 센서의 규격을 가르쳐주실 수 없겠습니까? 신제품은 아직 개발 중이지만, 기존의 센서를 미쓰와와 똑같은 규격까지 끌어올릴 수 있을지도 모릅니다. 그렇다면 검토해주실 수 있지 않습니까?"

오쓰키는 즉시 뿌리쳤다.

"그건 안 돼. 미쓰와는 아직 규격을 공개하지 않았어. 그걸 우리가 말하면 정보 유출이 되잖나?"

도요오카는 힘없이 어깨를 떨어뜨렸다. 여기서 더 매달린다고 해서 들어줄 상대가 아니다. 타개할 수단도 없어 지금은 "다시 오겠습니다"라고 말하며 그 자리를 떠나는 수밖에 없었다.

회사로 돌아오는 차 안에서 도요오카가 말했다.

"미쓰와가 이렇게 위협이 되리라곤 생각도 못했습니다."

'나도 마찬가지야'라고 호소카와도 생각했다.

미쓰와전기는 크게 두 부문으로 나누어져 있다. 주력 사업인 반도체 부문과 지금까지 짐덩어리에 불과했던 전자 부문이다. 반도 사장이 발표한 미쓰와의 중기계획에 전자 부문의 강화가 있다는 것은 합병 제안을 받고 처음 알았다. 도요카메라에 팔려고 하는 신형 이미지센서는 전자 부문을 주력 사업으로 성장시키기 위한 전략 제품임이 틀림없다.

"그런데 미쓰와는 왜 전자 부문을 강화하려고 할까요? 그 때문에 괜히 우리만 골치 아프게 됐습니다."

원망스럽다는 듯이 도요오카가 말했다.

"미쓰와에 이기기 위해서는 가격보다 성능으로 승부하는 수밖에 없어."

호소카와는 그렇게 말했지만 시간적으로 불가능하다는 것을 이미 알고 있었다. 이유야 어떻든 기술력을 표방하는 회사가 기술에서 패배하면, 그것은 진정한 패배이고 모든 게 끝이다. 그러면 미쓰와전기와의 합병이 현실로 다가오게 될 것이다.

아오시마제작소는 지금 운명의 갈림길에 서 있었다.

아사히나가 아무런 예고도 없이 사사이의 집무실을 찾아왔을 때, 심상치 않은 일이 있다는 것은 그의 안색만 보아도 알 수 있었다.

아사히나는 감정이 즉시 얼굴에 나타나는 타입이다. 그는 안으로 들어오자마자 창백한 얼굴로 다급하게 말을 꺼냈다.

"방금 놀라운 이야기를 들었습니다. 실은 제 대학 친구가 모리모토증권에서 미쓰와전기를 담당하고 있거든요."

생산부에서 무슨 문제라도 있었나 했던 사사이는 뜻밖의 이야기를 듣고 무심코 되물었다.

"모리모토? 거긴 미쓰와전기의 상장 주관사였잖나?"

"그렇습니다. 친구 말에 따르면 지금 미쓰와의 사내에서 근본적인 업계 재편이 필요하다는 이야기가 나오고 있다고 합니다."

"힘든 건 미쓰와도 마찬가지라는 건가?"

급하게 보고할 것이 무엇인가 했더니 미쓰와전기도 힘들다는 것인가? 그런데 아사히나의 말은 생각지 못한 곳으로 흘러갔다.

"그 친구가 실수로 무심코 말했는데요, 미쓰와전기 경영진에서 우리 회사와 합병을 하는 게 어떻겠냐는 이야기가 나왔다고 합니다."

사사이는 등줄기를 쭉 펴고, 뼈가 불거진 가느다란 목을 꼿꼿하게 세웠다. 그리고 책상 앞에 서 있는 아사히나를 아연한 얼굴로 바라보며 자기도 모르게 되물었다.

"그게 정말인가?"

"호소카와 사장에게는 이미 제안을 했을 거라고 합니다."

아사히나의 말을 듣고 사사이는 잠시 생각에 잠겼다.

"사장은 합리주의자야. 그쪽이 유리하다고 판단하면 그렇게 할 수도 있어."

사사이의 누리끼리한 눈동자가 아사히나도 아니고 아사히나의 등 뒤의 벽도 아닌, 어중간한 곳에 초점을 맞췄다.

"만약 그렇게 되면 기업 규모로 볼 때 미쓰와가 주도권을 쥐겠지. 우리 쪽 임원들은 모두 찬밥 신세가 될 거야."

"어떡하면 좋죠? 사장에게 맡겨두면 우리는 끝입니다……."

사사이는 낭패스러워하는 아사히나를 타이르듯 말했다.

"아사히나, 진정해. 가령 사장이 합병에 찬성해도, 내가 그렇게 만들지 않을 거야. 반드시 저지하겠어!"

3

저녁 무렵, 창문 쪽으로 의자를 돌린 호소카와는 공장의 지붕과 어두워지는 하늘, 정원에 활짝 핀 왕벚꽃을 멍하니 바라보았다.

재패닉스를 비롯해 거래처의 잇따른 생산 축소, 난항을 거듭하고 있는 도요카메라의 수주…….

"나쁜 일은 한꺼번에 온다더니, 이만한 악재가 잘도 한꺼번에 밀어닥치는군."

엎친 데 덮친 격의 악재 속에서, 자기도 모르게 제3자 같은 말이 튀어나왔다. 2차에 이르는 구조조정으로 이 위기를 극복할 수 있을지, 호소카와도 알 수 없었다.

4월에 접어들면서 새로운 회계연도가 시작되었지만, 지금부터 수주가 회복된다고 해도 이번 회기 실적은 험난하리라. 도요카메라의 수주 동향에 따라서 다음 회기 이후에도 어두운 먹구름이 드리울지 모른다.

"미쓰와와 하나가 되어야 하나?"

실적 회복의 실마리가 잇따라 멀어지는 가운데, 그의 고민은 점점 더 깊어졌다.

살아남을 수 없다는 이유만으로 미쓰와전기와 합병하고 싶지는 않다. 대등 합병이 아니라 구제 차원의 합병이라면 진정한 의미에서 살아남았다고 할 수 없기 때문이다. 하지만 사방이 꽉 막힌 사면초가 상태에 빠지면 이것저것 따질 수가 없다. 구제 차원의 합병이 되기 전에 합병에 합의하면 조금 편해지지 않을까?

하지만 아무리 생각해도 미쓰와전기와 합병한 후의 회사 모습이 그려지지 않았다. 독불장군 같은 반도와 어떻게 절충해야 할까? 아무리 머리를 짜내도 답이 나오지 않았다. 그는 반도만큼 집요하지도, 악착스럽지도 않다.

상황에 떠밀려 괴로움에서 벗어나기 위해 합병을 선택할까? 구조조정으로 버티며 새로운 활로를 찾아볼까? 그 사이에서 호소카와는 머리를 감싸고 고민하고 있었다.

한숨을 내쉬며 일어선 그는 사장실을 나와 공장으로 향했다. 관리과에 얼굴을 내밀고 나서 생산 라인으로 발걸음을 돌렸다. 현장을 돌아다니는 것은 시간이 났을 때 스스로에게 부여한 고정 업무 중 하나였다.

현장에는 경영의 힌트가 넘쳐난다. 공장은 자극적인 곳이고 수많은 과제들이 쌓여 있다. 어느 것은 누구의 눈에도 보이는 중요한 문제로써, 또 어느 것은 쉽게 놓쳐버리는 경미한 징후로써.

별생각 없이 들여다본 직원식당에서 뜻밖에 아오시마의 모습을 발견한 것은 약 한 시간쯤 공장을 돌아다닌 후였다. 아오시마는 자동판매기에서 뽑은 커피를 책상 위에 놓고, 창밖의 운동장을 바라보고 있었다. 그곳에서는 열심히 연습하는 야구팀의 모습이 잘 보였다.

"오오! 배회하고 있나?"

아오시마가 호소카와를 힐끔 쳐다보며 말했다.

"회장님, 적어도 순회라고 말씀해주시겠습니까?"

아오시마의 농담에 쓴웃음으로 대답한 호소카와는 아오시마의 손짓에 따라 테이블의 맞은편에 앉았다. 근무 시간이라서 그런지, 넓은 직원식당에는 직원들의 모습이 보이지 않았다.

"공장을 보고 왔나? 좋은 일이야. 어떻던가?"

그라운드에 시선을 향한 채 아오시마가 물었다.

"볼 때마다 개선점이 눈에 띕니다. 이걸로 됐다는 건 하나도 없더군요. 쓸데없는 작업을 하는 직원도 적지 않았고요. 아직 개선의 여지가 있다고……."

아오시마가 재빨리 호소카와의 말을 가로막았다.

"사람을 더 줄일 수 있겠나?"

인원 감축을 에둘러 비판하는 것인가? 하지만 아오시마의 옆얼굴은 매우 평온해 보였다.

"그렇습니다. 인건비는 최대의 비용이니까요."

공을 던지고 치고 달린다. 아오시마는 그런 단순한 동작이 되풀이되는 그라운드에 시선을 고정한 채, 한동안 대답하지 않았다.

"그걸로 실적 회복의 전망이 설 것 같나?"

"솔직히 말씀드려서 상황이 너무 안 좋습니다. 새로운 사업이 나오지 않는 이상, 비용은 한계까지 줄일 수밖에 없을 것 같습니다. 비정하다고 여기실지도 모르겠지만 그걸 결단하는 것도 경영자의 일이고요."

그라운드를 응시한 채 아오시마가 말했다.

"그렇겠지. 하지만 회사만 이익을 올리면 될까? 우리 공장이 만드는 건 돈벌이를 위한 제품만이 아닐세. 일하는 사람들의 인생이고 꿈이지. 지금 이 회사의 직원으로 일하면서 꿈을 가질 수 있을까? 그들에게 꿈과 행복을 주는 것도 역시 경영자의 일이라고 생각하네만."

아오시마의 말에는 가슴을 찌르는 날카로운 가시가 박혀 있었다.

"그게 회장님께서 말씀하시는 '이즘'입니까?"

아오시마는 희미하게 웃을 뿐이었다. 그러나 그 말은 호소카와의 가슴속에 깊숙이 박혔다. 호소카와는 그동안 오직 실적을 올리는 것에 혈안이 되어 있었다. 회사는 돈을 벌지 않으면 안 된다는 신념이 있었기 때문이다.

하지만 아오시마는 한 걸음 더 들어간 부분까지 생각하고 있었다. '회사가 돈을 벌어도 직원이 불행하면 의미가 없다. 직원을 행복하게 만들어야 비로소 경영이 성공했다고 할 수 있다'라고.

물론 그것이 정답이리라.

하지만…….

호소카와는 즉시 명백한 모순에 부딪혔다. 지금은 인원을 정리하지 않을 수 없는 상황이고, 그것은 직원의 행복으로 이어질수 없다. 이런 상황에서 이상론을 부르짖는 것에 어떤 의미가 있을까?

호소카와가 얼굴을 일그러뜨리며 말했다.

"회장님, 저는 지금 인원 감축을 추진하지 않을 수 없습니다. 죄송하지만 직원에게 꿈과 행복을 주는 건 잠시 뒤로 미뤄야 할것 같습니다."

"회사를 경영하다 보면 항상 편할 때만 있는 건 아닐세. 인원을 정리해야 할 때도 있겠지. 하지만 그런 때라도 직원을 인간으로서 존중하는 마음이 필요하지 않겠나? 내가 하고 싶은 말은 그걸세. 자네에게는 그런 마음이 있나?"

말투는 온화하지만 그 질문은 호소카와의 가슴에 날카롭게 박히며 다른 말을 할 수 없었다.

"회장님, 좋은 말씀 감사합니다."

이윽고 가볍게 고개를 숙인 호소카와는 계속 창밖을 바라보는 노(老)경영자의 곁을 조용히 떠났다.

마침 업무의 종료를 알리는 벨이 울린 직후라서 그런지, 생산라인에서 올라온 직원들이 복도를 걷고 있는 호소카와를 추월해갔다. 조심스럽게 둘러보자 생각 탓인지 누구라도 얼굴에 회사에 대한 불만이 숨어 있는 것처럼 보였다.

그는 사장이 되어도 컨설턴트 시절과 똑같은 사고방식으로 회사를 보았다. 그곳에는 실적을 나타내는 숫자는 있어도 직원들의 인생과 미래를 바라보는 따뜻한 시선은 없었다. 그것이 창업자인 아오시마와 호소카와의 차이였던 것이다.

일하는 것은 살아 있는 사람이지 부품이 아니다. 모두 알고 있다고 생각했는데, 나는 지금까지 모든 것의 효율만 따졌는지도 모른다…….

"사장님."

그때 누군가가 부르는 소리를 듣고 호소카와는 걸음을 멈추었다. 뒤를 돌아보자 여직원이 수줍은 미소를 지으며 서 있었다. 어디서 봤더라? 얼굴을 본 적이 있지만 이름은 생각나지 않았다. 입고 있는 작업복을 보아하니 생산 라인에서 일하는 직원 중 한 명인 것만은 분명했다.

"시간 있으시면 다음에 야구팀 응원을 오시지 않겠어요? 저희가 응원단을 만들었거든요."

그녀의 뒤쪽에 기대감으로 눈을 반짝이며 미소를 짓는 젊은 직원이 몇 명 있었다.

"응원단?"

"저희가 치어리딩을 하거든요."

호소카와는 새삼스레 그들을 둘러보았다.

직원이 준 티켓에는 '도시대항야구 도쿄 1차 예선'이라고 인쇄되어 있었다. 경기장은 후추시민구장이고, 대전 상대는 도쿄베이스볼클럽이다.

"반드시 이길 거예요. 꼭 오셨으면 좋겠어요!"

직원들은 그렇게 말하며 고개를 숙였다.

야구팀이라……. 어제 임원회의의 한 장면이 뇌리를 가로질렀지만 호소카와는 미소를 지으며 말했다.

"그래, 가지."

야구에는 관심이 없다. 하지만 반드시 이긴다……. 그렇게 믿고 있는 직원들의 마음이 미소를 자아내게 했다.

"자네들의 치어리딩도 기대하고 있을게. 열심히 하게."

"고맙습니다!"

힘차게 대답하고 그 자리를 떠나는 직원들의 모습을 바라본 순간, 호소카와의 가슴에 이날 처음으로 따뜻함이 흐르기 시작했다.

4

"과장님, 이제 슬슬 석례가 시작돼요."

부하직원인 기다 다마코가 데리러 온 것은 오후 5시 반이 지난 무렵이었다.

업무가 끝나고 하는 저녁 행사라서 조례가 아니라 석례(夕禮)라고 한다. 매일 하는 행사가 아니라 인사이동처럼 특별한 일이 있을 때만 가끔 하는 행사였다.

"그래, 지금 갈게."

나가토는 쓰고 있던 노안경을 내리고, 익숙지 않은 사무 업무로 인해 딱딱하게 굳은 어깨를 돌렸다. 일어서려고 하다가 책상 위에 펼쳐져 있던 인사고과표를 황급히 뒤집었다. 깜빡하고 펼쳐 놓았다가 직원들이 보기라도 하면 큰일이다. 누구를 해고해야 할지 검토하고 있는 중이었다.

추가 구조조정이라고 하면서 아사히나 부장이 할당한 포장과의 해고 인원은 세 명이었다. 과원이 전부 열다섯 명이니까 다섯 명에 한 명은 해고해야 한다.

해고 대상자를 올리라고 해서 오후 내내 생각해 보았지만 딱히 실수도 하지 않은 직원을 해고하는 것은 참으로 우울한 일이었다. 그래서 그런지 최근에 그를 바라보는 직원들의 눈초리까지 살벌해진 것 같다는 생각이 들었다.

사무용 소형 부스에서 나온 그는 포장용 자재가 쌓여 있는 통로를 지나, 석례를 할 때 사용하는 공장의 한쪽 구석으로 향했다. 정신없이 뛰어온 이누히코와 부딪힐 뻔한 것은 하물 반입용 문 앞을 지나칠 때였다.

"아! 과장님, 죄송합니다."

아슬아슬한 곳에서 충돌을 피한 이누히코는 비틀거리면서 사과했다. 고개를 돌려 쳐다보니 흙 묻은 야구팀 유니폼 차림이다. 오후 1시가 지나 포장과 일을 내던진 뒤, 평소처럼 운동장에서 흙투성이가 되면서 훈련했던 모양이다.

"정신 차려! 눈은 어디다 두고 다녀!"

그렇게 호통을 친 순간, 나가토의 뇌리에 점심때 이누히코와 주고받은 대화가 떠올랐다…….

누구를 해고해야 할지 고민하고 있을 때, 노크 소리와 함께 이누히코가 얼굴을 내밀더니 웃으면서 말했다.

"과장님, 연습 다녀오겠습니다."

너무도 당연하다는 말투에 화가 나서 자기도 모르게 "웃지 마!"라고 소리쳤다.

예전에 응원단장을 했을 정도이니까 야구는 굉장히 좋아한다. 하지만 연습하러 가는 것을 당연하다고 생각하는 것 같아서 참을 수 없었다. 애초에 야구팀 선수로 있을 수 있는 것은 나가토를 비롯한 과원들의 이해와 협조 덕분이 아닌가.

그나마 다른 팀과 싸워서 승리한다면 이해할 수 있지만, 응원하러 가도 비참한 패배가 계속되는 상황에서는 연습하러 가라고 기분 좋게 보내줄 마음이 들지 않았다.

"너희 야구팀 녀석들은 머리를 폼으로 달고 다녀? 대체 생각이 있는 거야, 없는 거야? '연습, 연습'이라고 노래를 부르면서 회사가 어떻게 돌아가는지 알기나 하냐고! 야구팀이라고 해서 당연히 특별 대우를 받아야 하는 건 아니야! 알고 있어?"

고민이 많은 만큼 분노도 커져서, 그때는 자제하지 않고 속에서 솟구친 말을 그대로 쏟아냈다. 한편 야단을 맞은 이누히코는 갑자기 폭발한 나가토를 멍하니 바라보더니, 마치 꽃이 시드는 것처럼 얼굴이 흐려졌다.

"죄송합니다."

이누히코가 반박이라도 했다면 마음이 편했을 텐데, 순순히 사과하자 더욱 화가 치밀었다.

"그렇게 순순히 사과하려면 야구 같은 건 당장 때려치워! 자기가 하는 일에 자존심도 없어? 그런 식이니까 맨날 지고 다니지!"

입술을 깨물고 잠시 침묵하더니, 이누히코는 고개를 숙이고 문 너머로 사라졌다. 그것이 점심때의 일이었다. 그때부터 계속 운동장에서 연습했으리라. 지금 이누히코는 흙 묻은 유니폼을 입은 채 한 걸음 뒤에서 나가토를 따라왔다.

"넌 올 필요 없어. 어차피 너희들은 따로 송별회를 할 거잖아. 이럴 시간에 연습이나 하는 게 어때?"

"아뇨, 그럴 수는 없습니다……."

두 사람은 출하 대기용 제품이 쌓여 있는 상자 사이를 지나갔다. 공장 안쪽의 넓은 공간에는 이미 100여 명의 직원이 모여서 석례의 시작을 기다리고 있었다.

나가토와 이누히코가 직원들 뒤에 섰을 때, 벽 쪽에 있던 모기 과장이 목소리를 높였다.

"여러분, 조용히 하시기 바랍니다! 그럼 지금부터 임시 석례를 시작하겠습니다. 먼저 아사히나 부장님께서 말씀하시겠습니다."

은발의 아사히나가 앞으로 나오더니 위엄이 깃든 눈으로 직원들을 둘러보았다.

"여러분, 업무가 끝나고 빨리 퇴근하고 싶을 텐데, 이렇게 모여줘서 감사합니다. 실은 오늘 아쉬운 소식을 전하게 됐습니다. 여기에 있는 만다 씨가……."

아사히나는 자신의 등 뒤에서 대기하고 있는 만다를 슬며시 쳐다보며 말을 이었다.

"오늘자로 회사를 그만두게 되었습니다. 만다 씨는 제조 공정 라인에서 헌신적으로 조립 업무를 해온 중요한 직원이고, 또한 야구팀 투수로서도 대단한 활약을 보여주었습니다. 이렇게 전도 유망한 인재를 잃어버리는 건 우리 회사에……."

마음에도 없는 말을 잘도 나불거리는군. 도저히 못 들어주겠네.

나가토는 욕이라도 퍼부어주고 싶었다. 아사히나가 야구팀을 싫어한다는 것은 모르는 사람이 없을 만큼 유명하다.

만다는 예전에 포장과에 있어서 나가토도 잘 아는데, 아사히 나는 툭하면 이런저런 트집을 잡아서 괴롭혔다. 그래놓고 이제 와서 헌신적으로 일했다는 등 대단한 활약을 보여주었다는 등 뻔뻔스럽게 말하는 모습을 보자 속에서 부아가 치밀었다.

"그러면 만다 씨, 이리 와서 그동안 한솥밥을 먹은 사람들에게 한마디 하게."

아사히나의 말이 끝난 뒤 사회자인 모기의 부름을 받고, 그때 까지 뒤에서 대기하고 있던 만다가 쭈뼛거리며 앞으로 나섰다.

"여, 여러분, 안녕하십니까. 마, 만다입니다."

딱딱하게 굳어서 말을 더듬는 바람에 사람들이 일제히 웃음을 터뜨렸다.

"오늘 바쁘신 가운데, 더구나 쏟아지는 비를 뚫고 저를 위해 이렇게 모여주셔서 진심으로 감사드립니다."

여기저기서 숨죽인 웃음소리가 들렸다. 그 웃음소리를 듣고,

그러고 보니 오늘 아침에는 비가 내렸군 하고 나가토는 생각했다. 하지만 지금 비는 그치고 창문밖에는 오렌지색 저녁노을이 자리하고 있었다. 아침에 적어놓은 인사말을 그대로 암기한 모양이지만, 연극적인 말투도 그렇고 지금 분위기와는 어울리지 않았다.

하지만 만다는 진지한 얼굴로 말을 이었다.

"프로야구 드래프트에서 제외되어 갈 곳도, 일할 곳도 없어서 막막하기만 했던 저에게 아오시마제작소는 야구를 계속하게 해주었습니다. 그 이후, 아오시마제작소를 위해서 최선을 다하기로 다짐하고 지금까지 야구를 해왔습니다. 하지만 결과는 별로 좋지 않았습니다. 그러던 와중에 팔꿈치를 다치는 바람에, 지금은 마음껏 공을 던질 수 없게 됐습니다. 마음속으로는 울분을 금할 길이 없습니다."

만다를 바라보는 직원들의 표정이 진지해지며 눈길에 연민이 담겼다.

"제 꿈은 여러분이 모두 응원하러 와주신 경기장에서 멋진 투구를 보여드리는 것이었습니다. 그런데 지난번 스포니치 대회에서 대량 득점을 허용하면서, 여러분의 기대에 부응할 수 없었습니다. 진심으로 죄송합니다."

깊숙이 고개를 숙인 만다를 멀찌감치 바라보면서 나가토는 그날의 투구 내용을 떠올렸다.

너무도 한심해서 욕이라도 퍼붓고 싶었지만, 팔꿈치에 문제가 있었다면 충분히 이해할 수 있다. 원래 성실한 녀석이다. 밤새 머리를 감싸고 혼자 고민했음이 틀림없다.

'얼마나 힘들었을까? 왜 그런 걸 혼자 고민하고 그래!'

나가토는 남몰래 탄식했다.

"저는 지난 2년간 계속 꿈을 꾸었습니다. 어쩌면 그로 인해 너무 지나치게 연습했을지도 모르겠습니다. 제게 없는 것을 가지기 위해 지나치게 발돋움을 했을지도 모르겠습니다."

만다는 그렇게 말하면서 왼손으로 부상을 입은 오른쪽 팔꿈치를 만졌다.

"이제 제 꿈은 제 손이 닿지 않는 곳으로 가버렸습니다. 저는 오늘자로 야구팀과 아오시마제작소를 떠나지만, 저기 있는 이누히코를 비롯한 야구팀 선수들에게 제 꿈을 맡기고 싶습니다."

만다의 입에서 '야구팀'라는 말이 나올 때마다 옆에서 듣고 있던 아사히나의 표정이 점점 일그러지는 것을 나가토는 지켜보았다. 입에 침이 마르도록 칭찬을 했지만, 아사히나의 본심은 이걸로 성가신 물건을 치울 수 있어서 다행이라고 생각하는 게 아닐까? 만다를 비롯한 야구팀 선수가 스스로 그만두지 않더라도 조만간 전원 해고할 테니까 그렇게 생각하는 것은 당연한 일이겠지만.

"마지막으로 여러분께 한 가지 부탁이 있습니다."

그렇게 말하더니 만다는 한 걸음 뒤로 가서 90도로 고개를 숙였다.

"부디 야구팀을 응원해주십시오. 이렇게 부탁드리겠습니다!"

그 자리에 있는 모든 직원이 어안이 벙벙한 모습으로 만다를 지켜보았다.

"이제 곧 도시대항야구의 예선전이 있습니다. 1차 예선이지만 가볍게 볼 수 없습니다. 이 경기만이라도 좋으니까 응원하러 가 주십시오."

고개를 숙인 만다를 바라보며 직원들은 술렁거리고 아사히나는 얼굴을 찡그렸다.

"야구팀 선수들은 모두 여러분의 사랑을 받는 야구팀이 되기를 원하고 있습니다. 마음 깊은 곳에서 그렇게 생각하고 있습니다. 제발 부탁합니다!"

계속 고개를 숙인 만다를 향해 이윽고 누군가가 손뼉을 치면서 소리를 질렀다.

"걱정 마! 응원 갈게!"

"나도 갈게!"

똑같은 목소리가 여기저기서 솟구치자 어느새 나가토의 마음이 따뜻해졌다. 만다의 말은 지금 같은 불황으로 침울하게 가라앉았던 직장 분위기에, 동료들의 따뜻한 온기를 떠올리게 만들어주었다.

직원이 내민 꽃다발을 받으며 뺨에 흐르는 눈물을 닦으려고도 하지 않는 만다의 송별회는 그것으로 끝났다.

정말 못 말려. 야구팀 녀석들은 어쩔 수 없다니까.

다시 자기 자리로 돌아가면서 나가토는 한숨을 쉬었다. 하지만 그렇게까지 원한다면 어디 한번 발 벗고 나서서 도와주기로 할까?

5

"어떠십니까? 지난번에 말씀드린 건은 검토하고 계신가요?"

반도의 말투는 부드러웠지만 의문형의 어미에 깃든 미세한 불만을 호소카와는 놓치지 않았다. 미쓰와전기와의 합병 건이다.

왜 '예스'라고 말하지 않지?

반도는 그렇게 말하고 싶은 것이다.

고급 주택이 즐비한 모토아자부의 이탈리안 레스토랑이었다. 고급 레스토랑의 개별실로, 종업원과 주고받는 이야기로 볼 때 모로타의 단골 레스토랑임은 쉽게 알 수 있었다.

"물론 검토하고 있습니다. 조금만 더 시간을 주시면 확실하게 대답해드리겠습니다."

호소카와는 정중하게 대답했지만 반도의 얼굴에서 떨떠름한 표정이 사라지지 않았다.

"호소카와 사장님, 벌써 한 달 가까이 지났습니다. 스피드 경영은 너무나 당연해서 이미 사어(死語)가 되고 있는 시대입니다. 너무 오래 끄는 것 아닙니까? 도대체 문제가 뭡니까?"

"미쓰와전기와 합병했을 때 어떤 상승효과가 있을지, 확실하게 파악하고 나서 결론을 내리고 싶습니다."

반도는 노골적으로 불쾌한 표정을 지었다.

"사장님의 진심을 말해주시겠습니까? 사장님은 이 이야기를 긍정적으로 생각하십니까? 아니면 부정적으로 생각하십니까? 그 정도는 명확하게 해주실 수 있겠지요? 그것도 모르면서 계속 기다리는 건 너무 힘든 일이니까요."

"지금으로선 어느 쪽도 아닙니다. 결론이 나오면 즉시 대답하겠습니다."

이제 막 구조조정에 착수한 참이고, 솔직히 말하면 결론을 내릴 만한 결정적인 확신이 부족하다. 두 사람의 대화를 듣고 있던 모로타가 옆에서 끼어들었다.

"호소카와 사장, 이렇게 좋은 혼담은 다시는 없을 걸세. 미쓰와가 내민 손을 잡지 않으면 그쪽만 손해야. 지금처럼 혹독한 상황이 언제까지 계속될지 몰라. 설령 경기가 회복된다고 해도 이런저런 요인으로 또 똑같은 사태가 벌어질 수도 있고. 위기가 곧 기회란 말도 있는데, 지금 서로 손을 잡으면 굳건한 회사로 다시 태어날 수 있지 않겠나?"

호소카와가 신중하게 대답했다.

"모로타 사장님 말씀이 맞는다고 생각합니다. 개인적으론 이런 제안을 해주셔서 굉장히 고마워하고 있습니다. 그런데 반도 사장님, 한 가지 여쭤봐도 되겠습니까? 지난번에는 너무나 놀라서 못 여쭤봤습니다만, 사장님께서는 왜 합병 상대로 저희를 선택하셨습니까?"

호소카와는 근본적인 의문을 제기했다. 이 제안을 검토하기 시작했을 때부터 계속 품고 있던 의문이기도 했다.

반도가 사무적으로 대답했다.

"서로의 장래성을 생각해서 결정했지요. 성장 잠재력이 있는 회사끼리 하나가 되는 건 좋은 일이지 않습니까? 그런 생각을 가지고 업계를 둘러보니까 아오시마제작소밖에 없다는 생각이 들더군요."

"말씀만이라도 감사합니다."

말은 그렇게 했지만 호소카와의 가슴속에는 석연치 않은 응어리가 남았다. 수많은 전자부품 제조업체 중에서 아오시마제작소의 성장 잠재력이 가장 높다는 말을 듣고 순순히 고개를 끄덕일 수는 없었다.

설명이 부족했다고 여겼는지 반도가 다시 덧붙였다.

"한 가지가 더 있습니다. 이렇게 말하면 좀 그렇지만 서로 규모가 어중간하다는 점도 작용했습니다. 경영을 통합했을 때, 규모의 메리트는 상당히 크지요. 재무 상황이나 영업 기반이 강해지면 지금까지 없었던 경쟁력이 생기니까요. 지금은 여기 있는 재패닉스를 비롯해 여러 회사에서 서로 치열한 경쟁을 벌이고 있지만, 두 회사가 손을 잡고 하나가 되면 비용을 줄여서 더욱 저렴한 제품을 시장에 제공할 수도 있겠지요. 두 회사가 단독으로 살아남는 길을 모색하기보다 훨씬 효율이 좋지 않겠습니까?"

효율이라…….

그것을 위해 얼마나 많은 직원들을 희생해야 할까. 호소카와는 가느다란 숨을 내쉬면서 레스토랑의 벽을 말없이 노려보았다.

"지금은 상황을 지켜보는 수밖에 없겠지만 상당히 신중한 사람이군."

호소카와를 태운 택시의 뒷모습을 바라보고 나서 모로타가 말했다. 모로타는 "나와 반도는 한잔 더 하고 가겠네"라고 하면서 호소카와를 돌려보낸 뒤, 반도와 같이 다시 레스토랑 안으로 돌아왔다.

반도가 부루퉁한 얼굴로 비아냥거렸다.

"이 정도로 미적거리는 걸 보면 결단력이 부족한 것 아닌가?"

"내가 보기엔 후각이 날카로운 것 같은데? 미쓰와와 하나가 되면 아오시마의 기업 문화는 180도가 아니라 360도 바뀌니까 말이야."

"말이 너무 심한 것 아냐? 그렇게까지 말할 필요는 없잖아?"

반도가 입술 끝을 비틀며 웃었다.

"그런가?"

모로타는 와인잔을 손에 든 채, 반도가 눈치채지 못하도록 얼굴을 찡그렸다.

반도가 웃음을 거두고 말했다.

"그보다 모로타. 이건 내 느낌인데, 아무래도 이대로 내버려두면 흐지부지될 것 같아. 서둘러 다른 방법을 써두는 게 좋겠어."

모로타의 눈썹이 꿈틀거렸다.

"오호? 구체적인 방법이라도 있나?"

"아오시마에는 사외에 대주주가 있지."

모로타는 말없이 눈으로 이야기를 재촉했다.

"기도 가문이라고, 아오시마 회장의 모친 집안이 있거든. 그 집안의 중심적인 인물이랄까, 구체적으로 말하면 할머니인데, 그 사람이 아오시마제작소 주식의 30퍼센트를 가지고 있어."

"대모(代母) 같은 건가?"

"아오시마제작소의 가장 큰 약점은 주주 구성이야. 회장인 아오시마가 가진 주식은 전체의 30퍼센트. 기도 가문과 합쳐서 과반수를 유지하고 있는데, 대주주들은 회사 경영에 직접 관여하지 않는 먼 천척이라서 결속이 끈끈하다고 할 수는 없네. 그런 사람들에게 우리와의 합병 이야기는 메리트가 있지 않겠나?"

모로타는 술을 입으로 가져가면서 말했다.

"아오시마는 비상장기업이니까 혹시 합병해서 상장시키겠다고 약속할 생각인가?"

"그렇게 되면 주식이 많지 않은 주주라도 수천만 엔, 또는 수억 엔이라는 돈이 손에 들어오지. 비상장기업에서는 고만고만한 배당금을 받을 뿐이지만, 상장하면 그 즉시 종잇조각이 돈으로 바뀌니까 말이야. 일종의 연금술이지."

반도의 득의양양한 미소를 보고 모로타는 눈을 동그랗게 떴다.

"반도, 굉장해! 자네다운 생각이야. 그런데 자네는 돈이라면 사람을 바꿀 수 있다고 생각하나?"

"당연하지. 이 세상에 돈을 싫어하는 사람이 어디 있겠나?"

반도는 그런 자신의 신념을 조금도 의심하지 않는 듯했다.

"그 대모란 사람과는 면식이 있나?"

"아니. 하지만 기도 시마라고, 꽤 알려진 경영자거든. 기도에 스테이트라는 부동산회사를 들어본 적이 없나? 그 회사의 사장이지."

기도 시마는 지방의 작은 부동산회사에 불과했던 회사를 남편의 사망으로 이어받자마자 눈 깜짝할 사이에 크게 키웠을 뿐만 아니라, 지금은 호텔까지 가지고 있는 등 직원 수천 명의 회사를 경영하고 있는 여걸이다. 경제 잡지에 자주 등장하는 유명인이기도 해서, 모로타도 당연히 이름은 알고 있었다.

모로타가 눈을 크게 떴다.

"아아, 그 회사 말이야? 그런데 어떻게 설득할 생각인가?"

"방법은 있어. 다만……."

반도는 모로타를 뚫어지게 바라보며 덧붙였다.

"우리가 아무리 노력해도 이야기가 뒤틀릴 수 있어. 그러면 자네 얼굴에 먹칠을 하는 거나 마찬가지니까 재패닉스에서도 그에 걸맞게 대응해줬으면 좋겠어."

"그에 걸맞게 대응해달라고? 예를 들면 어떤 거지?"

"아오시마에 발주한 물량을 우리 쪽으로 돌려줄 수 없겠나?"

모로타는 말없이 반도를 바라보았다. 머릿속 한쪽에서 재빨리 계산기를 두들겼음이 틀림없지만 그것을 얼굴에 드러내지는 않았다.

모로타가 조용히 입을 열었다.

"메리트는? 내 얼굴에 먹칠을 했다고 해서 거래를 중단할 수는 없거든. 경단련 부회장을 맡다 보면 이런저런 체면을 신경 써야 할 때도 있으니까 말이야."

반도는 마음속으로 움찔거렸지만 태연함을 가장하고 말했다.

"물론 그렇게 해도 말이 나오지 않도록 우리도 최선을 다할 거야. 아오시마와 경합하는 부품에 대해서는 그쪽보다 싸게 납품

하지. 그러면 어떻겠나?"

모로타는 대답이 쓰여 있기라도 한 것처럼 손에 든 술잔을 가만히 응시했다.

"더 싸게 납품한다면 회사 내부에서도 문제는 없겠지. 하지만 그렇게 되면 아오시마는 곤경에 처할 거야."

반도는 심술궂게 미소를 지었다.

"당연히 곤경에 처하겠지. 하지만 걱정할 필요는 없어. 그때는 우리가 아오시마에 도움의 손길을 내밀면 되니까."

"기업 매수라는 도움의 손길 말인가?"

반도가 나지막하게 웃었다.

"글쎄, 거기까진 아직 모르지."

"그런데 이해할 수 없는 게 있네. 다른 회사의 주주에게까지 접근해서 아오시마와 합병하고 싶다는 이유 말이야. 아무리 생각해도 이해가 안 되는군. 물론 아오시마 쪽에서 보면 규모가 큰 미쓰와와 합병하면 여러 가지 이점이 있을 수도 있어. 하지만 아까 호소카와가 물었던 것처럼 규모가 작은 아오시마와 하나가 된다고 해서, 미쓰와에게 그렇게 상승효과가 있으리라곤 생각되지 않네. 자네의 진짜 목적은 뭔가?"

잠시 입을 다문 반도의 입에서 그답지 않은 말이 흘러나왔다.

"구태여 말하자면 기술개발력이랄까?"

"기술개발력? 기술이라면 미쓰와전기도 뒤지지 않잖아? 연구개발비도 아오시마 따위는 상대가 안 될 만큼 쏟아붓고 있고."

"물론이야."

반도는 가슴을 펴고 당당하게 대답했다. 하지만 눈에는 석연치 않은 감정 한 조각이 배어 있었다.

"그런데 자존심 상하긴 하지만 기술적인 면에서 볼 때, 아오시마 제품에 미치지 않는 제품도 있어. 우리 회사에 결정적으로 부족한 게 있다면 바로 창의력이지."

모로타는 은밀히 숨을 들이마시며 반도를 응시했다. 자존심 강한 이 남자가 규모에서 뒤떨어지는 아오시마의 기술개발력이 자기 회사보다 뛰어나다고 인정한 것이다. 그렇게 말하지 않을 수 없는 이유가 있기 때문이리라. 그것은 과연 무엇인가.

"기술개발력을 제외하면 아오시마는……?"

모로타의 질문을 받고 반도는 토해내듯 말했다.

"쓰레기지."

6

도시대항야구의 1차 예선을 앞두고 지금 막 회의가 시작되었다.

"진정한 승부는 지금부터야."

회의를 마무리하면서 이사카는 유리문이 달린 장식장을 보면서 그렇게 말했다. 우승 트로피와 상패, 기념사진이 쭉 진열된 장식장은 영광스러운 아오시마제작소 야구팀의 궤적을 오늘날에 전해주고 있는 상징이나 마찬가지였다.

1차전 상대인 도쿄베이스볼클럽은 예전에 도쿄 대표가 된 적도 있는 강적이다. 작년 성적은 부진했지만 올해는 대학야구에서 활약한 선수를 중심으로 보강해서, 명문 야구팀의 부활이라는 소리를 듣고 있는 다크호스다.

도시대항야구의 도쿄 대회 1차 예선은 18개 팀을 두 구역으로 나누어 토너먼트 방식으로 진행된다. 각 구역의 1위 팀과, 상위를 차지한 팀의 패자부활전에서 이긴 두 팀 등 네 팀이 2차 예선으로 나아갈 수 있다.

아오시마제작소가 속한 A구역에서는 아오시마제작소와 도쿄 베이스볼클럽의 실력이 가장 뛰어나서, 사실상 2차 예선 진출 결정전이라고 할 수 있었다. 그런 두 팀이 1차전에서 격돌하는 만큼, 가혹한 운명의 장난에 한숨이 나올 것 같았다.

"춘계대회에서 이겼으면 좋았을걸."

그렇게 말한 사람은 엔도였다. 그러자 이사카가 팔짱을 낀 채 타이르듯 말했다.

"엔도, 모든 건 생각하기 나름이야. 우리는 이제 겨우 싸우는 방법을 완성했잖아? 갑자기 2차 예선에서 강호와 부딪치기보다 1차 예선에서 몇 경기를 치르는 편이 경기에 대한 감을 익힐 수 있어."

"탈락의 위험을 무릅쓰고 말이야?"

그들의 대화를 듣고 있던 사루타는 이미 본선에 임한 것처럼 무서운 표정을 지었다.

"1차 예선에서 탈락할 실력이라면 어차피 본선에서 살아남을 수 없어. 춘계대회하곤 달라. 우리 팀은 점점 성장하고 있어."

그 말이 맞는다고 고가도 생각한다. 새로운 선발 선수들이 제대로 돌아가기 시작하고, 여기에 오키하라가 들어오면 가장 큰 문제인 투수력도 보강할 수 있다. 고가가 보기에 지금은 감독 교체와 에이스, 4번 타자가 빠진 구멍을 완전히 메우고도 남았다.

한편 다이도는 1차 예선에서 싸울 상대 팀의 연습경기까지 직접 보면서 자세한 데이터를 모으고 있다. 선수층과 투수의 습관, 공의 배합에 이르기까지 데이터베이스가 착실히 쌓이고 있었다.

사루타가 물었다.

"그런데 가장 중요한 오키하라는 언제부터 합류할 수 있어?"

"실은…… 정확한 건 아직 잘 모릅니다."

고가는 얼굴을 약간 찡그리며 대답했다. 오키하라의 야구팀 합류에 생산부가 반발하고 있는 것이다.

"미카미 부장님이 생산부를 설득하고 있지만, 얼마 되지 인원으로 돌아가고 있어서 로테이션에 문제가 있나 봅니다."

야구팀에서 오키하라를 데려가려면 한 명을 충원해달라―이것이 생산부의 주장이지만, 인원을 정리하고 있는 지금의 상황에서는 모순되는 이야기로 들릴 수밖에 없다.

"조금만 더 시간을 주세요. ……오키하라, 너도 마찬가지야."

뒷말은 회의에 참석해 식당의 한쪽 구석에 앉아 있는 오키하라에게 한 말이었다. 지난 2주 정도, 오키하라는 오후 5시까지 공장의 생산 라인에서 주어진 일을 한 뒤에 야구팀 훈련에 참석하고 있다.

고가는 조금이라도 빨리 야구팀의 다른 선수들과 똑같이 오후부터 훈련에 전념할 수 있도록 해주고 싶었지만 이것은 그의 힘으로 해결할 수 있는 문제가 아니다. 지금은 미카미가 생산부를 설득할 때까지 기다릴 수밖에 없다.

그때 운동장 쪽에서 트럼펫 소리가 들려서 모두가 얼굴을 들었다.

"오오, 시작했다!"

창문까지 걸어간 이누히코의 말을 듣고 선수 전원이 운동장을 내다보았다. 응원단이다. 트럼펫과 큰북이 자리하고, 언제 만들었는지 가슴에 'AOSHIMA'라고 적힌 똑같은 옷을 입은 다섯 명의 치어리더가 노란색 수술을 열심히 흔들며 응원 연습을 시작한 참이었다.

"으아, 저게 뭐야!"

이누히코가 황당한 표정을 지으며 괴상한 소리를 질렀다. 포장과장인 나가토가 치어리더들의 한가운데에 서서 필사적으로 손발을 버둥거리고 있었다.

트럼펫 실력은 결코 잘한다고 할 수 없고, 아무리 좋게 보아도 치어리딩 역시 완벽하지 않았다. 하지만 진지하게 연습하는 그들의 마음은 틀림없이 진짜이고, 그것은 야구팀 전원의 가슴에 고스란히 전해졌다.

응원해주는 동료들에게 보답하고 싶다. 고가는 진심으로 그렇게 생각했다. 지금의 우리라면 그런 경기를 할 수 있다!

점심시간에 오키하라는 회사 근처에 있는 은행에 들렀다. 월급날이라서 그런지 현금 자동 입출금기 앞은 발 디딜 틈도 없이 혼잡했다. 그는 사람들 뒤에 서서 한참을 기다린 끝에 어머니의 은행계좌로 5만 엔을 송금했다.

송금 후의 통장 잔액은 12만 엔. 이 중에 6만 5천엔은 집의 월세로 사라진다. 빈말이라도 생활이 풍요롭다고 할 수 없다.

용돈으로 쓰기 위해 인출한 천 엔짜리 다섯 장을 지갑에 쑤셔 넣은 뒤, 그는 연신 시계를 보면서 황급히 공장으로 향했다.

언제까지 이런 생활을 해야 할까? 월급이 적은 것은 상관없다. 그보다 장래가 보장되지 않은 파견 직원의 신분에서 하루라도 빨리 벗어나고 싶었다.

야구팀에서 들어오라고 했을 때, 그가 망설인 이유는 두 가지였다. 하나는 일단 포기한 야구의 세계로 돌아가는 것이 옳은 일일까 하는 갈등. 또 하나는 야구팀에 들어감으로써 정규 직원의 길이 멀어지는 게 아닐까 하는 불안감. 파견 직원으로 3년간 일하면 그때는 정규 직원이 될 수 있다는 희망이 있다.

그의 주변에는, 특히 젊은 사람 중에는 파견 직원으로 일하는 게 더 좋다는 사람도 있다. 정규 직원에 비해 실수령액이 많기 때문이다. 그들은 이 회사에 뼈를 묻을 마음은 눈곱만큼도 없다. 단지 다른 회사로 가기 위해, 또는 꿈을 찾기 위해 잠시 몸담고 있는 것에 불과했다.

오키하라에게는 그렇게 생각할 여유가 없었다. 정규 직원이 되면 실수령액은 오히려 줄어든다. 하지만 그는 아오시마제작소라는 직장에 충분히 만족했고, 가능하면 이곳을 떠나지 않고 계속 일하고 싶었다. 미래의 사회보장이나 승진을 생각하면 어느 쪽이 더 유리할지는 생각할 필요도 없다.

그의 아버지는 예전에 작은 판금공장을 경영했다. 경기가 좋았을 때는 나름대로 돈을 벌기도 했지만, 오키하라가 중학교 2학년 때 아버지가 돌아가시면서 가세가 기울기 시작했다. 종업원의 월급 정도밖에 계산하지 않았던 어머니가 갑자기 사장 일을 해낼 리 만무했다. 결국 세무사의 조언에 따라 집과 공장을 처분해 최대한 빚을 갚았지만, 그래도 남은 빚이 일부 있었다.

어머니는 현재 집 근처의 공장에서 시간제로 일하면서, 고등학교 2학년인 여동생과 중학교 3학년인 남동생을 가까스로 부양하고 있다. 그가 매달 보내주는 5만 엔은 지금 그의 집안에 없어서는 안 될 귀중한 생활비다.

국도의 옆길을 따라 빠른 걸음으로 회사로 돌아가면서, 그는 최근 몇 년간 끊임없이 반복해온 질문을 떠올렸다.

만약에 그 사건이 없었다면 자신은 지금쯤 무엇을 하고 있을까? 고시엔에 출전해서 프로야구 선수가 되었을까? 아니면 지역 대회에서 패배해 역시 야구 이외의 길을 선택했을까? 적어도 안정된 회사에서 정규 직원으로 일할 수 있지 않았을까?

하지만 실제로는 고등학교 졸업 시기에 휘몰아친 취직난의 소용돌이 속에서, 정규 직원 자리를 얻지 못한 채 파견 회사에 등록

하는 길밖에 없었다. 아오시마제작소에 파견된 것은 특별히 그가 원한 것이 아니라 단순한 우연에 불과했다.

"오키하라 씨, 잠깐 나 좀 볼까?"

오후 일이 시작되기 5분 전에 라인에 들어가 트레이를 쌓으며 작업 준비를 하고 있을 때, 무라이 부부장이 작업장으로 찾아와 말을 걸었다. 드디어 왔다. 오키하라는 긴장한 얼굴로 목장갑을 벗어 바지 뒷주머니에 쑤셔 넣었다. 인사 문제와 같은 중요한 일이 아니면 과장이 아니라 무라이 같은 윗사람이 개인적으로 호출하는 일은 있을 수 없다.

아마 미카미 부장이 말해놓은 직접 고용, 즉 정규 직원 등록 건이리라. 예상한 대로 무라이는 공장 구석에 있는 스산한 회의실로 오키하라를 데려가 맞은편 소파를 권했다.

손에 든 인사 파일을 옆에 내려놓으며 무라이가 물었다.

"야구팀에 들어가고 싶다면서? 정규 직원이 되는 걸 조건으로 내세웠다고 하더군."

"파견 직원보다는 역시 정규 직원이 되고 싶습니다."

오키하라의 대답에 무라이는 작게 고개를 끄덕였다.

"자네 마음은 이해해."

오키하라는 마음속에 기대를 품고, 눈을 반짝이며 무라이를 쳐다보았다. 하지만 돌아온 것은 무라이의 음침한 눈빛이었다.

"경기가 좋을 때라면 몰라도, 지금 우리 회사 형편으로 자네 말을 들어주기는 힘들어."

가슴속에서 부풀었던 기대감이 급속히 시들었다.

"그러세요……."

"그래."

무라이는 못을 박듯이 대답하더니, 작게 헛기침을 하고 나서 말을 이었다.

"실은 여기로 데려온 건 그 말을 하기 위해서가 아니야. 자네가 정규 직원이 되고 싶어 해서 열심히 일하고 있다는 건 나도 인정해. 하지만 지금은 워낙 경기가 안 좋아서, 앞으로 구조조정을 통해 정규 직원까지 대량 해고해야 할 지경에 처해 있지. 자네도 알겠지만 정규 직원을 해고하는데 파견 직원을 그대로 둘 수는 없지 않겠나? 그래서 말인데……."

무라이는 숨을 한 번 내쉬더니 등줄기를 쭉 펴고 나서 선언하듯 말했다.

"자네와의 파견 계약은 이번 주를 끝으로 해지하기로 했어."

다음 순간, 오키하라의 시야에서 색채가 사라지고 눈앞이 새하얘졌다.

8

생산부의 보고를 받은 미카미가 당황한 얼굴로 운동장에 나타난 것은 오후 6시가 지난 시각이었다.

고가의 목소리는 자기도 모르게 거칠어졌다.

"오키하라를 해고했다고요? 어떻게 그런 일이! 대체 어떻게 된 겁니까?"

이날, 한 번도 빠진 적이 없는 오키하라가 연습에 나타나지 않아서 아직 일이 남았나 생각하던 참이었다.

"파견 직원의 80퍼센트를 정리한다는 게 생산부의 방침이야."

미카미는 못마땅한 얼굴로 말하고, 분을 삭이지 못한 채 이마의 땀을 닦았다.

"정규 직원을 해고할 때는 사내 절차가 필요하지만 파견 회사와의 계약은 생산부에 일임해놓았거든. 그 권한 안에서 결정을 내려서 우리 쪽에서도 이의를 제기할 수가 없어."

"하지만 오키하라를 야구팀 선수로 해달라고 미리 말해놓지 않았습니까? 오키하라는 지금 단순한 파견 직원이 아닙니다. 그걸 알면서 어떻게 자기들 멋대로 그런 짓을……."

아무리 좋게 생각하려고 해도 도저히 이해할 수 없었다.

"알고 있어. 어떻게 할 수 없는지, 지금 검토하고 있어. 미안하지만 자네가 오키하라를 만나서 위로해주지 않겠나?"

아직 연습이 계속되고 있는 운동장에서는 선수들이 미카미와 고가의 대화에 넌지시 귀를 기울이고 있었다.

고가의 얼굴이 참담하게 일그러졌다.

"물론 만나보기는 하겠지만, 뭐라고 말하면 되죠? 제가 할 말이 없잖습니까? 오키하라의 처지가 되어 생각해보세요!"

미카미의 얼굴에도 조바심이 배었다.

"나도 알고 있어. 어쨌든 오키하라에게 전해주게. 내가 어떻게 해볼 테니까 시간을 달라고."

말이 끝나기도 전에 고가가 미카미에게 달려들었다.

"정말로 어떻게 되긴 되는 겁니까? 시간을 달라면서 계속 뒤로 미뤘잖습니까? 저도 이렇게 열 받는데, 오키하라는 어떻겠습니까?"

"열 받는 건 나도 마찬가지야! 아무튼…… 오키하라에게 말해줘. 나를 믿고 조금만 더 기다려달라고!"

미카미가 침을 튀기며 감정을 토해냈다. 그의 얼굴은 지금까지 본 적이 없을 만큼 진지했다.

"내가 가기보다 자네가 가는 편이 오키하라도 편할 거야."

미카미는 기도하는 눈길로 고가를 쳐다보더니, "부탁해"라는 말을 남기고 황급히 본사 건물 쪽으로 달려갔다.

고가가 뒤를 돌아보자 다이도 감독과 이사카, 사루타가 걱정스러운 눈길로 그를 쳐다보고 있었다.

다이도가 말했다.

"데쓰, 가봐."

힘없이 걸어가던 고가를 사루타가 불러세웠다.

"데쓰, 데쓰! 우리가 곁에 있으니까 걱정 말라고, 오키에게 그렇게 전해주겠어?"

고개를 끄덕인 고가는 운동장에 등을 돌리고 전철역을 향해 걸어갔다.

고가는 문 앞에서 인터폰을 누르기 전에 안쪽의 기척에 귀를 기울였다.

소리는 나지 않았다. 하지만 복도 쪽에 있는 우윳빛 유리창을 통해 실내의 불빛이 희미하게 새어나왔다.

오키하라는 안에 있다. 고가는 그렇게 확신하고 문을 노크했다.

"오키, 고가야. 오키……."

사람이 움직이는 기척이 느껴지면서 잠금쇠를 돌리는 소리와 함께 문이 열렸다. 문틈으로 나타난 오키하라의 얼굴은 너무도 창백하고, 한 조각의 감정도 보이지 않았다.

"잠깐 들어가도 되겠어?"

오키하라가 말없이 문을 열었다. 좁은 현관에서 신발을 벗고 안으로 들어간 고가는 낙담한 오키하라의 모습을 보고 한순간 할 말을 잃었다.

"미카미 부장님이 당황해서 조금 전에 운동장으로 뛰어왔어. 당신이 어떻게 해볼 테니까 조금만 기다려달라고 해서, 그 말을 전하러 왔어."

오키하라는 쓸쓸한 미소를 지었다.

"어떻게 한다니……. 앞으로 얼마나 기다리면 되지요? 아사히나 부장이나 무라이 부부장이나 야구팀을 눈엣가시처럼 생각하는 마당에, 기다린다고 해결될 문제가 아니지 않습니까?"

"오키, 미카미 부장님을 믿고 조금만 더 기다리자. 응?"

말은 그렇게 했지만 목소리에는 힘이 들어가지 않았다. 오키하라의 말이 어느 정도 맞다고 생각했기 때문이다. 미카미의 말을 믿지 않는 것은 아니다. 다만 미카미에게도 한계가 존재한다.

"어쨌든 미카미 부장님은 믿어도 돼. 너에게 나쁘게 하지는 않을 거야. 그러니까 조금만 더 기다려줘. 사루타도 말했어. 모두 네 곁에 있겠다고."

그 말을 들은 순간, 오키하라는 입술을 깨물었다.

"너만 괜찮다면 같이 곤타에 가지 않겠어?"

가능하면 데려와라……. 여기에 오는 도중에 이사카로부터 문자 메시지가 들어왔다.

"너 혼자 있으면 더 우울할 거야. 다 같이 밥이라도 먹자. 응?"

고가는 그렇게 말하고 오키하라의 무릎을 가볍게 두들겼다. 그리고 고개를 떨군 오키하라를 보며 말을 이었다.

"오키, 그런 표정 짓지 마. 웃어. 괴로울 때일수록 콧노래를 부르는 거야. 응? 자아, 가자."

고가는 일어서서 현관 앞에서 기다렸다.

밖으로 나온 오키하라를 데리고 곤타 안으로 들어가자 이사카의 목소리가 들렸다.

"오오, 왔다! 이쪽이야, 이쪽!"

가게 안쪽을 본 순간, 고가는 눈을 크게 떴다. 선수들이 안쪽 방을 가득 메우고, 방에 들어갈 수 없는 선수들은 앞쪽 테이블을 둘러싸고 있었던 것이다.

"어떻게……."

아연한 얼굴로 물은 오키하라를 향해 안쪽에서 사루타가 대답했다.

"그걸 몰라서 물어? 다들 너를 위로하기 위해 모인 거야. 어서 이쪽으로 와."

"아니, 그쪽은 좀……."

순간적으로 망설이는 오키하라의 등을 고가가 가볍게 밀었다.

"가봐. 다들 너에게 기운을 주고 싶어서 그러니까."

안쪽 방으로 들어가는 오키하라의 등을, 마치 완봉승을 거둔 투수를 맞이하듯 야구팀 전원이 두들겼다. 그 모습을 보고 맨 앞쪽 테이블 자리에 앉은 고가는 화가 나서 눈물이 날 것 같았다.

야구의 신은 왜 이렇게까지 심술을 부리는 걸까? 이렇게 성실하고 장래성 있는 젊은이를 좌절과 절망의 늪에 빠뜨리다니.

미카미 부장님, 제발, 제발 어떻게 해주십시오.

건배를 하기 위해 다들 술잔에 술을 채우는 것을 보면서 고가는 마음속으로 간절히 기도했다.

그 무렵, 미카미는 총무부의 자기 자리에 앉아 머리를 감싸고 고민 중이었다.

오키하라 문제로 생산부와 이야기할 때, 미카미가 부딪친 것은 아사히나의 벽이었다. 전사적으로 인원 감축을 추진하고 있는 상황에서, 파견 직원에게 계약 해지를 통보하는 것은 당연한 일이다. 그런데 그곳에 오키하라를 넣을 줄은 꿈에도 몰랐다. 며칠 전부터 야구팀에서 데려가겠다고 말해놓은 만큼―물론 아사히나는 완강하게 거절했지만―계약을 해지한다면 사전에 말이라도 해줘야 하지 않는가.

조금 전…….

"오키하라의 파견 계약 해지를 다시 생각해주시겠습니까?"

그는 아사히나를 찾아가 야구팀의 상황을 자세하게 설명한 뒤, 그렇게 사정했다.

"오키하라는 경기에 즉시 투입할 수 있는 중요한 전력이고, 야구팀에 꼭 필요한 인재입니다. 만다가 떠난 지금, 야구팀에는 오키하라가 없으면 안 됩니다."

하지만 아사히나는 차갑게 뿌리쳤다.

"거절하겠네. 야구팀 선수도 아닌데 자네들 멋대로 경기에 즉시 투입할 수 있는 전력이라고 말하면 곤란하지. 그보다 야구팀은 한시라도 빨리 해체해야 하지 않나? 회사가 지금처럼 어려운 시기에 선수로 쓰겠다는 둥 정규 직원으로 해달라는 둥, 자네는 생각이 있는 사람인가?"

회사의 실적을 생각하면 아사히나의 말이 맞다. 하지만 여기서 물러설 수는 없었다.

"야구팀에 비용이 많이 든다는 건 알고 있습니다. 하지만 야구팀은 창단했을 때부터 지금까지 많은 직원들의 사랑을 받고 있습니다. 회장님께서도 오랫동안 애정을 가지고 야구부장을 역임했던 만큼, 실적이 나쁘다고 해서 서둘러 해체하는 건 너무하지 않습니까?"

아사히나의 입술에 빈정거리는 미소가 감돌았다.

"야구선수고 뭐고, 필요 없는 건 자른다! 그게 내 생각이야."

이야기는 평행선을 유지한 채, 한 걸음 다가가는 계기조차 잡을 수 없었다.

미카미는 집무실 의자에 앉아 팔짱을 낀 채 생각에 잠겼으나 이윽고 포기하고 고개를 가로저었다. 상대가 아사히나라면 이 문제는 결코 해결되지 않는다.

머리 한쪽에서는 어떻게 해야 할지 생각하면서 미결재함에 산더미처럼 쌓인 서류를 펼쳤다. 야구팀 문제도 그렇지만 미카미는 지금 인원 감축이나 구조조정에 관련된 업무로 감당하기 힘들 만큼 많은 일을 껴안고 있다. 화장실에 갈 틈도 없이 바쁘다.

부하직원인 가키모토가 얼굴을 내민 것은 저녁 9시가 넘은 시각이었다. 가키모토의 얼굴이 피곤에 찌든 것은 계속 이어지는 야근과 함께, 이날도 직원에게 해고를 말하는 무거운 역할을 맡아서였다. 심리적인 부담이 그를 끊임없이 괴롭힌 것이다.

"결재를 부탁합니다."

그는 들고 있던 인사 서류를 미결재함에 넣었다.

"그래, 수고했어."

미카미는 일단 위로의 말을 건넨 뒤, 그 서류를 들고 휘리릭 넘기면서 물었다.

"어땠나?"

"일단은 모두 받아들인 것 같습니다."

가키모토는 안도한 목소리로 대답했다.

이날 가키모토가 면담한 사람은 점심시간에 만난 사람까지 포함해 모두 일곱 명이었다. 해고 결정이 뒤집히는 일은 없지만 요즘 같은 인터넷 시대에 나쁜 이야기가 돌아다니면 안 된다고 생각해, 객관적인 해고 사유를 몇 가지 말하는 등 합리적인 설명을 덧붙였다.

미카미가 고개를 든 것은 대강 설명을 마친 가키모토가 집무실을 나가지 않고 무슨 말인가 하고 싶은 표정을 지었기 때문이다.

"인원을 정리하는 와중에 이런 말씀을 드리기는 좀 그렇지만……."

가키모토는 그렇게 말하면서 등 뒤의 문을 슬쩍 돌아보았다.

"지금도 마쓰바라 씨를 비롯해 직원들이 남아 있는데, 일이 너무 많지 않나 싶습니다. 일시적인 야근이라면 몰라도 지금은 구조조정이 언제 매듭지어질지 출구가 보이지 않습니다. 비싼 야근비를 주기보다는 낮에 일하는 인원을 늘리는 편이 좋지 않을까 합니다만."

마쓰바라는 올해 입사한 여직원이다. 요즘 일이 계속 밀려드는 바람에 신입직원인 마쓰바라까지 매일 야근을 한다는 사실은 미카미도 알고 있었다. 대책을 세워줘야 한다고 생각했지만, 가키모토가 말할 때까지 사람을 늘린다는 발상은 하지 못했다. 하지만 사업부 채산을 생각하면 가키모토의 말에 일리가 있다.

"어려울까요?"

가키모토가 조심스럽게 물은 순간, 미카미의 뇌리에 한 가지 해결책이 떠올랐다.

"아니야……. 어렵지 않을 것 같아. 검토해볼게."

가키모토가 집무실 밖으로 나간 뒤 미카미는 지금 떠오른 아이디어를 다시 곱씹어보고, 지금까지 왜 이런 생각을 못 했는지 이상해서 견딜 수 없었다.

그는 당장 고가에게 전화를 걸어서 말했다.

"오키하라 문제를 해결할 수 있을 것 같아."

수화기 너머에서 흥분한 고가의 목소리가 들렸다.

"아사히나 부장을 설득했습니까?"

"그건 아니야."

"그럼 어떻게 해결한다는 겁니까?"

한순간 수화기 건너편이 조용해졌다. 미카미는 지금 떠오른 생각을 입에 담았다.

"오키하라를 우리 부서에서 채용하겠어."

9

오후 5시가 조금 넘은 시각. 사사이에게 그 전화가 걸려온 것은 거래처를 몇 군데 방문하고 회사로 돌아왔을 때였다.

"미쓰와전기의 반도 님이라는 분으로부터 전화가 왔는데요, 연결시켜도 될까요?"

비서가 내선전화로 그렇게 물었다.

사사이는 자기도 모르게 되물었다.

"반도? 반도 사장 말인가?"

"직책은 말하지 않았고, 실례 같아서 묻지는 않았습니다."

"용건은 뭐지?"

"단순한 안부 인사라고 합니다."

사사이는 고개를 갸웃거렸다. 묘한 이야기가 아닌가? 업계 모임에서 몇 번 얼굴을 본 적은 있지만, 호소카와에게 합병을 제안한 미묘한 시기에 안부 인사라니.

"연결해주게."

곧바로 받은 전화에서 들은 적이 있는 목소리가 흘러나왔다.

"사사이 전무님, 그동안 격조했습니다. 미쓰와의 반도입니다."

틀림없이 반도 사장의 목소리였다.

"이렇게 귀한 분이 전화를 다 주시다니……."

사사이는 신중하게 대답했다.

"느닷없이 전화를 드려서 죄송합니다. 실은 긴히 의논할 문제가 있어서요."

사사이는 긴장하며 몸을 도사렸다.

"의논이요?"

"잠시 시간을 내주시겠습니까? 자세한 말씀은 그때 드리겠습니다. 어떻습니까?"

합병에 대한 정보는 호소카와가 독점하고 있고, 사사이에게는 아무런 정보도 들어오지 않았다. 반도를 만나면 뭔가 정보를 얻을 수 있을지도 모른다는 생각이 들었다.

"저는 상관없습니다만……."

사사이가 대답하자 반도는 즉시 몇몇 날짜를 거론했다. 사사이는 비서를 불러서 일정을 확인했다.

모레 만나기로 정하고 나서 반도는 슬며시 덧붙였다.

"개인적인 용건이니까 이 건에 대해서는 비밀로 해주시면 고맙겠습니다."

"알겠습니다."

사사이가 대답하자 수화기 너머에서 안도한 분위기가 전해졌다.

"장소는 다시 연락드리겠습니다."

짧은 전화는 그것으로 끊겼다.

사사이가 반도를 만난 것은 그의 전화를 받은 지 이틀이 지나서였다.

그날 밤, 반도가 정한 신주쿠의 일본요리점에 가자 그는 먼저 와서 사사이를 기다리고 있었다.

"바쁘신데 시간을 내주셔서 감사합니다."

"아닙니다. 그저께는 갑자기 전화를 주셔서 깜짝 놀랐습니다. 오늘은 혼자 오셨습니까?"

개별실 테이블에 수저세트가 두 개만 놓여 있는 것을 보고 사사이가 물었다.

"지난번에 말씀드린 것처럼 개인적인 이야기라서요."

반도는 아랫자리에 앉아서 사사이에게 윗자리를 권했다.

"앉으시지요."

잠시 망설였지만 자신이 나이가 많다는 생각도 들어 사사이는 반도가 권하는 대로 윗자리에 앉았다. 두 사람은 일단 종업원이 가져온 맥주로 건배했다.

그렇게 친한 사이는 아니다. 하물며 라이벌 기업의 경영자이다. 처음에는 딱딱한 표정을 풀지 않았지만……

"그나저나 불경기가 계속되는 바람에 저도 골치가 아파 죽겠습니다."

솔직하게 경기 이야기를 하는 사이에 나이가 비슷한 것도 있어서, 서로 허물없이 마음을 여는 데에는 오랜 시간이 걸리지 않았다. 화제는 공통 거래처인 재패닉스의 해외 상황부터 시작해서 협력업체인 부품회사의 도산에 이르기까지 각양각색이었지만, 반도 나름대로의 견해를 덧붙이면서 하는 이야기에는 듣는 사람을 빨아들이는 재미가 있었다. 화술이 뛰어난 사람이었다.

반도가 미쓰와전기의 영업력을 확립한 공으로 사장이 되었다는 이야기는 사사이도 들은 적이 있었다. 이 업계에 들어와 오직 재무 분야라는 외길을 걸어온 사사이를 배려해 지나치게 거시적인 이야기는 하지 않고 서로 잘 아는 회사 이야기를 하거나, 한두 번밖에 술을 마신 적이 없는데 사사이의 술 취향을 기억하고 있는 등, 반도는 혀를 내두를 만큼 배려도 좋고 기억력도 좋은 사람이었다.

보통 사람이 아니군. 둘이 만난 지 한 시간도 되기 전에 사사이는 반도에게 한 수 접어주게 되었다. 영업 출신이라는 말에 무심코 도요오카와 비교했는데, 도요오카에게는 반도만 한 능력을 기대할 수 없으리라. 이론으로 똘똘 뭉친 호소카와와도 다르다. 그가 어떻게 미쓰와전기의 최고 경영자가 되었는지 알 수 있을 것 같았다.

그와 동시에 사사이의 마음속에는 희미한 두려움이 스며들기 시작했다. 아오시마제작소와 미쓰와전기는 현재 주요 거래처에서 경쟁을 벌이고 있다. 그런 미쓰와전기를 이끌고 있는 사람이 이렇게 주도면밀한 반도이다. 과연 아오시마제작소에게 승산이 있을까…….

"오늘은 사사이 전무님께 한 가지 부탁이 있어서 뵙자고 했습니다."

반도가 본론을 꺼낸 것은 끊이지 않는 화제 속에서 식사를 절반쯤 했을 무렵이었다.

"부탁……이라고요?"

사사이는 신중하게 대꾸했다.

"그렇습니다. 호소카와 사장으로부터 무슨 말을 못 들으셨습니까?"

반도 또한 신중하게 서로의 마음속을 탐색했다.

"무슨 말이라니, 미쓰와전기와 관계있는 이야기인가요? 그렇다면 특별한 말은……."

"그렇습니까?"

반도는 일단 시선을 밑으로 내리더니 이내 다시 들었다.

"그렇다면 지금부터 드리는 말씀은 비밀로 해주십시오. 실은 호소카와 사장에게 저희 쪽에서 한 가지 제안을 했습니다."

역시 그것 때문인가? 사사이는 들고 있던 술잔을 테이블에 내려놓고 반도를 똑바로 보았다. 반도는 만면에 웃음을 지으며 이야기를 늘어놓던 조금 전과 180도 표정이 바뀌어, 진지한 눈길로 사사이를 바라보았다.

"아시다시피 아오시마와 저희 회사는 여러 분야에서 경쟁을 벌이고 있는 라이벌입니다. 서로 이기거나 지기도 하지만 경쟁을 벌이다 보니 최근에 문제점이 눈에 띄더군요. 또한 지금처럼 경기가 나빠지다 보니까 양쪽 모두 기업 규모도 너무 작아서, 빈말이라도 경영 기반이 탄탄하다고 하기는 힘들지요. 두 회사가 이대로 계속 경쟁을 벌이는 편이 과연 좋을지 진지하게 생각해 봤습니다."

반도는 사사이의 표정을 세심히 살피면서 말을 이었다.

"결론을 말씀드리겠습니다. 사사이 전무님, 저희 회사와 하나가 되지 않겠습니까?"

반도는 그렇게 말하더니, 한동안 아무 말도 하지 않고 사사이의 눈을 뚫어지게 보았다.

"그 말씀을 저희 회사에는 언제 하셨습니까?"

"한 달쯤 됐을 겁니다."

"한 달……. 호소카와 사장은 뭐라고 대답하던가요?"

반도는 약간 곤란한 표정을 지었다.

"문제는 그겁니다. 실은 아직 대답을 듣지 못했습니다. 말로는 긍정적으로 검토하고 있다는데, 그것뿐이지요. 솔직히 말해서 반응이 너무 느립니다."

반도는 못마땅한 얼굴로 불만을 토로했다. 그 불만이야말로 오늘 만나자고 한 이유라는 사실을 사사이는 금세 알아차렸다. 반도는 지금 조바심을 내고 있다.

"사사이 전무님. 전무님께서 생각하시는 범위에서 문제가 있다면 말씀해주시겠습니까? 그 문제에 대해 대처하고 싶습니다."

반도다운 직접적인 제안이다. 그때까지 허물없는 분위기에서 일변해서 사사이는 즉시 경계 태세를 취했다.

"미쓰와는 저희보다 훨씬 규모가 크잖습니까? 합병이라고 하면 듣기에는 좋지만 실제로는 흡수합병에 가깝지 않을까요?"

반도가 목소리에 힘을 주어 말했다.

"저는 오직 강한 조직을 만들고 싶다는 일념뿐입니다. 지금은 아직 할 수 없지만 정식으로 합의가 이루어지면 각각의 이점을 합쳐서 굳건한 조직을 만들고 싶습니다. 그것이 우리 조직이든 아오시마 조직이든 차별하지 않고 평가할 생각입니다."

"그러면 적어도 영업은 미쓰와가 주도하게 되겠군요."

"그건 서로 차분히 평가해서 정할 일이겠지요."

반도는 사사이의 말을 교묘하게 피했다. 사사이가 웃음을 터트렸다.

"말씀은 그럴듯하게 하시는군요. 합병을 제안하신 이상, 반도 사장님 머릿속에서는 이미 장래의 그림이 완성되었겠지요. 숨기지 말고 말씀해주십시오. 저희보다 미쓰와의 영업이 강하다는 건 세 살 먹은 어린애도 아는 사실입니다. 저도 그렇게 생각하고요. 하지만 그런 식으로 비교했을 때, 미쓰와의 약점을 보완할 수 있는 저희의 강점은 그렇게 많지 않을 것 같은데요?"

비아냥으로 들렸을 것이다. 아니면 자학적으로. 그런데⋯⋯.

반도가 도전적인 눈길로 뚫어지게 쳐다보았다.

"사사이 전무님, 살아남을 수 있습니까? 지금 그대로의 아오시마제작소로 살아남을 수 있냐고 묻는 겁니다."

즉시 대답하지 못한 것은 지금 상태로는 살아남기 힘들다는 사실을 알고 있기 때문이다.

과연 살아남을 수 있는가. 이대로 있어도 괜찮은가. 하지만 한 가지 분명한 사실이 있다. 기업 규모에서 두 배에 가까운 미쓰와와 하나가 되면, 아오시마는 미쓰와의 밑으로 들어갈 수밖에 없다는 것이다.

반도는 의자 등받이에 기대어 이야기를 교묘하게 이끌었다.

"제가 좀 조사해보았습니다. 아오시마 회장이 경영에서 물러나면서, 사장 자리를 물려준 사람은 그 회사에 들어온 지 얼마 되지 않은 호소카와 사장이었지요. 사내에서도 깜짝 놀랐다고 하더군요. 아오시마 회장 같은 독재자가 아니면 할 수 없는 일이었지요. 만약 다른 회사였다면, 적어도 저희 회사였다면 회사에 대해 잘 알고 있고 오랫동안 회사를 이끌어온 전무님이 차기 사장이 되었을 겁니다."

"그런…… 이제 와서 어쩔 수 없는 말은 하지 말아 주십시오."

사사이는 쓴웃음을 지었지만 반도의 얼굴은 진지하기 이를 데 없었다.

"어쩔 수 없지 않습니다. 저는 전무님에게 새 회사의 사장을 맡기고 싶습니다."

흠칫 놀라 고개를 든 사사이의 얼굴이 기묘하게 뒤틀렸다.

"무슨 말씀이십니까?"

"이건 아직 제 생각에 불과해서 호소카와 사장에게는 말하지 않았습니다. 새 회사의 사장직을 저는 전무님에게 맡기고 싶습니다."

"그럼 반도 사장님은……."

눈을 크게 뜨고 바라보는 사사이를 향해 반도는 단호하게 말했다.

"저는 대표권이 있는 회장으로 충분합니다."

침묵을 유지한 사사이의 머릿속에서 수많은 생각이 교차했다.

"저는 지난 6년 동안 미쓰와를 이끌어왔습니다. 그동안 최선을 다해 일해왔고, 아오시마제작소와 합병해 경영 기반을 확립하면 그걸로 제 역할은 끝이라고 생각합니다. 이제 다른 사람에게 제 길을 물려주고 싶습니다. 호소카와 사장은 고문 자리를 주면 되고요. 어떻습니까?"

"갑자기 그렇게 말씀하시면……. 아직 생각이 정리되지 않아서 어떻게 대답해야 할지 모르겠군요."

사사이는 그렇게 대답했지만 이것이 그토록 바라던 일이었음은 표정으로 알 수 있었다.

"더구나 새 경영진은 어떻게 할지, 사장님 생각은 어떻습니까? 부문 통합은 그렇게 간단한 일이 아닙니다."

그러자 반도는 책사의 일면을 보여주었다.

"경영진은 회사 규모 대비로 가지요. 반반까지는 안 됩니다. 그건 이해해주시리라고 생각합니다. 각 부문은 일단 합병한 뒤에 인원을 정리하고 싶습니다."

사사이는 조용히 숨을 들이마셨다.

인원을 감축할 때, 과연 아오시마 쪽 사람들이 얼마나 살아남을 수 있을까? 영업부 사람들은 절반 이상이 구조조정될 가능성이 있다.

사사이의 망설임을 민감하게 알아차리고 반도는 입을 열었다.

"전무님, 잘 생각해보십시오. 지금 상태에서 벽에 부딪히면 모두가 길거리에 나앉아야 합니다. 그건 저희 회사도 마찬가지지요. 하지만 합병하면 잉여 인원은 어쩔 수 없지만 회사는 살아남을 수 있습니다. 고통이 따르지 않는 개혁이 어디 있겠습니까?"

그 말은 틀리지 않다. 구조조정 계획안을 직접 정리했던 만큼, 사사이도 뼈저리게 알고 있다.

반도는 뜨겁게 호소했다.

"조만간 호소카와 사장이 이 건에 관해 의논을 하겠지요. 그때 호소카와 사장이 어떤 의견을 말할지는 모르겠습니다. 하지만 전무님께서는 꼭 합병에 찬성해주셨으면 합니다. 만약 호소카와 사장이 망설인다면, 반드시 합병해야 한다고 지원 사격을 해주시기 바랍니다. 그리고 새 회사에서는 사장님이 되어서 능력을 발휘해주십시오. 부디 잘 부탁합니다."

반도는 두 손을 테이블에 대고 머리를 숙였다.

6장

유월의 사투

1

초여름 바람이 불고 있다.

경기 시작 20분 전. 사람들의 박수와 환호성이 연습을 하기 위해 그라운드로 뛰어나간 선수들을 감쌌다. 아오시마제작소의 벤치가 있는 1루 측 응원석에는 2천 명쯤 앉아 있을까? 응원하러 가자는 응원단의 재촉도 있었지만 생산 축소로 인해 시간이 남아도는 것이 더 크게 작용했다. 휴일에 가족과 함께 외출하기에는 적당한 오락거리임이 틀림없다. 아직 1차 예선 경기임에도 불구하고 응원단이 이렇게 많이 모인 것은 고가의 기억에 한 번도 없었다.

"한심한 경기는 보여줄 수 없어."

고가의 옆에서 눈을 가늘게 뜨고 그라운드를 보는 미카미 부장의 옆얼굴에는 진한 긴장감이 감돌았다. 유니폼 차림의 선수들에 섞여서 벤치 안에서는 미카미와 고가만이 정장 차림이었다.

"분명히 성원에 보답해줄 겁니다."

고가는 그렇게 대답한 뒤, 그라운드에서 캐치볼을 시작한 오키하라를 바라보았다. 깔끔한 유니폼이 잘 어울렸다. 생산부에서 계약 해지한 파견 직원을 총무부에서 재계약한 것이다. 미카미의 권한이기는 하지만 나중에 그 사실을 안 아사히나가 펄펄 뛰며 임원회의에서 철회를 요구했다는 이야기는 들었다. 총무부의 야근비를 줄이기 위해서라는 이유로 밀어붙인 미카미는 어느 의미에서 직장인의 인생을 걸었다고 할 수 있다.

"오늘은 사장님도 응원하러 오신다더군."

"사장님이요?"

야구팀 해체를 검토하라고 지시한 사람이 응원하러 오다니. 생각지도 못한 말을 듣고 고가는 눈을 휘둥그레 떴다. 미카미가 한층 예민해진 이유는 그것 때문일지도 모른다.

"사장님이 웬일이래요?"

중요한 대회에서 잇달아 일찌감치 탈락하기도 해서, 사장의 야구 관전은 처음 있는 일이다. 그것이 순수한 관전인지 해체를 확인하기 위해서인지, 쓸데없이 의도를 생각하게 되었다.

"특별한 의미가 있을까요?"

그렇게 묻자 미카미도 고개를 갸웃거렸다.

"글쎄, 내가 할 수 있는 말은 한 가지뿐이야. 우리는 이 그라운드에 모든 걸 쏟아낼 의무가 있다는 거지. 조금 과장되긴 하지만 인생을 걸고 말이야."

조금도 과장이 아니다. 물론 프로야구와는 다르다. 하지만 여기에 있는 대부분의 사람은 야구로 채용된 직업 야구인들이다. 그들에게 야구팀의 해체는 야구와 직장을 동시에 빼앗기는 것이나 마찬가지다.

규정 연습시간이 지나고 선수들이 돌아왔다. 경기장을 정비하기 위해 정비원이 달려 나갔다. 벤치 앞에 둥글게 서 있던 선수들이 1회 수비를 위해 흩어지자 관중석에서 커다란 환호성이 솟구쳤다. 경기 시작이다.

벤치의 공기가 숨을 쉴 수 없을 만큼 긴장되었다. 수비로 흩어진 선발 멤버도, 벤치에서 지켜보는 나머지 선수도 긴장된 얼굴로 모든 신경을 타석에 집중했다. 그런데…….

1번 타자에게 3루수와 유격수 사이를 빠지는 안타를 맞았다. 사루타의 초구는 명백한 실투였다. 항상 있는 일이지만 시작이 불안정하다.

2번 타자의 타구가 유격수 머리 위를 넘어서 외야로 굴러가자 경기가 시작된 지 5분도 되지 않았는데 미카미가 다리를 덜덜 떨기 시작했다.

불펜 포수인 미즈키가 손나팔을 만들어서 소리쳤다.

"사루, 사루! 천천히 가자!"

마운드의 사루타가 오른손으로 모자의 챙을 만졌다. 표정에서는 여유를 찾아볼 수 없었다. 투수에게는 컨디션이 좋은 날도 있고 나쁜 날도 있지만, 이날의 사루타는 결코 컨디션이 좋다고 할 수 없었다.

"볼넷!"

심판의 콜이 울려 퍼지고, 일찌감치 타임을 요청한 포수 이사카가 마스크를 벗고 마운드로 걸어갔다. 미카미가 고개를 숙인 채 오른손으로 만든 주먹으로 이마를 눌렀다.

느닷없이 노아웃에 만루다. 더구나 다음에 나올 4번 타자는 작년까지 도토 대학 야구부에서 활약했던 호타자다.

짧은 사인을 교환한 후, 사루타가 던진 초구는 타자의 안쪽으로 휘어서 들어가는 슬라이더였다. 스트라이크. 2구는 볼. 이어서 3구는 아슬아슬하게 바깥쪽으로 빠진 볼이었다. 선구안이 좋다.

고사쿠, 어떡할 거냐?

손으로 공을 만지작거리는 이사카를 보면서 고가는 마음속으로 물었다. 선구안이 좋으면 병살을 유도하기 힘들다. 그렇다고 스트라이크를 던지는 것은 상대의 함정에 빠지는 꼴이다. 약간 높은 직구로 헛스윙을 노릴 만큼 사루타의 공은 빠르지 않다.

이사카가 내린 사인을 보면서 사루타는 두 번 고개를 흔들었다. 배터리*가 망설이고 있다. 그리고 4구…….

경쾌한 소리와 함께 튕겨나간 하얀 공은 일직선으로 좌익수 방향으로 뻗어나갔다. 펜스에 부딪힌 뒤 데굴데굴 구르는 공을 니시나가 쫓아가 내야를 향해 던진 것은 이미 주자 세 명이 홈베이스를 지난 다음이었다. 주자 싹쓸이 3루타. 너무도 어이없는 선제점이다.

사루타가 망연히 외야를 바라보았다. 이어지는 5번 타자가 스퀴즈번트**를 성공시킨 것은 그 직후의 일이었다.

---

* 짝을 이루어 경기를 하는 투수와 포수.
** 노아웃 또는 원아웃의 상황에서 3루 주자를 홈인시키기 위해 하는 희생 번트.

2

1회 초 전광판의 숫자를 호소카와는 멀리 떨어진 스탠드에서 바라보았다.

4점. 야구에 관해서는 아마추어지만 너무나 무거운 숫자로 보였다.

치어리더 직원들에게는 경기를 보러 간다고 했지만, 솔직히 말해서 계속 망설였다. 회사 실적을 생각하면 야구를 볼 기분이 들지 않았다. 그런데 그저께…….

"모레 야구장에 몇 시에 가실 거예요?"

책상에서 서류를 보고 있던 그는 차를 가져온 아리사의 말을 듣고 고개를 들었다.

"야구?"

그렇게 되물은 순간, 생각이 났다. 도시대항야구의 예선이다.

"아아, 그거? 도저히 갈 마음이 들지 않는군."

그렇게 말한 그를 보며 아리사가 미간을 찌푸렸다.

"사장님, 그러시면 안 돼요. 다들 사장님이 오신다고 얼마나 열심히 하는지 아세요?"

"다들이라니?"

그는 자기도 모르게 물었다.

"응원단 말이에요. 야구팀도 상승세를 타고 있고, 어쨌든 첫 경기가 중요하다면서 다들 온몸에 기합을 넣고 직원들에게 응원하러 가자고 독려하고 있어요. 모레 경기에 가는 직원들은 모두 사장님을 보러 가는 거예요."

"내가 그렇게 인기가 있었던가?"

호소카와가 농담처럼 묻자 아리사는 순순히 사과했다.

"죄송해요, 살짝 각색했어요."

그리고 즉시 얼굴을 들고 말을 바꾸었다.

"하지만 사장님이 응원하러 가니까 가는 직원들도 적지 않을 거예요."

"그래? 그럼 그들을 배신할 수 없겠군."

"네! 배신하면 안 되죠!"

"그런데 자네도 가나?"

그렇게 묻자 강력한 한마디가 돌아왔다.

"당연하죠! 그러니까 사장님도 꼭 가셔야 해요. 그라운드에서 하나가 되어요!"

아리사는 아오시마가 입버릇처럼 하는 말로 호소카와를 독려했다.

그리고 지금…….

"1회부터 점수 차가 벌어졌군."

응원석의 맨 앞줄에 앉아 1회부터 패배의 기색이 떠다니기 시작한 경기를 보면서 호소카와는 혼자 투덜거렸다. 딱히 누구에게 한 말은 아니었지만 "아직 1회입니다!"라고 즉시 대답이 돌아와서 깜짝 놀랐다. 포장과의 나가토였다.

경기 전의 응원 연습에서 치어리더들과 함께 관중석을 들끓게 했던 나가토는 경기가 시작되자 젊은 남자직원에게 역할을 양보하고 호소카와의 옆에서 경기를 지켜보았다. 지금 겨우 세 번째 아웃을 잡고, 기나긴 1회 초 수비를 마친 선수들이 1루 측 더그 아웃으로 돌아오는 참이었다.

"괜찮아! 괜찮아! 지금부터! 지금부터!"

등 뒤의 스탠드에서 응원이 날아왔다. 뒤를 돌아보자 응원석의 숫자는 경기 전보다 더욱 늘어났다. 지금까지 몰랐지만 야구팀의 인기는 예상 밖이었다.

"항상 이렇게 응원을 많이 오나?"

호소카와는 옆에 있는 비서인 아리사에게 물었다.

"야구팀은 우리 회사의 전통이나 마찬가지니까요."

아리사의 대답을 듣고 호소카와는 마음속으로 깜짝 놀랐다. 임원회의에서는 야구팀을 비난만 하는데, 막상 경기장에 와보니 예상 밖으로 직원들 사이에 깊숙이 뿌리를 내리고 있는 듯했다. 아소시마제작소에 입사한 지 5년이 되었지만, 야구팀을 응원하러 온 적은 한 번도 없었다. 야구팀은 단지 아오시마 회장의 취미로 만든 팀이라고 생각했던 것이다.

아리사가 어깨를 들썩이며 당당하게 고백했다.

"솔직히 말씀드리면 저도 오늘 처음 응원하러 왔어요. 응원단이 생기고 다 같이 응원하러 가자고 해서요. 야구팀이 열심히 뛰어주면 회사 분위기도 밝아지지 않을까요?"

피식 웃음이 나올 만큼 단순한 이유였지만, 당당한 말투에서는 1회의 4점에 주눅 든 모습을 찾아볼 수 없었다.

등 뒤의 응원석에서 환호성이 솟구쳐 그라운드로 눈길을 향하자 벤치 앞에 있던 선수들이 흩어지고, 그 안에서 1번 타자인 이누히코가 빠른 걸음으로 타석으로 향하는 참이었다.

그 즉시 응원석에서 목이 터져라 함성이 일었다.

"이누, 부탁한다!"

"홈런! 홈런!"

1번 타자에게 홈런은 말이 안 된다. 그 태평한 응원에 어이가 없으면서도 호소카와도 박수를 보냈다.

"이누는 누구지?"

그는 옆의 아리사를 보면서 물었다.

"기타오지 이누히코예요. 이름이 재미있죠?* 그건 그렇고, 상대 투수인 마스다는 작년에 6개 대학 야구리그에서 크게 활약한 투수래요."

그 설명을 뒷받침하기라도 하듯 이누히코는 눈 깜짝할 사이에 궁지에 몰렸다. 결국 아슬아슬한 공에 손을 댄 이누히코가 내야 땅볼로 물러나고, 2번 타자인 니카이도가 헛스윙으로 삼진, 3번 타자인 스자키가 파울플라이로 물러나자 응원석에서 한숨이 새어 나왔다.

아리사가 내민 페트병 차를 받고 호소카와는 고맙다고 말했다.

이길 수 있을 것 같지 않다. 그런 그의 본심을 알아차렸음에도 불구하고 아리사는 웃는 얼굴로 밝게 말했다.

"따뜻하게 지켜보세요."

• 이누히코의 '이누[犬]'는 일본어로 '개'를 뜻하고, '히코[彦]'는 재주가 뛰어난 남성에게 붙이는 미칭(美稱)이다.

호소카와는 무심코 쓴웃음을 지었다.

"그래. 그럼 따뜻하게 지켜보기로 할까?"

"그래요. 4점 정도는 아무것도 아니에요."

"자네는 의외로 낙천적이군."

아리사는 살짝 놀란 얼굴로 호소카와를 쳐다보았다.

"기왕에 응원하러 왔으니까 믿어야죠."

믿는다……. 호소카와는 그 말을 오랜만에 들은 듯한 느낌이 들었다.

옆에서 듣고 있던 나가토도 말했다.

"그렇습니다. 승리를 믿고 오로지 응원한다! 우리가 할 수 있는 건 응원뿐이니까요. 응원단이 포기하면 누가 응원합니까?"

기묘하리만큼 설득력이 있는 말이었다.

"그건 그렇군. 그럼 열심히 응원하기로 할까?"

"그래요! 응원해요! 오오오!"

아리사가 오른팔을 힘차게 들어 올리자 사장 비서의 생각지도 못한 모습을 보고 주변의 직원들이 웃음을 터트렸다.

하지만…….

반격의 돌파구는 좀처럼 열리지 않았다. 6회 말. 겨우 돌아온 2사 2, 3루의 기회에서 7번 타자 니시나가 삼진으로 물러나자 응원석의 여기저기에서 한숨이 쏟아졌다.

"점수를 낼 수 있는 곳까지 가긴 가는데."

응원하는 직원들과 마찬가지로 호소카와는 하늘을 올려다보고 말했다.

처음에는 직원들의 시선을 의식해서 냉정하게 지켜보았다. 하지만 회가 거듭될수록 구장의 분위기에 익숙해지면서, 직원 모두가 일어나거나 목소리를 맞추어 응원하는 소리를 듣고 자기도 모르게 빠져들었다. 그리고 정신을 차리자 마치 야구팀원이라도 된 것처럼 경기에 빠져 있는 자신을 발견했다.

야구를 좋아하는 것도 아닌데 왜 이러지? 내가 이렇게 단순한 사람이었던가?

호소카와는 스스로를 비웃으며 생각해보았다.

"아아! 아깝다!"

그의 옆에서는 아리사가 손가락을 튕기고 발을 동동거리며 아쉬워했다. 그 모습을 보고 있자 자신의 뜨거운 열기도 부자연스럽게 여겨지지 않았다.

다 같이 일희일비하는 관중석. 어린 시절로 돌아간 듯한, 오직 순수하게 즐기는 천진난만한 느낌.

이런 세계도 있었군……. 그런 감각을 오랫동안 잊고 있었다. 하지만 아이러니하게도 경영의 측면에서 볼 때는 이것이 비용의 정체다.

사람들의 성원을 받으며 이번 회부터 구라하시가 마운드에 올랐다. 그와 동시에 사람들은 사루타의 이름을 연호하면서 아낌없이 박수를 보내고, 비록 4점을 빼앗겼지만 그 이후에 잘 막은 베테랑 투수를 격려했다.

아리사가 경기 전에 벼락치기로 공부한 지식을 호소카와에게 말해주었다.

"사실은 구라하시가 선발이에요. 하지만 이번 경기에서 지면 야구팀에게 다음은 없기 때문에 중간 계투로 들어간 거예요."

"총력전이란 거군."

구라하시는 안타를 맞기는 했지만 그 회를 무난하게 마무리했다.

한 번 기울어진 흐름을 바꾸기는 쉽지 않았다. 아오시마제작소는 아직 점수를 올리지 못한 채 경기의 페이스는 서서히 빨라지고 있었다. 눈에 보이지 않는 리듬에 쐐기를 박고, 자기 리듬으로 바꾸는 것은 매우 어려운 일이다. 그것이 야구든 경영이든……. 그것이 얼마나 어려운지 지금의 호소카와만큼 잘 아는 사람은 없으리라.

그렇게 생각한 순간, 지금 열세에 빠진 야구팀을 아오시마제작소의 모습과 겹쳐 보지 않을 수 없었다. 다이도 감독은 지금 벤치에서 어떤 생각을 하고, 지금의 전황을 어떻게 바라보고 있을까. 복잡한 머릿속은 지금의 호소카와와 별반 다르지 않으리라.

7회 말. 아오시마제작소의 공격이 시작되었다. 응원석의 성원을 등에 업고 타석에 들어간 사람은 8번 타자인 포수 이사카였다.

"이사카 씨는 야구팀의 주장이에요. 출신은 고교야구로 유명한……."

다음 순간, 아리사의 설명을 가로막고 방망이가 경쾌한 소리를 내뿜었다. 직선 타구가 중견수 앞으로 뻗어나가자 응원석의 분위기가 단숨에 뜨거워졌다.

앞쪽에 앉아 있던 나가토가 일어서서 주먹을 들어 올리더니, 그때까지 억눌렸던 울분을 풀기라도 하듯 치어리더들이 있는 맨 앞의 무대로 뛰어나갔다. 응원가가 울려 퍼졌다. 전원이 일어서서 응원하기 시작했다.

그런 와중에 타석에 들어선 사람은 이날 지명타자로 들어간 아라이였다. 초구와 2구는 볼. 그리고 3구인 속구……. 최악의 상황이 벌어졌다. 아라이의 타구가 투수 앞으로 굴러간 것이다.

비명 소리가 허공을 가로질렀다. 아웃을 선언하는 루심의 콜이 그라운드에 울리고 호소카와는 의자에 털썩 주저앉았다. 병살이다.

이 경기는 운이 없다.

하지만…….

"괜찮아, 괜찮아! 문제없어, 문제없어!"

응원석의 여기저기에서 그런 성원이 날아와서 그는 얼굴을 들었다.

"괜찮아, 괜찮아! 지금부터 시작이야!"

나가토가 일어서서 목이 쉴 정도로 그라운드를 향해 소리쳤다. 병살이 되어도, 주자가 없어도 그런 것은 관계가 없었다.

……응원단이 포기하면 누가 응원합니까?

나가토의 말이 호소카와의 머리를 가로질렀다. 타순이 1번으로 돌아오고, 이누히코가 조금 굳은 옆얼굴을 보이며 타석에 들어서는 참이었다.

"파이팅!"

작은 체격의 어디에 그런 성량이 숨어 있었는지 놀랄 만큼 아리사는 고함을 질렀다. 조금 전까지 스탠드를 감쌌던 한숨은 이미 기척조차 남아 있지 않다.

다시 응원가가 울려 퍼지고, 치어리더들의 필사적인 응원이 시작되었다. 응원가는 〈레츠고 블루〉. 다시 일어선 호소카와도 들고 있는 가사 카드를 보면서 하나가 되어 노래를 불렀다.

이런 것인가.

그라운드에서 하나가 되자…….

그 순간, 그는 깨달았다. 아오시마가 왜 야구팀을 만들고, 그것을 소중히 키워왔는지를. 모든 사람들의 마음이 하나가 되면서, 아무리 열세에 놓여 있더라도 최후의 승리를 믿어 의심치 않는다. 순수하게, 존엄하게, 강렬하게…….

그것은 언젠가부터 그가 잊고 있던 감정이었다.

"지금부터 시작이다! 파이팅!"

정신을 차리자 그도 그라운드를 향해 목이 터져라 응원을 하고 있었다.

그런 그의 응원에 주변에서 새로운 응원이 날아오면서 몇 겹으로 겹쳐진다.

믿자. 그것이 어떤 결과로 나타나든, 지금 우리는 야구팀과 함께 그라운드에서 하나가 되는 것이다!

이누히코의 방망이가 튕겨낸 공이 3루 선상을 빠져나간 것은 그때였다.

3

"좋았어!"

고가는 가슴 앞에서 두 손에 힘을 주어 주먹을 만들었다. 2루에 슬라이딩을 한 이누히코는 미소도 짓지 않고 유니폼의 흙을 털었다.

상대 투수인 마스다가 이 경기에서 처음으로 불만스러운 표정을 지으며 모자를 벗었다. 얼굴에는 드러내지 않지만 피로가 쌓였을 것이다. 공의 위력은 점점 떨어지고 있었다.

고가는 멀리 떨어진 전광판을 바라보았다.

4점 차. 뒤집기 위해서는 이번 회에 최소한 한두 점이라도 얻어야 한다.

비록 투아웃이지만 니카이도의 안타와 좋은 주루가 이어지며 주자 2, 3루가 된 상황에서, 3번 타자인 스자키가 천천히 타석에 들어섰다.

"지금이 승부처야."

이사카는 그렇게 중얼거리고 타석의 스자키에게 불타오르는 시선을 향한 채 주먹을 불끈 쥐었다. 뒤쪽에서 비치는 햇살이 스자키의 얼굴에 그늘을 만들었다. 이누히코가 조금씩 베이스를 떠나고, 흔들리던 스자키의 방망이가 멈추었다.

스자키, 제발 쳐줘. 모두를 위해서.

승부를 지켜보는 고가의 머릿속이 펄펄 끓었다. 응원하는 목소리, 큰북, 트럼펫 소리…… 그것들이 하나로 뒤섞이며 밀려들고 녹아내리더니 아득한 저편에서 들리는 파도 소리로 바뀌었다.

2구는 아슬아슬한 볼이었다. 투수가 3구의 세트포지션에 들어갔다.

처라…….

고가는 타석의 스자키를 향해 기도했다. 다이도 감독이, 미카미 부장이, 이사카를 비롯한 선수들이, 그리고 응원석에 있는 아오시마제작소 모든 직원들의 마음이 스자키의 방망이에 간절한 기도를 담았다.

한 걸음, 또 한 걸음. 이누히코가 베이스를 떠났지만 마스다는 그것을 무시했다. 마스다의 투구 동작이 몹시 느리게 느껴졌다. 공이 마스다의 손끝에서 떠난 순간, 단단한 타격음이 마비되어 가던 고가의 귀로 파고들었다.

방망이 중심에 정확히 맞은 스자키의 타구는 불을 내뿜으며 낮게 전진하는 총알처럼 날아갔다. 그리고 상대팀 유격수 글러브의 불과 수십 센티미터 위를 넘어가더니, 눈 깜짝할 사이에 외야의 잔디에서 튕기면서 펜스와 격돌했다.

이누히코가 여유 있게 홈베이스를 밟았다. 니카이도는 정신없이 3루 베이스로 돌진했다. 기백이 담긴 베이스러닝*이었다.

"돌아, 돌아, 돌아!"

벤치의 절규는 응원석의 성원에 파묻혀서 들리지 않았다. 그래도 고가는 소리를 질렀다. 다이도도, 미카미도, 이사카도, 니시나도, 사루타도 모두 절규하고 있다.

• 주자가 베이스에서 다음 베이스로 달리는 것.

"돌아, 돌아, 돌아!"

상대팀 중견수가 던진 공이 중계 플레이 없이 2루수의 머리 위를 넘어서 날아왔다. 클로즈플레이[•]였다. 하지만 포수가 터치하기 전에 니카이도의 스파이크가 홈베이스 위를 밟았다.

모두의 가슴이 두근거리는 가운데, 니카이도가 후련한 얼굴로 돌아왔다. 벤치 안에서 박수와 환호성이 메아리치면서 사라지던 전의가 되살아났다.

전광판에 '2'라는 숫자가 나타났다. 1루 측 벤치와 모든 응원석의 기대를 짊어지고 4번 타자인 사기노미야가 천천히 타석으로 들어섰다.

상대팀 감독이 "타임!"을 외치며 그라운드로 뛰어나가더니, 투수에게 뭐라고 말을 하고 돌아왔다. 투수 교체는 하지 않았다.

"치는 수밖에 없어. 쳐서 이기는 수밖에 없어!"

그렇게 말한 사람은 미카미 부장이었다.

냉정한 이사카가 공의 배합을 예측했다.

"이번엔 거를 거야. 1루가 비어 있으니까. 볼을 던져서 땅볼을 유도하든지. 공의 날카로움은 줄어들었지만 제구력 있는 투수만이 할 수 있는 공 배합이지."

그가 예상한 공이 날아왔다. 포수가 요구한 바깥쪽 직구다. 하지만 고가가 봤을 때, 마스다가 던진 공은 공 하나나 하나 반 정도 안쪽으로 들어온 것 같았다.

사기노미야의 방망이가 빛을 내뿜은 것은 그 순간이었다. 관

• 아웃인지 세이프인지 분간하기 어려운 아슬아슬한 상황.

276

중석의 환호성과 비명을 실은 타구가 하늘 높이 솟아올랐다. 그리고 두 손을 축 늘어뜨린 채 공을 바라보는 중견수의 머리 위를 넘어가자 외야석에 부딪치고…… 크게 튕겼다.

경기장은 순식간에 귀가 먹먹해질 만큼 절규와 환희의 소용돌이에 휩싸였다. 소리도 없이 외야 스탠드에서 튕기는 공을 믿을 수 없는 심경으로 바라본 호소카와는 스스로도 이해할 수 없을 정도로 흥분해서 몇 번이나 주먹을 불끈 쥐었다. 그 소동은 엔도가 친 공이 상대팀 선수에게 잡혀서 공수가 교대될 때까지 계속되고, 8회 초 마운드에 올라간 구라하시가 연타를 얻어맞으면서 급속히 시들었다.

"큰일이군."

호소카와는 얼굴을 찡그렸다. 노아웃에 1, 2루. 더구나 지금부터 나올 타자는 클린업 트리오. 상대팀의 중심 타자들이다.

"아! 감독이 나왔어요!"

아리사의 말을 듣고 호소카와도 벤치에서 나와 마운드를 향해 천천히 걸어가는 다이도를 바라보았다. 다이도의 입술이 움직이면서 "등 번호 14번"이라고 말하는 것이 보였다. 그리고 구라하시에게서 공을 받고 등을 토닥여주었다.

"오키하라다!"

아리사가 흥분해서 목소리를 높인 것과 관중석이 술렁거린 것이 거의 동시였다.

"오키하라?"

어디서 들은 이름이라고 생각한 순간, 곧바로 기억이 났다. 며칠 전의 임원회의에서 생산부의 파견 직원을 둘러싸고 아사히나와 미카미의 언쟁이 벌어졌는데, 그때 등장했던 이름이다.

아리사가 재빨리 설명했다.

"우리 야구팀의 기대주이자 샛별이에요. 요전의 사내 야구대회에서 다이도 감독이 찜했다가 끌어왔는데, 원래 후타바니시 고등학교 에이스였대요."

"그래?"

후타바니시라는 이름은 호소카와도 들은 적이 있었다. 야구의 명문 고등학교다. 그런 재능 있는 사람이 어떤 이유로 파견 직원으로 일하게 되었는지는 모르겠지만, 지금 불펜을 나와 마운드로 달려간 사내의 옆얼굴은 예리하고 침착하게 보였다.

오키하라는 이사카를 상대로 투구 연습을 마치고 로진백*을 들었다 떨어뜨렸다. 모자의 챙을 잡아당기고 몸을 앞으로 숙인 뒤, 이사카의 사인에 고개를 끄덕이고는 세트포지션에서 초구를 던졌다.

상대인 3번 타자의 방망이가 허공을 가르고 공이 포수 미트로 빨려 들어갔다. "팡!" 하는 경쾌한 소리가 그라운드에 메아리쳤다.

구장 전체가 술렁거렸다. 줄을 그은 듯이 순식간에 포수 미트로 빨려 들어가는 쾌속구였다. 느린 공으로 승부하는 구라하시 다음에 던져서 그런지 더욱 빨라 보였다.

---

* 투수나 타자가 공이 미끄러지지 않게 하려고 손에 묻히는 송진 가루를 넣은 작은 주머니.

긴장된 순간에서 등장한 오키하라는 즉시 상대 타자를 궁지에 몰아넣고, 마지막에 내야 땅볼로 잡아서 병살을 완성했다. 그리고 이어지는 4번 타자를 헛스윙의 삼진으로 잡아내고 밝은 얼굴로 마운드를 내려왔다. 그야말로 눈 깜짝할 사이에 벌어진 일이었다. 환호성의 소용돌이에 휩싸인 호소카와는 온몸이 마비되는 듯한 흥분을 견딜 수 없었다.

그의 입에서 떨리는 목소리가 흘러나왔다.

"정말 대단하군. 이렇게 대단한 투수였던가?"

모두 일어나 손피리를 불고 오키하라를 박수로 맞이했다. 자신도 박수를 보내면서 호소카와는 전광판에 늘어선 숫자를 눈부시게 올려다보았다. 패색이 짙었던 경기가 돌연 손에 땀을 쥐게 하는 멋진 경기로 바뀌었다.

그때.

"호소카와 사장."

등 뒤에서 부르는 소리를 듣고 뒤를 돌아본 호소카와는 그곳에서 아오시마의 모습을 발견하고 무의식중에 벌떡 일어섰다.

"회장님! 오셨습니까?"

"구장에서 보면 심장에 안 좋을 것 같아서 회사에 있었는데, 도저히 가만히 있을 수가 있어야지. 그나저나……."

전광판을 올려다보고 아오시마는 쓴웃음을 지었다.

"역시 심장에 안 좋겠군."

호소카와의 오른쪽에 앉은 아오시마는 눈을 가늘게 뜨고 그라운드를 내려다보았다. 아오시마에게는 야구장이 잘 어울렸다.

햇살, 바람, 떠들썩한 응원석, 그리고 그라운드에서 펼쳐지는 게임. 아오시마는 그 모든 것을 자연스럽게 받아들이고 존재감을 뿌리면서도 태연하게 행동했다.

"호소카와 사장, 야구에서 가장 재미있는 스코어가 몇 대 몇인지 아나?"

아오시마의 갑작스러운 질문을 받고 호소카와는 고개를 갸웃했다.

"글쎄요, 저는 야구를 잘 모르거든요. 3 대 2쯤 되나요?"

"8 대 7일세. 프랭클린 루스벨트 대통령이 가장 재미있는 스코어라고 한 것에서 유래되었지. 일명 루스벨트 게임˙이라고 한다네."

호소카와는 4 대 4의 전광판을 눈부시게 올려다보았다.

"아하, 타격전이군요. 여기에서 다시 3점과 4점을 각각 빼앗는 건가요?"

"하지만 어떻게 득점하느냐에 따라서 경기의 인상은 전혀 달라지지. 1점씩 올라가는 시소게임도 좋지만, 나는 크게 벌어진 점수 차이를 따라잡아 역전하는 것에 진정한 재미를 느낀다네. 각각 1점씩 점수를 얻어 4 대 4가 된 게 아니라, 처음에 4점을 빼앗기고 쫓아간 덕분에 이 경기가 더욱 재미있지 않나? 절망과 환희는 종이 한 장 차이일세. 뭔가와 똑같다고 생각하지 않나?"

마지막 말을 듣고 호소카와는 아오시마를 바라보았다. 그라운드에 시선을 향한 노련한 경영자의 옆얼굴을 바라본 뒤, 그의 시

• 한국에서는 '케네디 스코어'라는 말로 알려져 있다.

선을 더듬는 것처럼 자신도 앞을 향했다. 아오시마제작소 타자가 삼진을 당하고 오키하라가 마운드로 올라가는 참이었다.

9회 초. 오키하라는 상대팀 타자 셋의 출루를 모두 막는 삼자범퇴로 물리쳤다. 위험하다는 느낌이 손톱만큼도 없이, 마치 잘 짜여진 연극이라도 보는 것처럼 담담하게 수비가 끝났다.

아오시마가 말한 '뭔가'란 물론 경영을 가리킨다.

호소카와는 생각했다.

나는 오늘 무엇을 하러 여기에 왔을까? 단지 야구를 보러 왔을 뿐인데, 온통 배우고 깨닫는 것뿐이다. 아오시마제작소의 경영이 7 대 0의 열세라면 8점을 빼앗으면 되지 않는가? 자신을 믿고 직원들을 믿고, 그 앞에 있는 승리의 환희를 믿고…….

"회장님, 고맙습니다."

그는 앞을 향한 채 말했다.

9회 말 공격이 시작되고, 지명타자인 아라이가 다음 타자 대기소로 들어갔다. 좋은 기회에 범타로 물러난 지난번 타석의 기억을 뿌리치는 것처럼 예리한 스윙을 반복했다. 그리고 기합이 들어간 표정으로 타석에 섰다.

"조금 전에는 실패했지만 원래 장타력이 있는 선수예요."

아리사가 설명이 끝나기도 전에 아라이의 방망이가 불을 내뿜었다. 방망이에 맞고 튕겨나간 공은 응원석의 환호성과 함께 관중이 드문드문한 좌측 스탠드로 빨려 들어가고, 한 번 크게 튕기더니 호소카와의 시야에서 사라졌다.

4

"도요카메라의 반응은 어떤가?"

미쓰와전기의 영업회의 자리였다. 반도는 평소에도 자기 질문에 변명을 허용치 않을 만큼 엄격한 사람이었다. 그의 시선 끝에 있는 사람은 영업총괄 임원인 가와모토였다.

가와모토는 반도의 오른팔이자 미쓰와전기의 영업을 관장하는 사람이다.

"이제 곧 정식 회답이 있겠지만, 우리가 가장 유력한 것만은 틀림없습니다."

"아오시마는 요즘 어때?"

라이벌 기업의 동향은 항상 가슴속에 있는 납덩이처럼 그의 마음을 무겁게 했다. 기사회생의 전략으로 전자 부문을 강화했는데, 그 최대 라이벌이 기술적으로 앞선 아오시마제작소이기 때문이다. 입에 담는 일은 좀처럼 없지만 기술개발력에서 아오시마에게 뒤진다는 위기감이 그의 머릿속에 항상 달라붙어 있었다.

가와모토는 반도의 안색을 살피면서 대답했다.

"성능 면에서는 우리 센서가 더 뛰어나다고 합니다. 가성비 면에서도 훨씬 유리하고요."

그 말을 듣고 기뻐할 만큼 반도는 단순한 사람이 아니다. 그는 가와모토의 말을 곱씹으며 한 걸음 더 깊이 들어갔다.

"아오시마의 신형 이미지센서의 규격은 어때?"

"도요카메라 쪽에도 아직 정식으로 제시하지 않은 것 같습니다. 도요카메라가 판매를 앞당김으로써 개발 일정이 맞지 않을 가능성이 크다고 합니다."

일정이 맞으면 어떡하냐는 질문은 가까스로 집어삼켰다. 필요 이상으로 불안해하는 모습을 보여주고 싶지 않았다.

"참고로 신제품에 탑재할 이미지센서의 최종 결정은 6월 말로 확정되었습니다."

반도는 침묵했다. 그때까지 아오시마가 신형 이미지센서를 개발하지 못하면 그걸로 끝이다. 하지만 도요카메라는 품질을 중요시하는 회사다. 만약 6월 말까지 아오시마가 신형 이미지센서를 개발하면 미쓰와의 이미지센서를 채택하지 않을 가능성도 있다.

회의실에 무거운 침묵이 찾아왔다. 이미지센서는 반도가 책정한 중기 경영전략의 핵심이다. 그러기 위해 거액을 투자한 것까지는 좋았지만 규격보다 가성비를 우선한 전략이 품질을 중요하게 여기는 도요카메라에게 발목이 잡혔다. 하지만 새로 뛰어든 이미지센서 분야에서 어느 정도 위치를 차지하기 위해서는 시장에서 주목하는 도요카메라의 카메라에 반드시 탑재해야 한다.

100억 엔 규모로 투자한 비용을 회수함과 동시에 더 좋은 제품을 내놓기 위해 연구개발을 하려면 시간과 비용이 든다. 이미지센서 사업은 이제 막 출발선에 섰는데, 자칫하면 거추장스러운 짐덩어리가 될 수도 있다.

이 전략의 실패를 만회하기 위해서는 두 가지 길밖에 없다. 첫째, 무슨 수를 써서라도 도요카메라에서 수주를 받을 것. 둘째, 아오시마제작소라는 최대의 라이벌을 제거할 것.

아오시마제작소의 호소카와의 얼굴이 떠올랐다. 지금과 같은 불황에서는 아오시마도 적자에 허덕일 텐데, 왜 합병 제안에 동의하지 않는 거지? 반도의 조바심은 당분간 가라앉을 것 같지 않았다.

5

도요카메라의 오쓰키 구매부장은 보고 있던 서류를 탁자에 내려놓으며 냉정하게 물었다.

"오늘은 무슨 일로 왔지? 시제품이라도 가져왔나?"

"아뇨, 그건 아직……."

도요오카가 송구스러운 표정으로 대답하자 오쓰키는 여봐란 듯이 한숨을 쉬었다.

"생산 시기를 앞당긴 건 우리 잘못일지도 모르겠지만, 그쪽 회사의 신제품 개발 일정이 그렇게 한참 뒤일 줄은 몰랐거든."

"죄송합니다."

특별한 볼일이 있는 것이 아니라 단순히 얼굴 도장을 찍기 위해서 들렀음은 오쓰키도 알고 있다.

"개발팀이 거의 쉬지도, 자지도 않고 노력하고 있지만, 아무튼 개발하기 어려운 센서라서 그에 걸맞은 시간이 걸린다고 합니다."

"어렵다, 어렵다고 노래를 부르는데, 도대체 어떤 센서인데 그런가?"

오쓰키가 빈정거리며 물은 순간, 도요오카는 슬며시 서류 하나를 내밀었다.

"이건 뭐지?"

오쓰키는 시큰둥한 얼굴로 서류를 들어올렸다. 그 눈이 서류의 숫자를 좇는 것을 도요오카는 은밀히 관찰했다.

그곳에는 현재 개발 중인 새 이미지센서의 예상 규격이 쓰여 있다. 기술개발부의 가미야마에게 떼를 써서 받은 규격을 이용해 도요오카가 작성한 극비 서류였다. 본래 사외에 내보내도 되는 서류가 아니다. 보여주기만 하고 반드시 회수해오는 것이 가미야마가 내건 조건이었다.

숫자를 좇던 오쓰키의 안색이 바뀌면서, 그는 말없이 서류를 탁자 위에 내려놓았다. 도요오카는 재빨리 서류를 가방 안에 넣고 오쓰키에게 물었다.

"만약 이 규격의 제품을 도요카메라의 테스트 기간에 맞게 제공하면 채택될 전망이 있을까요? 아니면 이 규격이라도 미쓰와전기의 센서에 이길 수 없을까요?"

오쓰키는 입을 다문 채 팔짱을 끼고 심각한 표정을 지었다.

"자네는 참 아픈 곳을 찌르는군."

오쓰키의 입에서 그런 말이 새어 나왔다. 그의 표정에 고뇌가 깃든 순간, 도요오카는 지금까지 상상도 하지 못했던 사내 사정이 있음을 알아차렸다.

오쓰키가 조심스럽게 입을 열었다.

"이건 다른 곳에서는 절대로 말하지 말게. 실은 개발 부문과 의논한 결과, 판매 시기를 재검토하는 게 어떻겠냐고 제안했지. 유감스럽게도 통과되진 않았지만."

생각지도 못한 이야기를 듣고 도요오카는 눈을 크게 떴다.

"그렇게까지 하신 이유는 뭐지요?"

"나한테 들었다곤 말하지 말게."

오쓰키는 확실하게 못을 박고 목소리를 더욱 낮추었다.

"한마디로 말해서 규격이 부족해."

"미쓰와의 센서가 말입니까?"

대답은 돌아오지 않았다. 하지만 그렇다는 것은 오쓰키의 표정이 말해주고 있었다. 그것은 도요오카가 처음 듣는 미쓰와전기의 제품 정보였다.

"신제품에 탑재할 이미지센서로는 임팩트가 부족해. 다만 개발 현장과 경영 판단이 다르다는 건 자네도 알 거야."

문제가 그곳에 있다는 것은 도요오카도 알고 있었다.

"미쓰와에서는 그걸 가성비라는 말로 얼버무리고 있지만, 솔직히 말해 거기에 이의를 제기하는 사람도 적지 않아. 입문자 모델은 그래도 괜찮아. 하지만 하이엔드의 고급 기종에 이르면 소비자의 요구는 높아지는 법이지. 지금 판매하는 모델을 가지고 있어도 새 모델이라면 일부러 다시 사겠다고 할 만큼 성능 차이가 있어야 하니까."

"하지만 개중에는 성능보다 저렴한 제품이 좋다는 소비자도 있을 수 있잖습니까?"

도요오카가 일부러 그렇게 말하자 냉담한 대답이 돌아왔다.

"그럴지도 모르지. 하지만 이것은 카메라 제조업체로서의 정체성 문제야. 자네의 처음 질문으로 돌아가지. 만약…… 만약 아오시마에서 이 규격의 이미지센서를 완성하면, 단가에 따라서 다르지만 채택될 가능성은 매우 높아. 아니, 반드시 채택하고 싶어."

오쓰키의 강력한 말을 듣고 도요오카의 가슴은 조용한 흥분으로 가득 찼다.

"미쓰와 센서에 대한 평가는 겨우 그 정도인가?"

도요오카의 보고를 듣고 호소카와는 믿을 수 없는 심정으로 중얼거렸다. 사장실에는 호소카와 이외에 사사이와 부루퉁한 얼굴의 가미야마도 있었다. 가미야마가 화가 난 이유는 예상 규격을 도요카메라에 보여주고 싶다고 도요오카가 고집을 부렸기 때문이다.

"재미있군."

사사이는 그렇게 중얼거리더니, 호소카와를 향해 의미심장한 시선을 던졌다.

"사장님은 어떻게 생각하십니까?"

호소카와는 냉정하게 분석했다.

"미쓰와는 거래처의 요구를 잘못 해석한 게 아닌가요? 도요카메라를 비롯한 카메라 제조업체의 요구가 성능보다 비용에 있다고 생각했을 가능성이 있습니다."

"그로 인해 어중간한 규격의 제품을 개발했을 수 있단 말씀이군요."

"아니면 고규격 제품을 개발할 수 없었든지요."

퉁명스러운 얼굴로 덧붙인 사람은 가미야마였다. 고규격 이미지센서를 개발하는 것이 얼마나 어려운 일인지 아는 사람만이 할 수 있는 말이었다.

사사이가 말했다.

"그렇다면 미쓰와는 지금 굉장히 초조할 겁니다. 이미지센서를 새로 만들기 위해서는 상당한 초기 투자금이 필요하지요. 유가증권보고서에 따르면 미쓰와가 투자한 금액은 백 억 엔이 넘습니다. 실패하면 책임 문제가 뒤따르겠지요."

호소카와의 마음속에서 확신이 싹튼 것은 이때였다. 미쓰와가 아오시마제작소에 합병을 제안한 이유는 바로 여기에 있다.

호소카와는 가미야마 기술개발부장에게로 시선을 돌렸다.

"가미야마 부장, 8월로 예정했던 시제품을 2개월 앞당길 수 없겠나?"

대답은 돌아오지 않았다. 기술자라기보다 완고한 장인이라는 편이 어울리는 외모는 항상 화가 난 사람처럼 보였다.

"노력은 하겠습니다. 하지만 약속은 드릴 수 없습니다."

이윽고 그의 입에서 나온 말은 간만에 좋아진 분위기를 얼어붙게 만들기에 충분했다. 그 말을 들은 순간, 호소카와는 낙담과 동시에 솟구치는 분노를 억제할 수 없었다. 그 즉시 자기도 모르게 감정적인 말이 입을 뚫고 나왔다.

"약속하라곤 하지 않았잖나! 지금 우리 회사는 죽느냐 사느냐의 갈림길에 있어! 좀 더 필사적인 모습을 보여줘도 되잖아!"

가미야마의 말투도 딱딱해졌다.

"저는 어디까지나 전문가로서 의견을 말씀드린 것뿐입니다. 개발에는 시간이 걸리지요. 스케줄을 앞당기고 싶어도, 그렇게 말처럼 뚝딱 되는 게 아닙니다."

"자네 말이야, 맨날 사사건건 그런 식으로……."

듣고 있던 도요오카가 화를 내며 거칠게 되받아치려고 했을 때, 호소카와가 가로막았다.

"그만하게. 가미야마 부장, 당신이 걱정하는 건 제품 보증이 아닌가? 그렇다면 그건 내가 책임지겠어. 그러니까 어떻게든 개발을 앞당길 수 없겠나?"

그러자 고개를 숙인 가미야마로부터 나지막한 목소리가 돌아왔다.

"사장님. 이건 누가 책임을 지느냐는 문제가 아니지 않습니까? 그런 걸 가장 싫어했던 분은 사장님이 아니셨던가요?"

호소카와가 흠칫 놀라며 숨을 들이마셨다.

"이미지센서에서 불량이 생기면 어떻게 되는지 아십니까? 문제는 생산 라인에 있는 카메라만이 아닙니다. 시장에 돌아다니는 카메라를 전부 회수해서 분해한 다음, 새 이미지센서와 교체해야 합니다. 우리 부품만을 보상한다고 되는 일이 아니란 뜻이지요. 그러기 위해서는 거액의 비용이 듭니다. 만약 그렇게 되었을 때, 어떻게 책임지실 겁니까? 책임지실 방안이 없지 않습니까?"

반론할 말을 잃어버린 호소카와를 향해 가미야마는 단언했다.

"당연한 말씀이지만 개발의 책임은 제가 집니다. 저는 그걸 두려워하는 게 아닙니다. 단지 제가 백 퍼센트 만족한 제품을 시장에 내놓고 싶다, 그렇게 생각하는 것뿐입니다."

"고집이 쇠심줄보다 더 질기군요."
가미야마의 뒷모습이 문 너머로 사라지자 사사이가 어이없는 얼굴로 말했다.
호소카와도 팔걸이의자에 몸을 묻고 탄식했다. 가미야마를 어떻게 설득해야 좋을지 알 수 없었다. 애초에 설득할 수 있을지조차 확실하지 않았다
"최대한 노력해보겠다든지, 그런 말조차 없는 건 좀 아쉽군요."
호소카와의 입을 뚫고 불만이 튀어나왔다.
사사이는 가여워하는 눈길로 호소카와를 보더니, 손에 든 파일에서 스테이플러로 찍은 서류를 꺼내 말없이 탁자 위에 내밀었다. 지난달부터 어제까지 부서별로 야근비의 추이를 알 수 있는 막대그래프였다. 사사이가 실시간으로 파악하고 있는 비용 자료 중 하나였다.
"기술개발부를 보십시오."
무슨 말을 하고 싶은지 이해할 수 없는 상황에서 호소카와는 해당 페이지를 펼쳤다. 맨 처음에 눈에 들어온 것은 '승인 요(要)'라는 글자였다.
전사적인 비용 절감 방침에 따라 인원 감축을 담당하는 총무부를 제외하고 야근비는 일제히 격감하고 있었다. 그런데 그 움

직임에 역행해 기술개발부만 오히려 극단적으로 증가하고 있었다. 언뜻 보기에 그 숫자는 호소카와를 비롯한 경영진의 지시를 완전히 무시하는 것처럼 보였다.

호소카와가 얼굴을 들자 사사이가 엄격한 표정으로 바라보고 있었다.

"말은 그렇게 하지만 가미야마는 지금 죽을힘을 다해 개발하고 있습니다. 이미지센서 개발팀은 집에도 못 들어가고 계속 회사에서 자고 있지요. 그 야근비를 승인해주시겠습니까?"

그랬군. 호소카와는 말없이 사사이의 냉정한 얼굴을 바라보는 수밖에 없었다.

이윽고 호소카와가 신중하게 입을 열었다.

"가미야마 부장에게 너무 심하게 말했군요. 전무님, 사장으로서 그들에게 해줄 수 있는 일이 없겠습니까?"

"그들에게 해줄 수 있는 일은 단 하나, 그들을 믿고 기다리는 일이 아니겠습니까?"

믿는다…….

호소카와의 뇌리에 떠오른 것은 며칠 전에 본 야구팀 경기였다. 그 경기와 똑같다.

호소카와는 새삼스레 자세를 바로 하고 사사이를 향했다.

"전무님께 한 가지 의논할 일이 있습니다. 실은 미쓰와전기에서 합병을 하지 않겠냐는 이야기가 있었습니다."

사사이는 눈썹 하나 까딱하지 않고 호소카와를 똑바로 바라보았다. 그 눈의 안쪽에서 무엇인가가 움직인 듯했지만 그것이 무엇인지 호소카와는 알 수 없었다.

"전무님 의견을 듣고 싶습니다."

사사이가 대답하기 전에 그의 눈에서 강한 의지 같은 것이 흘러넘치는 것처럼 보였다. 하지만 그것이 무엇인지 알아차리기도 전에 강직해 보이는 눈동자 안쪽으로 사라졌다.

사사이는 눈을 부릅뜨고 정면으로 물었다.

"미쓰와전기와 합병하면 우리 회사가 살아남을 수 있습니까? 그들의 목적은 우리의 기술력입니다. 필요한 것만 가로채고 나머지는 버리겠지요. 대부분의 직원들은 구조조정 대상이 되어서 회사를 떠나야 할 겁니다."

"전무님은 반대인가요?"

호소카와의 질문이 끝나기도 전에 사사이는 단호히 대답했다.

"반대입니다. 지금 도요오카의 보고를 듣고 확실히 알았는데, 미쓰와와는 합병할 필요가 없습니다."

호소카와는 사사이를 물끄러미 바라본 채 작게 고개를 끄덕였다.

"알겠습니다."

반도의 제안에 겨우 수긍할 수 있는 결론을 얻은 것이다.

6

사사이가 나간 뒤, 사장실에 혼자 남은 호소카와는 책상의 수화기를 들고 전화를 걸었다. 그리고 상대가 전화를 받자 대강 인사를 하고 본론을 꺼냈다.

"지난번에 말씀하신 건 말입니다만, 본래라면 만나 뵙고 말씀드려야 하겠지만 빠른 편이 좋을 것 같아서요."

"감사합니다. 결론을 내리셨나요? 좋은 대답이라고 생각해도 되겠지요?"

반도의 목소리에는 기대감이 잔뜩 담겨 있었다.

"여러모로 검토를 해봤지만 제안은 받아들일 수 없습니다."

한순간 수화기 건너편이 조용해졌다.

"호소카와 사장님, 이유를 말씀해주실 수 있겠습니까?"

반도의 입에서 겨우 나온 말은 억누를 수 없는 분노로 떨리고 있었다.

"미쓰와와 저희 회사는 기업 풍토가 너무나 다릅니다."

수화기를 사이에 두고 다시 침묵이 자리했다. 반도가 받아들이지 않았다는 증거다.

예상한 대로 반도가 다시 물었다.

"그게 무슨 말씀이죠?"

"기업 규모도 다르고, 영업이 중심인 미쓰와에 비해 저희 회사는 조촐한 기술자 집단 같은 곳입니다. 잘 어울리리라곤 생각할 수 없습니다."

"그래서 더 좋지 않습니까?"

'이해를 못 하는군' 하고 말하고 싶은 말투다.

"서로 다르니까 하나가 되는 것에 의미가 있지 않습니까? 비슷한 기업 규모에 비슷한 분위기의 회사끼리 하나가 되는 게 무슨 의미가 있지요?"

"그럴 수도 있겠지만 이번 이야기는 단지 저희 회사가 미쓰와의 밑으로 들어가는 것뿐이라고 생각합니다. 이런 상태에서는 하나가 될 수 없을 것 같습니다."

반도의 말투가 딱딱하게 변했다.

"호소카와 사장, 그건 당신의 의견인가? 아니면 임원회의를 거친 정식 의견인가?"

"제 개인의 의견이지만 회사의 의견이라고 생각해주셔도 좋습니다. 모로타 사장님도 고생을 해주셨으니까 제 쪽에서 한 번 자리를 마련하려고 합니다."

"그런 건 할 필요가 없어! 괜히 모로타 사장의 얼굴에 먹칠을 하게 되니까. 그런 자리에서 끝날 이야기도 아니고."

반도의 목소리에는 조바심이 역력했다.

"그것에 대해서는 죄송합니다. 아무튼 저희 회사로서는 양보할 수 없는 부분이 너무 많아서요."

반도는 선언하듯 말했다.

"당신 생각은 틀렸어. 기업 풍토나 기업 규모가 너무 달라서 하나가 될 수 없다는 이야기는 난생처음 들어보는군. 내 이야기를 거절하면 반드시 나중에 후회하게 될 거야."

호소카와가 의문을 제기하며 핵심을 파고들었다.

"그럴까요? 저희와 하나가 되면 미쓰와전기에는 이점이 있을 수도 있습니다. 하지만 저희는 그렇지 않습니다. 반도 사장님께서는 저희에게 왜 이 제안을 하셨는지, 끝까지 본심을 말씀하시지 않으셨지요."

"본심? 그게 무슨 말이지? 규모가 클수록 이익이라는 내 말을 잊었나?"

"명분론은 됐습니다."

"명분론이라니! 그게 무슨 말인가?"

목소리가 거칠어진 반도를 향해 호소카와는 냉정하게 말했다.

"규모의 이익을 추구한다면 상대는 저희가 아니라도 상관없겠지요. 그런데 왜 하필 저희인지, 그 이유가 계속 마음에 걸렸습니다. 그리고 겨우 이해할 수 있는 대답을 찾았습니다."

반도가 밉살스럽게 대꾸했다.

"오호, 재미있군. 어디 한번 말해보시게. 내 목적이란 게 도대체 뭐지?"

"저희의 이미지센서 기술이 아닙니까?"

호소카와의 말이 끝나기도 전에 반도는 내팽개치듯 말했다.

"말도 안 되는 소리 말게! 내가 그쪽의 기술개발력이 탐나서 합병을 제안했다고? 지금 진심으로 그렇게 생각하나? 경영자의 자질이 의심스럽군."

"만약 아니었다면 죄송합니다."

하지만 그 말에 대한 반도의 반론은 없었다.

"그렇게까지 말한다면 이 이야기는 처음부터 무리였다고 생각하는 수밖에 없겠군. 내가 사람 보는 눈이 없었던 것 같네."

"그럴지도 모르겠습니다."

호소카와는 조금 쓸쓸한 기분이 들었다. 이런 일이 아니었다면 반도와는 좋은 관계가 될 수 있었을지도 모른다.

"그럼 이만 실례하겠습니다."

호소카와의 전화는 일방적으로 끊겼다.

"이렇게 무례한 놈이 있다니!"

바로 그때.

"무례한 건 어느 쪽이지?"

등 뒤에서 중얼거리는 소리를 듣고, 분노에 사로잡힌 반도의 표정이 일그러졌다.

이날 모로타가 반도의 집무실을 찾아온 것은 단순한 우연이었는데, 설마 이때 호소카와로부터 전화가 걸려올 줄은 꿈에도 몰랐다. 이런 절묘한 타이밍에, 모로타의 앞에서 합병 이야기가 매듭지어지리라고 기대했던 자신이 어리석게 여겨져서 견딜 수 없었다.

잠시 거북한 시간이 흘렀다.

"시답잖은 오해를 했을 뿐만 아니라 자네 얼굴에 먹칠을 하다니. 아주 발칙한 녀석이야."

그 말을 듣고 모로타는 자기도 모르게 쓴웃음을 지었다.

"난 먹칠을 당했다고 생각하지 않네."

"그 작자에게 너무 너그러운 거 아닌가?"

"그런가?"

모로타는 그렇게 말하고 탁자에 있던 차를 입으로 가져갔다.

"요즘 젊은 놈들 중에는 그렇게 착각하는 놈이 늘고 있지. 분

수도 모르고 날뛰는 놈은 용서할 수 없어!"

반도의 분노는 쉽게 가라앉지 않았다.

"이렇게 해서 요전의 계획을 실행에 옮기겠군."

모로타의 말에 반도는 즉시 대답하지 않고, 송곳 같은 시선으로 사장실 벽을 노려보았다.

"좀 친절하게 대해주며 오냐오냐 했더니 머리끝까지 기어오르려고 하는군. 아오시마제작소 같은 건 어차피 하찮은 상대일 뿐이야. 그걸 철저하게 깨닫게 해주겠어! 내 말을 무시한 걸 땅을 치고 후회하게 만들어줄 거야!"

분노로 파르르 떠는 반도를 앞에 둔 채, 모로타는 미지근해진 차를 한 모금 마시고 일어섰다.

"자네에겐 자네의 방식이 있겠지. 그럼 난 한 걸음 떨어져서 자네 솜씨를 구경하기로 할까?"

7

"나야, 나. 내가 누군지 알겠어?"

낯선 전화번호로 전화가 걸려왔다. 전화를 받자마자 상대는 친근하게 물었다. 남자 목소리였다. 어디선가 들은 적이 있었지만 바로 생각나지는 않았다.

오키하라는 손을 내밀어 리모컨을 들고 TV 소리를 줄였다.

"죄송하지만 누구시죠?"

"나 참, 벌써 날 잊었어? 이렇게 매정할 줄이야. 나야, 나. 기사라기. 신세 진 선배 목소리는 기억해야지."

휴대폰을 움켜쥔 손가락 끝에 힘이 들어갔다.

"이 번호를 어떻게……."

"마키에게 들었어."

마키타는 후타바니시 고등학교 야구부원으로, 지금도 가끔 오키하라와 통화하는 친구였다.

"그런 건 아무래도 상관없잖아? 그보다 너, 또 야구를 시작했다며? 1차 예선에서 던졌다더군."

오키하라는 대꾸하지 않았다. 수화기를 움켜쥔 오른쪽 옆구리에서 축축이 땀이 솟구치는 것이 불쾌해서 견딜 수 없었다.

"우리에게 한마디 인사도 없이 야구를 시작하면 안 되지. 너에게 얻어맞은 곳이 지금도 가끔 쑤시거든. 언젠가 확실하게 사과를 받아야겠어."

"제가 지금 좀 바빠서요……."

오키하라는 황급히 전화를 끊으려고 했지만, 상대의 다음 말을 듣고 통화 버튼을 누르려던 손가락이 멈추었다.

"반드시 박살내겠어! 반드시 박살내고 말 거야! 각오해둬. 사람에게 폭력을 쓰는 녀석이 기고만장해서 야구를 하다니! 그걸 그냥 내버려둘 수는 없지."

수화기를 부여잡은 채, 휴대전화에서 흘러나오는 '뚜, 뚜, 뚜' 하는 소리를 오키하라는 멍하니 듣고 있었다.

7장
가십 기사

1

반응이 있었다. 첫 경기였던 도쿄베이스볼클럽과의 사투 끝에 제압한 뒤, 1차 예선을 전승으로 마감했다. 아오시마제작소 야구팀은 도쿄 대표를 결정하는 2차 예선의 출전까지 일직선으로 달려간 것이다.

2주일 후로 다가온 2차 예선에는 춘계지부대회에서 상위를 차지해 1차 예선을 면제받은 네 팀과, 예선에서 승리한 아오시마제작소를 비롯한 네 팀 등 여덟 팀이 출전하기로 되어 있다. 모두 사회인야구계에서는 이름이 알려진 강호들이지만 도쿄 대표로 나가는 티켓은 세 장밖에 없다.

2차 예선에서는 여덟 팀의 토너먼트에서 최종 우승을 거머쥔 팀이 제1대표가 된다. 이 결승전에서 아쉽게 패배한 팀과, 나머지 여섯 팀의 토너먼트에서 승리한 팀과 싸워서 우승한 팀이 제2대표가 된다. 또한 이 제2대표를 정하는 토너먼트에서 2위와 3위 팀이 싸워서 승리한 팀이 남은 한 자리인 제3대표가 되는 시스템이다.

아오시마제작소의 목표는 이 세 대표 중 어딘가에 들어가는 것이지만, 팀의 전력이 상승세라도 그것은 쉬운 일이 아니다.

고가의 휴대폰이 울린 것은 연습을 보다가 매니저 일을 마무리하기 위해 운동장에서 등을 돌렸을 때였다.

"데쓰 씨, 신문 봤어?"

상대는 《월간 야구》의 사이토 기자였다.

"어느 구단이 팔려고 내놓기라도 했어?"

사이토의 말이 너무도 절박하게 들려서 고가는 가볍게 농담을 했다. 작은 일도 과장하는 사람이라는 걸 알기 때문이다.

전화기 너머에서 사이토가 소리쳤다.

"지금 그런 농담을 할 때가 아니야! 오늘자 《일간 재팬》, 아직 안 봤지?"

전철역에서 파는 석간이다.

"《일간 재팬》이라고? 그게 왜?"

"오키하라의 기사가 실렸어."

"오키하라의 기사가?"

야구팀 건물을 향하던 고가는 걸음을 멈추었다. 운동장으로 시선을 돌리고 수비 연습을 하고 있는 등 번호 14번을 찾았다.

"그 폭력 사건 말이야, 《일간 재팬》에서 특종으로 내보냈어."

"뭐야? 어떻게 된 거지?"

자기도 모르게 고가의 목소리가 높아졌다.

"일단 기사를 읽어봐. 지금 그쪽으로 팩스 보낼게."

그 말을 끝으로 전화가 끊겼다.

야구팀 건물로 들어가자 팩스기가 종이를 토해내는 참이었다. 사이토가 보낸 신문 기사였다. 황급히 뜯어서 내용을 확인한 고가는 자신의 눈을 의심했다.

사회인야구! 아오시마제작소 에이스의 숨겨진 폭력 사건

이런 커다란 제목이 춤을 추고 있는 게 아닌가.

머리끝까지 피가 솟구친 고가는 종이에 구멍이 날 정도로 기사를 읽었다. 기사의 대부분은 오키하라가 후타바니시 고등학교 시절에 일으킨 폭력 사건으로 채워져 있었다.

고교야구계에서 추방된 X는 한동안 야구계에서 모습을 감췄는데, 지금 자신의 과거를 숨긴 채 사회인야구에서 부활을 노리고 있다. 기업의 광고탑인 야구팀에 이런 선수를 기용한 아오시마제작소는 이미지가 땅에 떨어지게 될 것이다.

팩스를 움켜쥔 고가의 손이 덜덜 떨렸다. 독자의 시선을 끌어당길 만한 선정적인 기사였다.

그는 즉시 사이토에게 전화를 걸었다.

"이게 뭐야?"

전화기 너머에서 사이토가 당황한 목소리로 말했다.

"데쓰 씨, 나한테 화내지 마. 내가 제공한 거 아니니까."

"이렇게 말도 안 되는 기사를 쓴 녀석이 누구지? 우리 쪽에는 취재 요청도 없었어!"

"《일간 재팬》은 원래 그런 가십거리를 다루는 곳이야."

"빌어먹을! 도대체 누가 이렇게 말도 안 되는 소리를 떠들고 다닌 거야?"

고가는 울분을 참을 수 없어서 버럭 고함을 질렀다. 사이토가 조심스럽게 대답했다.

"그것 말인데, 실은 무라노 감독이 우리 담당자에게 이것과 똑같은 이야기를 했대."

"뭐야?"

생각지도 못한 말을 듣고 고가의 분노가 머리끝까지 솟구쳤다.

"이런 기사로 아오시마를 궤멸시키려고 한 게 아닐까? 무라노 감독이 원래 좀 비열한 면이 있잖아."

사이토의 말투에 조바심이 배어 있는 것은 본인이 기사로 쓰기 전에 이런 형태로 가로채기를 당했기 때문이리라.

"목적을 위해선 수단과 방법을 가리지 않는 사람이지. 무라노 감독이 그런 사람이란 건 누구보다 잘 알잖아? 소문에 따르면 오키하라와 싸운 기사라기는 투수도 똑같은 말을 퍼트리고 다닌다더군. 그만큼 아오시마를 견제하고 있다는 증거일지도 모르지."

"웃기지 말라고 그래! 아무튼 새로운 정보가 들어오면 즉시 말해줘."

고가는 거칠게 말하고 전화를 끊었다.

빌어먹을!

기사라기 가즈마의 코멘트를 발견한 것은 기사를 다시 찬찬히 읽어봤을 때였다.

시간이 흐른다고 잊히는 게 아니다. 반성도 하지 않고, 들키지 않으면 된다는 태도로 마운드에 오르는 것은 이해하기 힘들다.

"이렇게까지 오키하라를 궁지에 몰아넣고 싶은가? 정말 더러운 녀석들이군."

가슴속 깊은 곳에서 소용돌이치는 분노에 휩싸이면서 고가는 신음하듯 중얼거렸다. 그리고 오른손으로 팩스를 움켜쥐고 야구팀 건물을 나와 종종걸음으로 총무부로 향했다.

"부장님, 잠깐 시간 있으십니까?"

부장실로 들어가자 책상 앞에 앉아 있던 미카미가 연일 계속되는 격무로 인해 피곤한 얼굴을 들었다.

"이것 좀 보십시오."

고가는 책상 앞까지 걸어가 움켜쥔 팩스를 내밀었다. 그리고 눈 깜짝할 사이에 얼굴이 흐려지는 미카미의 모습을 물끄러미 바라보았다.

이윽고 스르륵 하는 소리와 함께 미카미의 손에서 팩스가 떨어지면서 잠시 침묵이 찾아왔다. 미카미는 책상에 팔꿈치를 대고 마주잡은 두 손으로 이마를 누른 채 눈을 꼭 감았다. 잠시 후, 고개를 든 그의 눈은 붉게 충혈되어 있었다. 그의 얼굴에 깃든 감정은 분노이자 황당함이었다.

"정보 제공자는 무라노 감독 같습니다."

미카미는 하려던 말을 집어삼키고, 의자 등받이에 쓰러지듯 상체를 내던졌다.

"모처럼 이렇게 분위기가 좋아졌는데."

미카미의 입에서 새어나온 말에는 울분이 잔뜩 배어 있었다.

"부장님, 《일간 재팬》에 항의해요. 이건 너무나 악의적인 기사입니다. 이쪽 이야기는 듣지 않은 채 미쓰와전기 말만 듣고 일방적으로 썼잖습니까?"

"물론 항의는 할 거야. 하지만 그걸로 끝나지 않을지도 몰라. 이유는 어떻든 이런 기사가 난 건 우리에게 마이너스가 될 거야."

고가가 반론을 제기했다.

"하지만 부장님, 우리 잘못이 아니잖습니까? 오키하라 건만 해도, 왜 그런 사태가 벌어졌는지 제대로 설명하면 누구나 이해할 겁니다."

미카미는 눈을 꼭 감고 잠시 고뇌의 바다에 잠겼다. 단숨에 몇 년은 늙은 것처럼 보였다.

"자네 말이 무슨 뜻인지 알아. 하지만 우리가 처한 환경은 그렇게 녹록지 않아. 어쨌든 자네는 오키하라를 다독여주게. 지금은 어떻게든 극복하는 수밖에 없으니까."

부장실을 나와 휴대폰에서 부재중 전화를 확인한 고가는 작게 혀를 차고 상대에게 전화를 걸었다.

면식이 있는 《관동 스포츠》의 기자다. 《일간 재팬》의 후속 취재이리라.

무시할 수도, 도망칠 수도 없다. 취재를 거절하면 후속 기사가 미쓰와전기의 의도대로 나오리라는 것은 불을 보듯 훤하다. 결석재판에서 유죄를 받는 것과 똑같다.

"내일이라도 좋으면 시간을 낼 수 있습니다만."

"꼭 시간을 내주시기 바랍니다."

고가는 시간을 정한 뒤 통화를 마치고 즉시 운동장으로 향했다.

"감독님, 감독님……."

수비 연습을 지켜보던 다이도를 부르고 가까이 다가가 신문 기사의 복사본을 건넸다.

선수들의 구호가 울려 퍼지는 운동장의 한쪽에서 다이도는 그 기사를 읽더니 말없이 입술을 깨물었다. 그리고 심호흡을 하듯 숨을 토해내고 잔뜩 찌푸린 하늘을 올려다보았다.

"미쓰와전기에서 정보를 흘렸다고 합니다."

다이도는 말을 하는 대신에 뒤를 돌아보고 "오키!"라고 부르며 손짓을 했다. 그리고 재빨리 뛰어온 오키를 향해 말했다.

"오키, 신문에 시시한 기사가 나왔어. 너에 관해서야. 네가 옳다는 건 모두 알고 있어. 그러니까 신경 쓰지 마."

오키하라의 시선이 기사를 좇았다. 그의 눈이 공허하게 흔들리면서 얼굴에는 절망과 좌절이 깃들었다. 기사를 끝까지 읽은 그는 말없이 백네트 뒤쪽의 허공으로 공허한 시선을 던졌다.

고가가 오키하라를 보면서 위로하듯 말했다.

"이건 미쓰와전기의 책략이야. 너는 아무 걱정하지 말고 네 일에 집중해. 알았지?"

하지만 오키하라의 얼굴은 마치 표백된 것처럼 한 조각의 감정조차 떠오르지 않았다.

<h1 style="text-align:center">2</h1>

"여보, 미쓰와전기에서 전화 왔었어."

다케하라 겐고가 네리마구에 있는 자택으로 돌아온 것은 저녁 8시가 지나서였다. 니혼바시의 직장에서 나온 뒤 증권사에 들렀다 오느라 귀가는 평소보다 한 시간쯤 늦었다. 올해 54세인 다케하라는 대학을 나와 니혼바시에 있는 무역회사에 취직해 30년 넘게 근무했다. 회사의 직책은 부장대리다. 내년에 정년퇴직을 맞이하지만 출세의 신에게 버림받은 것도, 그렇다고 높이 출세한 것도 아니다. 평범한 직장 생활이었다고나 할까?

두 딸은 이미 출가하고, 35세에 구입한 재개발 지역의 단독주택에 아내와 둘이 살고 있다.

그의 집안은 예전에 조후 근교에서 알려진 지주였지만, 아버지가 사업에 실패하면서 재산의 대부분을 잃어버리는 바람에 그는 고학으로 대학을 나와야 했다.

예전의 재산이 있었다면……. 지금까지 살면서 그런 말을 얼마나 많이 했던가. 지치지도 않고 부동산 사업을 비롯해 수많은 사업에 손을 대서 실패를 거듭한 아버지를 향해, 어리석은 사람이라고 얼마나 욕을 하고 저주를 퍼부었던가. 아버지가 건실한 사람이었다면 지금쯤 자신은 하찮은 샐러리맨이 아니라 자산가로서 유유자적하며 살았을 것이다.

하지만 그토록 경멸하는 한편, 모험심이 가득한 아버지의 피를 물려받은 것도 분명하다. 다케하라의 경우에 그 모험심은 주식투자라는 형태로 나타났다.

그에게 주식을 처음 가르쳐준 사람은 그보다 두 살 많은 회사 선배였다. 거품 경기가 시작되기 5년 전쯤, 선배가 권하는 대로 2부에 상장한 전기 관련 주식에 100만 엔 정도 투자해서 반년 만에 50만 엔을 벌었다.

주식에 투자하면 돈을 번다는 사실을 그때 처음 알았다. 그때까지 주식에는 전혀 관심이 없었고 경제신문의 주식란을 그냥 지나치던 사람이, 어느새 빨간 볼펜을 손에 들고 신문에 구멍이 날 것처럼 주가를 보게 되었다.

몇 년이 지나자 투자액은 500만 엔으로 늘어났고, 주로 전기 관련 주식과 운송 관련 주식을 중심으로 운용하게 되었다. 거품 경제가 절정에 달하던 시절에는 주가가 폭등하면서 매달 받는 월급보다 많은 매매 차익을 거뒀다. 생각해보면 그때가 개인투자가로서 절정기였다.

하지만 그 이후에 거품이 붕괴되었다. 수많은 회사나 투자가들이 유가증권 손실을 내고 적자로 추락하거나 파산의 궁지에 몰리는 와중에, 깊숙이 들어갔던 그만이 상처 없이 끝날 리는 만

무해서, 거품 경제가 한창일 때 벌어들인 수익의 거품이 꺼지고 1년도 안 되어 토해내야 했다.

그것에 진절머리를 내고 주식투자를 끊으려고 결심한 결과, 실제로 그로부터 10년 정도는 주식에 손도 대지 않았다. 그동안 주식 시세는 회복되는 것처럼 보이면서도 서서히 가격이 떨어져서 '하지 않기를 잘했다!'라고 매일 닛케이지수*를 보면서 몇 번이나 가슴을 쓸어내렸는지 모른다. 하지만 닛케이 평균주가가 '설마' 하며 1만 엔을 밑도는 곳까지 온 순간 생각이 바뀌었다. 지금 자신의 눈앞에 있는 것이야말로 주가의 진정한 바닥이 아닌가.

이보다 더 내려가는 일은 없다. 지금 주식을 사면 확실히 돈을 번다.

그의 주식투자가 다시 시작되었다.

그런데 예전보다 자유롭게 쓸 수 있는 돈이 늘어났고 예측에 자신감이 생긴 만큼 모험심도 강해져서, 예전에는 하지 않았던 일까지 하게 되었다. 신용거래였다. 신용거래를 하면 작은 밑천으로 크게 벌 수 있지만 실패하면 거액의 추가 증거금을 내야 한다. 그런 거래에 손을 댄 것이다. 절대로 손해 볼 리가 없다는, 냉정하게 생각해 보면 별다른 근거도 없는 판단에 따라서.

예전에 다케하라에게 주식을 가르쳐준 선배는 주식이 얼마나 무서운지 가르쳐주는 것도 잊지 않았다.

"주식에서 연전연승이란 있을 수 없어. 항상 이기는 건 있을

---

* 일본경제신문사에서 관리하고 운영하는 일본의 대표적인 주가지수.

수 없단 뜻이지. 너무 깊이 들어가지 마."

그가 너무 깊이 들어간 것은 어느 전기업체의 주식이었다. 도쿄전기라는 벤처기업이었다.

이 주식에 반해서 추가 구매를 거듭해 신용으로 5천만 엔 정도를 투자했을 때, 미국발 금융위기가 전 세계를 뒤덮었다. 지금 주가는 절반에 가깝다. 이대로 있으면 수천만 엔의 추가 증거금을 내야 한다. 이제 곧 샐러리맨 생활을 마무리하고 우아하게 살아야 하는 시기에 궁지에 몰린 것이다. 물론 이런 상황은 아내에게 비밀이었다.

그는 윗도리를 벗으려고 하다가 자기도 모르게 되물었다.

"미쓰와전기에서? 미쓰와전기의 누구래?"

아내가 부엌에서 말했다.

"이름은 말하지 않았어. 나중에 다시 건다고 해서 나도 안 물었고."

"그래?"

미쓰와전기와는 업무상 관계도 없고, 아는 사람도 없다. 더구나 업무와 관계가 있다면 집이 아니라 회사로 전화를 걸었을 것이다.

그는 냉장고에서 아내가 꺼내준 차가운 캔맥주의 따개를 따고 석간신문을 읽기 시작했다. 저녁식사를 마친 순간, 마치 그때를 지켜보고 있었던 것처럼 전화벨이 울렸다. 저녁 9시가 되기 조금 전이었다.

"여보, 미쓰와전기래."

전화를 받은 아내에게서 수화기를 건네받자 들은 적이 없는 목소리가 정중하게 말했다.

"밤늦게 죄송합니다. 미쓰와전기 비서실에 있는 가토라고 합니다. 실은 저희 회사의 반도 사장님께서 다케하라 씨에게 시간을 내주실 수 없는지 여쭤보라고 해서, 실례를 무릅쓰고 전화를 드렸습니다."

너무나 뜬금없는 말을 듣고 다케하라는 고개를 갸웃했다.

"사장님이요? 무슨 일이죠? 제 전화번호는 어떻게 알았죠?"

"기도 사장님에게서 들었습니다."

기도 시마? 다케하라 집안의 먼 친척에 해당하는 여성으로, 부동산회사를 경영하는 커리어우먼이다.

"기도 사장님이 왜……."

다케하라는 그 이유를 물었지만 가토라는 남자는 대답하지 않았다.

"죄송하지만 자세한 건 반도 사장님께서 직접 설명하겠다고 하십니다."

"무슨 일인지도 말하지도 않고 일방적으로 시간을 내달라는 건가요?"

다케하라가 약간 발끈하자 가토는 조심스럽게 대답했다.

"저도 말씀드리고 싶지만 전화로 말씀드릴 수 없는 사정이 있습니다. 다만 다케하라 씨에게 좋은 이야기라고, 그것만 미리 말씀드리라고 하셨습니다."

무례하기는 하지만 미쓰와전기의 사장이 만나자고 하는데 관심이 없다고 하면 거짓말이리라. 상장기업의 사장이 직접 만나자고 한 것이다. 특별한 내용도 없이 만나자고 할 리가 없다.

"이번 주나 다음 주에 한 시간 정도만 내주시면 됩니다."

다케하라가 가방에서 수첩을 꺼내 말한 날짜와 시간은 모레 오후 7시였다.

"괜찮으시면 식사라도 같이 하시는 게 어떻겠습니까?"

"아닙니다. 그날은 이야기만 듣기로 하지요."

다케하라는 그렇게 대답한 뒤, 회사 근처의 호텔 라운지에서 만나기로 하고 수화기를 내려놓았다.

약속 시간에 호텔 라운지로 갔더니 감색 정장 차림의 남자가 입구에서 미쓰와전기의 팸플릿을 들고 서 있었다. 가까이 다가가서 자신이 다케하라임을 밝히자 남자는 맨 안쪽의 4인용 자리로 안내해주었다. 그곳에서는 50대 중반의 사내가 환하게 웃으면서 다케하라에게 맞은편 소파를 권했다. 미쓰와전기 사장인 반도였다.

"바쁘실 텐데 귀중한 시간을 내주셔서 감사합니다."

정중하게 고개를 숙인 반도는 개성이 강한 얼굴에 사람이 좋아 보이는 미소를 지었다. 영업용일지는 모르겠지만 친근해 보이는 미소에 사장이라곤 여겨지지 않는 낮은 자세까지 더해져서 보자마자 호감을 가질 수 있었다.

다케하라의 업무 이야기를 비롯해 세상 돌아가는 이야기를 해서 긴장이 풀어지자 반도는 단도직입적으로 용건을 꺼냈다.

"지금부터 드리는 말씀은 비밀로 해주시기 바랍니다. 실은 저회 회사에서 아오시마제작소에 합병을 제안했습니다."

"아오시마에……?"

상상도 못 했던 이야기였다.

"어떤 형태로 추진할지 구체적인 검토 단계까지 들어가진 않았지만, 저희와 합병한다면 아오시마에는 당연히 상장 이야기가 나올 겁니다."

"그렇겠지요."

거액의 돈이 움직인다……. 다케하라의 뇌내 회로는 순간적으로 그렇게 결론을 내렸다. 합병이 성사되면 생각지도 못한 돈이 굴러들어오게 되는 것이다.

아오시마제작소는 밥만 축내던 아버지가 남겨놓은 얼마 되지 않은 재산 중 하나였다. 비상장기업의 주식이라서 주식시장에서 매각할 수도 없는 있으나 마나 한 불량자산 같은 것이었다. 덕분에 다른 재산은 모두 빼앗겨도 이것만은 남아 있었는데, 이런 형태로 햇빛을 보게 되리라곤 생각도 못 했다. 그것도 돈 때문에 고민하고 있는 이런 시기에.

아무래도 하늘은 아직 그를 버리지 않은 듯했다.

"다케하라 씨, 그 회사의 주식을 가지고 계시죠? 상장하면 다케하라 씨에게도 거액의 자본이득*이 들어옵니다. 어쩌면 몇 억엔이 될 수도 있습니다."

"그래서 언제…… 언제 합병합니까?"

* 주식을 상장함으로써 생기는 시세 차익.

그 시점에서 그는 수천만 엔의 돈이 없어서 전전긍긍하는 생활과 작별을 고하게 되리라. 그때야말로 주식을 그만두자. 그 돈으로 남은 인생을 유유자적하게 사는 것이다.

그런데 반도의 얼굴에서 돌연 친근한 미소가 사라졌다.

"지금 뜻밖에 암초에 걸려 있습니다."

다케하라는 어안이 벙벙했다. 암초에 걸려 있다니. 이렇게 좋은 이야기를 누가 거절하기라도 했단 말인가?

"암초에 걸려 있다고요? 그게 무슨 말이죠?"

그는 무의식중에 테이블 위로 몸을 내밀었다.

반도는 입술을 깨물며 안타까운 표정을 지었다.

"호소카와 사장이 '노'라고 하더군요. 아시다시피 지금 주요 제조업체에서는 생산을 축소하고 있습니다. 거래처를 쥐어짤 움직임이 더욱 심해지면서, 아마 아오시마도 지난 회기 결산에서 적자가 되었을 겁니다. 이번 회기도 심각할 거고요. 이런 환경에서 저희 회사와 합병을 하는 건 좋은 선택지인 것 같은데, 어떻게 생각하십니까?"

호소카와의 판단에 울화통을 터트리며 다케하라는 대답했다.

"지당하신 말씀입니다. 호소카와 사장은 도대체 무슨 생각을 하는 겁니까?"

"그건 제가 묻고 싶을 정도입니다."

반도는 합병 제안의 거절에 대한 불쾌감을 넌지시 드러냈다.

"그래서 다케하라 씨에게 부탁이 있어서 만나자고 했습니다. 주주 여러분의 힘으로 호소카와 사장을 움직여주시기 바랍니다.

합병에 합의만 하시면 아오시마제작소 주주 여러분에게는 엄청난 이익이 돌아갈 겁니다. 아오시마제작소에도, 주주 여러분에게도, 그리고 저희 회사에도 이것은 천재일우의 기회입니다. 그러기 위해서 아오시마제작소 주주 여러분에게 언제든지 설명하러 달려갈 준비가 되어 있습니다."

다케하라는 정의로운 분노에 휩싸였다.

"저도 최선을 다해 도와드리겠습니다. 임시 주주총회를 열면 회사의 결정을 뒤집을 수도, 경우에 따라서는 호소카와 사장을 해임할 수도 있겠지요. 저희도 적자의 비상장기업 주식에는 아무런 관심이 없습니다. 그런 건 단지 종잇조각에 불과하니까요."

다케하라가 그렇게 말하자 반도의 눈은 반짝이고 얼굴에서는 빛이 났다.

"지당하신 말씀입니다. 다만 저희는 아오시마제작소의 주주를 전부 파악할 수는 없습니다. 다케하라 씨가 아시는 대주주가 계시다면, 그분에게도 꼭 전해주시기 바랍니다."

다케하라는 목소리에 힘을 주어 강력하게 대답했다.

"물론 그렇게 하겠습니다. 다들 동의할 겁니다. 이쪽의 움직임은 사장님께 수시로 연락할 테니까 사장님도 무슨 일이 있으면 주저하지 말고 연락해주십시오."

"오늘 다케하라 씨를 만나기를 정말로 잘했군요."

그렇게 말하고 반도는 정중하게 고개를 숙였다.

송구스러워하면서도 솟구치는 기쁨을 억제할 수 없는 얼굴로 다케하라는 대꾸했다.

"저야말로 만나기를 잘했습니다. 무슨 일이 있어도 합병을 실현시킵시다!"

3

"자네는 이런 사실을 알고 있으면서도 오키하라라는 자를 채용한 건가?"

분노로 인해 사사이의 목소리가 가늘게 떨렸다. 임원회의 자리다. 임원들 앞에는《일간 재팬》의 기사와 그 후에 각 신문에 실린 후속 보도의 복사본이 놓여 있었다.

미카미는 풀이 죽은 얼굴로 대답했다.

"알고 있었습니다. 면담을 통해 오키하라에게 당시 상황을 들었습니다. 때린 것은 사실이지만 경위는 나눠드린 자료대로입니다. 오키하라에게는 정상참작의 여지가 있습니다."

사사이는 어이없는 얼굴로 말했다.

"잘도 그런 말을 지껄이는군. 실제로는 이런 기사가 나오고 있잖아? 지금 문제는 오키하라라는 자에게 잘못이 있느냐 없느냐가 아니야. 우리 회사가 그런 추문에 연루되었다는 게 문제라고! 그런 투수는 필요 없네. 당장 해고하고 팀을 새롭게 만들게. 그러면 세상에 우리가 깨끗한 회사라고 주장할 수 있을 거야."

"오키하라를 해고할 수는 없습니다."

미카미는 완강하게 고집을 부렸다.

"그럼 이번 기회에 야구팀을 해체하는 게 어떻겠습니까?"

옆에서 그렇게 말한 사람은 아사히나였다.

"아무리 좋게 보려고 해도 미카미 부장이 하는 일에는 문제가 너무 많습니다. 지금처럼 구조조정을 해서 정규 직원까지 해고하는 마당에 야구팀 인원을 늘리다니! 신입 선수가 폭력 사건에 연루되었다면 시끄러워질 수 있다는 것쯤은 얼마든지 예상할 수 있는데, 반성하는 마음은 티끌만큼도 없지 않습니까? 이러면 직원에게도 기강이 서지 않습니다!"

하지만 미카미는 물러서지 않았다.

"어느 면에서 보면 오키하라는 피해자입니다. 주변에 있던 어른들이 그를 나쁜 사람으로 만들면서 그에게서 야구를 빼앗았지요. 그 이야기를 들었을 때 얼마나 가슴이 아팠는지 모릅니다. 만나 보면 아시겠지만 오키하라는 아주 좋은 청년입니다. 얼마 안 되는 월급에서 어머니에게 생활비를 보내고, 성실하고 착실하게 일하고…… 총무부에서도 야구팀에서도 모든 사람들에게 사랑을 받고 있습니다. 우리 회사에서 성공하면 분명히 프로야구에 가겠지요. 그러면 회사의 이미지도 단숨에 좋아질 겁니다."

아사히나가 다시 빈정거렸다.

"어느 프로 구단에서 이런 전과자를 데려가겠나? 총무부장이란 사람이 그런 판단력도 없어?"

미카미는 인내심을 가지고 끈질기게 설명했다.

"그렇지 않습니다. 이 첫 번째 기사는 보고서에 쓴 것처럼 미쓰와에서 의도적으로 유출한 겁니다. 그걸 《일간 재팬》 기자가

우리에게 취재도 하지 않고 일방적으로 기사로 썼고요. 제대로
취재해서 쓴 후속 기사는 오키하라를 비난하지 않았습니다. 이
것이 올바른 언론의 태도겠지요."

폭력 사건에 휘말려 마운드를 떠난 고교야구계의 에이스! 다시 부활
하다!

모두 이런 제목의 기사들이다. 대부분 오키하라에게 동정적인
내용으로, 이는 전부 고가의 공이다. 고가는 각각의 매체에 확실
히 대응하면서, 폭력 사건의 진상이 어땠는지 정중하게 설명했다.
"더는 들을 필요가 없네. 어쨌든 이 문제의 마지막 종착점이
어디라고 생각하나?"
미카미의 설명을 가로막고 사사이가 물었다. 대답을 기대한
질문은 아니었다.
"야구팀이 정말로 필요한가, 필요하지 않은가 하는 거야. 물론
자네가 야구부장으로서 눈앞의 경기에서 이기기 위해 최선을 다
한다는 건 인정하네. 하지만 자네는 야구부장이기 이전에 총무
부장이야. 어떤 핑계를 대더라도 이런 상황에서 야구팀을 유지
하기는 힘들어. 그걸 잊지 말게. 결단은 자네가 직접 내리기를 바
라네."
"알겠습니다."
가슴속에 무거운 납덩이가 쌓이는 것을 느끼면서 미카미는 겨
우 목소리를 짜냈다.

"그리고 또 한 가지……."

끝난 줄 알았는데 사사이는 다시 덧붙였다.

"이제 곧 자금 조달 건으로 은행에서 찾아올 걸세. 구조조정의 진척 상황을 설명해야 하니까 자네도 회의에 참석하게."

내선전화를 받고 미카미가 접견실에 들어갔을 때, 호소카와와 사사이, 그리고 나카가와 경리부장이 이미 은행 담당자를 상대하고 있었다. 하쿠스이은행 후추지점 이소베 지점장과 하야시다 융자과장이다.

미카미는 가볍게 고개를 숙이고 빈자리에 앉았다. 하지만 안으로 들어간 순간, 접견실을 가득 메운 긴장감을 알아차리고 조바심이 목구멍까지 차올랐다.

사사이가 물었다.

"대출 심사가 난항을 겪고 있는 이유는 뭡니까?"

이소베가 시큰둥한 얼굴로 설명했다.

"아오시마제작소뿐만 아니라 지금은 자금 사정에 문제가 있는 기업이 급증하고 있어서, 본부 심사부에서도 채권 회수에 상당히 신경을 곤두세우고 있습니다."

"그것은 곧 저희 회사의 구조조정 계획안을 인정하지 않는다는 뜻입니까?"

나카가와가 심각한 표정으로 물었다. 지금 하쿠스이은행에 신청해놓은 운영자금은 이번 회기에 꼭 필요한 돈이다. 그것이 승인되지 않으면 조만간 자금 사정이 벽에 부딪히게 된다. 그 대출금을 받기 위해 하쿠스이은행과 계속 논의하고 있다는 이야기는 미카미도 임원회의에서 들었다.

"인정하지 않는 게 아니라 아직은 지켜보는 단계라고 할 수 있습니다."

이소베를 대신해 대답한 사람은 하야시다 융자과장이었다.

이소베가 보충 설명을 했다.

"지금까지 구조조정이 순조롭게 진행되고 있다는 건 알고 있습니다. 하지만 지금 저희 쪽에서 가장 걱정하는 건 아오시마의 사업 환경입니다. 계획한 대로 비용 절감이 진행되고 있다고 해도 과연 매출은 어떨까요? 이 계획에 따르면 이번 달 예상 매출은 37억 엔으로 되어 있는데, 시장의 상황은 점점 더 나빠지고 있지 않습니까?"

사사이가 대답했다.

"상황이 좋지 않다는 건 알고 있습니다. 저희로서는 최대한 노력할 생각입니다."

이소베가 사사이의 표정을 살펴보면서 말했다.

"노력한다고 해서 잘된다는 보증은 없잖습니까?"

"물론 그런 보증은 없습니다. 하지만 어떤 일에도 끝이 있는 법이지요. 제조업체도 언제까지나 생산 축소만 하고 있을 수는 없지 않겠습니까?"

"회복 시기는 언제쯤으로 보고 계십니까?"

"가을 무렵까지는 회복이 되리라고 예상하고 있습니다."

괴로운 대답이다. 예상은 어디까지나 예상에 불과하다.

이소베는 몸을 앞으로 숙인 채 무릎 앞에서 두 손을 깍지 끼었다. 그 모습에서는 상대를 설득하려는 의도를 엿볼 수 있었다.

"확실하게 말씀드리겠습니다. 이번에 제출하신 아오시마제작소의 구조조정 계획안은 조금 안이하다는 것이 저희 은행의 결론입니다. 비용 절감 계획을 한 단계 더 높여주실 수 없겠습니까? 이렇게까지 실적이 떨어졌는데 고작 백 명을 정리하는 건, 아무리 좋게 생각하려고 해도 너무 적습니다. 적어도 두 배는 자르지 않으면……."

"잠시만요!"

미카미는 자기도 모르게 끼어들었다. 자기들 멋대로 말하는 은행원에게 화가 나서 견딜 수 없었다.

"너무 쉽게 말씀하시는 것 아닙니까? 직원은 물건이 아니라 사람입니다. 가족의 생계를 책임지고 있습니다. 인원 감축은 그렇게 간단한 이야기가 아닙니다!"

사사이가 조바심 나는 표정을 지었다.

"미카미, 여기는 자네 의견을 묻는 자리가 아니야!"

이소베는 미카미의 발언 따위는 처음부터 없었던 것처럼 말을 이었다.

"더구나 인건비 이외의 비용 절감에 대해서도 아직 위기감이 부족하지 않나 합니다. 예를 들면 생산부의 원재료 비율은 경쟁사에 비해 아직 줄일 수 있는 여지가 있습니다. 그리고 뭐라고 할까…… 귀사의 구조조정에서는 필사적인 느낌이 전해지지 않습니다."

미카미는 작년의 회사 창립기념식 파티에서 이소베를 만난 적이 있었다. 그때의 만남을 떠올리면서 그는 마음속으로 고개를 갸웃했다. 이런 사람이었던가? 그때 그는 이소베에게 붙임성이 있고 사교적이며, 조금은 소심하지만 좋은 사람이라는 인상을 받았다.

그런데 지금은 어떤가. 지금 눈앞에 있는 이소베는 마치 조직의 논리를 내세우는 공무원 같지 않은가.

더는 참을 수 없어서 호소카와가 입을 열었다.

"지점장님, 그렇지는 않습니다. 저희는 이 사태를 심각하게 받아들이고, 앞으로의 매출을 예상하면서 구조조정을 추진하고 있습니다. 거래처의 생산 축소가 계속된다면 말씀하지 않으셔도 구조조정 단계를 지금보다 한 단계 더 높일 겁니다."

이소베는 호소카와와 정면으로 대치하듯 등줄기를 곧게 폈다.

"그 구조조정 계획안을 지금 받고 싶습니다. 구조조정을 조금씩 찔끔찔끔 실시하니까 계속 다른 회사에게 밀리지 않습니까?"

그 말을 듣고 발끈한 미카미의 마음속에서는 주거래은행 지점장에 대한 반감이 커졌다. 하지만 이소베의 다음 말을 듣고 자기도 모르게 숨을 멈추었다.

"그러면 야구팀은 언제 해체합니까? 지난번에 해체 방향으로 검토하고 있다고 말씀하셨잖습니까? 그런데 사회인야구대회에는 예년처럼 출전하고 있고, 며칠 전에는 폭력 사건을 일으킨 선수가 있다고 신문에 대문짝만하게 났지요. 도대체 무슨 생각을 하시는지 모르겠습니다. 그런 식으로 하시면 아무리 저희 지점에서 열심히 품의서를 올려도 본부에서 인정해주지 않습니다. 사장님, 정말로 살아남겠다는 생각이 있으신 겁니까?"

호소카와는 목소리에 힘을 주어 강력하게 대꾸했다.

"물론입니다. 야구팀은 가까운 시일 내에 결론을 내릴 생각입니다."

지점장은 은행 쪽 사정을 말했다.

"지난번 말씀을 듣고 당장 해체한다고 생각해서 본부에는 그렇게 보고했습니다. 호소카와 사장님, 부탁합니다. 지금은 야구 같은 걸 할 때가 아닙니다!"

미카미는 목구멍까지 솟구친 분노의 말을 삼키느라 어금니를 악물어야 했다.

이자들은 야구팀을 단순한 비용으로밖에 보지 않는다. 아니, 야구팀뿐만 아니라 직원들도 마찬가지다. 그런 녀석들이 뭘 안다는 건가?

"미카미 부장님, 부탁합니다."

이소베가 돌연 미카미를 향해 그렇게 말했다. 하지만 미카미는 입을 꾹 다물고 대답하지 않았다. "알겠습니다"라고 고개를 끄덕이면, 스스로 소중한 것을 짓밟는 거라는 생각이 들었다. 오늘 은행과의 면담은 미카미에게도 하나의 시련이다.

그런 미카미를 대신해 사사이가 대답했다.

"알고 있습니다."

하지만 미카미는 카펫을 노려본 채 끝까지 입을 열지 않았다.

다시 사사이가 말을 이었다.

"그것까지 포함해 새로운 구조조정안을 만들겠습니다. 죄송하지만 다시 검토해주시기 바랍니다."

"그 계획안을 기다리겠습니다. 그러면 이만 가보겠습니다."

그 말을 끝으로 이소베는 짧은 면담에 마침표를 찍었다.

4

고래 배처럼 뚱뚱한 검은 구름이 다마강 상공을 뒤덮고 있었다. 그런 탓인지 그라운드에 울려 퍼지는 구호가 어딘지 모르게 흐릿하게 들렸다.

2차 예선을 코앞에 두고 프로야구팀인 도쿄 인디언스 2군과 연습경기를 하고 있었다. 선발 투수는 오키하라. 3회까지 0점으로 막았지만 매회 주자를 내보내는 불안한 상황이 계속되었다.

오키하라답지 않다.

고가는 벤치에 앉아 평소와 다른 에이스의 투구를 지켜보았다. 언뜻 보기에 평소와 똑같은 폼에 평소와 똑같은 공 배합이지만 결정적으로 다른 점이 있었다. 투지다.

오늘 오키하라에게는 타자를 얕잡아보는 자신감도 없고, 정면승부를 하겠다는 도전 정신도 보이지 않았다. 정신론일지도 모르겠지만 공에 영혼이 담기지 않고, 마음이 들어 있지 않은 것이다.

"데쓰 씨, 오늘은 좀 그렇군."

벤치 옆에 서서 지켜보는 고가를 향해, 마운드를 턱으로 가리키면서 말한 사람은 마세였다. 프로야구팀 요코하마 스타라이츠의 베테랑 스카우터인 마세는 담배를 피우면서 예리한 눈으로 그라운드를 노려보았다.

"컨디션이 나쁜 건 아니겠지?"

역시 마세는 알고 있었다.

"요전에 이상한 기사가 나왔잖아? 이제 겨우 열아홉 살이야. 매스컴의 집중 공격을 받으면 자네라도 기가 죽지 않겠어?"

마세는 주머니에서 꺼낸 휴대용 재떨이에 꽁초를 넣으면서 말했다.

"그건 그렇지. 하지만 프로선수가 되려면 이 정도는 극복할 수 있는 정신력이 있어야 해."

마세는 야구계의 뒷이야기라면 모르는 것이 없는 사람이다. 따라서 그 기사가 어떤 경위로 세상에 나왔는지도 모를 리가 없다. 그래도 일부러 신랄하게 말하는 것은 강한 정신력이 없으면 프로야구계에서 살아남을 수 없음을 알고 있기 때문이다.

야구만 잘하는 사람은 프로야구계에서 살아남을 수 없다. 중요한 것은 지금 하는 경기이고, 큰 압박을 받더라도 중요한 순간에 실적을 낼 수 있는 정신력과 운을 겸비해야 비로소 스타 선수가 될 수 있다. 그것은 야구만이 아니라 다른 스포츠나 일반 회사에서도 마찬가지가 아닐까?

고가는 마운드의 오키하라를 물끄러미 바라보았다. 상심한 에이스는 지금 두 타자에게 연속 안타를 맞고 노아웃에 1, 2루의 위기를 맞이한 참이다.

다이도 감독은 아까부터 연신 모자챙을 잡아당기면서 스스로에게 뭔가를 묻고, 수비 선수들도 의미없이 그라운드의 모래를 차거나 주먹으로 글러브를 때리고 있었다. 그런 기사 하나에 이렇게까지 팀이 바뀌는가.

예리한 타격음에 고가가 시선을 돌린 순간, 1루를 향해 천천히 달리는 상대 타자의 모습이 눈에 들어왔다. 중견수인 사기노미야의 등 번호가 보였다. 그 너머에서 커다랗게 튕긴 하얀 공이 아무도 없는 간이 스탠드에서 구르고 있었다.

이날 오키하라는 5회까지 던진 뒤 사루타에게 마운드를 넘겨주었다.

자책점은 3점.

벤치로 들어온 오키하라는 어깨를 냉찜질하고 머리에 수건을 뒤집어쓴 채, 경기 종료의 콜이 울릴 때까지 꼼짝도 하지 않았다.

5

은행과의 면담이 끝난 뒤, 미카미의 고뇌는 더욱 깊어졌다.

야구팀 해체가 자금 지원의 조건이라는 은행의 태도에는 울화통이 치밀었지만, 이소베라는 자가 고개를 위아래로 끄덕이지 않는 한 아오시마제작소에 미래가 없다는 것은 사실이다. 사람을 사람으로 보지 않는 자들이 숫자만을 보고 자기들 멋대로 판단하는 것이다.

사사이가 그 자리에 자신을 부른 이유는 야구팀을 포기하게 만들기 위해서가 아닐까? 그런 생각이 들자 미카미는 더욱 견딜 수 없었다. 이소베가 야구팀 해체에 관해 말하리라는 것을 사사이는 이미 예측하고 있었으리라. 망설이고 있는 미카미의 결단을 촉구하려고 했을지도 모른다.

하지만 이상하게도 사사이를 미워할 마음은 들지 않았다. 사사이는 고집이 세고 고지식한 사람이지만, 다른 임원에 대한 배려도 잊지 않고 속정도 깊다.

그러고 보니…… 미카미의 머릿속에서 예전에 사사이와 같이 식사하러 갔을 때가 떠올랐다. 어떤 이야기를 하다가 그 이야기가 나왔는지는 모르겠지만, 그 자리에서 사사이는 어떤 과정을 거쳐서 아오시마제작소에 입사했는지 말해주었다.

"내가 이 회사에 들어온 건 1980년이니까 아오시마제작소가 생긴 지 14년째였지."

그 말을 듣고 미카미는 마시던 맥주잔을 테이블에 내려놓았다. 그때까지 사사이가 창업 멤버라고 생각했던 것이다.

흥미를 느끼고 미카미가 물었다.

"그때까지는 어디에 계셨습니까?"

"자동차 판매회사에 다녔네."

분야가 완전히 다르지 않는가.

"그런데 너무 바빠서 건강을 해치는 바람에 6개월 정도 입원하게 되었어. 회사 경기도 안 좋아서 퇴원했을 때는 내가 있을 곳이 없어졌더군. 그때 신문에서 아오시마제작소에서 경리 직원을 구한다는 광고를 보고 응모했지."

"그 이전에도 경리 일을 하셨나요?"

"아니, 그 이전에는 영업 일을 했어. 매일 아침부터 밤까지 다리가 퉁퉁 붓도록 차를 팔러 돌아다녔지."

지금의 사사이에게서는 상상도 할 수 없는 일이었다. 원래 붙임성이 좋은 사람이 아니니까 분명히 고생했으리라.

"그럼 경리 일을 해본 적은 있었습니까?"

"한 번도 없었어."

사사이는 먼 곳을 보는 눈길로 벽의 한쪽 구석을 바라보더니, 당시를 떠올리듯 미소를 지었다.

"그런데 예전 회사에서 쫓겨났을 때 깨달았지. 그때까지는 입 하나만 가지고 일해왔는데, 그런 사람을 대신할 사람은 얼마든지 있다는 사실을. 먹고살기 위해서는 어떤 때라도 회사에 꼭 필요한 존재가 되어야 한다는 사실을 말이야. 그때 부기를 배워서 경리맨이 되기로 마음먹었다네. 경리를 맡으면 쉽게 잘리지 않으리라고 생각한 거야. 그런데 학원에 다닐 시간도 없고 돈도 없어서, 매일 이를 악물고 혼자 공부를 했지. 실업수당을 받으면서 두 달쯤 독학했을 무렵이었을 거야, 그 신문광고를 발견한 것은."

생각지도 못했던 사사이의 일면이었다.

"그러면 회장님께선 부기 지식은 어느 정도 있고 경험은 하나도 없는 사람을 채용하신 건가요?"

자신이라면 과연 채용했을까? 미카미는 그렇게 생각하며 사사이를 쳐다보았다.

"아마 면접을 보고 곤란하셨을 거야. 그런데 회장님께선 경험의 유무는 별로 따지지 않으셨어. 의욕이 있냐고 물어서 '네!'라고 대답했더니, 그렇다면 할 수 있을 거라고 하셨네. 지금 생각해보면 뭐든 적당히 정하는 시대였지."

옛날이야기를 하는 사사이의 얼굴에는 회사에서 보이는 엄격함이 사라지고 마음씨 좋은 호호 할아버지 같은 표정이 자리했다.

"그런데 실제로 일해보니 장부 종류는 너덜너덜하고 세무사도 대충 일하는 사람이었더군. 이런 식으로 용케 10년 넘게 회사를 유지했다고 감탄했을 정도였지."

일을 하면서 계속 공부해 엉망이었던 아오시마제작소 경리 부문의 체계를 세우고 지금까지 이끌어온 것은 전부 사사이의 공이었다.

그때 미카미는 오랫동안 아오시마제작소를 지켜온 터줏대감의 얼굴을 뚫어지게 바라보았다. 사사이는 열심히 노력하는 사람이었던 것이다.

그런 사사이의 눈에 아오시마는 어떻게 보였을까? 모험을 좋아하고 직감으로 판단하며 마치 어린아이가 그대로 나이를 먹은 듯한 아오시마. 성실하게 일하고 경험을 중시하며 세심한 것까지 신경 쓰는 사사이. 두 사람은 성격도, 삶도 모든 면에서 정반대다. 자유로운 발상으로 회사를 확장하는 아오시마를 뒤에서 지탱하느라 사사이가 얼마나 힘들었을까?

그렇기 때문에 오랫동안 아오시마 밑에서 일해왔음에도 불구하고 예스맨이 되지 않고 비판적으로 행동했을지도 모른다. 아오시마제작소를 어떻게 해야 할지, 사사이가 추구하는 경영방식은 아오시마와 달랐던 게 아닐까? 아오시마가 사장으로 있는 동안, 계속 마음속에 그런 생각을 품었던 게 아닐까?

너무 고지식하다는 둥 융통성이 없다는 둥, 사내에서는 사사이에 관해 이런저런 비판을 하는 사람이 있지만 미카미는 알고 있다. 그에게는 사리사욕이 없다. 무서운 얼굴을 한 꺼풀 벗기면 마음씨 좋은 할아버지일 뿐이다.

사사이는 그 나름대로 아오시마제작소를 사랑하고 있다. 어떻게 하면 이 회사가 버텨낼 수 있을지, 어떻게 하면 이 회사가 성장할 수 있을지 진지하게 고민한 끝에 야구팀이라는 비용덩어리를 없애라고 주장하는 것이다.

아오시마가 사장으로 있던 무렵에는 잠자코 있었는데, 회장으로 물러난 순간 말하고 있다……. 이렇게 뒤에서 험담하는 사람도 있지만 그것도 미카미는 이해가 되었다.

모든 일에는 타이밍이 있는 법이다. 지금 돌이켜봐도 아오시마가 사장이었던 시절, 사사이가 야구팀을 유지해야 한다고 적극적으로 말한 적은 한 번도 없었다. 겉으로 드러내놓고 말하지는 않았지만 야구팀은 해체하는 편이 좋다고 생각했을 것이다. 회사를 위해서는 그런 편이 좋다고 계속 생각해왔는데, 이제 당당하게 말할 수 있는 상황이 된 것뿐이다.

그때 문득 미카미의 머릿속에 몇 년 전의 일이 떠올랐다. 사사이가 회사를 그만두는 게 아닐까 하는 소문이 떠돌았을 때였다.

아오시마가 사장에서 회장으로 물러나면서, 회사에 들어온 지 얼마 되지 않은 영업부장이자 사사이보다 나이도 적은 호소카와를 사장으로 발탁했을 때의 일이다.

헤드헌팅을 통해 전략 컨설턴트로 이름을 날렸던 호소카와를 영업부장으로 스카우트한 것은 5년 전. 그는 아오시마제작소의 기술을 높이 평가하면서, 그때까지 아무도 주목하지 않았던 이미지센서를 도요카메라에 판매하며 수익의 기둥으로 키워냈다.

그 실력은 누구나 인정하지만, 당시 사장이었던 아오시마가 사사이를 제쳐두고 호소카와를 사장으로 발탁했을 때는 모든 사람들이 충격에 휩싸였다. 차기 사장은 사사이라고 믿어 의심치 않았던 것이다.

호소카와가 사장이 되는 것을 사사이는 받아들이지 못했으리라. 실제로 아오시마에게 그런 말을 한 것 같다고, 소문은 꼬리에 꼬리를 물고 사내에 퍼져나갔다.

하지만 소문과 달리 사사이는 그만두지 않았다. 그리고 전무라는 직책에 머문 채, 지난 2년간 최선을 다해 호소카와를 보좌했다. 사사이답게 타협하지 않고 하고 싶은 말을 당당하게 하면서.

사사이에게는 사사이의 논리가 있다. 그것은 충분히 이해할 수 있다. 반면에 미카미에게도 미카미의 논리가 있다. 야구팀을 맡은 이상, 존속과 성장을 위해 최선을 다한다. 그것이 미카미의 논리다.

하지만 조금 전에 들은 은행원의 말은 그런 미카미의 논리를 뿌리째 부정하는 말이었다.

그들은 야구팀을 아무 짝에도 쓸모없는 취미 생활에 불과하다고 단정하고 있었다.

"아니야……."

집무실에 혼자 앉아 있는 미카미의 입에서 그런 말이 흘러나왔다.

야구팀은 단순한 취미 생활도, 쓸데없는 비용도 아니다. 아오시마제작소에 필요하기 때문에 있는 것이다. 야구팀은 아오시마제작소의 정체성에 커다란 부분을 차지하고 있다. 그 정체성은 내적인 것이 아니라 세상을 향해 외치는 회사의 방침이자 중요한 철학이다.

하지만 그것을 은행이 이해하도록 만들기 위해서는 명확한 숫자로 나타내야 한다. 아오시마제작소에 야구팀이 얼마나 공헌하고 있는지, 금액으로 확실히 증명해야 하는 것이다. 이것을 어떻게 증명할 수 있을까?

그때 노크 소리가 들리고, 히로노 인사과장이 얼굴을 내밀었다.

"부장님, 요시카와 과장이 회의실에 있습니다. 잘 부탁드리겠습니다."

"알았어."

미카미는 나지막하게 대꾸한 뒤, 윗도리를 들고 일어섰다.

요시카와 미쓰요시는 인원 감축 대상자인 물류관리부 과장이다. 히로노와 같은 과장이기도 해서, 어제 회의에서 해고를 통지하는 역할은 미카미가 맡기로 했다.

"저는 해고되는 겁니까?"

미카미가 회의실에 들어가자마자 요시카와는 그렇게 물었다.

업무 도중에 인사과의 호출이 무엇을 의미하는지, 지금 모르는 사람은 아무도 없다.

"회사 실적이 안 좋아지는 바람에 지금의 인건비를 유지할 수 없어서 그래."

미카미가 인원 감축 대상자에게 하는 말을 되풀이한 순간, 요시카와가 분통을 터트리며 반론을 제기했다.

"거짓말하지 마십시오!"

미카미는 깜짝 놀라서 요시카와를 쳐다보았다.

"거짓말? 내가 왜 거짓말을 하겠나? 공장 가동률을 보면 알 수 있잖아?"

요시카와는 담배에 불을 붙이더니, 연기의 안쪽에서 눈을 가늘게 뜨고 미카미를 바라보았다.

"그렇다면 왜 야구팀은 그냥 두는 거지요? 저를 비롯해 성실하게 일해온 공장 직원들의 목은 자르면서, 왜 야구팀은 아무 일도 없었던 것처럼 그냥 놔두는 겁니까? 그자들이 지금까지 회사 실적에 얼마나 기여했다는 거죠? 경기에 나가면 지기만 하고, 일은 점심시간까지밖에 하지 않습니다. 그런 자들에게 줄 돈이 있다면 우리를 계속 고용해주는 게 훨씬 낫지 않습니까? 회사는 왜 정작 해야 할 일은 하지 않고, 왜 성실하게 일하는 사람을 자르는 겁니까?"

요시카와의 근무 태도는 좋지 않다. 그것과는 별개로 말을 워낙 조리 있게 하니까 다루기 힘들다. 히로노가 상대하기에 벅찬 상대다.

미카미는 조용하게 설명했다.

"지난 몇 년간, 야구팀 성적이 밑바닥을 헤맨 건 사실이야. 하지만 그들은 놀면서 야구를 하는 게 아니야. 어느 의미에서 보면 프로선수와 똑같지."

요시카와가 눈에 핏대를 세우며 따지고 들었다.

"프로선수는 성적이 안 좋으면 구단에서 방출하지 않습니까? 계속 패배하는 야구팀의 선수보다 저를 먼저 해고하다니, 도저히 받아들일 수 없습니다!"

"그들은 게을러서 진 게 아니니까. 자네는 무단결근을 포함해 지난 1년간 며칠을 쉬었지? 유급휴가는 전부 사용했고 말이야. 그런 자네가 야구팀을 비난할 자격이 있나?"

미카미는 분노를 억누를 수 없었다. 이런 녀석에게 야구팀이 어쩌고저쩌고하는 말은 듣고 싶지 않았다. 하지만 요시카와는 기죽지 않고 되받아쳤다.

"제가 출근하지 않은 건 어쩔 수 없는 사정이 있었기 때문입니다. 병든 부모님을 돌봐야 했거든요. 물론 하루나 이틀 무단결근을 한 건 사실이지만, 그날은 아버지가 갑자기 발작을 일으키는 바람에 구급차를 불러 병원에 모시고 갔습니다. 너무 정신이 없어서 회사에 연락하는 걸 깜빡했지요."

미카미는 마음을 독하게 먹기로 결심했다.

"그래? 그런 일이 있었는 줄은 몰랐군. 하지만 어떤 사정이 있더라도 지각이나 결근할 때, 회사에 연락하는 건 사회인으로서 최소한의 의무가 아닌가?"

지금이 중요한 장면이라고 생각하고 미카미는 요시카와를 노려보았다.

"자네의 무단결근으로 인해 다른 직원들이 피해를 보았고, 회사로서도 출근할지 말지 모르는 사람에게 어떻게 중요한 일을 맡기겠나? 유감스럽지만 이 회사에는 자네가 있을 곳이 없어."

요시카와는 험악한 표정을 지었다. 순순히 받아들이지 않았다는 건 손에 잡힐 듯이 알 수 있었다.

부조리한 변명으로 들렸을까? 피도 눈물도 없는 사람이라고 생각했을까?

하지만 미카미에게도 이렇게 말해야 할 사명이 있다. 회사의 기준이 반드시 옳다고는 생각하지 않는다. 그러나 누군가를 해고해야 하는 현실에서 근무 태도로 판단하면 요시카와의 해고는 타당하다고 할 수밖에 없다.

"그러면 부모님의 병원비가……."

요시카와는 그렇게 말을 하다가 다음 말을 집어삼켰다. 미카미의 태도로 볼 때 이제 와서 변명이 통할 리가 없다는 사실을 알았으리라.

"지금은 어디까지나 회사 사정으로 해고하는 거야. 그러니 나라에서 실업보험이 나오겠지. 그동안 자네에게 맞는 직장을 찾기 바라네."

미카미는 거기까지 말한 뒤, 인내심을 가지고 요시카와의 대답을 기다렸다.

"어땠습니까?"

요시카와와의 면담을 마친 뒤 피곤한 몸을 이끌고 총무부로 돌아온 미카미는 히로노의 질문에 한마디로 대답했다.

"내가 할 말은 모두 전했어."

해고를 통보받은 사람이 모두 순순히 받아들이리라곤 처음부터 생각하지 않았다. 하지만 야구팀을 예로 들며 부당해고라고 주장하는 요시카와의 말에는 화가 나서 견딜 수 없었다.

누구 말이 맞는지 재판에서 가려봅시다…….

요시카와는 도중에 그렇게까지 말했지만, 실제로 재판까지 갔을 때 회사 측이 질 리가 없다는 사실은 알고 있으리라. 그의 근무태도는 그 정도로 안 좋았다. 물론 부모님이 갑자기 편찮으신 탓에 어쩔 수 없었을 때도 있었으리라. 그러나 상사의 주의를 받고도, 부모님 때문이 아닌 것으로 보이는 무단결근이나 지각이 계속 반복되었다. 그런데 야구팀을 들먹이며 트집을 잡다니.

하지만…….

집무실로 돌아온 미카미는 머리를 껴안고 고민에 빠졌다. 아까 기분이 좋지 않았던 것은 요시카와의 말이 정곡을 찔러서가 아닐까, 라는 생각이 계속 머릿속에서 맴돌고 있기 때문이다.

그리고 지금까지 계속 고민해온 명제와 다시 마주했다. 과연 야구팀을 존속시켜야 하는가…….

이제는 결단을 내려야 한다. 더는 뒤로 미룰 수 없다. 야구팀에 드는 비용은 연간 3억 엔. 본업에서 이만한 돈을 벌기 위해서는 매출을 30억 엔 올려야 한다.

아오시마제작소의 연매출은 약 500억 엔이지만, 야구팀으로 인한 사회적 인지도 상승과 이미지 향상에 따른 기여분이 얼마나 되는지, 통계적인 자료는 존재하지 않는다. 그런 상황에서 야구팀에 30억 엔이나 되는 경제 효과가 있냐고 하면, 야구팀 편에서 있는 미카미도 고개를 끄덕일 수 없었다.

그로부터 몇 시간 동안, 그는 여러 숫자를 조합해서 곱하거나 나누면서 검토를 거듭했다. 숫자의 숲에서 방황하면서 어딘가에 있을지 모르는 보물을 눈에 불을 켜고 찾은 것이다. 하지만 아무리 찾아도 야구팀의 존재를 정당화할 근거는 발견할 수 없었다.

적자로 추락한 실적, 더구나 임원들 사이에서까지 비판의 목소리가 솟구치는 가운데, 정확한 광고 효과도 모르는 야구팀의 존속 이유를 발견하기는 쉬운 일이 아니었다.

현재 진행하고 있는 1차 구조조정 계획안에서 약 100명을 정리할 예정인데, 이것으로 줄일 수 있는 연간 인건비는 약 6억 엔이다.

은행이 추가 구조조정안을 요구하는 가운데 야구팀을 해체해서 3억 엔을 줄일 수 있다면, 그것이 당연한 선택지임이 틀림없다. 그럼에도 불구하고 야구팀을 존속시킬 이유가 있는가.

그는 지난번에 보았던 사내야구대회의 광경을 떠올렸다. 직원들이 가족들과 함께 야구를 보면서 화기애애하게 하루를 보내며 친목을 다진다. 야구를 통해 회사가 하나가 된다……. 그날은 그렇게 지낼 수 있었던 날이었다.

물론 야구팀이 사회인야구에서 눈부시게 활약하면 좋은 광고 효과를 얻을 수 있으리라. 하지만 프로축구 인기가 높아지고 프로야구 인기가 시들면서, 사회인야구 자체가 세상의 주목을 모으기 힘든 것이 사실이다. 아무리 계산기를 두들겨봐도 연간 3억 엔에 걸맞은 합리성은 발견할 수 없었다.

생각에 생각을 거듭한 끝에 야구팀이 존속하는 이유는 한 가지밖에 없다고 결론을 내렸다. 아오시마 같은 절대자의 집착. 그 것뿐이다. 아오시마가 회장이 되면서 경영 일선에서 물러선 지금, 야구팀에 정열을 쏟는 임원은 아무도 없다.

미카미가 야구부장으로 임명된 지 5년. 야구의 '야'자도 모르던 자신이 용케 여기까지 올 수 있었다고 생각한다. 때로는 억지도 부렸고, 아마추어인 탓에 실수도 많이 저질렀다.

하지만 지금, 자신의 노력이 한계에 이르렀음을 인정하지 않을 수 없었다. 이 회사에서 야구팀을 존속시키는 것은 이제 불가능하다. 그는 입술을 깨물고 천장을 올려다보았다.

6

"회장님, 바쁘신데 불쑥 찾아와서 죄송합니다."

미카미가 고개를 숙이자 아오시마는 "전화를 했으면 내가 회

사로 갔을 텐데"라고 말하더니, 편안한 얼굴로 응접실의 팔걸이
의자에 앉았다.

느긋하게 보여도 아오시마는 예리한 사람이다. 타고난 감으로
미카미가 무슨 일로 찾아왔는지 알고 있을 것이다. 지금까지 좋
아하는 정원 손질이라도 했는지, 아오시마의 바지 무릎에는 흙
이 묻어 있었다.

"세상에! 그런 모습으로 손님을 맞으면 어떡해요?"

차를 가져온 부인이 말했지만 아오시마는 짧게 웃을 뿐 신경
쓰지 않았다.

"참, 어제 받은 양갱이 있었지? 그것 좀 내줘."

그는 부인에게 그렇게 말하고 미카미에게 차를 권했다.

"미카미, 1차 예선은 정말 멋있었네. 전부 좋은 경기였어. 응원
도 상당히 그럴듯해졌더군."

"회장님, 오셨었습니까?"

깜짝 놀라서 묻자 아오시마는 나지막하게 웃었다.

"새로운 팀이 어떤 경기를 보여줄지 궁금해서 말이야. 이번 시
즌은 기대할 수 있지 않겠나?"

미카미는 할 말을 잃고, 무릎 위에 있는 주먹을 꽉 쥐었다.

아오시마는 한동안 아무 말도 하지 않았다.

"회장님, 실은……."

미카미가 진지한 얼굴로 입을 열자 "해체하나?"라고 아오시마
가 먼저 물었다.

"죄송합니다."

다음 말을 할 수 없어서 미카미는 침묵했다.

"……그런가?"

아오시마는 그렇게 말하더니, 무거운 침묵의 바닥으로 가라앉았다. 어디선가 아오시마의 아내가 집안일하는 소리가 들리고, 정원에서는 참새의 지저귐이 들렸다.

이윽고 들려오는 아오시마의 말에 미카미는 고개를 들었다.

"그동안 고생하게 해서 미안했네."

왠지 후련해 보이는 노경영자의 얼굴을 보고 미카미는 당황하지 않을 수 없었다.

"자네에게 하는 말일세. 아마 최선을 다해 지키려고 했겠지. 정말로 고맙네."

아오시마의 눈에서 눈물을 발견한 미카미는 가슴속에서 치밀어 오르는 뜨거운 덩어리를 억누르고 겨우 말을 짜냈다.

"저야말로 그동안 신세 많이 졌습니다."

잠시 어색한 침묵이 찾아왔다. 침묵을 먼저 깨뜨린 사람은 아오시마였다.

그는 물레에서 실을 뽑듯 천천히 말을 뽑아냈다.

"내가 야구팀을 만들기로 결심한 건 회사를 만든 지 7년째였지. 운 좋게 고도성장기의 파도를 타고 작은 차고에서 만든 영세기업이 성장의 계단을 뛰어오를 때였네. 그때는 5백여 명의 직원들이 매일 땀투성이가 되어 아침부터 밤까지 정신없이 일했지. 밤늦게까지 야근하거나 휴일에도 회사에 나오는 건 늘 있는 일이었다네. 그래도 불평 한마디 하지 않고 모두 열심히 일했지. 그

런 직원들에게 보답하고 싶어서, 어떻게 하면 그들을 즐겁게 해
줄 수 있을까 생각했다네. 그 결과 야구팀을 만든 걸세."

미카미는 야구팀을 만들게 된 경위를 처음 들었다.

아오시마가 다시 말을 이었다.

"다들 얼마나 좋아했는지 모른다네. 처음에는 야구를 좋아하
는 직원들을 중심으로 팀을 만들었는데, 회사가 성장하고 야구
시장이 커지면서 전문 야구선수를 영입했지. 그 당시 야구팀의
활약은 우리 회사 직원들에게 큰 자랑거리였다네. 그 덕분에 직
원들의 사랑을 한몸에 받았지."

아오시마는 그렇게 말하고 먼 곳을 바라보았다. 지금 그의 머
릿속에 있는 것은 야구팀이 전성기를 누렸던 시절의 즐거운 기
억이리라.

"그런데 그 이후, 경제성장이 끝나면서 세상은 몰라볼 만큼
달라졌다네. 오일쇼크와 거품 경제의 붕괴를 거치는 동안 세상
은 상상을 초월할 만큼 달라졌는데, 그중에서도 가장 달라진 것
은 개인의 가치관이나 사고방식이 아닐까? 일한다는 것에 대
해, 직원과 회사의 관계에 대해, 그리고 야구라는 오락거리에 대
해……. 예전에 모든 직원들이 공유했던 하나의 가치관이, 세상
이 달라지면서 다양해졌네. 그와 동시에 야구팀에 대한 직원들
의 생각도 달라진 것 같더군."

지금 아오시마는 그토록 사랑했던 야구팀의 마지막 순간을 순
순히 받아들이려고 하고 있었다.

"야구팀은 본래 비용 대비 효과를 생각해 만든 게 아니라네.

따라서 가치관이 달라지면서 비용 대비 효과를 검토해야 할 시대에 접어든 지금, 이렇게 되는 건 어쩔 수 없겠지. 이게 시대의 변화가 아니겠나?"

아오시마는 스스로를 설득하는 것처럼 말했다.

"시대가 바뀌면 회사도 바뀌는 법이라네. 그 흐름을 읽고, 그것에 따르는 건 경영의 근간이지. 하지만……."

잠시 말을 끊은 아오시마의 입에서 흘러나온 것은 한숨이 섞인 한마디였다.

"마음이 몹시 아프군."

그 말을 들으면서 미카미는 거실에 걸려 있는 사진 한 장을 올려다보았다. 아오시마제작소 야구 유니폼을 입은 젊은 시절의 아오시마가 우승 트로피를 들고 선수들에게 둘러싸여 있는 사진이었다.

언제 적 사진일까? 그때로부터 수십 년의 세월이 흐른 지금, 아오시마는 이 자리에서 야구팀 해체를 가슴으로 받아들이고 있었다.

시대의 흐름은 얼마나 냉정한가. 그리고 그 시대를 거스를 수 없는 자신은 얼마나 나약하고 허무한 존재인가. 미카미는 그러한 사실을 통렬하게 느끼지 않을 수 없었다.

7

그날 저녁, 미카미는 회사 근처에 있는 작은 음식점으로 고가를 데려갔다.

곤타에 갈 줄 알았던 고가는 평소와 반대 방향으로 걸어가는 미카미를 말없이 따라갔다. 무슨 일이 있다는 것은 미카미의 태도를 보고 알아차렸다.

그런 고가를 상대로 미카미는 어떻게 말해야 좋을지 고민하면서 우선 잡다한 이야기를 했지만, 술기운이 몸의 구석구석까지 퍼지자 마침내 말을 꺼냈다.

"실은 자네에게 해둘 말이 있어. 미안하지만 야구팀 해체를 피할 수 없을 것 같아."

고가는 마시던 술잔을 테이블에 내려놓고 미카미를 똑바로 응시했다. 무슨 말이라도 하려고 입을 벌렸지만 말이 나오지 않은 채 이윽고 어색한 침묵으로 바뀌었다.

"한층 더 강력한 구조조정이 은행의 자금 지원 조건이야. 그렇다면 야구팀 해체는 피할 수 없어. 나도 머리를 감싸고 계속 검토해보았지만, 지금 같은 상황에서 야구팀을 유지할 만한 이론적인 근거를 찾는 건 불가능에 가까워."

고가가 간신히 목소리를 짜냈다.

"부장님, 이건 아닙니다. 이제 겨우 팀도 안정되고 팀원들도 하나가 됐는데, 지금 해체한다면 아무도 받아들일 수 없을 겁니다."

미카미는 감정을 억누르며 말했다.

"자네 마음은 이해해. 하지만 아무리 검토해도 지금의 야구팀에 연간 3억 엔의 비용을 투자할 만한 경제적인 효과는 없어."

"하지만 직원들이 모두 경기장에 와서 야구팀을 응원하고 있잖습니까? 기업에 활력을 준다는 점을 감안하면……."

미카미는 고개를 가로저었다.

"그 정도로 3억 엔의 비용을 메울 수는 없어. 결국 야구팀을 존속시키느냐 마느냐는 경영 측의 방침에 지나지 않아."

"회장님이 사장이었을 때는 그런 이야기가 나온 적이 없지 않습니까?"

"그때하곤 사정이 달라. 호소카와 사장은 야구팀에 대한 애정이 없으니까. 더구나 사사이 전무나 아사히나 부장처럼 비용이라는 명확한 근거를 방패 삼아 해체를 주장하는 사람들도 있지. 주거래은행에선 구조조정을 한다면서 야구팀을 그냥 놔뒀다고 비판하고 있어. 야구팀을 유지할 수 있도록 그들을 설득할 만한 재료를 필사적으로 찾아봤지만…… 아무리 해도 찾을 수 없더군."

미카미는 말을 끊고 입술을 깨물고는 작은 음식점의 아무것도 없는 벽을 노려보았다.

"하지만 부장님, 다이도 감독도 취임한 지 얼마 되지 않았고, 판단하기에는 아직 이르지 않습니까? 조금만 시간을 주시면 분명히 세상 사람들이 주목하는 팀이 될 겁니다."

"나도 그렇게 믿고 있어. 하지만 고가, 유감스럽게도 지금은 장래를 말할 때가 아니야."

미카미는 눈을 감은 채 얼굴을 위로 향했다. 그대로 잠시 움직이지 않더니, 이윽고 눈을 부릅뜨고 괴로운 얼굴로 말을 이었다.

"거래처의 생산 축소는 언제 끝날지 모르고, 주력 제품인 이미지센서의 경쟁은 점점 치열해지고 이익률은 바닥을 모르고 떨어지고 있어. 지금은 어떻게든 자금 조달에 성공해 현재 상황을 극복하는 게 최선이야. 알다시피 나는 야구부장임과 동시에 총무부장이잖아? 회사가 얼마나 어려운지는 누구보다 잘 알고 있어."

"이건 야구선수들에 대한 해고 통보인가요?"

고가의 질문에 미카미는 대답할 수 없었다. 갑자기 선수들의 얼굴이 그의 가슴을 가득 메운 것이다.

야구팀을 맡은 이후, 진심으로 그들을 응원해왔다고 자부하고 있다. 모두 그의 자식 같은 사람들이다. 성적은 좋을 때도 있고 나쁠 때도 있었지만 선수들은 그때까지 일밖에 모르던 그에게 그동안 잊고 있었던 인간다움과 통쾌함을 알게 해주었다. 동료를 믿고 승리를 믿는 게 얼마나 중요한지, 말재주가 없는 사람들이 수비나 타격을 통해 가르쳐준 것이다.

고가가 간절한 눈길로 매달렸다.

"부장님, 어떻게 안 될까요?"

미카미는 끓어오르는 울분을 삼키며 대답했다.

"나도 어떻게 하고 싶어. 어떻게 하고 싶어서 지금까지 계속 생각해왔지. 하지만 고가, 이제는 어쩔 도리가 없어."

"그럴 수가……."

고가의 얼굴이 처절하게 일그러졌다.

어떻게든 도와주고 싶다. 앞으로도 그들과 함께 그라운드에서 싸우고 싶다. 계속 그들과 하나가 되고 싶다. 하지만……

"아직 다른 사람에게는 말하지 말게. 다만 자네에게는 미리 말해두어야 할 것 같아서……."

고가에게서는 대답이 돌아오지 않았다.

암담한 현실이 두 사람을 무겁게 내리눌렀다.

그 무렵, 호소카와는 혼자 사장실에서 사색에 잠겨 있었다.

오늘은 그만 가도 된다면서 비서인 아리사를 퇴근시킨 뒤, 자신이 직접 커피를 내려 자료의 뒷면에 생각나는 대로 이런저런 경영 아이디어를 써넣었다.

생각이 떠오를 때마다 샤프펜슬을 들고 그림으로 정리했다. 사업 재검토, 공장 통폐합, 신규사업부 신설, 영업력 강화, 조직 개혁…… 모두 성과가 나올 때까지 시간이 걸리는 것뿐이다.

"이것도 틀렸나……."

호소카와는 그림을 그리다 말고 크게 가위표를 하더니, 힘껏 구겨서 휴지통에 던져 넣었다. 종이뭉치는 휴지통의 가장자리를 맞고 카펫으로 굴러갔다. 그것을 무시하고 그는 다시 생각에 잠겼다. 그리고 머릿속에 떠오른 단어를 또 쓰고는 하늘의 계시를 바라며 다시 생각하기를 반복했다. 하지만 아무리 생각해도 만족할 만한 '새로운 아이디어'는 떠오르지 않았다.

진정한 의미에서 유익한 아이디어는 일종의 '발명'이라고 할 수 있다. 단순한 생각이라면 무수히 있지만 유익한 아이디어는 그렇게 간단히 나올 리가 만무하다.

눈앞의 경영을 생각했을 때, 가장 필요한 것이 무엇인지는 분명하다. 일단 운영자금을 확보하는 것이다. 그리고 새로운 제품을 판매해 수익 구조를 재정비하는 것이다. 일단 이 두 가지를 해결하지 않으면 지금의 부진에서 벗어날 수 없다.

사장실 창문으로 시선을 돌리자 맞은편 건물 5층에 켜진 불빛이 눈에 들어왔다. 기술개발부였다.

그는 집무실 밖으로 나가 한참을 걸어가, 창문 없는 벽에 스테인리스 철문만 하나 있는 기술개발부 입구에 섰다. 특별히 엄중한 보안장치가 되어 있는 출입구 슬롯에 IC 카드를 밀어 넣고 비밀번호를 입력했다. 버튼을 누르자 큼지막한 철문이 열리면서 화려한 불빛이 그를 감쌌다.

눈이 불빛에 익숙해질 때까지 그는 그곳에서 움직이지 않았다.

퇴근시간이 한참 지났는데, 그곳에서는 수많은 연구원들이 개발 작업에 몰두하고 있었다. 가장 중요한 구역의 문에 비밀번호를 입력하고 안으로 들어가자 그의 내방을 알아차린 직원들이 작게 고개를 숙였다. 그들에게 가볍게 인사하면서 맨 안쪽 책상까지 걸어간 그는 가미야마 기술개발부장에게 말을 걸었다.

"수고가 많군."

진지한 얼굴로 서류를 보고 있던 가미야마는 그 말을 듣고서야 호소카와가 겨우 왔음을 알아차리고 평소의 부루퉁한 얼굴을 들었다. 부하직원에게만 맡기지 않고 이 시간까지 남아 있던 가미야마의 얼굴에는 연일 계속된 야근 탓인지 피로의 빛이 역력했다.

"그대로 앉아 있게."

일어서려고 한 가미야마를 손으로 제지하고 호소카와는 물었다.

"개발은 순조로운가?"

"유감스럽게도 아직 목표 성능을 안정적으로 낼 수 있는 곳까지 가지는 않았습니다."

가미야마의 대답은 어디까지나 신중하다. 사실을 그대로 말할 뿐, 호소카와가 좋아할 만한 말은 한마디도 하지 않는다.

"지금 새로운 테스트를 준비하고 있습니다만, 시제품으로 외부에 내보낼 수 있는 물건을 만들 때까지는 좀 더 시간이 걸릴 것 같습니다."

"얼마나 걸릴 것 같나?"

어차피 스케줄대로 8월까지라고 대답하겠지. 그렇게 생각하면서도 물은 호소카와에게 뜻밖의 대답이 돌아왔다.

"2주 정도면 될 것 같습니다."

호소카와는 무의식중에 고개를 들었다. 지금은 6월 초순이다.

"2주……."

그는 작은 목소리로 말하며 가미야마를 향해 황급히 물었다.

"그럼…… 도요카메라의 요구에 맞출 수 있겠나?"

깊고 어두운 터널 속에서 헤매던 머릿속에 한 줄기 빛이 쏟아진 것은 그때였다.

"부탁하네, 늦지 않게 해주게."

호소카와는 연구원들을 돌아보며 목소리를 높였다.

"여러분, 수고가 많습니다! 새 센서를 부탁합니다! 기다리고 있겠습니다!"

여기저기서 제각기 대답이 돌아왔다. 갑자기 온몸이 떨렸다. 자신을 바라보는 수많은 얼굴을 일일이 확인하면서 겨우 희망이 손에 들어왔음을 느낀 것이다.

아직 할 수 있다.

기술개발부를 나오면서 그는 오른쪽 주먹을 몇 번이나 움켜쥐며 스스로를 북돋았다. 암담했던 미래에 겨우 출구가 보이기 시작했다.

8장

회사의 주인

1

"주주인 다케하라 씨라는 분으로부터 전화가 왔습니다만 어떻게 할까요?"

비서인 아리사가 그렇게 말한 것은 호소카와가 거래처에 갔다가 회사로 돌아온 직후의 일이었다.

"다케하라 씨에게서?"

다케하라와는 예전에 한 번 만났을 뿐, 그렇게 면식이 있는 것은 아니다. 일이 쌓여 있지만 주주의 전화라면 무시할 수 없다.

"호소카와입니다."

그렇게 이름을 말하자 다케하라로부터 생각지도 못했던 말이 돌아왔다.

"언뜻 들었는데, 미쓰와전기로부터 합병하자는 얘기가 있었다고 하더군. 사실인가?"

"어디서 그런 말씀을……."

깜짝 놀라서 되물은 호소카와의 질문에는 대답하지 않고, 다케하라는 조바심 나는 목소리로 버럭 고함을 질렀다.

"사실인지 아닌지 묻고 있잖아!"

"죄송하지만 전화로는 좀……."

"그럼 직접 만나서 얘기하지."

다케하라는 오늘 저녁 이후에 언제 시간이 괜찮은지 물었다. 호소카와는 일단 전화를 보류로 하고, 아리사에게 일정을 확인했다. 다케하라에게 괜찮은 시간을 몇 개 말하자 즉시 대답이 돌아왔다.

"내일 오후 6시에 회사로 가겠네. 그때 이야기하지. 알겠나?"

"알겠습니다. 기다리고 있겠습니다."

"기가 막혀서! 대체 회사를 어떻게 경영하는 거야? 이건 클레임이라고 생각해주게!"

심상치 않은 기적을 남기고 다케하라의 전화는 일방적으로 끊겼다.

다케하라는 약속 시간보다 10분쯤 일찍 도착해, 호소카와가 황급히 접견실로 들어가자 재떨이에는 이미 담배꽁초가 놓여 있었다.

예전에 인사한 적이 있었지만 새삼스레 마주한 다케하라의 얼굴은 어렴풋이 기억나는 정도였다. 양복 윗도리는 입지 않은 채 하얀 반소매 와이셔츠에 바지 차림으로, 퇴근길인지 옆에는 검은색 서류가방이 놓여 있었다.

"내가 어제 한 이야기 말인데, 어떤가?"

인사도 하는 둥 마는 둥 하고 단도직입적으로 물은 다케하라의 거만한 말투에는 조바심이 잔뜩 배어 있었다.

"그전에 말씀해주시지 않겠습니까? 그런 이야기를 어디서 들으셨습니까?"

다케하라는 대답을 거부했다.

"그런 건 상관없잖아? 그보다 어서 대답해주게. 타진이 있었던 게 사실인가?"

어디서 정보가 유출되었는지 알 수 없었지만, 상대가 대주주의 한 사람인 만큼 호소카와는 대답할 수밖에 없었다.

"이건 비밀로 해주셨으면 하는데요……."

호소카와는 그렇게 운을 떼고 대답했다.

"분명히 그런 이야기가 있었습니다."

"그런데 어떻게 했지?"

다케하라는 거만한 태도로 물었다.

"이미 거절했습니다."

그러자 다케하라는 팔짱을 끼고 호소카와를 노려보았다.

"왜지? 왜 그렇게 좋은 이야기를 거절한 건가?"

"아뇨, 좋은 이야기라고 할 수 없었습니다."

호소카와는 거절할 때까지의 경위와 이유를 대강 설명했다. 미쓰와전기의 목적이 아오시마제작소의 기술력이라는 것, 아오시마제작소에게는 합병의 상승효과가 없다는 것…….

수긍하리라고 여겼던 다케하라는 즉시 고개를 가로저었다.

"당장 미쓰와전기와의 합병에 찬성하게! 다른 주주들 생각도 마찬가지야."

"다른 주주들이요?"

호소카와는 흠칫 놀라서 다케하라를 바라보았다.

"아무리 사장이라곤 하지만 이렇게 중요한 일을, 이 회사에 들어온 지 얼마 되지도 않은 당신이 멋대로 판단하는 건 이상하잖아! 임시주주총회를 열어서 우리 주주들에게 제대로 보고한 다음에 결의해야 하지 않나? 미쓰와전기에게는 그다음에 대답하는 게 순리가 아니냔 말이야!"

다케하라는 그렇게 고함을 지르더니, 가방 안에서 다른 주주에게서 받은 임시주주총회 개최 위임장을 꺼냈다.

호소카와는 인내심을 가지고 침착하게 설명했다.

"다케하라 씨, 그게 말이죠, 언뜻 보면 합병이 회사에 이익이 되는 것처럼 보일 수 있겠지만 결코 그렇지 않습니다. 오히려 우리의 강점을 버리고 상대의 밑으로 들어가는 것이나 마찬가지입니다."

하지만 다케하라는 호소카와의 말을 차갑게 뿌리쳤다.

"그렇다면 주주총회에서 그렇게 설명하면 되잖나? 이렇게 말하면 뭣하지만 호소카와 사장, 이 이야기를 거절한 건 당신의 자리 보전 때문이라고 생각하는 사람도 있어."

다케하라는 생각지도 못한 말을 입에 담았다.

"자리 보전이요? 그게 무슨 말씀이시죠?"

"합병하면 당신은 사장 자리를 잃게 되겠지. 미쓰와전기가 아오시마제작소보다 훨씬 크고 조직도 견고하다는 건 세 살 먹은 어린애도 아는 일이잖나? 반도 사장은 이 업계에서 누구나 인정하는 실력자니까 합병한 경우에 당신이 사장이 될 가능성은 눈곱만큼도 없어. 당신도 그 정도는 알고 있을 거야."

다케하라는 의혹을 감추려고 하지도 않았다.

"즉 그런 개인적인 사정으로 제안을 거절한 게 아닌가, 그렇게 볼 수도 있단 뜻이지."

호소카와는 단호하게 부정했다.

"그건 아닙니다! 저는 그런 걸로 판단하지 않습니다. 만약 합병이 아오시마제작소에게 최선의 선택이라면 당연히 그렇게 했을 겁니다."

"내가 아니라 그렇게 생각하는 사람도 있단 뜻이야."

다케하라는 호소카와의 반박을 슬며시 피하더니 이야기를 마무리했다.

"좌우지간 합병 건은 주주총회를 열어서 주주들의 의결을 거쳐주기 바라네."

"하지만 미쓰와전기에는 이미……."

"아직 안 늦었어."

호소카와는 상대의 얼굴을 뚫어지게 쳐다보았다. 다케하라의 말투에 확신이 배어 있었던 것이다. 어떻게 이토록 확신을 가지고 말할 수 있지?

"가능성이 있다면 반도 사장이 기다려주겠다고 했거든."

다케하라의 입에서 생각지도 못한 이름이 튀어나왔다.

"그게 무슨 말씀이시죠? 혹시 반도 사장이 이 이야기를……."

사장인 호소카와가 거절한 안건을 주주에게 말하다니. 아오시마제작소의 주주가 분산되어 있다는 사실을 알고 이런 작전으로 바꾼 것인가? 너무 비열하지 않는가.

"누가 무슨 말을 했든, 그건 내 입으로 할 말이 아니니까 삼가기로 하지."

다케하라는 말 붙일 엄두도 낼 수 없게 딱 잘라 말하고는 자리에서 일어섰다.

"하지만 누가 이런 말을 해줬든 우리는 그 사람에게 감사하고 있어. 하마터면 엄청난 일실이익이 발생할 뻔했으니까."

일실이익(逸失利益). 본래라면 얻을 수 있는 이익을 얻을 수 없는 경우를 가리킨다. 그것이 구체적으로 무엇을 가리키는지 몰라서 멍한 표정을 지은 호소카와를 향해 다케하라는 덧붙였다.

"미쓰와전기와 어떤 형태로 합병할지는 모르겠지만, 그 결과 아오시마제작소가 상장하게 되리라는 것만은 틀림없겠지. 실적 악화로 배당조차 기대할 수 없는 상태에서 보면 꿈같은 이야기 아닌가? 호소카와 사장, 회사의 주인은 우리 주주들이야. 안 그런가?"

반도가 상장 가능성을 비치며 다케하라를 설득한 게 분명했다.

2

"지금 시간 있나? 잠깐만 와주게."

전화기 너머에서 들리는 호소카와의 말투는 몹시 절박했다.

평소처럼 야근을 하고 있던 미카미는 총무부 안에 있는 집무실을 빠져나와 허겁지겁 사장실로 향했다.

사장실에 이미 와 있던 사사이가 안으로 들어간 미카미에게 말없이 소파를 권했다. 호소카와는 오른손의 손가락으로 이마를 누르고 있었는데, 이것은 그가 생각할 때의 습관이다.

"이건 비밀로 해줬으면 하는데, 조금 곤란한 문제가 생겼어. 조금 전에 대주주인 다케하라 씨가 와서 임시주주총회 소집을 요구하더군. 회사법의 규정을 충족한 이상, 응하지 않을 수 없어."

"임시주주총회요?"

미카미는 깜짝 놀라서 무심코 되물었다. 주주총회의 소집 절차는 당연히 총무부 일이지만, 정기주주총회라면 몰라도 지금까지 임시주주총회를 소집한 적은 한 번도 없었다. 더구나 주주 측에서 요구했다면 상당한 이유가 있을 것이다.

"의제는 뭔가요?"

"이거네."

사사이가 들고 있던 서류를 탁자 너머로 내밀었다.

임시주주총회 소집요구서다. 아오시마제작소의 주주는 전부 35명쯤 되는데, 과거에 임원이었던 사람을 비롯해 소액주주를 제외하면 개인 대주주는 10명이 채 안 된다.

서류를 읽어본 미카미는 너무나 놀란 나머지 황급히 얼굴을 들고 호소카와와 사사이를 바라보았다.

"이런 이야기가 있었습니까?"

"있었어, 거절했지만."

대답한 사람은 호소카와였다.

거절했다는 말을 듣고 미카미는 가슴을 쓸어내렸다. 하지만 이내 그렇게 간단한 이야기가 아니라는 사실을 깨달았다.

"그런데 주주들이 그걸 총회의 의제로 삼는다는 건……?"

사사이가 피곤한 얼굴로 몸을 움직이면서 대답했다.

"어디서 합병 이야기가 있었다는 걸 들은 모양이네. 확실한 건 아니지만 아마 미쓰와전기에서 유출했을 거야."

"미쓰와전기에서요?"

미카미는 고개를 갸웃했다. 미쓰와전기가 왜 그렇게까지 합병에 집착하는지 이해할 수 없었다.

"미쓰와의 약점은 기술력이야."

"우리와 합병하면 그걸 보강할 수 있다는 겁니까?"

"그렇겠지. 단, 우리에게는 이점이 하나도 없어."

"하지만 주주에게 이점이 있단 거군요."

이 순간, 미카미의 뇌리를 스친 것은 엉뚱한 생각이었다.

그렇다면 야구팀에게는 이점이 있을까?

미카미는 그 즉시 결론을 내렸다. 야구팀에게도 이점은 없다. 미쓰와전기에서 데려가고 싶어 할 선수라면 다른 팀에서도 데려가고 싶어 할 것이다. 결국 해체하든 미쓰와와 합병하든 이적할 만한 실력이 없는 선수—아오시마제작소 선수의 절반 이상이 그렇겠지만—는 불이익을 당할 것이 분명하다.

야구팀만이 아니다. 규모가 다른 미쓰와와 하나가 되었을 때 남는 것은 기술력과 이름뿐이고, 아오시마제작소의 거의 모든 직원들은 부서의 구석에서 얌전히 있든지, 겹치는 부문을 정리한다는 명목으로 가차 없이 구조조정을 당할 것이다. 아마 미카미 자신도 그쪽에 속하리라.

그는 눈치 빠르게 물었다.

"상장을 노리는 겁니까?"

"그렇겠지. 미쓰와전기가 합병의 최대 이점으로 그렇게 설득했을 가능성이 높네. 아무튼……."

사사이가 깊은 숨을 토해내며 덧붙였다.

"임시주주총회는 개최하지 않으면 안 돼. 서둘러 임원회의에서 의결해 다음 주 토요일에 개최하도록 준비해주게."

주주들의 의견을 미리 정리해온 다케하라는 전원이 참석할 수 있는 날을 몇 개 적어왔다. 다음 주 토요일은 그중에 가장 빠른 날이다. 그날로 정한 것은 호소카와였다. 이런 일은 빨리 처리하는 편이 좋다는 생각에서였다.

"알겠습니다."

미카미는 옴짝달싹 할 수 없는 곳까지 몰린 상황에 불안을 금치 못하고 조심스럽게 물었다.

"그런데, 의결은 어떻게 될 것 같습니까?"

호소카와는 손가락으로 이마를 누른 채 꼼짝도 하지 않았다. 옆에 있는 사사이도 뺨을 부풀리며 못마땅한 표정을 지었다.

잠시 후, 호소카와가 고개를 들고 대답했다.

"그건…… 해보지 않으면 알 수 없어."

미카미는 숨을 들이마셨다. 주주총회는 회사의 최고 의사결정기관이다. 만약 그곳에서 합병을 승인하면 따르지 않을 수 없다.

위임장을 제출한 주주의 소유 주식수를 합하면 발행 주식수의 절반이 넘는다. 불길한 예감이 온몸을 휘감았다. 아오시마 회장이 가지고 있는 30퍼센트를 제외하면, 나머지 주식은 모두 외부 주주들이 가지고 있다.

"사전에 준비해야 할 자료가 있습니까?"

파도처럼 밀려온 위기감에 사로잡히며 미카미가 물었지만 호소카와는 고개를 가로저었다.

"주주를 설득할 자료는 사사이 전무님과 내가 만들게. 자네는 주주총회가 문제없이 진행되도록 최선을 다해주게."

"알겠습니다."

미카미는 서류를 받고 고개를 숙인 뒤, 사장실을 뒤로했다.

3

"전무님, 솔직히 말해서 어떻게 생각합니까? 주주들이 합병에 찬성할까요?"

미카미가 황급히 나간 뒤, 호소카와가 신중한 얼굴로 물었다.

"다케하라 씨를 비롯해 몇 명은 찬성하겠지요. 그걸로 최소한 전체의 약 30퍼센트가 됩니다."

호소카와의 입에서 신음 소리가 흘러나왔다. 아오시마 회장의 주식은 30퍼센트에 불과하다. 과반수를 얻기 위해서는 태도가 불분명한 대주주인 기도 시마의 동의를 얻어야 한다.

"기도 사장은 만만한 상대가 아닙니다."

사사이의 얼굴에 심각한 표정이 드리웠다.

호소카와가 기도 시마를 만난 것은 딱 한 번, 2년 전의 사장 취임식이었다. 이야기를 나눈 것은 불과 몇 분밖에 되지 않았지만 지금도 똑똑히 기억하고 있다. 체구는 작지만 날카로운 시선은 상대의 마음속까지 꿰뚫어보는 듯했다.

그때……

"사장이 됐으니까 어쩔 수 없지 뭐. 아무튼 열심히 해보게."

호소카와는 깊이 생각하지 않고 "최선을 다해 소임을 해내겠습니다"라고 대답했지만, 며칠이 지나서 그 말이 무슨 뜻인지 짐작되었다. 휴일에 아무것도 하지 않고 가만히 있을 때, 불쑥 뇌리에 떠오른 것이다.

시마는 '포스트 아오시마'를 사사이라고 생각했던 게 아닐까? 따라서 '사장이 됐으니까 어쩔 수 없지 뭐'인 것이다. 시마가 호소카와를 어떻게 평가하는지, 지금의 경영 상태를 어떻게 보는지는 모른다. 그것이 이번 일과 어떻게 이어질지도…….

하지만 시마에게 차기 사장은 호소카와가 아니라 사사이였고, 그런 점에서 보면 지금의 아오시마제작소 경영에 불만을 가지고 있을지도 모르겠다.

어쨌든 시마는 아오시마 회장과 오래전부터 친분이 있을 것이다.

"회장님과 같이 가서 만나고 올까요?"

사사이가 힘을 주어 대답했다.

"네, 부탁합니다. 우리 회사의 미래는 기도 사장님의 의견에 달려 있습니다."

"남에게 설득당할 만한 할멈은 아니지만……."

다음 날, 아오시마의 자택을 방문한 호소카와가 임시주주총회 개최를 전하자 아오시마는 정원에 눈길을 향한 채 탄식했다.

다케하라의 주주총회 개최 요구와 임원회의 의결에 관해서는 이미 전화로 보고해놓았다. 아오시마는 일련의 상황을 듣고도 동요하지 않은 채, 창업자다운 강인함으로 조용히 받아들이는 것처럼 보였다.

"기도 사장의 결정에 따라서는 미쓰와전기와 합병해야 할지도 모르겠습니다."

"그건 그렇지만 시마 씨가 어떻게 판단할지는 나도 모르겠네."

정원과 마주한 거실의 팔걸이의자에 앉은 아오시마는 깊은 주름이 새겨진 얼굴을 호소카와에게 향한 채 먼 곳을 바라보았다.

"아무튼 속마음을 짐작할 수 없는 사람이거든. 특히 돈벌이에 관해서는 독특한 후각을 가지고 있지. 천재라고 할까, 감이 예리하다고 할까. 머릿속을 들여다보고 싶을 정도라네."

기도 시마가 범상치 않은 경영자라는 것은 호소카와도 알고 있다. 지금까지 경제지나 신문에서 사진이 들어간 인터뷰 기사를 몇 번이나 읽었기 때문이다.

"기도 시마라는 경영자에 대해 말할 때, 항상 떠오르는 이야기가 있지."

아오시마는 그렇게 말하더니 이런 일화를 들려주었다.

시마는 예전에 아무도 사지 않았던 조후시 교외의 토지를 5억 엔에 산 적이 있었다. 쓰쓰지가오카 언덕에 있는 토지로, 조후 시내를 한눈에 내려다볼 수 있는 곳이다. 거품 경제가 시작되기 전으로, 시마는 그곳에 직장인들을 위한 아파트를 지으려고 했다.

하지만 아파트를 짓기 전에 세상은 거품 시대에 돌입했다. 눈 깜짝할 사이에 땅값이 두 배가 되고, 조금 지나자 또 그것의 두 배가 되었다. 땅을 팔라는 요구는 끊이지 않았고, 결국 30억 엔까지 가격이 치솟았다고 한다.

그래도 시마는 땅을 팔지 않았다. 거품 경제로 세상이 흥청망청하고 땅값과 건설용 자재비도 폭등할 때, 시마는 그런 모습을 조용히 지켜보면서 오직 때가 되기를 기다리고 있었다.

이윽고 거품이 붕괴되었다. 땅값은 서서히 내려가기 시작해 반값이 되고, 다시 그것의 80퍼센트가 되었다. 그리고 겨우 땅값이 안정된 것을 지켜보았다가 처음에 계획했던 대로 아파트를 지었다. 아파트는 눈 깜짝할 사이에 팔려서, 시마가 말하는 '정상적인 이익'을 얻었다.

그 소식을 들은 어떤 경영자가 시마를 비웃었다.

"그 여자, 바보 아니야? 아마 욕심이 목구멍까지 차서 땅값이 더 오르기를 기다렸겠지."

하지만 시마는 그런 말을 한 귀로 흘려보내면서 이렇게 말했다.

"그 땅은 아파트를 짓기 위해서 샀지, 차익을 남기고 팔기 위해서 산 게 아니야. 그 땅에 멋진 아파트를 지어서 사람들에게 팔면, 시내가 내려다보이는 집에서 가족이 오순도순 살면서 소박한 행복을 누릴 수 있잖아? 그보다 더 좋은 일이 어디 있겠어?"

아오시마는 호소카와를 힐끔 쳐다보면서 물었다.

"무슨 뜻인지 알겠나? 그 할멈은 진실을 꿰뚫어보는 눈이 있지. 세상에 휩쓸리지 않고 사물의 본질을 파악하는 힘이라고나 할까? 또 다른 면을 보여주는 일화도 있다네."

아오시마는 옛날을 회상하는 노인네처럼 눈을 가늘게 떴다. 하지만 그가 회상하는 것은 수십 년 전의 과거가 아니라 겨우 몇 년 전의 일이었다.

한번은 시마가 한 벤처기업에 투자해 대주주가 되었다. 참고로 시마가 경영하는 회사는 상장하지 않는 것이 이상할 만큼 사업 규모와 장래성이 있는 비상장기업이다. 상장하지 않는 이유는 회사를 어떻게 경영할지는 자기 마음에 달렸고, 불특정 다수의 주주를 상대로 일일이 설명하는 것은 당치도 않는 일이라는 시마의 지론 때문이다.

아무튼 그 벤처기업의 사업 내용은 저렴한 비즈니스호텔의 체인화였다. 시마는 미국에서 경영학을 배웠다는 사장의 참신한 경영 기법에 반해, 당시 자금 사정으로 벽에 부딪힌 벤처기업의 주식을 사고, 신흥시장*에 상장하도록 도와주기까지 했다. 숙박료가 저렴하기로 소문나면서 호텔 체인은 많은 사람들의 지지를

• 성장성 있는 벤처기업이나 중소기업에 기회를 제공하기 위해 도쿄증권거래소보다 상장 요건을 완화한 일본의 증권거래소.

받았고, 그 덕분에 주가도 두 배 가까이 올랐다. 그러던 어느 날, 시마는 가지고 있던 주식을 전부 매각하며 그 회사에서 완전히 손을 뗐다.

아오시마는 의아한 생각이 들어서 왜 주식을 전부 팔았냐고 물었다.

"겨우 이 정도 성공으로 사장이 오만해졌거든."

요컨대 자신이 기대할 만한 그릇이 아니었다는 뜻이다. 그 이후 그 회사의 주가는 서서히 추락하더니, 1년쯤 지나자 경영에 문제가 있다고 신문에도 나게 되었다. 그리고 결국 도산하여 시마의 직감이 옳았음이 증명되었다.

"결론부터 말하자면 그 할멈의 생각은 예측할 수 없다네. 물론 틀리는 일도 있겠지만 그 사람의 판단은 대부분 옳지. 이번에도 만나러 가기는 하겠지만 우리의 설득을 받아들일 사람이 아니네. 그러니까 기대하지는 말게나."

"그래도 만나고 싶습니다. 이번 주주총회에는 회사의 미래가 달려 있습니다. 기도 사장님이 무슨 생각을 하는지 미리 알아두고 싶습니다."

만약에 시마가 합병에 찬성한다면 합병 찬성파가 절반이 훌쩍 넘는다.

호소카와가 가장 싫어하는 것은 그때가 되지 않으면 결과를 모른다는 것이다. 좋은 일이든 나쁜 일이든 미리 예측할 수 있으면 대책을 세울 수 있다. 무엇보다 자신의 생각을 정리할 시간과 여유가 생긴다. 주주총회를 앞두고 지금 호소카와가 할 수 있는

일은 기도 시마와 이야기해서 주주총회의 결정을 예측하는 일
말고는 아무것도 없었다.

4

"이게 웬일인가? 반도 사장이 예고도 없이 불쑥 행차하시다니."

관공서와 언론사가 즐비한 오테마치에서 거래처 사람을 만나
고 밑져야 본전이라는 생각으로 모로타에게 연락했는데, 다행히
모로타의 스케줄이 비어 있었다.

"생산 축소가 언제까지 계속될 리는 없잖아? 생산이 다시 제
대로 굴러갈 때는 예전보다 더 많이 미쓰와전기로 주문해주게."

넉살 좋게 말하는 반도를 보면서 모로타는 쓴웃음을 지었다.

"여전히 성격이 급하군. 안 그래도 말하려고 했는데, 즉시 예
전의 생산량으로 돌아가진 않을 거야. 무슨 일이든 한 걸음씩 나
아가는 법이지."

"적어도 상관없으니까 생산량을 늘릴 때는 꼭 우리 회사에 주
문해주길 부탁하네."

고개를 숙인 반도를 보고 모로타는 웃음을 터트렸다.

"자네는 너무 빈틈이 없어서 탈이라니까."

반도의 표정이 어느 정도 밝아진 것은 예전보다 조금이나마
앞이 보였기 때문이다.

쥐어짤 때까지 쥐어짜서 그때까지의 거래가 끊어진 순간, 다

시 거래를 재개한다. 이 타이밍이야말로 절호의 비즈니스 기회다. 평소라면 무너뜨리기 힘든 점유율을 단숨에 확대하고, 잘하면 경쟁사를 능가할 수도 있는 것이다.

"하지만 지금은 우리도 힘들어. 가격을 더 내려주지 않으면 곤란해."

반도는 송구스러워하는 태도로 말했다.

"물론 그건 알고 있어. 알다시피 우리도 전자 부문에 본격적으로 힘을 쏟기로 했으니까 꼭 도와주기 바라네."

대범한 얼굴로 고개를 끄덕이던 모로타는 퍼뜩 생각이 나는 얼굴로 물었다.

"그러고 보니 아오시마제작소와의 합병 건은 어떻게 되었지?"

호소카와에게 거절하는 전화가 왔다는 것은 모로타도 알고 있다. 모로타가 지금 물은 것은 아오시마제작소 주주를 통해 합병을 유도하는 반도의 계획에 대해서이다.

"며칠 전에 주주들이 임시주주총회를 요구했나 봐. 다음 주 말에 열리는 주주총회에서 합병이 승인될 거야. 가결되리라는 건 99.9퍼센트 확실해."

"그러면 미쓰와전기는 주력 제품인 이미지센서 위협을 송두리째 제거할 수 있는 건가?"

반도는 어색한 표정을 지었다.

"누가 들으면 오해하겠군. 애당초 아오시마제작소의 미래는 안전하다고 할 수 없으니까 합병을 거절하는 편이 이상하지 않나? 호소카와 사장의 판단은 자리 보전 이외에 아무것도 아니야.

이제 합병은 시간문제지."

"그런데 주주를 어떻게 설득했지? 상장기업과 비상장기업이 합병하려면 이런저런 문제가 있을 텐데."

단순한 관심으로 물은 모로타를 향해 반도는 은밀히 진행되고 있는 전략을 설명해주었다.

"합병이 정해지면 일단 아오시마제작소를 상장시키는 거야. 그러면 주주는 자본이득을 얻을 수 있고, 감사를 받아 재무의 투명성이 확보되며 기업 평가도 확실해지지. 그런 다음에 합병하는 2단계 전략을 생각하고 있네."

모로타는 감탄한 표정을 지었다.

"굉장하군! 자네에게 걸리면 아무도 살아남을 수 없겠어. 우리도 엉덩이 털까지 뽑히지 않도록 미리 조심해야겠군."

"무슨 그런 농담을!"

반도는 싫지 않은 얼굴로 웃음을 터트렸다. 합병 찬성파의 승리를 의심치 않는 여유 있는 웃음이었다.

"아무튼 미쓰와전기는 서비스와 기술력이 뛰어난 부품 제조업체로 다시 태어날 거야. 앞으로 재패닉스의 발전을 위해 최선을 다할 테니까 부디 신생 미쓰와전기를 잘 돌봐주기 바라네."

반도는 새삼 정중하게 말하고는 깊숙이 고개를 숙였다.

5

    기도 시마가 경영하는 회사는 조후역 앞의 7층짜리 자사 건물
에 입주해 있었다.

    호소카와가 시마를 만나기 위해 아오시마와 함께 그 회사로 찾
아간 것은 임원회의에서 임시주주총회를 결의하고 며칠 후였다.

    시마가 현재 하고 있는 사업은 한두 가지가 아니다. 세상을 떠
난 남편으로부터 이어받은 부동산 사업과 전국에 걸친 비즈니스
호텔 사업, 휴양지의 리조트 사업, 여행사 등 다방면에 걸쳐 있
다. 여자 혼자의 힘으로 해냈다곤 상상도 할 수 없을 정도로, 그
룹의 연매출을 합치면 아오시마제작소를 아득히 뛰어넘는다.

    두 사람은 직원의 안내를 받고 7층 사장실로 올라갔다.

    "이게 얼마 만이야?"

    집무용 책상에서 서류를 보고 있던 시마는 안경걸이가 달린
노안경을 벗더니, 두 사람에게 소파를 가리켰다. 그리고 눈을
동그랗게 뜨고는 호소카와가 아니라 아오시마를 향해 입을 열
었다.

    "주주를 좀 더 소중히 대해야 하지 않나?"

    가까운 사람이 아니면 할 수 없는 스스럼없는 말투였다. 시마
는 돈이 있다고 해서 화려하게 꾸미는 타입이 아니었다. 화려하
게 꾸민다고 해서 아름답게 보이는 타입도 아니었다. 수수한 셔
츠에 바지 차림. 반지도 끼지 않고 액세서리라곤 가느다란 금목
걸이가 전부였다. 매니큐어를 칠하지 않은 손톱은 깨끗하게 잘

랐고, 화장기도 거의 보이지 않았다. 동그란 눈은 애교 있게 보이지만, 연매출 1천억 엔이 넘는 그룹의 경영자로는 보이지 않는다.

"그러게 말일세. 아무래도 그 빚이 한꺼번에 돌아온 것 같군."

아오시마도 스스럼없이 대답했다.

"저희 총무부에서 이미 연락을 드렸겠지만, 주주님들께서 요청하신 임시주주총회를 다음 주 토요일에 개최하기로 했습니다. 이건 정식 안내장입니다."

호소카와는 본래 우편으로 보내야 할 안내장을 시마 앞에 내밀었다.

"이런 걸 주주들에게 일일이 나눠주러 돌아다니는 건가? 자네도 참 시간이 남아도나 보군."

안내장을 힐끔 쳐다보면서 시마는 어이없는 얼굴로 말했다.

"그게 아니라 기도 사장님께는 저희의 생각을 사전에 말씀드려야 할 것 같아서 직접 찾아왔습니다."

시마는 말없이 맞은편 의자에 등을 기대며 다음 이야기를 재촉했다.

"두 달 전쯤, 미쓰와전기의 반도 사장으로부터 은밀히 합병하자는 제안이 있었습니다. 하지만 신중하게 검토한 끝에 거절했습니다. 처음에는 합병을 제안한 의도가 불분명했는데, 미쓰와전기의 목적이 결국 저희 회사의 기술 부문이라는 사실을 알게 되었기 때문이지요."

시마로부터는 아무런 반응도 돌아오지 않았다. 호소카와는 아무도 없는 객석을 향해 말하는 듯한 어색함에 사로잡혔다.

"미쓰와전기와 합병을 해도 저희 회사에는 이점이 거의 없습니다. 오히려 효율화라는 이름하에 대대적인 구조조정이 이루어져서, 많은 직원들을 해고해야 하리라는 것은 불을 보듯 훤합니다."

그때까지 잠자코 듣고 있던 시마가 날카롭게 지적했다.

"그거야 당신들 사정이지. 많은 직원들을 해고하든 말든, 그게 주주인 나하고 무슨 관계가 있지? 나하고 관계가 있는 건 아오시마에 출자한 내 돈이 어떻게 되고, 이익이 얼마나 되느냐는 것뿐이야. 솔직히 말해 미쓰와전기의 목적이 무엇인지 난 몰라. 알고 싶지도 않고. 하지만 적자가 나서 배당도 기대할 수 없는 상황이라면, 미쓰와전기와 합병하는 편이 주식의 가치는 올라가지 않을까?"

"자본이득을 기대해 주식을 가지고 있는 건 아니잖나?"

그렇게 말하는 아오시마를, 시마는 차가운 눈길로 노려보았다.

"아오시마에 투자한 사람은 내가 아니라 우리 남편이야. 당신과는 오래전부터 아는 사이이긴 하지만, 벌써 20년이나 주식을 가지고 있었으니까 의리는 지킨 셈이잖아? 이제 내 마음대로 해도 되지 않겠어?"

"합병에 찬성할 생각인가?"

말을 쥐어짠 아오시마를 바라보며 시마가 냉정하게 되받아쳤다.

"반대할 이유가 있으면 말해주겠어? 아오시마 회장, 당신도 주식을 30퍼센트 가지고 있지? 합병을 전면에 내세우며 상장하면 거금이 굴러들어와. 그걸로 마무리하는 것도 창업자로서 나쁘지 않은 선택이 아닐까?"

"하지만 기도 사장님……."

어떻게든 반론하려고 한 호소카와의 말을 시마는 무서운 얼굴로 가로막았다.

"곧 주주총회가 있지? 그렇다면 그 자리에서 논의하는 게 어때? 그러면 다른 주주들도 참고할 수 있지 않을까? 당신들의 마음은 충분히 이해해. 하지만 내가 말할 것까지도 없이 회사의 주인은 주주잖아? 그리고 주주는 남을 도와주거나 자선사업을 하기 위해 출자한 게 아니야. 즉 직원의 고용이 불안하다든지 미쓰와의 방식이 비열하다든지, 그런 식으로 당신들 사정을 말해봐야 아무런 의미가 없단 뜻이지. 좀 더 주주 입장에서 생각해줬으면 좋겠군."

시마는 말도 붙일 수 없게 차갑게 말하더니, 오늘 만남의 결론을 내렸다.

"주주를 소중히 생각하지 않는 회사는 망하는 법이지. 아오시마제작소는 주주를 소중히 생각하고 있나?"

그것은 아오시마도, 호소카와도 입도 벙긋할 수 없는 통렬한 말이었다.

회사로 돌아오는 차 안에서 호소카와는 아오시마 몰래 깊은 한숨을 내쉬었다.

"회장님, 죄송합니다. 주주를 설득하는 건 제 일입니다만, 역부족이었습니다."

"아닐세. 이건 주주 문제를 정리하지 않은 채 자네에게 사장 자리를 넘긴 내 책임이야. 미안하네."

아오시마는 그렇게 말하더니 입술을 깨물며 덧붙였다.

"아무리 그래도 시마 씨가 그렇게까지 말할 줄은 몰랐군."

"기도 사장 쪽에서 보면 제가 사장이 된 것도 받아들이기 힘든 일이었을지 모릅니다."

시마의 차가운 대응을 본 순간, 호소카와는 무의식중에 사장 취임식에서 들은 말을 떠올렸다. 그 이야기를 하자 아오시마는 뜻밖의 대답을 했다.

"그건 지나친 생각이네. 시마 씨도 사사이가 사장이 된다곤 생각하지 않았을 걸세."

"왜 그렇게 생각하십니까?"

"그야 같은 경영자니까."

호소카와는 점점 더 이해할 수 없어서 정식으로 물어보았다.

"회장님, 한 가지 여쭤볼 게 있습니다. 왜 저였습니까? 후계자로 더 어울리는 사람은 사사이 전무가 아니었을까 하고, 지금도 가끔 그런 생각을 합니다."

"어럽쇼? 내가 그렇게 중요한 말을 안 했던가?"

아오시마의 입에서 나온 것은 장난기 어린 대답이었다.

후추 도로를 달리는 회사 차의 뒷자리에서 호소카와는 물었다.

"못 들었습니다. 말씀해주실 수 있겠습니까?"

"이런 이야기를 알고 있나? 어느 브레이크 회사가 총력을 기울여 F1용 브레이크를 개발해 유럽의 F1팀에 팔러 다녔다네. 대부분의 팀은 그 회사에 레이스 실적이 없다면서 문전박대를 했지만, 맥클라렌의 담당자는 그 브레이크를 만져보자마자 좋다고 하면서 채택하기로 결정했지. 브레이크를 만든 회사 사람은 도저히 이해할 수 없어서 고개를 갸웃했다네. 어떻게 만져보기만 하고 좋다는 걸 알 수 있지? 재미있는 이야기가 아닌가?"

아오시마는 무엇인가 묻는 듯한 눈길로 호소카와를 보면서 뒷말을 이었다.

"제품을 만드는 현장에서는 이런 일이 자주 일어나고 있지. 본인은 본인 제품의 장점을 알 수 없다네. 외부 사람이 봐야, 즉 비교할 물건을 가지고 있는 사람이 봐야 비로소 어떤 점이 훌륭한지 알 수 있는 법이지. 우리 회사에는 자네의 시점이 그랬다네."

호소카와는 이미지센서의 우위성을 간파하고 수익의 중심으로 키워냈다. 아오시마는 지금 그것을 말하는 듯했다.

"미래의 우리 회사에 필요한 것은 객관적으로 평가하는 능력일세. 물론 사사이는 우리 회사에 관해선 구석구석까지 전부 알고 있지. 이익이나 비용의 숫자라면 나보다 훨씬 정확하게 알고 있을 걸세. 어쩌면 자네보다 자세히 알고 있을지도 모르지. 하지만 사사이는 우리 회사의 어느 기술이 훌륭하고 어느 기술이 평범한지는 모르네. 사무관리 체계의 어디가 평균 이상이고 어디가 평균 이하인지도 모르고. 이미 너무나 당연해서 평가할 도리가 없는 게지. 사사이뿐만 아니라 다른 임원들도 마찬가지일세. 어쩌면 나도 그럴지 모르고. 그런데 컨설턴트로서 수백 개 회사를 나란히 놓고 보았던 자네는 알고 있네. 안 그런가?"

그 말이 맞는다.

20년이 넘게 컨설턴트로서, 더구나 전자회사를 중심으로 수백 개 회사를 보아온 호소카와는 어느 회사의 무엇이 좋고 무엇이 나쁜지 판단할 능력을 가지고 있다. 하지만 너무도 당연한 일이라서, 그것이 특별한 능력임을 알아차리지 못했다. 브레이크 회사나 똑같다.

"자네는 기술자는 아니지만 평가자로서는 누구보다 훌륭하네. 그것은 사사이는 물론이고 내게도 없는 능력이지. 그와 동시에 우리 회사를 발전시키는 데 꼭 필요한 능력이라고 생각하네. 우리는 바꿀 수 없지만 자네는 바꿀 수 있어. 그래서 자네가 우리 회사 사장일세."

앞 유리창 너머로 멀리 아오시마제작소 사옥이 보였다.

아오시마는 차창에 시선을 고정한 채 중얼거렸다.

"그건 시마 씨도 알고 있네. 하지만 시마 씨가 그걸 어떻게 생각할지는 모르겠군. 아마 승부의 갈림길은 주주총회가 될 걸세."

"각오하고 있습니다."

고개를 끄덕이는 호소카와의 얼굴이 딱딱하게 굳었다.

"사장님, 잠시 드릴 말씀이 있습니다. 미쓰와전기 건입니다."

도요오카가 호소카와의 집무실을 찾아온 것은 그날 밤이었다.

6

"지난번에는 굉장히 귀한 말씀을 해주셔서 진심으로 감사드립니다."

오테마치의 새로 생긴 건물에 있는 레스토랑이었다. 그렇게 말하며 고개를 숙인 다케하라에게 미쓰와전기의 반도 사장은 송구스러운 표정을 지었다.

"저야말로 감사합니다. 제 이야기에 귀를 기울여주셔서요."

그 후의 어떻게 되었는지, 진척 상황을 알고 싶어서 연락한 사람은 물론 반도였다.

"다른 주주 분들의 반응은 어떻습니까?"

인사를 대강 마치고, 반도는 재빨리 마음에 걸리는 것을 물어보았다. 그러자 다케하라는 승리를 확신한 얼굴로 대답했다.

"다들 굉장히 관심을 가지더군요. 그런 제안을 싫어할 주주가 어디 있겠습니까? 현재 찬성표를 던지겠다고 약속한 주주의 주식을 전부 합치면 30퍼센트 가까이 됩니다. 기도 사장도 만났는데, 재미있는 이야기라면서 긍정적으로 평가하더군요."

반도의 얼굴에 화색이 돌았다.

"그렇군요. 정말 다행입니다."

기도 시마는 이번 주주총회의 열쇠를 쥐고 있는 핵심 인물이다. 시마가 찬성표를 던지면 힘으로 합병을 밀어붙일 수 있다.

"그러면 그럭저럭 가결이 될 것 같습니까?"

은근슬쩍 물어본 반도를 향해 다케하라는 자신만만하게 대답했다.

"틀림없습니다."

"이번 안건이 통과되면, 주주 분들께서 최대 이익을 얻을 수 있도록 최선을 다하겠습니다."

반도는 그렇게 말하고 정중하게 고개를 숙였다.

다케하라는 자신의 고민은 입도 벙긋하지 않고 느긋하게 인사를 했다.

"반도 사장님, 저는 진심으로 사장님께 고마워하고 있습니다. 시장성이 없는 주식은 종잇조각이나 마찬가지가 아닙니까? 쓰레기통에 들어 있는 죽은 돈이라고 포기하고 있었는데, 이렇게 멋진 해결책을 마련해주시다니! 진심으로 감사드립니다."

그때 종업원이 새로운 와인을 가져왔다. 오퍼스 원이다. 와인을 좋아하는 다케하라를 위해 선택한 고급 레드와인이다.

"다케하라 씨, 건배하지 않겠습니까?"

반도는 와인을 가득 채운 잔을 들어 올렸다.

"여러분의 손으로 꼭 새로운 사업의 문을 열어주시기 바랍니다. 저는 비록 참석할 수 없지만 멀리서 주주총회의 성공을 기원하겠습니다."

붉은 와인이 든 와인잔을 들고 다케하리가 행복한 표정을 지었다.

사전 축하 파티다. 이번 합병은 틀림없이 성공한다.

타고난 직감으로 그렇게 판단한 반도의 입에서는 참을 수 없을 만큼 웃음이 흘러넘쳤다.

뭔가가 이상하다. 어디선가 단추를 잘못 끼웠다…….

하지만 무엇이 어떻게 이상한지 모른 채, 이날 아오시마제작소 야구팀은 도시대항야구의 2차 예선을 맞이했다.

도쿄 예선 경기장인 오타 스타디움의 벤치에서 미카미는 5회 말 수비 위치에 서 있는 선수들을 바라보았다. 상대는 강호 아시아생명이다. 스코어는 3 대 0. 아오시마가 3점을 뒤지고 있다. 선발로 나간 오키하라의 공에 예리함이 부족하더니 결국 1회에 2점, 3회에 추가점을 허용하고 말았다.

2차 예선에 출전하는 팀은 모두 여덟 팀이다. 토너먼트 방식인 만큼 단순하게 말해서 세 번 이기면 제1대표가 될 수 있지만, 강호가 우글거리는 상황에서 그것은 결코 쉬운 일이 아니다. 생각하고 싶지 않지만 이 경기에서 지면 제2대표를 정하는 토너먼트를 한 번 더 치러야 하고, 도쿄 대표로 나가는 여정은 험난할 수밖에 없다.

오키하라는 이번 회에서 선두타자를 내야 땅볼로 잡았지만, 이어지는 타자 두 명에게 안타를 허용해 순식간에 1사 1, 2루의 위기를 맞이했다.

지금까지 매회 주자를 내보내는 상황으로, 이번 회에도 그 악순환에서 벗어나지 못했다. 1루 측 아오시마제작소 응원석이 얼어붙은 듯 조용한 가운데, 상대의 3루 측 응원 소리만이 허무하게 울려 퍼졌다.

불펜에서는 사루타와 구라하시가 황급히 어깨를 풀고 있었다. 이번 타자를 어떻게 처리하느냐에 따라서 투수가 교체되리라고 누구나 생각했을 때, 타자가 오키하라의 고속 싱커볼에 방망이를 내밀어 내야 땅볼이 되었다. 유격수인 이누히코가 재빨리 공을 잡아 2루수와 1루수로 이어지는 병살을 만들었다.

"고가 씨, 큰일 날 뻔했군."

옆에 앉은 미카미가 그렇게 말했다. 말 그대로 간이 조마조마했다. 마운드에서 내려오는 오키하라의 공허한 표정이 경기의 추이를 말해주었다.

다이도가 투수 교체를 알린 것은 다음 회였다. 오키하라는 벤치에 앉은 채 꼼짝도 하지 않았다. 고가는 그의 목에 수건을 걸어주고 어깨를 가볍게 두들겨주었다.

3점이 무겁게 내리누르며 숨 막히는 중압감이 벤치를 지배했다.

두 번째 투수인 사루타가 8회 초까지 던졌다.

이번 경기는 포기해야 하나?

암울한 생각이 뇌리를 가로지른 순간, 마치 고가의 생각을 깨부수듯 날카로운 타격음이 귀를 찔렀다. 황급히 그라운드를 바라본 고가의 시야에 1루 베이스를 향해 질주하는 니시나의 모습이 뛰어들었다. 타구는 우중간의 펜스 주변을 굴러가고 있었다. 여유 있는 2루타에 뒤늦게나마 1루 측 스탠드에서 응원가가 들리기 시작했다.

아오시마 타선을 산발 5안타로 막았던 상대 투수에게 피로의 기색이 보이기 시작했다. 8번 타자인 이사카가 타석으로 들어가려고 했을 때, 투수 교체가 있었다. 아시아생명이 자랑하는 구원투수의 등판이다.

최고의 구원투수를 상대로 풀카운트[•]까지 버틴 끝에 이사카가 볼넷을 골라서 주자 1, 2루의 상황이 만들어졌다.

이날도 지명타자로 들어갔던 아라이가 끝까지 버티면서 볼넷을 고른 것은 이번 시즌의 커다란 진화였다. 다이도이즘이다. 베이스가 완전히 채워졌을 때, 미카미는 무엇인가 움직이는 소리를 들었다. 이 구장 어딘가에 눈에 보이지 않는 톱니바퀴가 있고, 그 리듬이 어긋나기 시작했다. 음침하고 불규칙한 심장 소리가 장마철의 어두운 하늘을 지배하는 가운데, 상체를 웅크린 이누히코의 방망이가 빙글빙글 불규칙한 원을 그렸다.

스트라이크와 볼이 하나씩 들어오고 3구. 이누히코가 쳐낸 타구는 주자를 모두 불러들이는 동점 3루타였다. 이어지는 니카이도의 안타로 역전한 아오시마제작소는 구원투수로 들어간 구라하시가 9회를 막으며 열세를 뒤집고 승리를 거머쥐었다.

"이겼다……."

그라운드에서 기쁨을 나누는 선수들을 보면서, 고가는 한꺼번에 밀려온 피로를 이기지 못하고 벤치에 털썩 주저앉았다.

투아웃부터 생각지도 못했던 연타가 나왔다. 최근에 계속된 부진을 생각하면, 오늘의 승리는 아오시마제작소의 저력이라기보다 행운의 여신이 가져다준 승리라고 할 수 있었다.

• 스트라이크 둘에 볼이 셋인 상태.

"으아! 심장이 쫄깃했어. 이러다 심장병 걸리는 거 아닌지 몰라!"

언더셔츠로 땀을 닦는 이누히코의 목소리는 흥분으로 인해 자기도 모르게 뒤집어졌다.

역전은 했다. 하지만 그야말로 박빙의 승리였다. 8회에 상대 투수가 무너지기 전까지는 완전히 패배한 경기였다. 이누히코의 3루타가 나오지 않았다면 지금쯤 패배에 짓눌려 있는 쪽은 아오시마제작소였으리라.

그것은 다이도의 심각한 표정만 봐도 알 수 있었다. 2차전 상대는 도시대항야구의 단골인 도요석유이다. 최상의 컨디션에서 만나도 쉽게 이길 수 있는 상대가 아니다.

승리에 안도하는 로커룸의 한쪽 구석에서 오키하라가 몸을 웅크리고 있었다.

"오키, 괜찮아?"

오키하라의 공허한 표정을 본 순간, 고가는 그의 가슴속에 있는 고뇌가 얼마나 큰지 깨달았다.

그런 기사 하나 때문에…….

하지만 그 기사는 결코 건드려서는 안 되는 마음의 상처를 건드렸다. 의도적으로 정보를 유출한 무라노와 기사라기에 대해 새로운 분노가 솟구쳤다.

"오키, 너무 깊이 생각하지 마. 오늘은 오늘이고, 다음은 다음이야."

대답은 돌아오지 않았다. 잠시 옆에 서서 오키하라를 지켜본 고가는 휴대폰이 울려서 로커룸 밖으로 나왔다.

"여어, 컨디션은 어떠신가?"

그런 목소리가 들린 것은 전화를 끊고 걸음을 내딛으려고 한 순간이었다.

뒤를 돌아보자 무라노가 이죽거리는 웃음을 지으며 서 있었다. 미쓰와전기 야구팀 선수들도 함께 있었다. 아오시마제작소의 경기가 끝나고 미쓰와전기가 1루 측에서 2차 예선을 치르기로 되어 있었던 것이다.

"그저 그렇습니다."

"지금은 용케 이겼군. 지는 경기였는데 말이야."

상대를 무시하는 무라노의 말을 듣고 고가는 입을 다물었다.

"오키하라인지 뭔지, 실력이 좋다고 동네방네 소문이 났던데 별것 아니더군. 우리 기사라기만큼 되려면 한참 멀었어."

고가는 작년까지 아오시마제작소를 이끌던 지휘관을 노려보았다.

"감독님이 《일간 재팬》에 오키하라의 정보를 흘려주었다고 하더군요."

고가의 분노를 알아차리고 무라노는 눈을 크게 뜨며 놀라는 표정을 지었다.

"방법이 너무 더럽지 않습니까?"

무라노는 흥미진진한 얼굴로 고가를 쳐다보았다.

"뭐가 더럽단 거야? 가만히 있는 사람을 때린 건 오키하라잖아? 그런 선수를 데리고 있으면 기업 이미지가 엉망이 될 테니까 내쫓는 게 낫지 않겠어? 나라면 팀에 얼씬도 못 하게 했을 거야."

"무라노 감독님, 오키하라는 그런 사람이 아닙니다. 그 비열한 기사 때문에 오키하라가 얼마나 상처를 받았는지 아십니까? 야구인으로서……."

무라노는 고가의 말을 가로막으며 고함을 질렀다.

"고가, 지금 그걸 말이라고 해? 상처를 받은 건 우리 기사라기야! 그건 폭력 사건이라고! 기사라기, 안 그래?"

무라노의 시선을 받은 키 큰 남자가 고가를 뚫어지게 쳐다보았다. 기사라기다. 고가와 무라노의 대화를 듣고 있던 기사라기는 적개심이 가득한 눈길로 고가를 쏘아보았다.

"그런 짓을 한 녀석은 맞아도 쌉니다."

고가는 재빨리 반박하고 나서 마음속으로 혀를 찼다. 하필 그때 오키하라가 로커룸에서 나온 것이다.

"오키, 먼저 버스에 가 있어."

당황한 고가가 그렇게 말했지만 오키하라는 꼼짝도 하지 않았다.

무라노가 대놓고 조롱했다.

"고가, 언제부터 그렇게 폭력 예찬론자가 됐지? 어떤 상황에서도 사람을 때리면 안 되지. 그래서 징계를 받은 게 아닌가? 우리 기사라기는 피해자일 뿐이라고! 듣자하니 사과도 하지 않았다고 하더군. 막돼먹은 녀석 같으니. 어디서 하늘 같은 선배에게 주먹을 휘두르고 그래?"

마지막 말은 오키하라에게 한 말이다.

망연히 서 있는 오키하라가 어두운 눈으로 무라노를 응시했다. 기사라기가 오키하라에게 분노로 불타는 시선을 고정한 채, 무라노의 말에 맞장구를 쳤다.

"그러게 말입니다. 그래서 도망칠 수밖에 없었지요. 어이, 안 그래?"

오키하라는 대답하지 않았다. 무라노는 여유 있는 표정을 지었다.

"승부는 그라운드에서 내지. 고가, 그러면 되겠지?"

고가의 어깨에 친밀하게 손을 얹은 채, 무라노는 오키하라에게 말했다.

"야구계에서 살아남으려면 좀 더 예의를 배워야 할 거야. 내 말, 똑똑히 기억해두는 게 좋을걸."

무라노는 음침한 웃음소리를 남기고 그 자리를 떠났다.

"오키……."

오키하라를 위로하기 위해 뒤를 돌아본 고가는 창백한 얼굴의 사루타를 발견하고 흠칫 놀랐다. 언제부터 그곳에 있었던 걸까? 사루타는 지금이라도 무라노에게 주먹을 휘두를 것처럼 온몸에서 분노를 내뿜고 있었다.

"무라노 감독님!"

사루타가 부르자 무라노는 등을 보인 채 걸음을 멈추었다.

"우리는 절대로 당신을 용서하지 않을 겁니다. 기억해두십시오. 감독으로서는 성적이 좋을지 모르겠지만 인간으로서는 최악입니다."

"맘대로 지껄여. 패배자 녀석들!"

그 말을 끝으로 무라노는 아무 일도 없었던 것처럼 재빨리 자리를 떠났다.

"제가 한마디 해도 되겠습니까?"

사루타가 손을 든 것은 회의를 끝내려고 할 때였다. 회사로 돌아와 야구팀 건물의 식당에서 오늘 경기를 되돌아보며 반성하는 자리였다.

모두의 시선을 받은 사루타는 잔뜩 화가 난 얼굴로 한 사람을 노려보았다. 오키하라였다.

"솔직히 말해 어떤 볼카운트에서 어떻게 쳤는지 어떻게 던졌는지, 그런 얘기는 이제 됐어. 그보다 우리가 지금 해결해야 할 문제는 따로 있으니까. 오키, 바로 너야!"

사루타는 잠시 입을 다물었다가 다시 덧붙였다.

"네가 옛날에 어떤 꼴을 당했는지, 왜 그런 일이 있었는지, 난 그 이유를 알고 있어. 넌 잘못이 없어. 똑같은 상황이었다면 나도 그렇게 했을 테니까. 아니, 나라면 한 방으로 끝내지 않고 최소한 두세 방은 날렸을 거야. 오키, 너는 훌륭해. 용케도 한 방으로 참았어."

고가는 숨을 들이마시며 상황을 지켜보았다.

사루타는 모두가 한 수 접어주는 베테랑 투수지만, 지금까지 리더십을 발휘해 팀을 이끄는 일은 하지 않았다. 그런데 지금 자신의 의지로 다른 사람의 문제에 들어가려고 하고 있다. 사루타답게 농담을 섞어서 말했지만, 그곳에는 상대에 대한 배려심이 넘치고 있었다.

"상대를 다치게 하거나 폭력을 휘두른 사람이 나쁘다고 말하는 녀석도 있겠지. 물론 나도 폭력이 좋다는 건 아니야. 하지만 네가 아무 이유도 없이 그런 짓을 할 사람이 아니라는 건 우리가 가장 잘 알고 있어. 그러니까……."

사루타는 눈에 힘을 주고 오키하라를 똑바로 바라보았다.

"그러니까 오키, 이제 신경 쓰지 마! 녀석들에게 당하고 그렇게 풀이 죽을 바에야 차라리 그 기사라기 놈을, 무라노 감독을 그라운드에서 박살내지 않겠어? 우리는 야구인이잖아? 야구인에게는 야구인의 방식이 있어. 미쓰와전기를 그라운드에서 짓밟아주는 거야. 그리고 비열한 짓을 한 걸 진심으로 후회하게 만들어주는 거야! 그러니까…… 그러니까 이제 신경 쓰지 마. 오키, 기운 내!"

모두의 시선을 받은 순간, 고개를 숙인 오키하라의 눈에서 커다란 눈물방울이 떨어졌다. 사루타도 울면서 웃는 표정을 지었다.

"사내자식이 이런 일 가지고 울긴 왜 울어? 우리는 해야 할 일을 하는 거야! 이렇게 더러운 방법에 당하고 있을 순 없잖아! 안 그래, 고사쿠?"

그러자 주장인 이사카가 벌떡 일어섰다.

"지당하신 말씀이야! 또 여기저기서 함부로 말할지도 모르겠지만, 우리는 우리의 야구를 하자! 후회하지 않도록 최선을 다하는 거야!"

"미쓰와전기를 박살내자! 결승전에 가서 배신자 무라노의 코를 납작하게 해주는 거야!"

그렇게 소리친 사람은 분위기 메이커이자 넉살이 좋은 이누히코였다. 고가는 아오시마제작소 야구팀에 다시 투지의 불길이 타오르기 시작하는 것을 느꼈다.

8

"사장님, 이제 곧 시작합니다."

미카미로부터 내선전화를 받았을 때, 호소카와는 사장실 창가에 서서 밖의 풍경을 바라보고 있었다.

후추시 교외에 있는 아오시마제작소 사옥은 넓은 안뜰을 에워싸듯 자리하고 있었다. 호소카와가 처음 사장이 되었을 때, 사장실이 왜 여기에 있는지 이상해서 견딜 수 없었다. 이 창문에서 보이는 것은 스산한 사옥뿐이었기 때문이다. 건물 반대편이라면 운동장과 그 너머에 있는 건물들을 한눈에 내려다볼 수 있는데.

그런데 최근에 그 이유를 알게 되었다. 아오시마 회장은 여기서 창밖을 바라보았던 게 아닐까? 특히 중요한 것은 밤이다. 다른 사무실에 불이 켜져 있으면 "아아! 아직 야근을 하고 있군!"이라든지 "생산부는 오늘 일찍 철수했군"이라든지, 사장실에 있으면서 회사의 상황을 한눈에 파악할 수 있다.

그것을 파악하는 것이 얼마나 중요한지, 호소카와도 최근에야 겨우 이해할 수 있었다.

"알았어. 지금 갈게."

그는 전화기를 내려놓고 옆방인 회장실을 노크한 뒤, 주주총회에 참석하기 위해 출근한 아오시마에게 말을 걸었다.

"회장님, 가시죠."

임시주주총회장인 회의실까지는 엘리베이터를 타고 내려갔다.

이날 참석하는 주주는 위임장을 보낸 사람까지 포함해 전부 아홉 명이다. 그에 대해 아오시마제작소 측에서는 사사이 전무를 비롯해 모든 임원이 참석하기로 했다.

원탁의 한가운데 자리에 앉자 미카미가 다가와 작은 목소리로 말했다.

"전원 참석하셨습니다."

호소카와는 고개를 끄덕이고 입을 열었다.

"예정시간 3분 전이지만, 여러분이 모두 오셨으므로 시작하겠습니다."

잠시 입을 다물고 사람들의 반응을 기다렸다. 반대 의견은 나오지 않았다.

"위임장을 보내신 주주님을 포함해 정족수가 되었으므로, 지금부터 임시주주총회를 개최하겠습니다."

그는 손에 있는 의사진행표를 펼치며 말을 이었다.

"오늘 주주총회의 의장은 사장인 제가 맡기로 했으니 잘 부탁드리겠습니다. 그러면 우선 주주이신 다케하라 님의 질문을 받겠습니다."

다케하라가 벌떡 일어서서 선언하듯 말했다.

"이번에 저를 비롯해 주주 일곱 명은 아오시마제작소의 근간에 관한 중대한 경영 정보를 입수했습니다. 그에 관해 호소카와 사장을 비롯해 현 경영진의 경영 판단에 의문을 가졌기에 본 임시주주총회를 소집해달라고 했습니다."

그는 누구에게서 들었는지 모르겠지만, 미쓰와전기로부터 합병 제안이 있었던 상황을 자신만만하게 설명했다. 그리고 말의 구석구석에서 호소카와를 비롯한 경영진에게 분노를 표출하면서 그 자리의 분위기를 이끌었다.

"말씀드릴 것까지도 없이 회사의 주인은 주주입니다. 상장기업인 미쓰와전기와 합병하면 우리가 보유한 주가에 막대한 영향이 미치겠지요. 우리는 오랫동안 배당에만 만족해왔는데, 아오시마제작소가 상장한다면 엄청난 자본이득을 얻을 수 있습니다. 그런데……."

그는 울분에 가득 찬 시선으로 호소카와를 노려보았다.

"호소카와 사장을 비롯한 경영진은 이 이야기를 일방적으로 쓰레기통에 던져 넣었습니다. 주주로서 이런 일을 어떻게 용서할 수 있겠습니까?"

다른 주주의 찬성을 얻으려는 것처럼 그는 잠시 말을 끊고 주주를 한 사람씩 둘러보았다.

"우리는 주주이고 이 회사의 주인입니다. 이렇게 중요한 안건에는 당연히 의견을 말할 권리가 있습니다. 솔직히 말씀드리면 저는 아오시마제작소와 미쓰와전기가 합병하는 편이 좋다고 생각합니다. 그래서 왜 합병을 거절했는지 호소카와 사장의 의견을 들은 뒤, 주주들의 의견을 경영에 반영시키기 위해 이런 자리를 마련했습니다. 여러분의 생각은 어떠십니까?"

다른 주주들의 박수를 받고 만족한 얼굴로 자리에 앉은 다케하라는 말없이 호소카와에게 발언을 촉구했다. 원탁 테이블 뒤쪽에 있는 벽 쪽 자리에는 사사이 전무를 비롯해 임원들이 꼼짝도 하지 않고 숨을 죽이고 있었다. 이 주주총회에 아오시마제작소의 미래가 달려 있는 것이다.

"그럼 지금부터 제가 설명해드리겠습니다. 나눠드린 자료를 보시기 바랍니다."

호소카와는 일어서서, 미쓰와전기로부터 제안이 있었던 경위에 관해 자세하게 설명하기 시작했다. 냉정하게 설명하려고 해도 합병을 제안한 미쓰와전기의 속셈을 말하는 단계에 이르자 자기도 모르게 목에 힘이 들어가고 목소리가 거칠어졌다.

"미쓰와전기가 저희 회사에 합병을 제안한 이유는 한 가지밖에 없습니다. 미쓰와가 사활을 건 이미지센서 분야에서 경쟁을 피하기 위해서입니다. 저희 회사의 이미지센서는 미쓰와에게 최대의 위협입니다. 따라서 저희 회사를 통째로 삼켜 위협을 피하려는 전략을 꾸민 겁니다. 반대로 미쓰와의 수중으로 들어가면 저희는 안정을 손에 넣을지 모르겠지만, 그것과 맞바꿔 경쟁력 있는 기술을 모조리 내놓아야 합니다."

반응은 돌아오지 않았다. 각자 눈을 감거나 팔짱을 낀 채 입을 다물거나 자료를 응시하며 생각에 잠기는 등 주주들의 모습은 제각기 달랐지만, 호소카와의 말을 어떻게 해석해야 할지 생각하는 것은 분명했다.

다케하라가 반론을 제기했다.

"잠깐만 기다리게! 미쓰와는 어엿한 상장기업이야. 그렇게 큰 회사가 이 회사의 기술력을 가로채기 위해 이런 편법을 썼다는 건가?"

"미쓰와전기는 이미지센서에 백 억이 넘게 투자했습니다. 이제 뒤로 물러설 수 없습니다."

"한 가지 물어봐도 되겠나?"

손을 들고 그렇게 말한 사람은 다케하라와 똑같은 대주주인 노다라는 사람이었다. 백발의 노신사인 노다는 아오시마의 먼 친척에 해당하는 사람으로, 분야는 다르지만 전자부품 회사를 경영하고 있었다.

"미쓰와가 그렇게 거액을 투자한 기술보다 이 회사의 기술이 더 뛰어나다고 단언할 수 있나?"

"물론입니다!"

확신에 가득 찬 호소카와의 말을 듣고 노다는 어리둥절한 표정을 지었다.

"이미지센서는 바야흐로 저희 회사의 핵심 제품입니다. 회사의 규모에서는 한 발짝 뒤로 물러서지만, 이 분야의 개발력과 성능에서는 결코 미쓰와에게 뒤지지 않습니다."

호소카와가 자신 있게 대답하자 다케하라가 예리하게 파고들었다.

"이미지센서의 기술적 우위는 언제까지 계속되지?"

"다른 회사의 개발 상황에 따라서 다르겠지만, 현재 개발 중인 성능이라면 적어도 2년 정도는 따라올 수 없을 겁니다. 그리고 2년 후, 저희 회사의 기술은 다시 몇 걸음 앞서나갈 겁니다."

"하지만 다음에 개발한 제품이 타사에 비해 얼마나 우위에 설지, 그건 실제로 개발해보지 않으면 모르지 않나? 경우에 따라서는 미쓰와전기에게 역전당할 가능성도 있겠지."

호소카와는 순순히 인정했다.

"그건 부정하지 않겠습니다. 그것이 시장의 경쟁이란 것이니까요."

다케하라는 목에 힘을 주고 강력하게 말했다.

"만약 그렇게 될 경우, 아오시마제작소가 위기에 직면하리란 건 눈에 뻔히 보이지 않나? 그러면 곤란하지. 애초에 아오시마의 수익원은 풍부하다고 할 수 없어. 주력 개발 제품에서 패배했을 때의 손해는 상상도 할 수 없지 않은가? 이런 개발 경쟁에서 항상 이기는 일은 있을 수 없어. 때로는 패배하는 일도 있을 거야. 우리가 우려하는 건 그때 이 회사가 살아남을 수 있느냐는 거야."

다케하라의 논조는 합병을 위한 궤변이라고밖에 할 수 없었다.

호소카와는 인내심을 가지고 신중하게 대답했다.

"그렇게 되지 않도록 철저하게 관리할 생각입니다."

"철저하게 관리한다고 피할 수 있는 일이 아니잖나!"

다케하라는 단정적으로 말했다. 이렇게 말하면 저렇게 파고들고, 저렇게 말하면 이렇게 파고든다.

"한마디로 말하면 아오시마제작소의 경우, 규모가 작아서 손해를 흡수할 수 없어. 즉, 한 번이라도 실패하면 밑바닥까지 떨어지는 구조지. 미쓰와전기와 하나가 되면 최소한 기업 규모가 작다는 약점은 극복할 수 있어. ……여러분, 안 그렇습니까?"

또다시 박수가 일었다. 주주총회는 조금씩 다케하라의 페이스에 넘어가려고 하고 있었다. 차가운 식은땀이 등줄기를 타고 흘러내리면서 호소카와는 조바심을 느꼈다. 이대로 있으면 합병으로 결론이 날 수밖에 없다.

"규모만으로는 살아남을 수 없습니다!"

호소카와의 입에서 나온 절규에 가까운 외침에 박수 소리가 조금 사그라들었다.

"물론 저희 회사의 기업 규모는 미쓰와전기에 미치지 못합니다만, 기술력과 경영 기반에서는 결코 뒤지지 않는다고 생각합니다."

다케하라가 밉살스럽게 지적했다.

"호소카와 사장, 지금 괜히 큰소리치는 거 아닌가? 그렇다면 묻겠는데, 그렇게 경영 기반이 튼튼하다면서 왜 지난 회기에 큰 적자를 내서 배당금도 주지 않은 거지?"

"급격한 시장 악화에 대응할 수 없었기 때문입니다. 변명할 생각은 없지만 지난 회기에는 저희뿐만 아니라 대형 전자회사들도 일제히 적자로 돌아섰습니다. 아무리 기업 규모가 큰 회사라도 적자를 기록했고, 미쓰와전기도 지난 회기는 적자입니다."

호소카와는 한 단계 더 깊숙이 파고들어갔다.

"이건 어디까지나 제 추측에 불과합니다만, 미쓰와전기는 작년뿐만 아니라 이번 회기 이후에도 적자로 추락할 가능성이 있습니다."

"그건 신규 사업인 이미지센서의 초기 투자비용이 많았기 때문이 아닌가?"

다 알고 있다는 얼굴로 다케하라가 물었다.

"물론 그것도 있습니다. 하지만 적자가 계속되는 이유는 다른 곳에 있습니다."

"다른 곳에 있다고? 그게 무슨 말이지?"

찬바람이 휘몰아친 듯 조용해진 회의실에서 다케하라는 의아한 표정을 지었다.

"못 들으셨습니까?"

주주들에게 합병 제안을 유출한 곳은 미쓰와전기다. 합병의 이점에 관해 특별히 강조했음이 틀림없다. 하지만 그렇게 제안하지 않을 수 없었던 진짜 이유는 말하지 않았다. 왜 아오시마제작소에게 합병을 제안했는지, 다케하라에게도 진실을 숨긴 것이다.

"반도체 부문의 부진입니다. 미쓰와전기 매출의 70퍼센트 이상을 차지하는 것은 반도체 부문이지요. 주력 제품은 지금까지 부가가치가 높았던 플렉시블 기판인데, 최근 한국의 공세를 받고 수익성이 급속히 악화하고 있습니다."

그것은 도요오카가 뛰어다니며 수집해온 미쓰와전기의 경영 정보였다.

"미쓰와전기가 이미지센서에 뛰어든 원인은 반도체 부문의 투자 실패가 아닐까 합니다. 제가 보기에 이미지센서 분야의 신규 참여는 미래가 불투명해진 반도체 부문을 만회하기 위한 궁여지책이라고밖에 생각할 수 없습니다."

호소카와는 주주를 둘러보며 말을 이었다.

"반도체 부문의 투자액은 천 억 엔 단위로, 이미지센서와는 비교가 되지 않습니다. 그곳에 화약고가 있는 이상, 미쓰와전기와 합병을 하면 회사가 안정되기는커녕 같이 쓰러질 가능성이 있습니다. 회사를 더 확실하게 성장시키기 위해서라면, 아오시마제작소는 미쓰와전기와 합병해서는 안 됩니다. 아무것도 얻을 수 없을 뿐만 아니라 리스크는 더욱 확대될 테니까요."

하지만 무슨 말을 해도 자본이득에 사로잡혀 있는 다케하라는 들으려고 하지 않았다.

"호소카와 사장, 그건 당신의 개인적인 의견이잖아? 합병하면 당신이나 아오시마 회장님의 위치가 위태로워지니까. 그래서 합병하지 않겠다고 결론을 내려놓고 이런저런 변명을 하는 게 아니냔 말이야! 지금 내 마음에 걸리는 건 바로 그거야. 아오시마 회장님, 그렇지 않으신가요?"

화살이 자기에게 돌아오자 아오시마는 조용하게 대답했다.

"외람되지만 아오시마제작소만 좋아진다면 나는 언제든지 물러날 생각입니다. 이번 합병 건에 있어서, 미쓰와의 반도 사장은 진실하게 접근하지 않았지요. 본심을 말하지 않는 비즈니스에 내일이 있을까요? 양쪽의 기업 이념이나 사풍을 무시하고, 그에게 있는 건 오직 자기 회사를 구하고 싶다는 일념뿐입니다. 그러면 두 회사가 합친다고 해도 잘될 리가 없겠지요."

무거운 한숨과 함께 예전의 독재적인 경영자는 카리스마를 내뿜으며 주주들을 둘러보았다.

"비즈니스는 인간관계와 똑같습니다. 상대를 존중하지 않는 곳에는 진정한 우정이 태어나지 않는 법이죠. 이번 합병 건은 양쪽 모두 이익이라고 하면서 속으론 자신의 이익밖에 생각하지 않는 일방적인 제안이었습니다. 제가 호소카와 사장의 결단에 찬성한 배경에는 그런 이유가 있었기 때문이지요."

"이건 어디까지나 생각의 차이입니다. 이런 논의를 계속해봐야 평행선에서 벗어날 수 없습니다!"

다케하라는 토해내듯 말한 뒤, 클리어파일에 있는 서류를 하늘하늘 흔들었다.

"이것은 오늘 불참한 주주들의 위임장입니다. 모두 미쓰와전기와의 합병에 찬성표를 던졌습니다. 호소카와 사장, 이제 슬슬 의결하지 않겠나?"

벽 쪽에 앉은 임원들의 표정이 굳어졌다.

"그 전에…… 다른 주주님들은 어떻습니까? 하실 말씀이 있는 분은 안 계십니까?"

호소카와는 회의 테이블의 한쪽에 앉아 아까부터 한마디도 하지 않고 논의에 귀를 기울이고 있는 기도 시마에게 시선을 향했다.

"기도 사장님께선 어떻게 생각하십니까?"

"한 가지만 물어보겠네."

사전에 배포한 실적예상표에서 눈을 돌린 시마가 금색 체인이 달린 노안경을 벗으며 등을 쭉 펴고 서늘한 표정을 지었다.

"사사이 전무, 내가 묻고 싶은 건 당신 의견이야."

시마의 입에서 뜻밖의 말이 튀어나왔다. 모두의 시선이 뒤에서 대기하고 있던 사사이에게 향했다. 갑작스러운 말을 듣고 사사이도 놀란 표정을 지었다. 시마의 말을 이해할 수 없었던 것이다.

"미쓰와전기와 합병하면 당신이 사장이 된다고 하더군. 반도 사장이 그렇게 말했어. 당신에게 그렇게 제안했다면서?"

호소카와는 눈을 휘둥그레 뜨고 사사이를 돌아보았다.

사사이와 반도가 만났다는 이야기는 들은 적이 없다. 더구나 반도가 사사이에게, 합병 회사의 사장 자리를 제안했을 줄은 상상도 못 했다.

호소카와가 물었다.

"사사이 전무님, 정말로 그런 이야기가 있었습니까?"

사사이는 굳은 얼굴로 앞을 똑바로 향한 채 한동안 움직이지 않았다. 생각에 잠긴 시선을 발밑으로 떨어뜨리더니 다시 들었을 때는 고개를 끄덕였다.

"네, 그랬습니다."

호소카와는 커다란 충격을 받았다. 하지만 호소카와가 합병 제안을 수락할지 말지 고민했을 때, 사사이는 미쓰와전기와 합병해서는 안 된다고 역설하지 않았던가.

사사이 전무는 사실은 사장이 되고 싶었다…….

호소카와는 예전에 들었던 소문이 떠올랐다.

2년 전, 아오시마는 후계자 자리를 사사이가 아니라 영업부장인 호소카와에게 맡겼다. 아무도 예상치 못한 발탁이었다. 그때 사사이의 기분이 좋지 않았던 것은 사실이리라. 왜 자신이 아니라 호소카와인지 고민했을 것이다.

시마가 물었다.

"사사이 전무, 왜지? 미쓰와와 하나가 되면 당신이 사장이 될수 있잖아? 그런데 왜 합병에 반대하는 거지? 이 자리에서 그 대답을 듣고 싶어."

사사이는 시마를 똑바로 바라보면서 대답했다.

"반도 사장의 제안은 고마웠습니다. 하지만 유감스럽게도 저는 사장의 그릇이 못 됩니다. 아오시마제작소에 관해서라면 누구보다 많이 알고 있다는 자부심이 있습니다. 하지만 그것뿐입니다. 유감스럽게도 저는 그것뿐이지요."

사사이의 입술에 쓸쓸한 미소가 감돌았다.

"아오시마제작소는 즐겁고 유쾌한 회사입니다. 회사의 주인은 물론 주주 여러분이지요. 그건 당연합니다. 하지만 한편으로 이곳에서 일하는 종업원들도 회사의 주인입니다. 두 회사가 하나가 될 경우, 과중한 할당량으로 직원을 칭칭 옭아매는 미쓰와전기가 되는 건 간단합니다. 하지만 자유롭고 활기차며 기술력이 뛰어난 아오시마제작소가 되기는 어렵습니다. 저는 이 회사의 직원임을 자랑스럽게 여깁니다. 미쓰와전기의 사장보다 아오시마제작소의 일개 병사가 되고 싶다…… 그렇게 생각합니다."

"사사이 전무……."

호소카와는 할 말을 잃고, 나이 든 터줏대감을 물끄러미 바라볼 수밖에 없었다.

사사이의 말이 끝나도 시마는 그의 얼굴에서 시선을 떼지 않았다.

"기도 사장님, 되셨습니까?"

호소카와가 묻자 시마는 오른손을 약간 들어올려 사사이의 대답이 충분했음을 알렸다.

호소카와는 새삼스레 주주들을 돌아보며 선언했다.

"그러면 투표를 하겠습니다. 미쓰와전기와의 합병에 찬성하시는 분은 손을 들어주시기 바랍니다."

가장 먼저 다케하라가 손을 들었다. 옆에 앉은 주주 세 명 중 두 명이 그에게 동조하고, 한참을 망설인 끝에 노다가 쭈뼛거리며 손을 올렸다.

모두의 시선이 시마에게 향했다. 시마가 찬성하면 가결이다.

두 손을 무릎 위에 올린 채 시마는 생각에 잠겼다. 시간으로 따지면 얼마 안 되지만 호소카와에게는 당치도 않게 긴 시간처럼 여겨졌다.

시마의 태도가 뜻밖이었는지, 다케하라가 당황한 목소리로 물었다.

"기도 사장님, 찬성이지요? 아오시마제작소는 적자입니다. 이대로 가면 주식이 종잇조각이 될 수도 있습니다. 그래도 좋습니까?"

다케하라의 목소리가 애원하는 것처럼 들렸다. 시마의 태도는 예상 밖이었음이 틀림없다.

"기도 사장님!"

다케하라가 안색을 바꾸며 소리쳤다. 하지만…….

시마의 손은 끝까지 올라가지 않았다.

9

부결. 다음 순간, 미카미는 무릎이 꺾일 만큼 안도감에 휩싸였다. 다케하라가 시마에게 찬성을 요구하는 동안, 긴장감이 온몸을 휘감으며 심장이 입에서 튀어나올 뻔했다.

호소카와가 폐회를 선언하자 주주들이 일어서며 소란스러워진 가운데 다케하라만이 아연한 얼굴로 자리에 앉아 있었다.

"다케하라 씨."

호소카와가 가까이 다가가서 그에게 말을 걸었다. 움직인 것은 공허한 눈동자뿐이었다.

"기대에 부응하지 못해서 죄송합니다. 하지만 아오시마제작소의 주주라서 좋았다고 생각하실 수 있도록 반드시 실적을 올리겠습니다."

다케하라는 무거운 한숨을 내쉬더니, 스스로를 비웃는 듯한 미소를 지었다.

"그러면 이미 때가 늦어. 팔지도 못하는 주식 같은 건 가지고 있어봐야 소용없지."

그 말에는 다케하라의 절박한 사정이 배어 있었다. 그런 그를 보며 아오시마가 말을 걸었다.

"다케하라 씨, 시간 있으면 식사라도 같이 하지 않겠소? 우리 주식에 관한 이야기라면 의논 상대가 돼줄 수 있을 게요. 이를테면, 매수 건을 포함해서 말이지요."

다케하라의 표정이 약간 움직이더니 잠시 망설이는 것처럼 보였다.

"이 근처에 맛있는 장어집이 생겼답니다. 식사라도 하면서 느긋하게 얘기하는 게 어떻겠소?"

다케하라의 뺨이 부풀어 오르며 입에서 한숨이 새어 나왔다.

"아무래도 회장님께선 제 속마음을 훤히 꿰뚫어보시는 것 같군요."

"한두 해 만난 사이가 아니니까요. 그럼 가겠소? 시마 씨도 가실 거요."

사사이는 그대로 자리에 앉아 꼼짝도 하지 않고 아무것도 없는 벽의 한곳을 뚫어지게 바라보았다.

미카미가 사사이를 향해 고개를 숙였다.

"전무님, 감사합니다."

대답은 돌아오지 않았다. 숱이 줄어든 머리칼을 단정하게 뒤쪽으로 넘기고 광대뼈 주변에 기골이 배어 있는 사사이가 자리에서 천천히 일어났다. 그리고 미카미를 보지 않은 채 물었다.

"2차전은 어떤가?"

무슨 말인지 이해할 때까지 조금 시간이 걸렸다. 이날 아오시마제작소 야구팀은 2차 예선의 2차전을 치르고 있었다. 야구팀을 싫어하는 사사이가 그런 것을 신경 쓰리라곤 생각도 못 했다.

미카미는 주주총회 동안 꺼놓았던 휴대폰의 전원을 켰다. 마치 기다리고 있었던 것처럼 메시지가 하나 들어왔다. 고가였다.

'도요석유를 3 대 1로 격파. 오키하라 완전 부활. 감사합니다!'

"이겼습니다."

"그렇군."

사사이는 쌀쌀맞게 대답하고 회의실을 뒤로했다. 어쩌면 쑥스러움을 감추기 위해서 그랬을지도 모르겠다. 그의 얼굴에는 지금까지 본 적 없는 온화한 기운이 감돌고 있는 듯했다.

사실은 사사이도 야구팀을 좋아하는 게 아닐까? 그런 생각이 퍼뜩 떠오른 것은 그때였다. 비용을 줄여야 하고 구조조정을 추진해야 하는 상황이라서 어쩔 수 없이 본심을 누르고 야멸차게 대했던 게 아닐까? 사사이라면 충분히 그럴 수 있다.

"감사합니다."

미카미는 다시 한 번 마음속으로 사사이에게 인사를 했다. 그리고 지금의 커다란 승리를 만끽하며 두 주먹을 불끈 쥐었다.

"부결…… 됐다고……?"

다음 주 월요일. 아침에 출근하자마자 다케하라로부터 연락이 왔다.

"일부러 알려주셔서 감사합니다."

사장실에서 영업 부문의 영업 예측자료를 보던 반도는 순간 숨을 들이마시고 이렇게 말하는 것이 고작이었다.

"왜 그러십니까?"

반도의 안색이 달라진 것을 알아차리고 그렇게 물은 사람은 영업총괄 임원인 가와모토였다. 반도의 오른팔이다.

"아오시마의 주주총회에서 합병이 부결됐대."

아오시마와의 합병 이야기를 아는 사람은 임원 중에서 얼마 되지 않는데, 가와모토는 그중 한 사람이었다.

"설마요! 왜죠?"

가와모토는 눈을 크게 뜨고 물었다.

"자세한 건 나도 몰라. 기도 사장이 부결로 돌아섰다는군."

가와모토는 앞에 있는 탁자의 한쪽 끝에 시선을 고정한 채 돌처럼 굳었다.

반도가 당황한 얼굴로 황급히 물었다.

"도요카메라에 대한 아오시마의 움직임은 어떤가?"

승부욕이 강하기로 소문난 가와모토는 음흉한 미소를 지었다.

"시제품이 나왔다는 이야기는 못 들었으니까 아직 개발 중이겠지요. 이번 스케줄에 맞추기는 틀렸습니다. 아무리 규격이 어쩌고저쩌고해도, 없는 센서를 탑재할 수는 없잖습니까?"

가와모토의 말이 맞는다. 반도는 고개를 크게 끄덕이며 지긋지긋한 얼굴로 혀를 찼다.

"그나저나 경영자뿐만 아니라 주주도 바보군요. 아무리 기술력이 좋아도 거래처 생산 일정에 맞추지 못하면 소용이 없잖습니까? 모처럼 살아남을 수 있는 기회를 줬는데, 도대체 생각이 있는 건지 없는 건지……."

가와모토는 비웃음을 날리더니 바로 웃음을 지우고 다시 반도를 향했다.

"사장님께선 아오시마를 너무 과대평가하신다니까요. 이제 그냥 내버려둬도 알아서 쓰러지지 않을까요?"

"그럴지도 모르겠군."

반도는 스스로에게 들려주듯이 말했다. 원래 소심하고 예민한 성격이다. 돈만 잔뜩 들어가고 채산이 맞지 않는 반도체 사업에서 이미지센서를 기반으로 전자 부문으로 전환하겠다는 자신의 전략에 사로잡혀 일을 너무 서둘렀을 수도 있다. 이미지센서 사업의 최대 위협은 아오시마제작소라고 생각했는데, 가와모토의 말처럼 제품이 있어야 탑재하든 말든 할 게 아닌가. 두려워할 필요가 조금도 없다. 아무리 기술력이 있어봐야 어차피 상장도 못한 중소기업이 아닌가.

"가와모토! 기왕에 이렇게 된 이상, 도요카메라의 모든 제품에 우리 이미지센서를 탑재해주게."

가와모토는 자신만만한 얼굴로 강력하게 대답했다.

"네, 저만 믿고 마음 푹 놓으십시오! 이번 기회에 이미지센서를 수익의 기둥으로 만들겠습니다. 아오시마 같은 건 우리 상대가 안 됩니다."

"부탁해."

반도는 눈을 꼭 감고 울분을 집어삼켰다.

9장

루스벨트 게임

1

이소베 지점장은 사사이가 제출한 서류를 덮더니, 말없이 탁자 위에 내려놓았다. 그러고는 팔짱을 끼고 생각에 잠긴 채 한동안 입을 열지 않았다. 그 서류가 무엇을 의미하는지 충분히 알고 있기 때문이다. 지점장으로서 은행 간판을 짊어지고 있지만, 베테랑 지점장인 만큼 은행의 논리를 강요하는 것이 얼마나 어리석은 일인지 지금까지의 경험을 통해 잘 알고 있다.

사사이가 가져온 것은 본인이 직접 작성한 추가 구조조정안이었다. 새로운 운영자금을 받기 위해 구조조정안을 몇 번이나 다시 썼던가.

"추가 인원 감축을 단계적으로 실시한다고 되어 있는데, 구체적인 시기는 언제쯤으로 생각하십니까?"

하쿠스이은행 후추지점 지점장실이다. 똑같은 서류를 훑어보던 하야시다 융자과장이 예리한 질문을 날렸다.

"실적의 추이를 보면서 하려고 합니다."

사사이가 대답하자 옆에 있던 나카가와 경리부장이 안절부절

못하는 표정을 지었다. 여기가 운명의 갈림길이란 사실을 알고
있는 것이다.

이 추가 구조조정안은 일종의 속임수라고 할 수 있다. 구체적
인 비용 절감 방안은 쓰여 있지만 공정표가 없다. '언젠가 하겠
다'는 계획일 뿐이다. 언제 실행에 옮길지 모르는 구조조정안을
내놓고 돈을 빌려달라고 하는 것이나 마찬가지다. 공정표가 없
다고 하면서 뿌리치느냐, 공정표가 없어도 받아들이느냐⋯⋯.
그것은 아오시마제작소에 대한 하쿠스이은행의 평가와 직결되
어 있다.

예상한 대로 하야시다는 떨떠름한 표정을 지었다. 본부에 품
의를 올리기에는 약하다고 생각하는 것이다.

사사이에게도 쉽게 물러설 수 없는 사정이 있었다. 현재 상황
을 밑바닥이라고 보면 이 구조조정안으로 충분하다. 그러나 거
래처의 생산 축소 움직임이 멈추면 반대로 증산이 될 것이다. 그
것에 대응할 수 있을 만한 인원이나 설비를 확보하지 않으면 기
업은 다시 일어설 수 없다. 하지만 증산에도 대응하고 있다는 말
은 쓸 수 없다. 구체적으로 언제 그렇게 될지 모르기 때문이다.
그런 치열한 갈등 속에서 만들어낸 구조조정안 것이다.

축소 균형에 내일은 없다. 그것은 사사이의 철학이다. 적자만
큼 비용을 줄이면 흑자가 된다는 말은 속임수다.

"이건 저희를 믿어주시느냐 마느냐의 문제입니다."

사사이는 이소베를 똑바로 보면서 말했다. 이소베는 아직도
생각에 잠겨 있었다.

"지점장님, 어떻게 할까요?"

하야시다의 재촉을 받고 이소베가 겨우 눈을 떴다. 그래도 바로 대답하지는 않았다.

이윽고 생각의 미로를 헤매다 지금 막 빠져나온 것처럼 이소베의 목소리가 떨렸다.

"아마 이 구조조정안은…… 지금 아오시마제작소가 할 수 있는 최선이겠지요."

"지점장님……."

깜짝 놀란 하야시다가 반론하려고 했지만 이소베는 재빨리 그의 말을 가로막았다.

"이걸로 추진해주십시오."

사사이는 이소베의 눈을 뚫어지게 바라보고 깊숙이 고개를 숙였다.

"잘 부탁드리겠습니다."

2

"나가토 과장님, 어떻게 할까요?"

쭈뼛거리며 조심스럽게 물은 사람은 니시노 계장이었다. 야구팀 응원단 부단장을 맡고 있는 사람이다.

"글쎄……."

무겁게 입을 벌린 나가토 응원단장의 옆얼굴을 보고 모두 숨을 멈추었다.

오키하라의 폭력 사건이 실린 신문 기사를 들먹이며 '위쪽'에서 나가토에게 야구팀 응원을 자숙하는 게 어떻겠냐고 말한 것은 어제였다. 폭력 사건을 저지른 에이스가 있는 야구팀을 응원하는 것은 좀 그렇지 않느냐는 것이다. 일단 제안의 형태이기는 했지만, 무라이 부부장은 말을 듣지 않으면 자신에게도 생각이 있다는 듯한 위압적인 눈길로 나가토를 쏘아보았다.

나가토는 어떻게 해야 할지 망설였다. 하지만 자기 혼자 고민한다고 해결될 문제는 아니기에, 평소의 연습시간에 응원단 전원을 직원식당에 모아놓고 회의를 하고 있었다. 넓은 직원식당의 한쪽을 메우고 있는 것은 나가토를 비롯해 자진해서 치어리더를 맡고 있는 직원들이었다.

회사에서 정한 것도 아니고 생산부에서만 모집한 것도 아니지만 응원단의 대부분은 생산부 직원들이다. 그래서 생산부 부부장의 말을 결코 무시할 수 없다.

니시노가 분연한 얼굴로 말했다.

"직원들 중에도 노골적으로 얼굴을 찡그리는 사람이 있습니다. 일부러 저에게까지 와서 빈정거리는 사람도 있고요. 배신당한 기분이라고 하면서요."

"야구팀을 싫어하는 사람들에겐 그 신문 기사가 절호의 공격 재료를 준 거죠, 뭐."

그렇게 말한 사람은 같은 생산부에서 나가토 밑에 있는 다하라였다. 그러자 치어리더인 야마자키 미사토가 뺨을 부풀리면서 부루퉁하게 말했다.

"이 신문 기사는 본래 전해야 할 걸 전하지 않았잖아요. 그렇다면 사람들의 오해를 풀어주는 게 우리 일이 아닌가요? 여기서 자숙하고 가만히 있으면 우리가 패배하는 거잖아요!"

나가토는 신중하게 말했다.

"그래, 그럴지도 몰라. 그런데 생산부에 있는 이상, 무라이 부부장의 말은 무시할 수 없고 어느 정도 존중할 필요도 있어. 다들 멋대로 행동하다 찍히기는 싫잖아?"

밝고 활기차며 형식을 싫어하는 나가토의 성격으로 보면 매우 신중한 표현이었다.

"이번에 빠지고 싶은 사람은 개의치 말고 말해줘. 나는 할 거니까."

나가토의 말이 끝나기도 전에 니시노가 반대 의견을 말했다.

"과장님, 그건 말이 안 돼요. 이 자리에서 빠지겠다고 어떻게 말하겠어요?"

그리고 다른 멤버들을 향해 제안했다.

"이 회의는 일단 여기서 마치고 10분 후에 다시 만나자. 그때는 응원단에 계속 참가할 사람만 모이는 거야. 안 온다고 해서 그 사람을 비난하진 않을게. 그러는 게 어때?"

미사토는 진지한 얼굴로 작게 고개를 끄덕였다. 다하라는 바닥에 시선을 고정한 채 꼼짝도 하지 않았다. 모두 불안한 표정을 지었지만 반대 의견은 나오지 않았다.

"그럼 그렇게 하자!"

나가토가 마지막으로 말하고 일단 해산하기로 했다.

그리고 지금······.

나가토는 다시 모인 멤버들의 얼굴을 뚫어지게 바라보았다. 조금 전까지 있었던 멤버들이 한 사람도 빠짐없이 전부 모인 것이다.

그는 황당한 얼굴로 말했다.

"너희들, 괜찮겠어? 부부장에게 찍힐지도 몰라. 부장은 더 무섭고."

"찍히면 찍히는 거죠 뭐. 기왕에 찍히는 거, 아주 팍 찍히면 더 좋고요."

가볍게 말한 다카기는 사내 야구대회에서 생산부팀의 1번 타자였던 사람으로, 이치로 흉내를 내서 관중석에 웃음보따리를 안겨준 재주꾼이다.

"그야 다카기 씨는 출세할 가능성이 손톱만큼도 없으니까 그렇지."

기다 다마코의 말을 듣고 다카기는 토라진 표정을 지었다.

"쓸데없는 참견은 사양할게요!"

다마코는 올해 41세로, 치어리더 중에서 가장 나이가 많다. "사랑과 치어리딩은 나이와 상관없다!"라는 말이 입버릇인 유쾌한 중년이다.

"그러는 다마코 씨야말로 괜찮겠어? 여름 보너스가 깎일지도 몰라."

트럼펫 연주자인 요시무라가 히죽히죽 웃으면서 놀리자 다마코가 눈을 희번덕거렸다.

"내가 인사고과에 신경 썼다면 치어리더를 하겠다고 했겠어? 더구나 요즘처럼 회사 실적이 엉망이라면 어차피 보너스는 기대할 수도 없고. 야구를 좋아하는 사람이 야구를 응원하겠다는 게 뭐가 나쁘지? 일을 대충하는 것도 아니고 말이야."

그 화통한 모습을 보고 분위기는 더욱 화기애애해졌다.

"지금 야구팀 사람들이 얼마나 힘들겠어? 이런 때 응원하지 않으면 언제 응원하란 거야?"

"좋아! 모두의 마음을 알았어."

나가토가 자신의 무릎을 한 번 탁 때리고 벌떡 일어섰다.

"그럼 평소처럼 응원단 모으기 작전 실시! 일단 포스터를 만드는 거야! 사상 최고의 시합에 어울리는 구호도 만들고! 뭐가 좋을까……."

나가토는 고개를 갸웃하며 생각하는 표정을 지었다.

"'그라운드에서 하나가 되자'는 어때?"

"그건 아오시마 회장님 표절 아닌가요?"

다카기가 웃음을 터트렸다.

"표절이든 뭐든, 가슴에 팍 꽂히는 구호가 좋잖아?"

다마코의 말을 듣고 "그건 그래"라고 모두의 의견이 일치했다.

"우리는 일을 땡땡이치는 것도 아니고 대충하는 것도 아니야. 당당하게 응원하지 않겠나?"

나가토가 두 주먹을 불끈 쥐더니, 주변이 떠나가라 소리쳤다.

"모두 힘을 합쳐, 도쿄 대표의 자리를 쟁취하는 거야!"

3

주주총회가 끝나고 이틀이 지났다. 그날 오후 8시, 호소카와의
전화벨이 울렸다. 그는 그때 각 부문에서 올라온 구조조정 관련
서류를 보고 있던 참이었다.

"마기입니다. 지금 시간 있으십니까?"

그 소리를 들은 순간, 호소카와는 숫자의 세계에서 황급히 현
실의 세계로 돌아왔다.

마기는 아직 젊은 연구원으로, 기술개발부 팀장으로 있는 남
자였다.

"완성되었나?"

마기가 무슨 일인지 설명하기 전에 호소카와는 다급하게 물었
다. 그리고 자기도 모르게 벌떡 일어나서, 오늘도 불이 환하게 켜
있는 기술개발부 창문을 바라보았다.

전화기 건너편에서 마기의 침착한 목소리가 들렸다.

"시간 있으시면 오실 수 있겠습니까? 부장님이 기다리고 있습
니다."

"알았어. 지금 갈게."

임시주주총회는 가까스로 극복했지만, 그렇다고 아오시마제
작소의 상황이 달라진 것은 아니다. 유일한 진척이라고 할 수
있는 것은 은행이 추가 구조조정안을 인정해서 자금 조달의 전
망이 섰다는 것 정도였다. 도요오카의 보고에 따르면, 미쓰와전
기는 "현 시점에서 우리 회사의 이미지센서를 채택하면 가격을

더욱 낮추겠다"라는 말로 도요카메라를 적극 공략하고 있다고 한다.

그러는 동안 도요카메라에 영업을 하고 싶어도 할 수 없어서 얼마나 부아가 치밀었는지 모른다. 지금 아오시마제작소에 필요한 것은 단 하나……. 새로운 이미지센서다.

황급히 사장실을 나온 순간, 마침 퇴근하려고 하는 사사이와 마주쳤다.

"전무님, 시제품이 완성된 것 같습니다."

그러자 사사이의 표정에 긴장감이 감돌았다. 두 사람은 영업부에 들러 도요오카를 데리고 서둘러 기술개발부로 향했다.

기술개발부는 평소와 다른 분위기로 넘치고 있었다. 연구원들은 실험용 부스와 연결된 컴퓨터를 에워싸고 있었다. 호소카와가 다가가자 사람들의 울타리가 무너지면서 모니터를 들여다보는 가미야마의 모습이 보였다.

"됐나?"

가미야마가 고개를 돌려, 입을 열자마자 그렇게 물어본 호소카와를 쳐다보았다. 수면 부족과 피로로 인해 눈이 새빨갛게 충혈되어 있었다.

"오래 기다리셨습니다. 새 이미지센서의 영상 처리 데이터입니다. 이것만 보시면 모르실 테니까 우리의 기존 제품, 그리고 경쟁사 제품과 비교해 보겠습니다."

가미야마는 직접 컴퓨터를 조작해 새로운 데이터를 보여주었다. 호소카와는 컴퓨터 안으로 빨려 들어갈 것처럼 모니터의 그래프를 바라보았다. 흥분으로 인해 얼굴이 시뻘겋게 달아올랐다.

"감도는 기존 제품의 약 두 배. 그것만이 아닙니다. 새로운 설계 방식으로 노이즈를 최대한 줄였습니다. 이게 우리의 기존 제품입니다."

가미야마는 볼펜으로 그래프를 가리키며 설명했다.

"공개된 자료를 근거로 추측할 수 있는 경쟁사 제품의 성능은 이것이고요. 반면에 이번에 개발한 이미지센서는 이것입니다."

그는 다시 컴퓨터를 조작해 새로운 그래프를 하나 추가했다. 그 성능 차이를 보고 호소카와의 등 뒤에서 숨을 들이마시는 소리가 들렸다.

"구체적인 사진으로 비교해보겠습니다."

마우스를 클릭하자 실험실 안에 설치된 카메라 영상으로 바뀌었다. 화면에는 벽 쪽에 쌓여 있는 수많은 색깔의 나무 블록이 나타났다. 빛이 부족한지 어두운 영상은 입자가 거칠었다.

"이것은 경쟁사 제품과 같은 수준의 이미지센서로 처리한 영상입니다."

"경쟁사라면, 어디 말이야?"

가미야마의 등 뒤에서 물은 사람은 도요오카였다. 가미야마의 대답이 나오기까지 잠시 시간이 걸렸다.

"미쓰와전기야."

사사이는 눈을 크게 뜨고, 도요오카는 진지한 얼굴로 팔짱을 끼었다.

가미야마가 다시 말을 이었다.

"같은 영상을 새로 개발한 센서로 보겠습니다."

가미야마가 신호를 보내자 실험 부스 안에 있는 연구원이 센서를 바꾸어 새로운 영상을 모니터에 내보냈다.

입에서 탄성이 나올 만큼 선명했다. 조금 전의 영상과 어느 쪽이 대단한지는 자료를 볼 것까지도 없었다. 가미야마가 컴퓨터를 조작해 경쟁사 제품과 새로 개발한 센서의 영상을 모니터에 나란히 놓자 그 차이는 더욱 명백했다.

모니터에서 시선을 돌려 뒤를 돌아보고 가미야마가 선언했다.

"이것이 새로 개발한 센서입니다. 현재 개발되었거나 개발되고 있는 이미지센서 중에 이보다 노이즈를 줄인 건 없습니다."

가미야마가 차려 자세로 호소카와 앞에 섰다.

"개발이 늦어져서 죄송합니다. 오늘 시제품이 완성되어서 보고드리는 바입니다."

"고마워. 수고했네!"

호소카와가 흥분을 누르지 못해 떨리는 목소리로 말하자 실험실 여기저기에서 박수가 솟구쳤다. 쑥스러워하거나 눈물짓는 연구원들의 모습을 보면서 호소카와의 시야도 뿌예졌다.

호소카와의 등 뒤에서 도요오카가 강력하게 말했다.

"뒷일은 제게 맡기십시오! 반드시 수주를 따오겠습니다!"

마기가 새로 개발한 이미지센서의 시제품을 트레이에 담아서 가져왔다. 한 종류가 아니라 몇 종류나 되었다. 그중에서 유난히 작은 칩을 발견하고 호소카와가 물었다.

"이건 뭔가?"

"다운사이징 기술을 이용해, 기존에 없던 크기로 작게 만들어 봤습니다. 그렇게 작아도 성능에선 미쓰와전기의 센서와 큰 차이가 없습니다."

그 성능을 이렇게까지 작게 만들다니, 이 작은 칩이야말로 기술력의 결정체가 아닌가!

"다만 이건 이번 개발의 부산물에 불과합니다. 사이즈를 줄인다고 좋은 건 아니니까요."

마기의 설명을 듣고 호소카와는 "그래?"라고 말하며 소형 이미지센서를 들어올렸다.

새끼손톱만 한 크기다. 호소카와의 뇌리에 수많은 정보가 떠오르고, 이윽고 한 가지 결론을 내릴 때까지는 그렇게 시간이 걸리지 않았다.

"기존 제품에 비해 크기는 어느 정도인가?"

"같은 성능이라면 3분의 1 이하가 되는데, 왜 그러신지……?"

호소카와의 안색이 달라진 것을 보고 마기가 의아한 목소리로 물었다. 호소카와는 뒤에 있는 도요오카 영업부장을 보면서 흥분을 감추지 못했다.

"도요오카, 재패닉스야! 재패닉스에 파는 거야!"

도요오카가 무의식중에 되물었다.

"네? 재패닉스요?"

가미야마와 마기가 의아한 눈길로 쳐다보았다.

도요오카가 조심스럽게 입을 열었다.

"하지만 사장님, 재패닉스에는 카메라가 없습니다. 콤팩트 카메라라면 도요카메라에도……."

"스마트폰이 있지 않나?"

호소카와의 말이 끝나기도 전에 그 자리에 있던 모든 사람들이 멍하니 입을 벌렸다.

"스마트폰용 내장 카메라의 이미지센서로 파는 거야. 이 정도라면 타사에 비해 상당한 이점이 있을 거야. 가미야마, 어떤가?"

가미야마는 눈을 휘둥그레 뜨고 호소카와를 보았다.

"그래요, 그러면 되겠군요!"

"모바일 내장 카메라용 이미지센서야. 스마트폰 카메라로 1안리플렉스만 한 사진을 찍을 수 있어. 어때?"

도요오카가 아연한 얼굴로 몇 번이나 고개를 끄덕였다.

"좋은 생각입니다. 아주 좋은 생각입니다!"

호소카와가 명령했다.

"급히 검토해주게. 엄청난 비즈니스가 될지도 몰라!"

4

"해고 예정자 면담, 리스트에 있는 사람들은 모두 끝났습니다."

부하직원의 보고를 듣고 미카미는 위로의 말을 건넸다.

"수고했어."

인원 감축은 구조조정의 핵심이다. 지난 몇 달 사이에 총무부가 해고 통지한 직원은 약 100명. 전 직원의 15분의 1에 해당하는 인원수였다. 그로 인해 줄일 수 있는 인건비는 연간 6억 엔. 이만한 비용이 나가지 않아도 되므로 수익 구조에 막대한 영향을 미친다.

이미지센서의 시제품이 완성되었다는 소식은 아침 일찍 들었다. 미카미로서는 여기서 실적이 바닥을 쳐서, 2차 구조조정안에 담긴 인원 감축을 하게 되지 않기를 기도하는 수밖에 없었다.

살펴보던 서류를 결재함에 던져 넣은 뒤, 미카미는 우울한 얼굴로 탄식했다. 그에게 남은 일은 이제 한 가지……. 야구부장으로서 야구팀 해체를 발표하는 일이었다.

그렇게 되는 것은 아직 야구팀에 알리지 않았다. 온 힘을 다해 2차 예선에 임하고 있는 선수들이 경기에 집중할 수 있도록 해주고 싶었다. 하지만 이래도 좋은가 하는 의문이 마음속에서 모락모락 피어오르고 있었다. 해체의 방침이 정해졌다면 제일 먼저 그들에게 알려주는 것이 도리가 아닌가? 하지만 2차 예선의 결승전을 내일로 앞둔 지금, 그것을 알리기에는 타이밍이 좋지 않다.

시계가 오후 6시를 가리키는 것을 보고, 미카미는 곧장 야구팀 건물로 향했다. 지금 그곳에서는 내일의 결전을 앞두고 상대 팀인 미쓰와전기의 경기 영상을 보면서 작전회의를 하고 있었다. 오후 3시부터 시작된 회의가 오후 6시에 끝나면, 그 후에는 선수들끼리 간단한 격려 파티를 하기로 했다.

미카미가 2층으로 올라가자 마침 회의가 끝나고, 선수들에게 건배용 캔맥주와 주스를 나누어주는 참이었다.

"지금의 데이터를 머리에 잘 넣었다가 내일은 최선을 다해 싸우자!"

주장인 이사카의 선창에 따라 건배를 하고, 다음은 감독 차례였다. 유니폼 차림의 다이도가 보드를 들고 일어서자 갑자기 작은 소리 하나 없이 조용해졌다.

"지금부터 내일 선발 멤버를 발표하겠다."

지금까지 경기 전날에 벤치에 들어가는 선수를 발표하는 일은 있어도, 선발 멤버까지 발표하는 일은 없었다. 이것은 특별한 의식이리라.

"1번, 유격수 이누히코."

박수.

"2번, 2루수 니카이도. 3번……."

다이도는 순서대로 발표를 계속하고 "투수……"라고 말한 다음에 한 호흡을 두었다.

"사루타."

왜 오키하라가 아니라 사루타지? 미카미는 이유를 알기 위해 옆에 서 있는 고가에게 눈길을 돌렸다.

"오키하라는 2차전에서 완투했거든요."

피로를 고려해 선발 멤버를 정한 것이다. 진지한 얼굴로 손뼉을 친 오키하라는 감독으로부터 이미 선발에 대해 들었다고 한다.

선발 멤버 발표를 마치고 다이도는 새삼 모두를 둘러보았다.

"내일 결승전에서는 선발 멤버, 벤치, 그리고 응원단이 하나가 되어 뜨거운 경기를 펼치고 싶다. 모두 힘을 합쳐 미쓰와전기를 박살내자!"

"아자!"

전원이 일제히 함성을 지르고 박수 소리에 섞여서 누군가의 손피리 소리가 들리자 분위기는 최고조에 이르렀다.

"미카미 부장님, 한 말씀 하시겠습니까?"

고가가 일어서서 그렇게 말한 것은 약 한 시간 정도 환담이 이어진 다음이었다. 얼굴에 웃음을 머금은 부원들 앞에 서자 미카미의 마음은 다시 복잡해졌다. 그 마음을 억지로 밀어내고 그는 격려의 말을 찾았다.

"내일은 너희들에게도, 회사에게도 중요한 경기다. 숙적 미쓰와전기에게는 절대로 져서는 안 된다. 하지만 그와 동시에 야구를 즐겨주기 바란다. 최선을 다해 응원단의 기억에 남을 수 있도록 멋진 경기를 보여주지 않겠나? 모든 직원들이 야구팀이 있어서 정말 좋았다, 정말 행복했다고 생각할 수 있도록 해주자. 그리고…… 그리고 무엇보다 여기에 있는 모든 사람들이 후회가 남지 않도록 전력을 다하기 바란다."

이누히코가 장난처럼 말했다.

"가슴에 팍팍 꽂히는군. 꼭 작별 인사 같네."

"이누, 말조심해!"

이사카가 작게 야단치는 소리를 듣고 다들 개구쟁이처럼 웃었다. 그때 구라하시가 조심스럽게 손을 들고 쭈뼛거리며 물었다.

"부장님…… 한 가지 여쭤봐도 됩니까? 야구팀이 해체된다는 게 사실입니까? 구조조정의 일환으로 그렇게 정해졌다는 말을 들었는데요."

다음 순간, 시끌벅적했던 실내가 갑자기 TV의 콘센트를 뽑은 것처럼 조용해졌다. 미카미는 자신의 웃음이 기묘하게 일그러지고, 자신의 심장 소리가 귓가에서 메아리치는 것을 느꼈다. 선수들은 처음에 웃고 있었지만, 불과 몇 초 사이에 웃음을 의아한 표정 밑에 감추고 미카미를 바라보았다.

이제 더는 감출 수 없다.

시선을 발밑에 떨군 미카미는 각오를 다지고 얼굴을 들었다.

"지난주에 경영 쪽에서 작성한 추가 구조조정안을 은행에서 승인했다. 은행에선 그 구조조정안을 바탕으로 우리 회사에서 요청한 운영자금을 대출해주기로 했다. 실은 그 구조조정안에 야구팀…… 야구팀 해체가 담겼다."

어느 누구도 입을 열지 않았다.

"여러분, 미안하다. 내 힘이 미치지 못했다."

미카미는 진솔하게 사과한 뒤, 선수들의 얼굴을 보면서 정식으로 선언했다.

"이번 시즌을 끝으로 아오시마제작소 야구팀은 해체한다."

구라하시가 멍하니 입을 벌린 채 미카미를 바라보았다. 사루타는 무표정한 얼굴로 앞을 바라볼 따름이었다. 니시나는 힘없이 고개를 숙이고, 스자키와 사기노미야는 망연한 얼굴로 꼼짝도 하지 않았다.

"그럼 우리는 어떻게 되는 겁니까?"

신음 소리 같은 이누히코의 말이 모두의 마음을 대변했다.

정성껏 쌓아올린 벽돌이 한꺼번에 와르르 무너지는 소리를 들은 듯했다.

이번 시즌을 끝으로 아오시마제작소 야구팀은 해체한다……

미카미의 그 말은 고가를 포함해 야구팀의 수많은 선수들에게 해고 선언이나 마찬가지였다.

"말을 안 하는 편이 나았겠나?"

모임이 끝나고 총무부로 돌아온 미카미가 고가에게 물었다. 선수들이 받은 충격이 생각보다 훨씬 컸던 것이다.

잠시 생각하고 나서 고가가 말했다.

"그렇지 않습니다. 그 자리에서 말해준 것에 다들 고마워할 겁니다."

"상당히 우울해 보였어. 중요한 경기를 앞두고 있는데."

"그래도 그렇게 중요한 일을 끝까지 감추는 것보다 낫습니다. 다들 야구인이기 이전에 인간이니까요. 정말로 불행한 일은 자기 인생이 어떻게 될지 모르는 게 아닌가요? 인간은 마음이 있는 동물이니까요."

"그런가?"

미카미는 잠시 생각하고 나서 말을 고쳤다.

"하긴 나라도 그랬을 거야."

"이런 건 어떤 직업에도 따라다니는 문제라고 생각합니다. 아마 지금쯤 다들 난 지금까지 무엇을 위해 야구를 했을까, 하고 생각하고 있겠지요. 하지만 일단 운동장에 나가면 야구인이 해야할 일은 한 가지밖에 없습니다. 바로 야구지요. 공을 던지고 치고 달린다. 응원단의 성원을 들으면 어떤 상황에서도 최선을 다한다……. 다들 지금까지 그렇게 해왔고, 그렇게 살아왔습니다. 그게 야구인이지요."

말은 그렇게 했지만 고가는 마음 깊은 곳에서 솟구치는 부조리한 생각과 필사적으로 싸워야 했다.

나는 지금까지 무엇을 위해 야구를 했을까? 아오시마제작소를 위해 최선을 다한 결과가 겨우 이것인가?

하지만 아무리 한탄하고 슬퍼해도, 아무리 미친 듯이 화를 내도 사회인야구라는 직업 야구 세계에 있는 사람은 회사의 결정에 거역할 수 없다.

고가는 스스로를 설득하듯 말했다.

"결국 저희는 야구인이기 전에 사회인입니다. 주어진 상황에 최선을 다하고, 그 안에서 자신의 존재 가치를 발견해야겠지요. 나머지는 각자 해결하는 수밖에 없습니다."

갑자기 목소리가 떨리고 눈물이 흘러넘칠 것 같았다. 고가는 그런 자신에게 깜짝 놀랐다.

"부장님, 우리 선수들을 믿으십시오. 다들 지금 죽을힘을 다해 자기 자신과 싸우고 있을 겁니다! 그리고 우리는 반드시 극복할 겁니다!"

5

"내일은 식은 죽 먹기겠군. 마침 도요석유가 져서 다행이야."

연습 후의 회의가 끝난 뒤, 미쓰와전기 야구팀의 무라노는 단정적으로 말했다. 몇몇 코치와 회사 근처의 술집에서 생맥주를 목으로 흘려 넣으면서 본심을 말한 것이다.

도쿄 제1대표의 자리가 걸린 결전을 앞두고, 미쓰와전기 야구팀은 투수들을 모아놓고 간단히 회의를 했을 뿐이다.

무라노에게 아오시마제작소는 하찮은 상대에 불과했다. 전력은 모두 알고 있다. 타자의 습관이나 싫어하는 공까지 알고 있는 것이다. 무라노만이 아니라 내일 선발로 나가는 이지마도 마찬가지였다. 어쨌든 작년까지 같은 팀이었으니까. 행운의 여신이 무라노의 손을 들어주었다고밖에 생각할 수 없었다.

무라노는 아오시마제작소를 무시하며 말했다.

"실력으로 볼 때, 아오시마는 우리의 2군 수준이야. 베테랑 중에는 좋은 선수도 있지만 다이도인지 뭔지, 그 작자가 좋은 선수들을 벤치에서 썩히고 있더군. 그 대신 어중간한 젊은 녀석들만 기용하다니. 도대체 무슨 생각을 하는지 머릿속을 들여다보고 싶을 정도라니까."

"그냥 자기만족 아닌가요? 자기는 무라노 감독님과 다르다고 주장하기 위해서 말이죠."

타격 코치인 모리시타가 코웃음을 쳤다.

"그렇다면 어린애처럼 유치한 짓이지. 어때? 내일은 오키하라라는 녀석이 나올 것 같나?"

무라노는 조금 진지한 얼굴로 물었다.

"아마도 그렇겠지요. 다른 투수로는 우리에게 통하지 않을 테니까요. 그럭저럭 던질 수 있는 녀석은 그 녀석 정도가 아니겠습니까?"

"요전에 9회까지 던졌는데 또 내보낼까요?"

이의를 제기한 사람은 매니저인 나와였다. 3년 전에 선수에서 은퇴하고 매니저가 된 사람으로, 현역 시절에 포수였던 만큼 예측이 날카로웠다.

무라노가 신중한 눈길로 대답했다.

"그렇다면 사루타군. 계투 작전으로 나올 것 같아. 구라하시, 그리고 마지막에 오키하라."

"저도 그렇게 생각합니다."

모리시타가 회심의 미소를 지으며 가벼운 농담을 했다.

"그렇다면 처음부터 우리 페이스로 끌고 갈 수 있겠군요. 우리는 2군을 내보낼까요?"

이 자리에 있는 모든 사람이 도쿄 제1대표의 자리는 미쓰와전기임을 의심치 않았다. 비슷한 시각에 아오시마제작소 야구팀에서 나온 이야기를 들었다면 그 생각은 확신으로 바뀌었으리라.

무라노가 내뱉듯이 말했다.

"싸움에 진정한 평등은 없어. 전력에서 유리한 자가 이긴다! 그건 만고불변의 진리지."

그래서 미쓰와전기에서 오라고 했을 때 재빨리 말을 갈아탔다는 말은 입에 담지 않았다. 조건이 좋은 쪽으로 옮기는 건 당연하다. 당연한 말을 일부러 하는 녀석은⋯⋯ 바보일 뿐이다.

6

자존심을 건 일전.

결승전 무대는 세이부 돔구장이다. 경기 시작 시간은 오후 6시 반. 시작 세 시간 전에 회사를 출발해 이곳에 도착할 때까지 버스 안에서 야구팀 분위기는 조용하게 가라앉아 있었다.

긴장감이 아니다. 그렇다고 절망도 아니다. 불안, 갈 곳 없는 분노, 온몸을 짓누르는 허탈감. 그런 와중에도 각자 나름대로의 방법으로 어떻게든 마음을 다스리려고 발버둥치고 있었다.

이날 제1대표를 정하는 결승전이 없었다면 전원이 자포자기해서 무기력하게 보냈으리라. 그리고 머릿속이 몽롱한 상태로, 앞으로 어떻게 살아갈지 허탈하게 생각했을 것이다.

오후 4시 반. 버스에서 내려 구장의 로커룸으로 들어가는 선수들의 무표정한 얼굴을 고가는 안타까운 심정으로 바라보는 수밖에 없었다.

이 사람들을 분발하게 만들고, 다시 야구로 향하게 하기 위해서는 어떻게 말해야 할까? 아무리 머리를 쥐어짜도 그런 말이 떠오르지 않았다. 격려도, 위로도, 질책도, 전부 옆 교실에서 들려오는 선생님의 잔소리만큼 의미가 없다는 생각이 들었다.

배트와 글러브를 들고 천천히 벤치로 향하는 선수들을 눈으로 좇으면서 미카미가 말했다.

"내 탓이야. 내가 좀 더 잘 전달해야 했는데."

하지만······.

어떤 식으로 전달하더라도 해체는 해체고, 그 사실이 바뀌는 일은 없다. 야구팀 선수 50명 중 정규 직원을 제외한 40여 명은 야구팀 해체와 동시에 회사를 떠나야 한다. 이날 벤치에 들어가는 대부분의 주력 멤버는 있을 곳을 잃어버리고 다음에 먹고살 곳을 찾아 뿔뿔이 흩어질 운명에 놓여 있다. 고가 자신도 포함해서.

"부장님, 가시죠. 곧 연습이 시작될 겁니다."

고가는 앞장서서 걸어가 관계자용 통로를 통해 벤치로 들어갔다.

바둑판무늬의 철골로 둘러쳐진 돔형 천장으로 오후의 햇살이 들어와, 고가가 있는 곳보다 조금 높은 곳에 있는 아름다운 인공잔디 운동장을 특별한 무대처럼 보이게 만들었다.

하지만 지금 고가의 시선이 멈춘 곳은 아름다운 그라운드가 아니라 그라운드로 나가려고 하는 선수들의 모습이었다. 선수 전원이 벤치에서 나와 스탠드를 향해 서 있었다. 이누히코도, 이사카도, 오키하라도 멍하니 스탠드를 올려다보고 있는 것이다.

황급히 벤치에서 뛰어나가 스탠드를 올려다본 순간, 고가는 할 말을 잃었다.

"굉장하군······."

고가의 옆에 있던 이누히코가 혼잣말처럼 중얼거렸다. 수많은 응원단이 3루 측 스탠드를 가득 메운 것이다. 지금까지 한 번도 본 적이 없는 대규모 응원단이다. 도쿄 대표의 자리가 걸려 있는 일전에, 스탠드의 열기가 한 덩어리가 되어 그라운드로 굴러떨어졌다.

"응원하러 왔어! 좋은 경기를 보여줘!"

맨 앞줄에서 힘찬 목소리가 날아왔다. 응원단장인 나가토였다.

어설픈 트럼펫 소리가 들리고, 모두가 입을 모아 사가를 부르기 시작했다. 어안이 벙벙한 얼굴로 지켜보던 이누히코가 자기도 모르게 웃음을 터트렸다. 그렇다. 이런 상황에서는 웃을 수밖에 없으리라.

선수들의 표정이 서서히 달라지는 것을 고가는 보았다. 쑥스러워하는 웃음과 수줍은 눈길로 스탠드를 쳐다보는 사람도 있었다. 응원단과 하나가 되어 사가를 부르는 사람도 있었다.

"결국 관계가 없을지도 몰라. 이게 마지막 경기든 아니든 상관없어. 이렇게 뜨겁게 응원해주는 사람들 앞에서 적당히 싸울 수는 없잖아? 우리는 최선을 다해 좋아하는 야구를 하는 수밖에 없어. 그것 말고 뭐가 있지?"

혼잣말처럼 나지막하게 중얼거린 사람은 사루타였다.

그 말이 맞는다. 지금 그물망 뒤에서 짤막한 손발을 힘차게 움직이며 지휘하는 나가토를 향해 고가는 마음속으로 맹세했다.

'과장님, 지켜봐주십시오. 아오시마제작소 야구팀으로서 부끄럽지 않은 경기를 보여드리겠습니다.'

7

심판이 플레이볼을 선언함과 동시에 이지마의 속구가 이누히코의 무릎을 통과했다.

"여전히 공이 좋군."

고가의 옆에서 그라운드를 잡아먹을 듯이 지켜보던 이사카가 중얼거렸다. 아오시마제작소에서 둘째가라면 서러워할 에이스였을 무렵, 1년에 올린 승리의 절반은 이지마가 벌어들였다.

금세 볼카운트에서 위기에 몰린 이누히코가 계속된 속구에 삼진으로 물러났다. 이누히코가 싫어하는 안쪽으로 조금 낮게 들어오는 절묘한 코너워크*였다.

이어지는 2번 니카이도를 2루 땅볼, 3번 스자키를 우익수 뜬공으로 잡은 이지마는 눈 깜짝할 사이에 아오시마의 공격을 막고 여유만만한 얼굴로 마운드에서 내려왔다. 응원석에서 흘러넘친 실망의 한숨이 벤치 안까지 밀려들었다.

고가는 손뼉을 두 번 치면서 수비 위치로 흩어지는 아군 선수들을 내보냈다. 선발인 사루타가 베테랑답게 느긋한 발걸음으로 마운드로 올라가 이사카를 상대로 투구 연습을 시작했다.

미쓰와전기의 응원이 시작되고, 1번 타자가 타석에 들어서자 구장은 뜨거운 열기에 휩싸였다.

초구는 높게 벗어나는 직구였다. 스코어북을 무릎 위에 올려

---

* 투수가 타자를 아웃시키기 위해 스트라이크존의 좌우 코너로 교묘하게 공을 던지는 기술.

놓은 고가는 불안한 얼굴로 마운드를 바라보았다. 언제나 그렇듯이 사루타는 시작이 불안하다. 지금도 공이 뜨고 있다.

2구에 1번 타자를 내야 땅볼로 잡아서 고가는 가슴을 쓸어내렸다. 1사. 이걸로 조금 안정을 찾으리라. 그런데…….

2번 타자가 쳐올린 좌익수 앞의 뜬공을 사기노미야가 놓치면서 분위기가 심상치 않아졌다.

공과 장난이라도 하는 듯한 사기노미야의 어설픈 수비에 다이도는 고개를 숙이고, 미쓰와의 응원석에서는 박수갈채가 쏟아졌다. 사기노미야의 수비력이 약하다는 사실은 알고 있었지만, 나와서는 안 되는 곳에서 실책이 나왔다. 2사에 주자가 없는 것과 1사에 주자 1루는 천양지차이다. 시작이 불안한 사루타인 만큼 이번 실책은 더욱 뼈아프다.

미쓰와전기의 다음 선수는 3번 타자인 후지모토였다. 고교야구에서 이름을 날렸던 후지모토는 올해 드래프트가 확실한 좌타자다.

"선구안이 좋네."

아슬아슬한 코스의 공을 두 개 그냥 보낸 후지모토를 보고 그렇게 말한 사람은 오키하라였다. 후지모토의 방망이가 공의 중심을 포착한 것은 투 볼, 투 스트라이크 다음의 5구째였다. 이걸로 1사 2, 3루.

큰일이다.

제발 이 위기를 극복해줘. 고가는 고개를 숙이고 신에게 기도했다.

미쓰와전기 4번 타자인 닛타는 여유 있는 표정을 지었다. 닛타는 작년까지 같은 팀이었던 사루타의 투구를 잘 알고 있다.

미쓰와 응원단의 악기 소리가 더욱 커지면서 돔구장에 메아리 쳤다.

사루타의 초구는 바깥쪽으로 벗어나는 커브였다. 나쁘지 않다.

제2구는 거의 같은 코스의 직구로 스트라이크. 그런데 3구가 크게 벗어나면서 균형을 잡고 있던 저울이 닛타에게 기울어 졌다.

닛타의 방망이가 빛을 뿌린 것은 다음 공이었다. 타구는 눈 깜짝할 사이에 2루수인 니카이도의 머리 위를 넘어가 우중간을 구르기 시작했다. 주자 두 명을 모두 불러들이는 2타점 2루타였다. 이어지는 5번 타자의 안타로 닛타가 홈베이스를 밟자 1루 측 응원단의 분위기는 최고조에 도달했다.

코치인 마쓰자키가 타임을 외치고 마운드로 향했다. 더그아웃의 끝에 앉아 있던 다이도는 고개를 숙인 채, 끓어오르는 감정을 참는 얼굴로 스파이크 신발을 노려보았다. 이 타이밍에서 교체할 수는 없다.

사루타가 가까스로 안정되어서 두 타자를 내야 땅볼로 잡고 겨우 1회가 끝난 것은 그 직후의 일이었다. 3점의 계기를 만든 사기노미야가 어깨를 떨구고 수비에서 돌아왔다. 기죽은 곰돌이 푸 같은 모습이었다.

"죄송합니다."

누구에게랄 것도 없이 사과한 사기노미야에게 "신경 쓰지 마"

라고 말한 사람은 바로 사루타였다.

"네 수비가 불안하다는 걸 모르는 사람은 없어. 감독님도 말씀하셨잖아? 한 시합에서 3점은 각오한다고. 그러니까 너무 신경 쓰지 마."

그 말을 들은 다이도의 고개가 크게 끄덕이는 것을 알 수 있었다.

그렇다. 다이도는 이렇게 될 것을 예측하고 사기노미야를 기용해왔다. 좋든 나쁘든, 이것이 다이도가 만든 팀이다. 과연 이번 시합에서 그 진가를 발휘할 수 있을 것인가.

미카미가 큰 소리로 선수들을 다독였다.

"괜찮아, 괜찮아! 지금부터야!"

기도하는 눈길로 그라운드를 바라보는 미카미의 옆모습은 비장하리만큼 굳어 있었다. 그의 기도가 통한 것은 3회였다. 니시나가 볼넷을 고른 뒤, 이사카가 초구인 직구를 풀스윙해서 왼쪽 스탠드를 향해 추격의 안타를 날렸다.

"좋았어!"

1회 말부터 계속 다리를 떨던 미카미가 벌떡 일어나 커다랗게 승리의 포즈를 취했다. 하이파이브로 이사카를 맞이한 나인*에게 겨우 불이 붙은 것처럼 보였다. 그런데⋯⋯.

사루타가 얻어맞으며 다시 3점을 헌상한 것은 5회 말의 일이었다.

---

* 야구에서 한 팀을 이루는 9명의 선수들.

"회장님께서 오셨습니다."

아리사의 말을 듣고 뒤를 돌아본 순간, 관중석 계단을 천천히 내려오는 덩치 큰 아오시마의 모습이 눈에 들어왔다.

"어?"

호소카와가 눈을 크게 뜬 것은 아오시마가 뜻밖의 손님을 데려왔기 때문이다. 작은 몸에 어울리지 않을 만큼 커다란 모자를 쓴 사람은 기도 시마였다.

"지난번에는 감사했습니다. 앉으시죠."

호소카와는 아오시마와 시마를 위해 자리를 내주고 자신은 시마 옆에 앉았다. 결승전인 만큼 아오시마가 오리라는 것은 예상했지만 시마가 같이 온 것에는 놀라움을 금할 수 없었다.

"옛날에는 종종 보러 왔었지. 내게 티켓만 주고 이 사람은 벤치에서 지켜봤지만."

시마는 원망하는 눈길로 아오시마를 노려보았다. 아오시마가 예전에 유니폼을 입고 벤치에 앉아 있었던 것은 유명한 이야기다.

"이제 와서 뭘 그런 걸 따지고 그래? 오늘은 속죄하기 위해 모셔왔으니까 됐잖아?"

"주주 특별 우대인가?"

응원용 부채를 받으면서 비아냥거린 시마를 향해 아오시마는 쑥쓸하게 웃으며 얼굴 앞에서 천천히 손을 흔들었다.

"아니야. 마지막으로 시마 씨에게 우리 야구팀을 보여주고 싶었어."

"마지막?"

437

시마는 깜짝 놀라서 옆을 보았지만 아오시마는 대답하지 않았다. 마침 기습 번트를 시도한 니카이도가 1루로 뛰어가는 참이었다.

"세이프!"

아오시마의 옆에서 소리친 사람은 언제나 그렇듯이 사장 비서인 아리사였다. 그 옆에서는 학부모 참관수업이라도 보는 듯한 진지한 얼굴로 사사이가 그라운드를 보고 있었다. 호소카와가 모처럼 결승전에 올라갔으니까 마지막으로 응원하러 가자고 권한 것이다.

사사이를 보면서 호소카와가 물었다.

"전무님, 오랜만에 응원하시니까 어떤가요?"

하지만 돌아온 것은 "글쎄요"라는 퉁명스러운 대답이었다. 사사이의 눈으로 보면 이 경기 자체가 비용덩어리이리라. 똑같은 것을 보면서도 사람에 따라 감동을 받거나 따분해하는 것은 신기한 일이 아닐 수 없다.

아무튼 그토록 야구팀 해체를 주장했던 사사이까지 스탠드에 나타난 것을 보면 야구팀 해체를 찬성하는 사람도 반대하는 사람도, 야구팀을 아오시마제작소의 상징으로 보는 것만은 틀림없는 사실이다. 어쩌면 자신이 주도해서 야구팀을 해체하는 것에 죄책감을 가지고 있을지도 모르겠다.

"회사에서 응원 티켓을 대량 구매하도록 허락한 사람이 사사이 전무라고 하더군."

아오시마의 말을 듣고 호소카와는 깜짝 놀라 사사이를 쳐다보았다.

"전무님, 정말인가요?"

사사이는 떨떠름한 표정을 지으며 차갑게 대답했다.

"미카미가 하도 끈질기게 졸라서 말입니다. 마지막 정도는 대규모 응원단을 보내달라고 하면서요. 그렇게까지 말해서 어쩔 수 없었습니다."

미카미가 아무리 사정해도 흔쾌히 들어줄 사람이 아니라는 것 정도는 호소카와도 알고 있다. 고지식하고 융통성이 없으며 툭하면 독설을 내뱉어도, 사사이에게는 다정한 면이 있다. 위기에 빠진 회사를 위해 눈을 번뜩이면서도 가끔 본심을 슬쩍 보여주는 것이다. 사사이는 그런 사람이다.

사사이 전무에게 이런 면이 있다니…….

호소카와가 무심코 미소를 지은 순간, 경쾌한 타격음과 함께 응원석의 사람들이 일제히 환호성을 질렀다. 3번 타자인 스자키가 친 하얀 공이 외야를 데굴데굴 굴러가면서, 그 즉시 주자 2, 3루의 좋은 기회를 만들었다.

빈말이라도 잘한다고는 할 수 없는 응원가가 울려 퍼졌다. 치어리더들이 뛰어나오고, 응원석의 한가운데에서 응원단장인 나가토가 허리에 왼손을 대고 오른팔을 휘두르며 응원을 유도했다.

타석을 향해 걸어가는 사람은 4번 타자인 사기노미야였다.

곧바로 아리사의 설명이 날아왔다.

"사기노미야는 미쓰와에게 빼앗긴 닛타가 있었던 무렵에는 후보 선수였어요."

여느 때처럼 아리사의 설명에는 빈틈이 없었다.

다음 순간, 사기노미야의 방망이가 크게 돌아가더니 상쾌한 타격음과 함께 불을 내뿜었다. 타구는 오른쪽 스탠드를 향해 일직선으로 날아갔다.

선수들이 벤치에서 뛰어나와 공의 행방을 지켜보았다. 그 공이 외야석에서 크게 튕긴 순간, 귀를 찢는 환호성이 울리며 아무 소리도 들리지 않았다. 1루를 돌아가는 사기노미야가 오른쪽 주먹을 높이 치켜들었다.

1회의 실책을 만회하고 1점 차로 따라간 3점 홈런이다. 아오시마제작소 전원이 어깨동무를 하고 사가를 부르기 시작했다. 다이도이즘이 제대로 기능하기 시작했다.

마운드의 이지마는 믿을 수 없다는 표정으로 스탠드를 바라본 채 꼼짝도 하지 않았다. 1루 측 벤치에서 누군가가 움직이더니, 불쾌함이 잔뜩 묻은 얼굴로 무라노가 천천히 걸어 나왔다.

투수 교체를 들은 이지마가 분통을 터트리며 글러브를 벗어서 자신의 무릎을 때렸다. 모든 타자들을 훤히 꿰뚫고 있는 옛 친정 팀을 상대로 5점을 빼앗기리라곤 생각도 못했을 것이다.

"우리는 이미 작년 시즌까지의 팀이 아니야."

고가의 옆에서 미카미가 확신을 가지고 중얼거렸다.

'무라노 감독, 잘 봤어? 이게 우리 팀이야!'

마음속으로 그렇게 말한 고가의 시야에, 불펜에서 마운드를 향해 걸어가는 남자의 모습이 들어왔다. 기사라기 가즈마다. 기사라기는 축제처럼 떠들썩한 3루 측 응원석에는 신경도 쓰지 않고 유유히 마운드에 서더니, 스파이크로 마운드의 흙을 걷어찼다.

"드디어 나왔군."

고가의 옆에서 사루타가 토해내듯 말했다.

고가는 벤치의 한쪽 구석에 있는 오키하라를 힐끔 쳐다보았다. 기사라기가 나와도 표정 하나 달라지지 않았고 눈은 더할 수 없이 냉정했다. 하지만 시선은 마운드를 향한 채 잠시도 옆으로 돌아가지 않았다.

"오키, 슬슬 등판할 준비해."

다이도의 말을 듣고 오키하라는 불펜 포수인 미즈키와 함께 불펜으로 걸어갔다.

규정대로 투구 연습을 마친 기사라기는 두 손을 빙빙 돌리더니, 돔구장의 천장을 올려다보고 심호흡을 한 번 했다.

"승부다!"

벤치의 전원에게 들리도록 다이도가 큰 소리로 말했다. 엔도에게 던진 기사라기의 초구는 한가운데의 높은 직구였다. 빠르다. 코스는 별로 좋지 않았지만 구위가 뛰어났다. 기사라기는 포수가 던져주는 공을 태연히 받은 뒤, 짧은 간격으로 2구 동작에 들어갔다.

엔도는 안쪽으로 파고드는 아슬아슬한 공에 손을 대서 투수 앞으로 굴러가는 땅볼을 만들었다. 가볍게 잡아서 처리한 기사라기는 이어지는 타자를 삼진으로 잡고, 여유 있게 마운드를 내려왔다. 도중에 오키하라가 있는 불펜을 슬쩍 쳐다보면서 승리에 찬 표정을 지었다. '어때? 너 같은 건 내 상대가 안 돼'라는 표정이었다.

어디 두고 보자. 스코어북에 K*를 써넣으면서 고가는 내심 이를 갈았다. 6회 초가 끝나고 5 대 6. 1점 차이라면 역전은 가능하다.

"좋은 투수군."

7회 초. 아오시마제작소의 타자들을 잇달아 농락하는 기사라기를 보며 호소카와는 감탄했다.

"저 녀석이 바로 그 투수예요. 우리 오키하라 씨를 자극해 사건을 일으키게 만든 녀석 말이에요."

"아아, 그랬던가?"

아리사의 말을 듣고 호소카와는 겨우 생각이 났다. 그리고 불펜으로 시선을 보내며, 투구 연습을 시작한 등 번호 14번을 바라보았다.

아리사는 기묘하리만큼 진지한 얼굴로 말했다.

"지금부터 운명의 대결이 시작될 거예요. 절대로 용서할 수 없어요!"

"하지만 저 기사라기를 상대로 2점을 빼앗을 수 있을까?"

지금까지 기사라기와 대전한 아오시마제작소의 타자는 전부 다섯 명이었지만 안타는 하나도 없다. 외야로 날아간 공도 없다. 완벽하게 제압당한 것이다.

"걱정 말게."

• 삼진 아웃을 뜻하는 공식 약자.

그렇게 말한 사람은 아오시마였다. 자애심이 가득한 눈길로 그라운드를 바라보는 아오시마의 모습은 마치 이 경기를, 이 분위기를 머릿속에 새기려고 하는 듯했다.

마운드에서는 사루타의 뒤를 이어 구원 등판한 구라하시가 호투를 보이고 있었다. 1점 차라면 상대 투수가 아무리 기사라기라도 기회가 있을지 모른다. 누구나 그렇게 생각했다.

아리사가 두 눈을 부릅뜨고 말했다.

"우리는 이제 오키하라 씨가 던지니까 더는 점수를 빼앗기지 않을 거예요!"

호투를 하는 구라하시를 보면서 다이도는 지금 오키하라와 교체할 타이밍을 노리고 있으리라. 구라하시가 미쓰와전기 타선으로부터 투아웃을 잡았다.

하위 타선인 7번 타자가 타석에 들어섰다. 이번 회를 제압하면 다음 회부터는 오키하라를 투입한다…….

교체할 타이밍이 보인 순간, 생각지도 않은 타격음이 구장에 소용돌이쳤다. 새하얀 공이 응원단의 비명을 싣고 외야로 뻗어 나갔다. 그 공이 오른쪽 스탠드를 넘어간 순간, 낙담하는 목소리가 호소카와의 등 뒤에 쏟아졌다.

또 한 방 먹었다.

산산이 부서진 기대감으로 한숨을 내쉰 호소카와를 향해, 아오시마가 강력한 목소리로 말한 것은 그때였다.

"괜찮아! 아직 할 수 있어! 포기하지 말게."

8

고가는 전광판에 있는 '5'와 '7'이란 숫자를 바라보았다.

가까스로 스리아웃을 잡고 마운드를 내려오는 구라하시의 얼굴은 처절하게 일그러져 있었다. 상대 벤치의 끝에서는 얼굴에 옅은 미소를 띤 무라노가 거만하게 몸을 젖히고 앉아 있었다.

2점 뒤지고 있는 8회 초. 타순은 1번으로 돌아왔다. 천천히 타석에 들어선 이누히코를 기사라기는 입꼬리에 비웃음을 매달고 깔보듯이 바라보았다.

고가의 가슴에 작년 대회의 한 장면이 되살아났다. 당시 아오시마제작소는 미쓰와전기에게 처참하게 무너졌는데, 그 시합에서 마지막 타자가 이누히코였다. 벤치에서 나갈 때 이누히코의 눈빛이 달라진 것은 그때의 기억이 되살아났기 때문이리라.

타석에 들어선 이누히코에게 상대 포수가 무슨 말인가 했다. 작년의 상황을 비웃기라도 한 것일까? 하지만 이누히코는 포수의 말을 무시하며 기사라기가 던진 초구를 느긋하게 바라보았다.

니시나가 눈을 동그랗게 떴다.

"녀석이 좋아하는 코스인데 왜 손이 안 나갔지?"

하지만 고가가 보기에는 스트라이크존에서 살짝 벗어난 볼이었다. 방망이를 내밀었으면 내야 땅볼이 되었을 유인구였던 것이다.

"기사라기의 결정구를 기다리는 거 아니야?"

이사카의 말을 듣고 고가는 고개를 끄덕였다. 이누히코가 지금 하려는 것은 작년의 설욕전이다. 그렇다면 그가 기다리는 것은 기사라기의 결정구인 슈트다. 기사라기의 혼신의 힘이 담긴 결정구인 것이다.

5구. 드디어 그 공이 왔다.

그때 이누히코가 보여준 것은 치밀하고 날카로운 타격이었다. 통렬하게 튕겨나간 공이 우중간으로 빠졌다. 응원석의 트럼펫 소리가 응원가로 바뀌었다. 빠른 발 덕분에 여유 있게 2루에 도착한 이누히코가 엄지를 들어 올린 순간, 경기장은 귀를 찢는 듯한 환호성으로 뒤덮였다.

이사카가 말없이 주먹을 불끈 움켜쥐었다. 마운드의 기사라기에게서는 충격의 빛을 읽어낼 수 없었다. 하지만 세트포지션 상태에서 몇 번이나 2루의 이누히코를 쳐다보는 모습을 보면 분명히 신경이 예민해져 있었다.

2번 타자인 니카이도가 타석에 들어서자 응원석의 함성도 높아졌다.

기사라기의 초구가 가슴을 스칠락 말락 지나가서 니카이도가 몸을 뒤로 젖혔다. 위협구다. 뒤쪽의 응원석에서 야유가 솟구치고, "저 자식!"이라고 말하며 사루타가 마운드를 노려보았다.

높은 커브에 방망이를 내민 니카이도의 타구가 2루수 뒤쪽으로 날아간 것은 그 직후의 일이었다. 타구가 2루수의 글러브를 스쳐 외야로 굴러가는 것을 확인한 뒤, 3루로 진출한 이누히코가 작게 주먹을 들어올렸다.

"이누, 잘했어! 최고야!"

나가토의 절규는 벤치에 있는 고가의 귀에도 들릴 정도였다. 응원석이 들끓으며 전원이 일어나서 하늘까지 닿을 듯이 함성을 질렀다.

돔구장 사이로 스며든 6월의 바람이 그라운드를 살며시 어루만졌다. 여름의 예감을 품은, 그러면서도 장마의 무게를 담은 바람이다. 달아오른 경기장을 감싸기에 어울리는 기분 좋은 바람인 것이다.

마운드에 시선을 고정한 채 사루타가 말했다.

"기사라기 녀석, 동요하고 있어. 놈은 지금 7회 초의 놈이 아니야. 이누히코의 안타가 목에 박힌 가시처럼 머릿속에서 맴돌고 있어. 결정구를 얻어맞은 건 자존심을 짓밟히는 것과 똑같아. 자존심이 강한 투수일수록 충격이 큰 법이지."

타석에 들어선 3번 타자 스자키에게 기사라기가 던진 공은 두 개 모두 커브였다. 공 배합이 바뀐 것은 기사라기가 흔들리고 있다는 좋은 증거였다. 1루 측 벤치의 무라노가 붉으락푸르락한 얼굴로 뭐라고 고함을 치며 화를 냈지만 알아들을 수는 없었다.

계속 밀어붙이는 추격 분위기에 응원석은 더욱 뜨거워졌다.

느긋한 얼굴로 변화구를 그냥 보낸 스자키는 마운드를 노려보았다. 온몸에서 뿜어 나오는 기운은 정면승부에 도전하는 승부사의 오라였다.

기사라기가 잠시 투수판에서 벗어났다. 3루의 이누히코와 1루의 니카이도를 쳐다보더니, 다시 가슴 앞에서 글러브를 잡고 세트포지션에 들어갔다. 표정에서는 알아낼 수 없었지만 눈에서는 조금 전까지의 여유가 보이지 않았다.

포수 미트가 바깥쪽으로 움직였다. 낮은 공이다.

날카로운 타격음과 함께 튕겨나간 공이 높이 치켜든 2루수의 글러브를 스치는 순간, 구장에 환호성과 비명이 동시에 울려 퍼졌다. 2루타 코스였다.

이누히코가 홈베이스를 밟고, 이어서 1루 주자인 니카이도가 여유 있게 3루로 들어섰다.

1득점에 주자는 2, 3루.

넓은 구장에 아오시마제작소의 사가가 울려 퍼졌다. 돌아온 이누히코를 하이파이브로 맞이하는 벤치의 분위기도 최고조에 달했다. 무라노가 들고 있던 메가폰을 내동댕이치는 것이 보였다.

'흥! 꼴좋다! 기분이 어때?'

고가는 마음속으로 중얼거렸다.

무사에 주자 2, 3루. 지금 아오시마제작소의 타선이 기사라기를 실력으로 굴복시키려 하고 있었다. 안타가 하나만 더 나오면 동점이고 장타가 나오면 역전이다.

더는 견디지 못하고 벤치를 박차고 뛰어나간 무라노 감독의 얼굴에서는 조금의 여유도 찾아볼 수 없었다. 평소의 부루퉁한 얼굴은 멀리서 봐도 알 수 있을 만큼 굳어 있었다.

벽 쪽에서 왼손으로 어깨를 냉찜질하던 구라하시가 말했다.

"바꾸지 않을 거야. 실투해서 얻어맞은 게 아니니까. 그걸 때린 이누히코가 대단한 거야. 스자키도 아주 잘 쳤고."

구라하시는 비어 있는 손으로 이누히코와 악수를 한 뒤, 타석의 사기노미야에게 뜨거운 눈길을 향했다. 구라하시의 예상대로 무라노는 기사라기의 엉덩이를 가볍게 한 번 두들기더니 벤치로 철수했다.

사루타가 소리쳤다.

"사기노미야! 우리의 자존심을 보여줘!"

세트포지션 상태에서 기사라기는 포수의 사인을 바라보았다. 사기노미야가 천천히, 아주 천천히 방망이를 흔들면서 불타오르는 눈길로 마운드를 노려보았다.

빠른 동작으로 던진 초구는 바깥쪽으로 빠지는 낮은 볼이었다. 응원가 사이로 커다란 한숨 소리가 들렸다. 쉽게 스트라이크를 던지지 않겠다는 것인가?

하지만 다음 공은 스트라이크였고, 3구째는 포수와 기나긴 사인을 주고받았다. 그러는 사이에 견제구 하나. 기사라기는 머리를 두 번 가로젓더니 겨우 세트포지션에 들어갔다.

투수가 공을 던질 때마다 응원단이 목소리를 맞추어 구호를 외쳤다. 악기 소리가 멈추고, 그라운드에는 사람의 목소리와 숨결, 열기와 기도가 쏟아졌다. 마음을 뜨겁게 만드는 혼신의 응원이다.

구장 전체의 감각이 예민해진 순간, 그라운드는 마치 무성영화처럼 정적 속으로 들어간 것 같았다. 고가의 감각을 현실로 돌아오게 만든 것은 고막을 찌르는 경쾌한 타격음이었다.

다음 순간, 모든 질서를 무너뜨리는 듯한 거대한 함성과 비명이 그라운드에 쏟아졌다. 우중간을 꿰뚫은 타구가 눈 깜짝할 사이에 펜스에 격돌해 데굴데굴 구르기 시작했다. 비명과 환호성이 뒤섞이는 가운데 니카이도가 홈베이스를 밟고, 다시 거구의 스자키가 땅울림 소리와 함께 3루 베이스를 도는 것이 시야에 들어왔다.

고가는 무의식중에 소리쳤다.

"스자키, 달려! 달려, 달려, 달려!"

그야말로 목숨을 건 주루 플레이였다. 홈베이스에 도착하기 직전에 스자키의 거구가 허공으로 솟구치더니, 탄탄한 육체끼리 부딪히는 소리가 들렸다. 미쓰와의 포수인 도야마의 몸이 뒤로 튕겨나가고 공이 떼구르르 굴렀다.

"크아아아아!"

홈베이스 위에서 스자키가 포효하자 축제가 시작되었다. 스탠드와 벤치가 하나가 되어서 목이 터져라 함성을 질렀다. 기사라기가 망연한 얼굴로 우두커니 서 있었다.

고가는 지금 자신의 눈에 들어온 광경을 믿을 수 없었다. 혹시 꿈이 아닐까? 하지만 이것이 엄연한 현실임은 전광판에 나타난 '3'이라는 숫자가 증명하고 있었다.

아오시마제작소의 기나긴 공격이 끝나고 벤치에서 나온 다이도가 심판에게 투수 교체를 알렸을 때, 응원단에서 비명이 섞인 환호성이 솟구쳤다.

"투수, 오키하라!"

"그나저나 내가 왜 당신들과 하나가 돼서 당신 회사의 사가를 불러야 하지?"

8회에 3점이 들어왔을 때의 흥분이 가라앉자 시마가 그렇게 말해서 주변을 웃게 만들었다.

"더구나 가사는 왜 이렇게 촌스러워?"

아오시마가 빙긋이 웃으면서 대답했다.

"그 가사, 내가 썼어."

"그럴 줄 알았어."

시마는 그렇게 말한 뒤, 8회 말에 접어든 그라운드와 전광판을 번갈아 바라보았다.

"어쨌든 생각보다 재미있군. 당신이 한때 미친 사람처럼 푹 빠진 것도 이해가 돼. 저 애는 새 투수인가?"

"이름은 오키하라! 올해 새로 들어온 신인이에요. 굉장한 투수예요!"

아리사가 재빨리 설명했다.

오키하라의 투구 연습을 말없이 지켜보던 시마가 진지한 눈길로 말했다.

"보통 애가 아니군. 분위기가 독특해. 몇 살이야?"

"열아홉입니다. 그걸 한눈에 아시나요?"

호소카와가 놀란 얼굴로 물었다.

"그거야 척 보면 알지. 이렇게 긴장된 상황에서도 저 애는 동요하는 기색이 손톱만큼도 없어. 아주 자연스러운 기가 흐르고 있지. 이 구장 안에서 저 애 주변만 딴 세상 같아."

호소카와는 새삼 그라운드를 내려다보았다. 듣고 보니 그랬다.

규정 투구 연습이 끝나고 포수가 2루수에게 화살 같은 공을 던진 참이었다. 공은 내야를 돌아서 오키하라에게 돌아왔다.

미쓰와전기의 타순은 9번부터 시작되었다. 무라노가 대타를 알리고, 그라운드에 있는 선수 중에서도 한층 시선을 끄는 거구가 타석으로 들어왔다. 전광판을 쳐다보자 '나루사와'라고 되어 있었다.

"나루사와는 미쓰와전기의 거포예요. 부상으로 인해 지금은 대타로 등장하는 일이 많은데, 예전에는 미쓰와전기의 4번이었거든요."

아리사는 상대 팀 정보까지 완벽하게 꿰고 있었다. 스탠드에서 봐도 위압감이 있는 타자였다.

"대타 나루사와."

장내 아나운서가 그렇게 말하자 미쓰와전기 응원석에서 환호성이 터졌다. 하지만 오키하라가 초구를 던졌을 때, 구장 전체가 조용해졌다. 눈이 번쩍 뜨일 만한 강속구가 타자 안쪽으로 파고들어, 나루사와의 방망이가 꼼짝도 못 한 것이다.

2구는 같은 코스로 들어오다가 아래쪽으로 크게 떨어지는 싱커볼이었다. 입이 다물어지지 않을 만큼 낙차가 컸다. 나루사와의 방망이가 허공을 갈랐다. 균형이 무너질 만큼 커다란 헛스윙이었다.

투 스트라이크로 몰아넣은 오키하라가 던진 3구는 바깥쪽의 낮은 속구였다. 커다란 환호성이 솟구친 것은 심판의 오른팔이 올라갔기 때문이었다. 스트라이크. 삼진이다.

"오키하라란 선수, 정말 굉장하군."

호소카와는 자신의 눈을 믿을 수 없었다. 그때 옆에 있는 사사이의 모습이 눈에 들어왔다. 얼굴은 창백하고 손가락이 새하얘질 만큼 주먹을 꽉 쥐고 있었다.

"전무님, 믿읍시다. 오키하라를……."

호소카와는 사사이의 어깨를 가볍게 두들겼다.

"그게 아니라……."

황급히 변명하려던 사사이의 얼굴이 타격음과 함께 그라운드로 향했다. 상대 팀 1번 타자가 내야 땅볼로 물러나는 참이었다.

"저 남자애, 꽤 괜찮군."

이어지는 세 번째 타자도 간단히 잡자 시마가 눈을 반짝이며 반한 얼굴로 말했다.

"기도 사장님, 안 돼요. 오키하라 씨는 우리 회사 여직원들의 아이돌이니까요."

아리사는 무서운 얼굴로 말하더니, "내가 좀 좋아하면 안 돼? 뭘 그렇게 쪼잔하게 굴어?"라고 말하는 시마와 서로 노려보았다.

"시시한 말다툼은 그만해. 시마 씨도 참, 나잇값도 못 하고 그게 뭔가?"

아오시마가 어이없는 얼굴로 두 사람을 말렸을 때, 미쓰와전기의 구원투수가 마운드로 향하는 것이 보였다. 투수 교체를 말했을 때, 무라노의 얼굴은 완전히 굳어 있었다.

미쓰와전기는 필사적이다.

9회 초. 아오시마제작소의 공격이 삼자범퇴로 끝나고 선수들이 수비 위치로 흩어졌다.

미카미는 8회 말부터 무릎이 마비될 만큼 다리를 덜덜 떨고 있었다. 다이도는 움직이지 않았다. 수비 위치도 바꾸지 않았다.

한편 미쓰와전기는 3번 타자부터 시작되는 좋은 타순이다. 4번 타자인 닛타를 맞이하는 9회 말은 이번 경기의 최대 승부처라고 할 수 있으리라. 응원단의 힘찬 환호성을 받으며, 미쓰와전기의 후지모토가 지금 타석에 들어섰다.

모두가 손에 땀을 쥐고 지켜보는 가운데 오키하라는 로진백을 잡더니, 마치 마법이라도 거는 것처럼 숨을 불어넣었다. 바람이 춤을 추면서 로진의 하얀 연기를 중견수 방향으로 희미하게 날렸다.

밤 9시 5분. 관중석과 천장 사이에 공간이 있는 세이부 돔구장 특유의 구조가 6월의 밤공기를 그라운드로 받아들였다. 가만히 있어도 땀이 배어 나오는 무더운 밤이었다.

와인드업을 한 오키하라의 초구는 안쪽의 나지막한 곳을 노린 커브였다.

볼.

스탠드에서 소리가 되지 않는 한숨 덩어리가 새어 나왔다.

2구는 외각의 낮은 곳을 노린 커브였다. 또 빠졌다. 보통 타자라면 손을 내밀 만한 공이지만 후지모토의 방망이는 움직이지 않았다. 역시 올해 드래프트의 핵심이 될 만큼 놀라운 선구안을 보여주고 있었다.

응원석을 들끓게 만든 것은 그다음에 이어진 3구였다. 안쪽의 낮은 직구를 노리던 후지모토의 방망이가 불을 내뿜은 순간, 방망이에서 튕겨 나온 공이 외야 스탠드를 향해 멀리 날아갔기 때문이다.

파울. 공은 파울 막대의 왼쪽 옆을 살짝 통과했다.

응원석의 웅성거림은 아직 가라앉지 않았다.

오키하라가 포수의 사인을 보고 있자 미카미가 다시 다리를 덜덜 떨기 시작했다. 오키하라가 던진 4구는 간을 철렁하게 만든 조금 전의 코스와 거의 똑같았다. 후지모토의 방망이가 쳐낸 공이 또 커다란 포물선을 그리며 멀리 날아갔다.

파울.

"고가, 어떡하지? 혈압이 계속 오르고 있어."

더는 견딜 수 없어서 미카미가 토해내듯 말했다.

"하지만 오키하라는 확실히 카운트를 벌고 있습니다."

투 볼, 투 스트라이크. 아무리 멀리 날아갔어도 스트라이크임에는 틀림없다.

5구. 오키하라가 던진 공은 앞의 두 공과 완벽하게 똑같은 코스였다. 하지만 후지모토가 방망이를 휘두른 순간, 공은 미묘하게 구부러지면서 방망이가 부러지는 둔탁한 소리와 함께 2루로 굴러갔다.

미카미는 땅이 꺼져라 안도의 한숨을 내쉬었다. 중요한 아웃이었다. 선두 타자를 내보내는 것과 잡는 것은 하늘과 땅 차이다.

도쿄 대표까지 남은 것은 이제 아웃 카운트 둘이다…….

10

"야구라는 건 항상 이렇게 심장이 터질 것처럼 조마조마해?"

2루 땅볼로 잡힌 후지모토가 자기 팀 벤치 앞에서 헬멧을 내동댕이치는 것을 보고 시마가 물었다.

아오시마가 대답했다.

"좋은 경기지? 루스벨트 게임이야."

그러고 보니……. 호소카와는 전광판을 올려다보고 예전에 아오시마에게서 들은 이야기를 떠올렸다. 야구를 좋아했던 프랭클린 루스벨트 대통령이 가장 재미있다고 한 경기를 가리키는 말이다.

"그게 뭔데?"

"8 대 7 경기를 말하지."

"꼭 당신 회사 같군."

시마는 경영뿐만 아니라 비아냥거림도 일류였다.

그 말에는 호소카와도 쓴웃음을 지었지만, 듣고 보니 기가 막힌 표현이라고 생각하지 않을 수 없었다.

지난번 임시주주총회에 임했을 때, 호소카와의 심경은 그야말로 7 대 0이었다. 끊임없이 이어지는 거래처의 생산 축소, 도요카메라의 수주 재검토, 더구나 기술개발부의 개발 지연……. 주주총회를 극복할 자신이 없었다.

하지만 지금은 다르다. 가까스로 주주총회를 극복하고 새 이미지센서도 완성되면서 7 대 4까지 올라왔다. 그 이후, 도요오카를 비롯한 영업부 직원들은 도요카메라에 시제품을 가져가서 야구팀의 노력에 필적할 만큼 혼신의 영업력을 펼치고 있다. 스마트폰을 제조하는 재패닉스에도 적극적으로 영업하는 등 수세 일변도에서 공세로 전환한 참이다.

"이번 타석이 승부처예요."

기백이 담긴 아리사의 목소리에 호소카와는 다시 시선을 그라운드로 향했다.

타석에 서 있는 사람은 작년까지 아오시마제작소에서 4번을 쳤던 닛타였다. 무라노가 미쓰와전기로 빼내간 강타자다. 닛타는 오키하라와 대전한 적이 없지만 포수인 이사카가 어떻게 리드할지 잘 알기에 주의할 필요가 있다고 아리사는 말했다. 더구나 이날은 5타수 3안타의 좋은 타격감을 보여주고 있다.

하지만 닛타가 타석에 들어서도 오키하라는 표정 하나 바꾸지 않고 담담하게 해야 할 일을 했다. 로진백을 잡고 어깨를 한 번 돌린 뒤 포수의 사인을 확인하더니 커다랗게 와인드업을 하고 나서 초구를 던졌다.

완벽한 속구가 이사카의 포수 미트로 빨려 들어가면서, 경기장의 소란스러움 속에서도 들릴 만큼 메마른 소리를 남겼다. 주심의 스트라이크 콜이 울려 퍼지자 아오시마제작소 응원단에서 손피리 소리와 함께 박수갈채가 쏟아지고 사람들은 일제히 부채를 흔들었다.

"좋았어! 좋은 공이야. 아주 좋은 공이야!"

아오시마가 스스로에게 들려주듯이 말했다.

호소카와의 옆에서는 사사이가 긴장으로 터질 듯한 얼굴로 그라운드를 보고 있었다. 그의 입술이 움직이면서 중얼거림이 새어나오고 있다는 사실을 알아차린 것은 그때였다.

"부탁이야. 조금만 더! 조금만 더 힘을 내!"

응원단의 목소리에 떠밀려 사라질 뻔하면서도 사사이는 계속해서 중얼거렸다.

오키하라가 2구를 던졌다. 이사카의 포수 미트가 바깥쪽으로 치우친 것이 호소카와의 눈에도 보였다. 볼이다.

아리사가 얼굴 앞에서 두 손을 마주잡고 기도를 올렸다.

원 볼, 원 스트라이크.

이사카로부터 화살 같은 공을 받은 오키하라는 한 치의 흐트러짐도 없는 리듬으로 로진백을 만지고 포수의 사인을 보면서 3구 동작에 들어갔다.

3구는 타자의 안쪽을 날카롭게 찌르는 속구였다. 닛타가 꼼짝도 할 수 없을 만큼 가슴 안쪽으로 파고든 공을 보고, 응원단에서 환호성이 들끓었다. 150킬로미터가 나온 강속구였던 것이다. 스트라이크.

구장 전체가 마른침을 삼킨 것처럼 다시 조용해졌다. 사람들은 오키하라와 닛타의 정면승부에 말을 잃어버리고, 마치 바늘로 꿰맨 것처럼 시선도 돌리지 못했다. 4구는 바깥쪽으로 빠지는 공이었다. 커브였을까? 간신히 맞춘 방망이에서 튕겨 나온 공이 1루 측 파울 지역으로 굴러갔다.

호소카와는 잠시 생각에 잠겼다.

참으로 이상한 일이 있다. 모두 똑같은 공을 던지고, 똑같은 공을 치고 있다. 그런데 오키하라가 마운드에 올라가면 차원이 다른 게임으로 보인다. 그것이 재능이라는 것일까.

결정구는 5구. 타자의 안쪽을 찌르는 강속구다. 그것은 이날 오키하라가 던진 공 중에서 가장 빠른 공이었다. 닛타가 내민 방망이가 허공을 가르면서, 수많은 응원단의 환호성이 귀로 파고들었다.

'한 명 더!' 한 목소리로 응원이 시작되었다.

사사이가 일어나 목청을 높이며 '한 명 더!'라고 외쳤다.

시마도 벌떡 일어나더니 손뼉을 치면서 말했다.

"와우! 짜릿해! 마비돼! 아오시마 씨, 이제 또 뻔질나게 야구장에 다니겠군."

"그럴 일은 없어."

시마는 흠칫 놀란 눈길로, 웃음기가 사라진 아오시마의 얼굴을 들여다보았다.

"이번 시즌을 끝으로 야구팀을 해체하기로 했거든."

손뼉을 치던 시마의 손이 멈추었다.

오키하라가 닛타에게 던진 마지막 공은 고가의 망막에 새겨져서 영원히 사라지지 않으리라. 그야말로 혼신의 힘을 담은 공이었다. 로켓 부스터라도 매단 게 아닐까 하는 공이 타석 앞에서 튀어 오르더니, 옆으로 회전하며 이사카의 미트로 빨려 들어갔다.

닛타의 한 방을 기대했던 미쓰와전기 응원단의 성원을 완전히 가라앉히며 허무한 한숨으로 바꾸는 공이었다. 아오시마제작소의 실력을 보여주고, 무라노와 기사라기를 완벽하게 굴복시키는 공이기도 했다.

아오시마제작소 응원석에서 하늘까지 닿을 만큼 환호성이 솟구쳤다.

사루타가 자기도 모르게 탄식했다.

"굉장해! 기사라기 따위는 상대도 안 돼. 나도 저런 공을 던져봤으면……."

이제 하나 남았다.

모자를 벗은 오키하라는 6월 밤의 기분 좋은 무더위에 언더셔츠로 이마의 땀을 닦았다. 그는 상대 팀의 5번 타자를 곧장 투 스트라이크까지 몰아넣었다.

벤치에서는 야구팀 전원이 몸을 앞으로 내민 채 숨을 죽이고 오키하라의 마지막 투구를 지켜보았다. 다이도는 꼼짝도 하지 않고 그라운드를 응시했다. 미카미는 다리를 떠는 것만으로도 모자라 결국 일어서서 정신없이 걸어 다니기 시작했다.

스탠드 위에서 "하나 더!"라고 외치기 시작했다.

도쿄 대표까지 이제 공 하나가 남았다. 이사카와 오키하라의 사인 교환이 끝났다.

모든 사람의 시선이 오키하라의 우아한 와인드업 자세에 못 박혔다. 오키하라의 손끝을 떠난 공은 신음 소리를 내면서 한 치의 흐트러짐도 없이 이사카의 미트로 빨려 들어갔다. 타자의 안쪽을 파고드는 혼신의 직구였다.

상대 타자는 미동조차 하지 않았다. 아니, 몸을 움직일 수 없었으리라. 심판의 콜은 환호성에 묻히고, 벤치에 있던 전원이 그라운드로 뛰어나갔다.

두 팔을 활짝 벌리고 마운드로 달려 나간 이사카가 오키하라를 껴안고 기쁨을 터트렸다. 기쁨의 소용돌이 속으로 다이도도 천천히 들어갔다.

덩치가 큰 다이도의 몸이 허공에서 춤추고, 응원석에서 보내는 박수가 잔물결처럼 그라운드에서 출렁거렸다. 이사카가 목청껏 함성을 지르고, 야구팀 선수 전원이 테이프가 어지러이 춤추는 3루 측 응원석 앞에 정렬했다.

눈물로 뒤범벅이 된 얼굴로 나가토가 몇 번이나 주먹을 불끈 쥐는 것을 본 순간, 고가도 참았던 눈물이 솟구쳤다. 나가토의 등 뒤에는 아오시마가 있고, 호소카와가 있었다. 새빨개진 눈으로 연신 고개를 끄덕이면서 박수를 치는 사사이도 있었다.

"고맙습니다!"

선수들은 일제히 목소리를 맞춰서 말하고, 전원이 오른쪽 주먹을 들어 올렸다. 상대가 누구든 상관없이 서로 껴안고 서로 축하하는 가운데 오키하라가 참았던 눈물을 터트렸다. 마운드에서 그토록 냉정했던 사람이 지금은 누구에게도 거리낌 없이 목 놓아 울었다.

"오키, 이 바보 녀석. 이렇게 좋은 날에 울긴 왜 울어?"

그 오키하라의 머리를 마구 흔들며 거칠게 축하해주는 사루타 또한 눈물을 감추지 않았다. 눈이 새빨개진 다이도는 응원석을 향해 깊숙이 고개를 숙이고, 다시 환한 웃음을 지었다.

스탠드에는 눈에 익은 구호가 적힌 플래카드가 걸려 있었다.

그라운드에서 하나가 되자!

그것을 발견한 고가는 응원석을 향해 깊숙이 고개를 숙인 뒤, 누구보다 빨리 벤치의 안쪽으로 사라졌다.

에필로그

"어떻게 안 되겠습니까?"

반도는 필사적인 얼굴로 애원했다. 도요카메라의 접견실이다. 오쓰키 구매부장은 미쓰와전기 사장이 직접 애원함에도 불구하고 표정 하나 움직이지 않았다.

"시장의 동향과 평가를 참고로 사내에서 검토한 결과, 역시 고성능 이미지센서를 탑재해야 한다는 결론에 도달했습니다."

반도가 강력하게 주장했다.

"저희 회사 제품도 충분히 고성능이 아닙니까? 그리고 무엇보다 가성비가 좋고요."

차갑게 식은 차를 한 모금 마시고 나서 오쓰키는 담담하게 대꾸했다.

"그 성능으론 중급 카메라 이상의 소비자가 움직이지 않습니다. 입문용이라면 신규 소비자를 유인할 수도 있겠지만, 현재 카메라를 가지고 있는 소비자가 새로운 제품을 사도록 유인할 수는 없을 것 같습니다. 솔직히 말씀드려서 성능이 부족합니다."

가와모토가 곤혹스러운 얼굴로 끼어들었다.

"부장님, 한 가지 여쭤봐도 되겠습니까? 이번에 선택하신 것은 어느 회사의 센서입니까?"

"그건 그쪽 회사와 관계없지 않나?"

오쓰키는 차갑게 대답했지만 "제발 부탁입니다. 가르쳐주십시오"라고 매달리는 가와모토에게 연민을 느낀 듯했다.

"정 그렇다면 말해줄 테니까 비밀로 해주게. ……아오시마제작소야."

반도가 얼굴에 구멍이 뚫릴 것처럼 가와모토를 노려보았다. 아오시마의 동향을 물어볼 때마다 가와모토는 개발이 늦어져서 이번 타이밍에 맞을 리가 없다고 계속 주장해왔던 것이다.

그것만이 아니다. 재패닉스가 생산하는 휴대용 단말기에 아오시마가 카메라용 이미지센서를 공급하기로 했다는 이야기를 며칠 전에 들었다. 이 소식은 경제신문에서도 크게 다루어서, 사람들은 아오시마의 기술력에 찬사를 보냈다. 물론 미쓰와전기도 재패닉스에 영업을 하고 반도가 개인적으로 모로타에게도 부탁했지만, 재패닉스는 그런 사실조차 없었던 것처럼 뒤도 돌아보지 않았다.

실제로 영업부 이야기를 듣고 당황한 반도가 모로타에게 전화를 걸어 재검토를 부탁했다. 하지만 전화기 건너편에서 모로타는 말도 붙이지 못할 만큼 차갑게 대꾸했다.

"반도 사장, 그건 힘들어. 나도 웬만하면 자네 부탁을 들어주고 싶은데, 그쪽 이미지센서와 아오시마 이미지센서는 비교 자체가 안 돼. 이건 이미 정해진 일이야. 꼭 채택되고 싶다면 지금보다 훨씬 고성능 이미지센서를 만들어줘."

모로타의 냉정한 대답에 반도는 아연해서 아무 말도 할 수 없었다. 그런 상황에서 엎친 데 덮친 격으로 도요카메라에까지 납품할 수 없게 되다니…….

"하지만 부장님, 아오시마가 새 이미지센서 시제품을 내놓으려면 여름이 지나야 한다고 하셨잖습니까?"

난처한 나머지 가와모토가 다른 쪽으로 화살을 돌리자, 오쓰키는 무슨 말을 하느냐는 얼굴로 그를 똑바로 바라보았다.

"이봐, 그게 언제 적 이야기지? 살아남는 기업은 남들이 안 보는 곳에서 죽을힘을 다해 노력하고 있어. 아오시마도 예외가 아니야."

하지만 반도는 미련을 버리지 못하고 끝까지 버텼다.

"저희 이미지센서는 어느 회사 제품에도 뒤지지 않을 자신이 있습니다. 숫자상으론 조금 뒤떨어질지도 모르겠지만, 그걸 실감할 수 있는 소비자가 얼마나 되겠습니까? 그렇다면 가성비를 채택해서 저렴한 가격으로 제품을 보급하는 게 좋지 않겠습니까? 만약 허락하신다면 제가 사장님을 만나 뵙고 직접 설명해드리고 싶습니다."

반도가 끝까지 억지를 쓰자 오쓰키는 어이없는 표정을 지었다. 이렇게 막무가내로 고집을 부리는 사람은 가차 없이 쫓아내지만, 상대가 미쓰와전기 사장인 만큼 함부로 대할 수는 없었다.

오쓰키는 어쩔 수 없이 접견실의 수화기를 들어 부하직원에게 전화를 걸어, 자기 자리에 있는 파일을 가져오라고 했다. 부하직원이 가져온 파일에는 풍경 사진이 두 장 들어 있었다. 어디에서나 볼 수 있는 야경을 찍은 사진이다.

하지만 그것만으로도 충분했다. 사진을 본 반도는 안색을 바꾸고 입을 다물었다. 같은 풍경이기는 하지만 양쪽의 차이는 분명했다. 한쪽은 입자가 거칠고 색이 선명하지 않지만, 다른 한쪽은 선명한 색채에 사진의 매력을 충분히 전해주고 있었다.

오쓰키는 말했다.

"그동안 거래해온 의리를 봐서, 어느 쪽이 미쓰와전기 제품인지는 구태여 말씀드리지 않겠습니다. 만약 반도 사장님께서 소비자라면 어느 쪽 카메라로 사진을 찍고 싶습니까?"

미쓰와전기의 두 사람에게서 그 이상은 반론이 나오지 않았다.

하쿠스이은행의 지점장실에서 이소베는 상대가 내민 시산표를 바라본 채 한동안 입을 열지 않았다. 도요카메라의 수주 결정과 재패닉스의 새 이미지센서 채택이 담긴 실적예상표였다.

"지점장님, 어떻습니까?"

이윽고 사사이의 말에 고개를 들었을 때, 그의 얼굴에는 가벼운 흥분이 깃들어 있었다.

"굉장합니다! 용케 이렇게까지 회복되었군요."

이소베는 목소리를 떨면서 말하더니, 시산표에 있는 숫자를 꼼꼼히 살펴보았다. 만족할 때까지 살펴보던 그는 시산표를 옆에 있는 하야시다 융자과장에게 주고는 가장 중요한 문제를 확인했다.

"그런데 구조조정 계획안은 어떻게 하실 겁니까?"

"오늘은 그걸 의논드리기 위해서 왔습니다."

호소카와가 말하자 사사이는 새로운 자료를 꺼내 나지막한 탁자에 내려놓았다.

'신사업 계획서'라고 인쇄된 두툼한 서류였다.

"지난달까지 이어진 생산 조정 국면에서 벗어나, 앞으로 급격한 증산 태세로 들어갑니다. 그래서 일단……."

호소카와는 지점장의 눈을 똑바로 보면서 덧붙였다.

"지난번 자금 지원을 요청할 때 제출했던 인원 감축계획을 백지로 돌리고 싶습니다. 지금 이미 재고용에 나서서 지난달에 인원 감축으로 회사를 떠난 직원들을 일부 불러들이고 있습니다."

"구체적인 내용은 제가 설명해드리겠습니다."

사사이는 자료를 펼치고 그곳에 적힌 새로운 경영전략을 설명하기 시작했다.

"말씀은 잘 들었습니다. 이 방향으로 가셔도 상관없습니다. 그건 그렇고……."

사사이의 설명을 끝까지 들은 이소베는 잠시 말을 끊고 호소카와를 보았다.

"다운사이징이라는, 신제품의 부산물로 나온 기술을 이용해 재패닉스에 새 센서를 팔다니. 정말 굉장한 발상입니다!"

"아오시마 회장님이 왜 호소카와 사장님에게 사장 자리를 물려주었는지, 그때 확실히 알았습니다."

사사이가 별안간 그렇게 말해서 호소카와는 깜짝 놀랐다.

"저에게는 그런 발상이 없습니다. 아마 우리 회사 안에서는 누구도 그런 생각을 못 했을 겁니다. 그 말을 들은 순간, 온몸에 소름이 돋더군요."

호소카와가 말했다.

"회사를 발전시키는 데 편안한 길은 없습니다. 하지만 가장 짧은 길은 있지요. 이번에는 우연히 그 길을 발견할 수 있었습니다. 단지 그것뿐입니다."

이소베가 절실하게 대꾸했다.

"단지 그것뿐이라……. 이 세상에는 단지 그것뿐인 일을 못 해서 사라지는 회사가 하나둘이 아니잖습니까? 반면에 이렇게 역전의 실마리를 잡는 회사도 있고요."

"그것이 바로 세상입니다. 때로는 무섭기도 하고 힘들기도 하지만 즐겁기도 하지요. 마치 우리네 인생처럼 말이지요. 우리는 지금 그렇게 살고 있지 않습니까?"

사사이가 진지한 얼굴로 그렇게 말하자, 나이 때문인지 인생에 달관한 사람처럼 보였다.

이듬해 봄…….

총무부의 책상을 정리한 고가는 마지막으로 그동안 익숙하게 드나들었던 야구팀 건물로 발길을 옮겼다.

2층 창문에 서서 아무도 없는 운동장을 내려다보았다. 선수들의 구호가 메아리치던 운동장은 조용하고, 오전에 내린 비로 인해 생긴 작은 물웅덩이에는 맑은 하늘이 비치고 있었다. 운동장을 에워싼 미루나무는 하늘을 향해 새싹을 품은 가지를 내밀고 있었다.

고가는 벽 쪽에 있는 유리 케이스 앞에 섰다. 몇몇 사진 중 가장 눈에 띄는 곳에 새로운 단체사진이 놓여 있었다. 미카미 부장, 호소카와, 아오시마, 그리고 사사이를 에워싼 선수들이 터질 듯한 웃음을 지으며 서 있었다. 트로피를 앞에 두고 한가운데에 있는 아오시마의 얼굴에는 세상에서 가장 행복한 웃음이 만면해 있었다. 하지만 30여 년에 걸친 아오시마제작소 야구팀 역사에 막이 내려진 지금, 그것은 이미 역사의 한 페이지에 불과했다.

아오시마제작소 야구팀 선수들이 이 운동장에서 공을 쫓고, 이 식당에서 사요가 만들어준 닭고기달걀덮밥을 먹는 일은 이제 없으리라. 사요는 지난달 말로 이곳을 관두고, 지금은 기도 시마가 경영하는 회사의 직원식당에서 계속 '식당 아주머니'로 일하고 있다.

"지금까지 맛있게 먹었습니다."

고가는 아무도 없는 주방을 향해 그렇게 말한 뒤, 마지막 인사를 하기 위해 총무부로 발길을 옮겼다.

"그동안 여러모로 보살펴주셔서 감사합니다."

고개를 숙인 고가를 보고 자리에서 벌떡 일어선 미카미는 당황스러운 미소를 지으면서 오른손을 내밀었다.

"나야말로 지금까지 고마웠어. 새로운 세상에서 멋진 활약을 기대하겠네."

눈물은 없다. 있는 것은 오직 밝은 웃음뿐이다. 슬플 때야말로 웃음을 지어야 하지 않는가. 야구팀 해체가 정해지고 나서, 고가는 무슨 일이 있을 때마다 스스로에게 그렇게 말해왔다.

총무부에서 간단한 인사를 마친 뒤, 꽃다발을 받고 사옥에서 나온 고가는 발길을 멈추고 뒤를 돌아보았다. 운동장을 향해 깊숙이 고개를 숙이고 걸음을 내디딘 다음에는 두 번 다시 돌아보지 않았다. 이렇게 해서 아오시마제작소에서 보낸 고가의 마지막 하루는 조용하게 막을 내렸다.

그로부터 일주일 후.

고가는 도쿄 오타구에 있는 오타 스타디움의 3루 측 벤치에 앉아 있었다.

3월의 바람이 불고 있다. 도쿄 춘계지부대회의 첫날, 상대는 강호 아시아생명이다.

마운드에 있는 투수는 오키하라. 정해진 투구 연습을 마치고, 지금 이사카가 화살 같은 공을 2루수에게 던진 참이었다. 2루수 니카이도를 거쳐 3루수 스자키, 유격수 이누히코, 마지막으로 1루수 엔도에게 공이 돌아갔다. 보기만 해도 짜릿할 만큼 기분 좋은 공 돌리기다.

외야에서는 사기노미야를 비롯한 외야수들이 어깨를 돌리거나 발을 굴리면서 경기의 시작을 기다리고 있었다. 새 유니폼은 아오시마제작소와 똑같은 세로 줄무늬였지만, 회사 이름이 달랐다.

다이도가 벤치 끝에 앉아서 가만히 그라운드를 지켜보았다.

그 옆에서는 똑같은 유니폼을 입은 기도 시마가 아까부터 연신 선수들에게 말을 걸고 있었다.

기도에스테이트 야구팀.

시마가 어떤 생각으로 야구팀을 만들었는지는 모르겠다. 하지만 아오시마제작소 야구팀을 그대로 받아준 것은 너무도 고마운 일이었다.

한편 작년 가을, 미쓰와전기는 돌연 야구팀 해체를 발표했다. 기도에스테이트의 야구팀 창단 소식을 들은 무라노가 다이도보다 자신이 낫다고 주장한 모양이지만, 시마가 한마디로 일축했다는 이야기가 나중에 들려왔다. 대부분의 미쓰와전기 선수들이 울분을 삼키며 현역에서 은퇴한 가운데, 기사라기는 가까스로 드래프트 하위로 프로야구 2군에 들어간 모양이었다.

이제 그런 것은 아무래도 상관없다. 중요한 일은 이렇게 또다시 야구를 할 수 있게 되었고, 야구선수로서 그라운드에 설 수 있게 되었다는 것이다.

"자자! 정신 바짝 차리고 긴장해!"

손뼉을 두 번 치고 시마가 목소리를 높였을 때, 봄기운을 품은 햇살이 쏟아지는 그라운드에 심판의 콜이 울려 퍼졌다.

플레이볼!

옮긴이 **이선희**

부산대학교 일어일문학과를 졸업하고 한국외국어대학교 교육대학원 일본어교육과에서 수학했다. KBS 아카데미에서 일본어 영상번역을 가르치면서, 외화 및 출판 번역작가로 활동하고 있다. 옮긴 책으로는 기시 유스케의 《검은 집》《푸른 불꽃》《신세계에서》와 히가시노 게이고의 《비밀》《방황하는 칼날》《공허한 십자가》, 나쓰메 소스케의 《책을 지키려는 고양이》, 사와무라 이치의 《보기왕이 온다》, 이케이도 준의 《한자와 나오키》 시리즈 등이 있다.

루스벨트 게임

초판 1쇄 발행 2020년 7월 1일

지은이 | 이케이도 준
옮긴이 | 이선희

발행인 | 문태진
본부장 | 서금선
책임편집 | 박은영   편집 4팀 | 박은영 허문선

기획편집팀 | 김혜연 이정아 김예원 오민정 정다이 송현경   저작권팀 | 박지영
마케팅팀 | 이주형 김혜민 김은지 정지연   디자인팀 | 김현철
경영지원팀 | 노강희 윤현성 조샘 김상연
강연팀 | 장진항 조은빛 강유정 신유리

펴낸곳 | ㈜인플루엔셜
출판신고 | 2012년 5월 18일 제300-2012-1043호
주소 | (06040) 서울특별시 강남구 도산대로 156 제이콘텐트리빌딩 7층
전화 | 02)720-1034(기획편집) 02)720-1024(마케팅) 02)720-1042(강연섭외)
팩스 | 02)720-1043   전자우편 | books@influential.co.kr
홈페이지 | www.influential.co.kr

한국어판 출판권 ⓒ ㈜인플루엔셜, 2020

ISBN 979-11-89995-90-4 (03830)